DAGMAR FOHL

Der Duft von Bittermandel

DER KOCH DES KÖNIGS Frankreich im 16. Jahrhundert. Oberküchenmeister Bertrand de Baladoux, Koch des französischen Königs, legt sein Geständnis ab. Er hat Kanzler Antoine Duprat und König Franz den Ersten, der sich im Krieg mit dem deutschen Kaiser Karl dem Fünften befindet, vergiftet. Aber warum? Was hat den gutmütigen Menschen und leidenschaftlichen Koch dazu bewogen, Doppelmörder zu werden?

Der Koch erschauert vor sich selbst. Sein Gewissen nagt an ihm. Um die Wahrheit zu ergründen, lässt er sein Leben und Wirken als Oberküchenmeister am Hof Franz des Ersten von Frankreich Revue passieren. Langsam, aber stetig nähert sich der Koch dem Motiv seiner Morde. Das Tagebuch der Königin, das sie nach ihrem frühen Tod dem Hofnarren Paltoquet hat zukommen lassen, liefert die Antwort …

Dagmar Fohl, geboren 1958, absolvierte ein Studium der Geschichte und Romanistik in Hamburg und arbeitete mehrere Jahre als Kulturmanagerin. Nach Abschluss einer Gesangsausbildung war sie als Sängerin, Gesangslehrerin und Chorleiterin im In- und Ausland aktiv. Dann folgte ihre Tätigkeit als Schriftstellerin. Im Jahr 2009 erschien ihr erster historischer Roman im Gmeiner-Verlag.

Bisherige Veröffentlichungen im Gmeiner-Verlag:
Die Insel der Witwen (2010)
Das Mädchen und sein Henker (2009)

DAGMAR FOHL

Der Duft von Bittermandel

Historischer Roman

Original

GMEINER

Besuchen Sie uns im Internet:
www.gmeiner-verlag.de

Im Ehnried 5, 88605 Meßkirch
Telefon 07575/2095-0
info@gmeiner-verlag.de

3. Auflage 2013

Lektorat: Claudia Senghaas, Kirchardt
Herstellung / Korrekturen: Julia Franze / René Stein
Umschlaggestaltung: U.O.R.G. Lutz Eberle, Stuttgart
unter Verwendung des Bildes »Stilleben«;
Quelle: http://commons.wikimedia.org/wiki/File:Floris_Claesz._
van_Dyck_001.jpg
Druck: CPI – Ebner & Spiegel GmbH, Ulm
Printed in Germany
ISBN 978-3-8392-1140-3

Wird jemand einen anderen lieben, der sich selbst im Wege ist? Kann man einem anderen Vergnügen bereiten, wenn man sich selbst hinderlich und beschwerlich ist? Das wird niemand behaupten, wenn er nicht selbst törichter ist als die Torheit.

(Erasmus von Rotterdam, Lob der Torheit)

ERSTER TEIL

1

Ich habe Papier und Feder bereitgelegt, um meine Geschichte aufzuschreiben. Wozu?, frage ich. Vielleicht, um mich zu erleichtern. Meine Gedanken lassen mir keine Ruhe. Sie fressen und nagen an mir wie ausgehungerte Ratten. Nachts ist es am schlimmsten. Wenn ich schlafe, habe ich Albträume, wenn ich wache, erscheint mir die Wirklichkeit schrecklicher als meine Träume. Wann wird diese Qual ein Ende haben? Werde ich jemals Frieden finden?

Wenn ich versuche, die Zufälle und Fügungen, die mein Leben bestimmten, aufzuzeichnen, die vielen Begebenheiten, die mich zu dem machten, der ich heute bin, noch einmal zu durchleben, kann ich vielleicht zu Wahrheit und Ruhe finden. »Im inneren Menschen wohnt die Wahrheit«, sagt Augustinus, »und wenn du deine Natur noch wandelbar findest, dann schreite über dich selbst hinaus.«

Ich will nicht länger zögern zurückzublicken, mir Selbstprüfung auferlegen, um zur Erkenntnis zu gelangen, wie ich jedes Maß verlieren konnte.

Ich war zwölf Jahre alt, als ich von zu Hause fortlief. Mein Vater, ein gelehrter Mann, erteilte mir Unterricht und bereitete mich auf den Beruf des Apothekers vor. Ich besaß eine gute Auffassungsgabe und lernte schnell. Doch anstatt mich zu loben, steigerte mein Vater den Schwierigkeitsgrad seiner Aufgaben. Er schalt und schlug mich, bis mir vor Angst und Enttäuschung Tränen in die Augen schossen. Es schien, als hätte er Vergnügen daran, mich zu demütigen. Vielleicht spürte er auch meine Abscheu vor der Arbeit in der Apotheke und bestrafte mich, weil ich seine Leidenschaft nicht teilte.

Seit meinem fünften Lebensjahr musste ich übel riechende Pasten rühren oder nach Ammoniak und Katzenkot stinkende medizinische Gebräue mischen. Gott aber gab mir eine sehr feine Nase. Um den Gestank in der Apotheke ertragen zu können, stellte ich mir den Duft von Hammelbraten mit Mandelkruste, eine brodelnde Ingwerbrühe mit Entenfleisch oder einen dampfenden Honigkuchen vor. Wenn ich eine Salbe anrührte, dachte ich an eine delikate Fischpastete mit feiner Würzkräuterfüllung. Ich sprach im Alter von zehn Jahren Latein, verfügte über medizinisches und botanisches Wissen, erkannte viele Krankheitssymptome und vermochte die passenden Arzneien und Heilkräuter zu deren Linderung auszuwählen. Mein Traum aber war es, Koch zu werden. Ich verbrachte jede freie Minute in der Küche, bei meiner lieben Mutter, die mich nach Lust und Laune rühren und schnetzeln ließ. Die Küchenarbeit ähnelte der Arbeit in der Apotheke, aber welche Verschiedenheit der Düfte und des Geschmacks! Nachdem meine Mutter an Schlagfluss gestorben war, stellte mein Vater eine Köchin ein. Seither verbot er mir den Zugang zur Küche. Immer häufiger schwang mein Vater die Rute gegen mich, obwohl ich mir nichts zuschulden kommen ließ. Da ich ihn sehr fürchtete, bemühte ich mich, seinen Wünschen und Ansprüchen gerecht zu werden. Nie wäre ich auf den Gedanken gekommen, gegen ihn aufzubegehren, wenn er mich nicht zu einer Hinrichtung mitgenommen hätte, zur Abschreckung, damit ich niemals zweifelhafte Tinkturen und Pasten anzurühren wagte. Dabei verhielt sich alles ganz anders.

Die Verurteilte, eine Heilkundige namens Rosalie, wohnte beim Apotheker im Nachbarort. Es war ein offenes Geheimnis, dass sie mit ihm in wilder Ehe lebte. Eines Tages wurde die Nachbarin von starken Schmerzen befallen. Da sie schon lange einen Hass auf Rosalie hegte, weil auch sie in den Apotheker verliebt war, beschuldigte sie Rosalie, ihr den Schmerz angehext zu haben, und hetzte alle Nachbarn auf, die sie mit weiteren Verleumdungen belasteten. Der eine beschwor, beobachtet zu haben, wie Rosalie Gift aus der Apotheke mit dem Urin des Teufels gemischt und es mit seiner Hilfe ihren Feinden verabreicht habe. Ein anderer klagte sie an, mit einer langen Distel die Empfängnis der Frauen zu verhindern und Missernten verursacht zu haben. Die Anschuldigungen nahmen kein Ende. Jemand bezichtigte sie sogar, es mit dem Teufel getrieben zu haben. Warum sind Menschen bereit, alles zu glauben? Warum betreiben sie mit Eifer üble Nachrede? Warum weiden sie sich am Unglück des anderen?

Rosalie wurde verhaftet, der Zauberei und Ketzerei angeklagt und von den Folterknechten so lange gequält, bis sie alles, was man ihr vorwarf, gestand.

Am Tag ihrer Hinrichtung führte Vater mich auf den Richtplatz. Wir standen inmitten der vielen Schaulustigen, als die Schlächter Rosalie an den Pfahl banden und den Scheiterhaufen entzündeten. Ich versuchte fortzulaufen, jedoch mein Vater hielt mich fest im Griff und zwang mich, zuzuschauen, die Schmerzensschreie zu hören, den Rauch einzuatmen, das verbrannte Menschenfleisch zu riechen.

Der Platz hatte sich bereits geleert. Vater ließ mich weiterhin auf den Scheiterhaufen starren. Erst als die lodernden Flammen versiegten und in Glut übergingen, kehrten wir nach Hause zurück. Zwei Tage und zwei Nächte lang erbrach ich mich. In der dritten Nacht lief ich davon. Ich sah meinen Vater nie wieder und ich habe ihn nie vermisst. Ich war seiner Grausamkeit und Selbstgerechtigkeit nicht gewachsen.

Zunächst musste ich für mein Überleben sorgen. Ich fand Arbeit als Schweinehirt bei einem Edelmann. Die groben und unfolgsamen Tiere, die noch elender als die medizinischen Gebräue stanken, machten mir das Leben schwer, bis ich endlich in einer Herberge Arbeit als Küchenjunge fand. Der Geruch, der mir im Küchenraum entgegenschlug, ließ meinen Atem stocken. Es roch nach Kot, verfaulten Lebensmitteln und Schimmel. Fast alles, was gekocht wurde, war verdorben. Aufgetragen wurde Brei und immer wieder Brei, oder wässrige Suppen, aus irgendeiner Dreckbrühe zubereitet. Erst wenn die Gäste den Brei verspeist hatten, trug der Wirt Fisch und Fleisch auf – allerdings zwei oder drei Tage alten Fisch und über die Maßen gelagertes Fleisch. Danach bot er faulen und mit Würmern durchsetzten Käse an. Wie reinlich war die Apotheke meines Vaters, wie wohlduftend die Pasten und Tinkturen! Dennoch, niemals wäre ich zurückgekehrt. Ich gab nicht auf, ich wollte Koch werden.

In den folgenden Jahren gelang es mir, in verschiedenen Anstellungen alle Stufen zu durchlaufen, vom Küchenjungen, Hilfskoch, Oberkoch bis zum Küchenmeister. Meine erste Stellung als Küchenmeister erhielt ich bei Kardinal de L'Avare in Lyon. Der Kardinal machte seinem Namen alle Ehre, denn sein Geiz kannte keine Grenzen. Bei einem Haushalt von zweihundertdreiundzwanzig Personen hatte er nur zwei Köche eingestellt. Während de L'Avare fürstlich speiste, erhielten die Hofbediensteten nur überlagertes Fleisch, dessen unangenehmen Geruch ich mit Gewürzen überdecken musste. Lud der Kardinal viele Gäste, wurde der Schenkmeister angewiesen, saurem Wein Blüten, Rosenwasser und Honig hinzuzufügen. Ich hatte mir mein Leben als Koch wahrlich anders vorgestellt.

Eines Tages beauftragte mich der Kardinal, ein Festessen besonderer Art zusammenzustellen. Seine Majestät Louis der Zwölfte sei in der Stadt und wolle dem Kardinal seine Aufwartung machen. Es solle an nichts fehlen. Und wenn es mir nicht gelänge, den König zufriedenzustellen, würde er mich im Keller einsperren und verhungern lassen. Ich brauchte diese Drohung nicht, um meine Kunst zum Erblühen zu bringen. Der König überhäufte mich mit Komplimenten und entschied sich, mich in seine Dienste zu nehmen. Ich war erst fünfundzwanzig Jahre alt und am Ziel meiner Träume angelangt. Ich wurde Koch am Königshof. Schon nach kurzer Zeit gelang es mir, zum Oberküchenmeister aufzusteigen, ein Oberküchenmeister, der als Auszeichnung für seine Dienste vom König geadelt wurde. Ich war der glücklichste Mensch der Welt. Wenn ich heute auf die Person, die ich einst war, zurückblicke, führt mir die Erinnerung schmerzlich vor Augen, wie sehr mein Schicksal mich verändert hat. Dieser junge, glückselige Mensch soll ich gewesen sein? Wie sehr kann ein Leben jemanden verändern? Was weiß man über sein eigenes Selbst?

Meine Sehnsucht nach jenem glücklichen Mann, nach jener unbeschwerten Zeit, in der ich voller Begeisterung und mit schuldfreier Seele lebte und arbeitete, lässt mich aufseufzen.

Louis der Zwölfte regierte das Land, ich regierte in der Küche. Mein Reich teilte sich in verschiedene Räume auf. Im ersten Küchensaal wurden nur Fische zubereitet, im zweiten nur Geflügel, Krammetvögel oder Schnepfen, im dritten Hirsche und Rehe. In den hinteren Räumen befanden sich die Suppenküche, die Backstube und die Fruiterie. Ich atmete den Duft von Hirschbraten und Lammkeule, von frischen oder gedörrten Früchten, von Kuchenteig oder Birnenkompott. Ich berauschte mich an den vielen verschiedenen Aromen, die mir die Seele erhellten.

Die Kochkunst ist die sinnlichste und vollkommenste aller Künste. Eine Musik kann man hören, ein Bild betrachten, aber eine erlesene Speise ist ein Kunstwerk besonderer Art. Man kann seine Schönheit nicht nur betrachten, sondern auch riechen und schmecken. Man kann sie mit den Zähnen beißen, mit der Zunge liebkosen, bis sie im Magen ein wohliges Nest bildet und ein wonniges, zufriedenes Gemüt verschafft. Diese Gedanken erfüllten mich damals. Ich liebte das Kochen. Es war mein Leben!

Als Oberküchenmeister war ich für alles verantwortlich. Mir unterstanden vierzig Köche und einhundertfünfzig Helfer. Die Fleisch-, die Suppen- und die Saucenköche, die Bäcker, die Spießbratendreher, die Küchenjungen, Feueranfacher und Abwäscher, die Hofsilberputzer, Tischdecker, Vorkoster und Vorratsverwalter. Auch die Wächter und Türsteher. Die Küche durfte von keinem Fremden betreten werden. Selbst die Bediensteten aus der unmittelbaren Nähe des Königs hatten nur Zugang zur Küche, wenn ich mich darin aufhielt. Jeder König fürchtete sich davor, vergiftet zu werden.

Zehn Jahre lang kochte ich für Louis den Zwölften. Es war die schönste Zeit meines Lebens. Erfüllte Jahre, in denen meine Kochkunst gereift war wie eine gesunde Frucht auf dem Felde. Dann starb König Louis, der schon seit vielen Jahren ernstlich erkrankt war. Er litt schwer an der Gicht und an heftigen Blutstürzen. Den ganzen Dezember des Jahres 1514 verbrachte er in seiner Bettstatt. Die Ärzte setzten Aderlässe, schröpften und klistierten. Es gab keine Hoffnung mehr. In der Silvesternacht tat er seinen letzten Atemzug. Der ganze Hofstaat trauerte um Louis den Zwölften, der ein gerechter und gutmütiger König gewesen war. Auch ich war tief betrübt. Der alte König hatte meine Kochkunst sehr geschätzt und mich mit allerlei Geschenken und Aufmerksamkeiten bedacht. Nun wurde sein Vetter François d'Angoulême, Herzog von Valois, König von Frankreich. Ich blieb Oberküchenmeister, jedoch mein Leben und Wirken veränderten sich. Durch König François den Ersten seines Namens lernte ich die Abgründe meiner Seele kennen.

Die Grenzen der Seele wirst du nicht finden, sagt Heraklit, auch wenn du alle Wege durchwanderst. So tiefen Grund hat sie.

2

FRANÇOIS VON VALOIS war erst zwanzig Jahre alt, als er zum König gekrönt wurde. Am 25. Januar 1515 zog er in Begleitung seiner Mutter, der Prinzen seines Geblüts und einflussreicher Standesherren in die Kathedrale zu Reims ein, um seine Salbung entgegenzunehmen. Die Kirche erstrahlte im prächtigsten Festschmuck. Überall leuchteten Samtvorhänge und Wandteppiche in den schönsten Farben. Auf dem Altar lag die Krone Karls des Großen, daneben das Schwert, das Zepter, die Hand der Gerechtigkeit und die goldenen Sporen.

Der König legte die Hand auf das Evangelium und gelobte im Namen Jesu Christi, dass das ganze seiner Gewalt übergebene christliche Volk der Kirche Gottes allzeit wahrhaften Frieden halten werde und er jedermann, welchen Standes er auch sei, Raubsucht und Sittenverderbnis untersagen werde. Er schwor, in allen seinen Urteilssprüchen Billigkeit und Barmherzigkeit zu gebieten und mit allen seinen Kräften danach zu trachten, alle ihm von der Kirche als Ketzer genannten und kenntlich gemachten Personen zu vertilgen und zu verjagen.

»Ich schwöre und beteuere, alles soeben Gesagte zu halten und zu erfüllen«, tönte seine Stimme durch das Kirchenschiff.

Der Erzbischof öffnete das heilige Gefäß, entnahm mit einer goldenen Nadel einen Tropfen Öl und mischte ihn auf dem Hostienteller mit der heiligen Salbe.

»Ungo te in regem de oleo sanctificato, in nomine Patris et Filii et Spiritus Sancti. Im Namen des Vaters, des Sohnes und des Heiligen Geistes salbe ich Dich mit dem geheiligten Öl zum König.«

Als der Erzbischof und die Pairs die schwere, mit Rubinen, Smaragden und Saphiren verzierte Königskrone auf das Haupt des Königs setzten, riefen sie: »Vivat rex in aeternum! Vivat rex in aeternum!«

»Te deum laudamus, te Dominum confitemus«, sangen die Mönche. Trompeten schmetterten, Orgelklänge brausten zum Himmel. Tausendstimmig schallte es durch die Kirche: »Vive le roi! Vive le roi!«

Ich ahnte zu diesem Zeitpunkt nicht, dass ich den König töten würde. Nicht nur ihn, auch seinen Kanzler Antoine Duprat. Ich kann es vorwegnehmen. Ich benutzte Gift. Als Oberküchenmeister des Königs und Sohn eines Apothekers kam für mich keine andere Tötungsart infrage. Wer kocht, hat Kenntnisse über die Stoffe, die die Natur liefert, nicht nur über die bekömmlichen, sondern auch über jene, die töten können. Dasselbe gilt für die Stoffe, die man zur Heilkunde verwendet. Je nach Dosis kann man einen Kranken gesund machen oder sterben lassen.

Für mich besteht kein Zweifel: Unzählige Herrscher sind vergiftet worden, ohne dass ihre Todesursache jemals aufgedeckt wurde! Crediti mihi, difficilius est venemum invenire quam inimicum. Glaubt mir, es ist schwieriger, Gift zu finden als einen Feind. Auch Kaiser Maximilian der Erste sollte vergiftet werden. Der Attentäter hieß Johann von Ragusa. Sein Name war in aller Munde. Er bot sich den Venezianern an, für ein Jahressalär von 1.500 Dukaten jeden zu vergiften, der der Regierung unbequem war. Sein Giftanschlag auf Kaiser Maximilian missglückte, was mir unbegreiflich ist.

Bei guter Vorbereitung können weder die Vorkoster noch andere Sicherheitsvorkehrungen verhindern, einen Kaiser, König oder Papst zu vergiften. Wer die Gepflogenheiten des Vorkosters genau studiert, wer weiß, dass er den Braten immer von links kostet oder beim Geflügel stets nur über den Rücken des Vogels streicht, vermag jeden Herrscher ins Jenseits zu befördern. Und all die Edelsteine, Natternzungen, Stäbchen aus dem Geweih des Einhorns, die die Vorkoster in dem Glauben benutzen, sie würden Gifte anzeigen, dienen nur der Beruhigung ihrer Nerven. Auch hinterlassen viele Gifte keine Spuren und wirken langsam. Arsenik zum Beispiel führt in größeren Mengen innerhalb von zwei bis zwanzig Tagen zum Tod. Heftige Krämpfe, Anschwellen der Zunge, Angstzustände und vielerlei scheußliche Qualen mehr plagen den Vergifteten, bis er elend in seinem blutigen Stuhlgang verendet. Durch ganz kleine Mengen dieses Giftes kann man einen Menschen jahrelang dahinsiechen lassen, bevor er stirbt.

Arsenik ist leicht zu erkennen. Wirft man das Gift auf glühende Kohlen, riecht es stark nach Knoblauch und es entsteht weißer Rauch. Hält man eine dünne Klinge aus Kupfer in den Rauch, bilden sich auf dieser weiße oder schwarze Flecken.

Mir waren alle Metalle und Methoden der Giftmischer geläufig: Arsenik, Quecksilbersublimat, Blei oder im Essen zerstoßene Diamanten, auch alle pflanzlichen und tierischen Gifte, die krank machen oder zum sicheren Tod führen. Gleichwohl wäre ich niemals auf den Gedanken gekommen, diese Kenntnisse zu benutzen, um jemanden zu töten. Ich war ein gutmütiger, aufrichtiger Mensch, der zu Ängstlichkeit und Zurückhaltung neigte. Ich war kein Ritter, sondern Koch. Gewalt und Mord schreckten mich ab. Ich litt unter den vielen Kriegen und der Mordlust der Männer. Ich vermied auch, mich in politische Querelen und höfische Intrigen zu verstricken. In meiner verantwortungsvollen Stellung als Oberküchenmeister des Königs nahm ich an allen Ratssitzungen teil. Ich war manchem Berater geistig überlegen und durchschaute viele Ränkespiele. Den Ratsherren galt ich jedoch als Tölpel, weil ich mein Wissen vor ihnen verbarg und jeden Disput verhinderte. Wer hört, sieht und schweigt, schadet anderen nicht und lebt stets in Frieden, dachte ich. Ich schützte mich durch mein Stillschweigen vor Angriffen und Verleumdungen und betrachtete meine Redescheu als meine wirksamste Waffe.

Mein ganzes Leben war von Angst geprägt. Vielleicht trugen die ungerechten Rutenhiebe meines Vaters dazu bei. Nur in der Küche fühlte ich mich sicher. Im Wohlgeruch der Speisen war ich ein anderer Mensch. Mein Lebensglück bestand darin, für das leibliche Wohl der Menschen zu sorgen. Ich wollte niemandem Schaden zufügen und erst recht niemanden vergiften. Ich nutzte mein Wissen, um meine Küche frei von Giften zu halten. Zuweilen verwechselten Bauern- oder Küchenjungen essbare Früchte, Kräuter und Wurzeln mit giftigen. Wenn ich es nicht sofort bemerkt hätte, wäre es oftmals übel ausgegangen.

Fast alle essbaren Pflanzen haben giftige Zwillinge. Der Petersilienwurzel ähnelt die giftige Hundspetersilie, gesunden Salatarten der Giftlattich, dem Schwarzkümmel die Samen vom Bilsenkraut oder vom Schierling, der schwarzen Waldkirsche die Beere der Tollkirsche, der Heidelbeere die giftige Sandbeere. Pflanzen zu verwechseln, hat schreckliche Folgen. Während man Pastinaken gut zur Suppe verwenden kann, verursachen die Wurzeln des Bilsenkrautes Brennen im Magen, ungeheuren Durst, Schlaflosigkeit und Anfälle von Wahnsinn. Der Schierling wirkt in größeren Mengen tödlich. Glücklicherweise strahlt die ganze Pflanze einen übelriechenden Verwesungsgeruch aus und ist leicht zu erschnuppern. Stechapfel zerrüttet die Sinne. Selbst wenn man einem Menschen, dem dieses Gift verabreicht wurde, die Schlüssel aus dem Sack zöge oder Truhen und Schreibtische vor seinen Augen aufsperrte, würde er es nicht bemerken. Die Tollkirsche ist am gefährlichsten. Sie erzeugt Rauschzustände, Raserei und Gliederkrämpfe. Einzig die rechtzeitige Einnahme von Abführ- oder Brechmitteln verhindert den Tod des Vergifteten.

Trotz all meiner Kenntnisse war das einzige Gift, das ich zum Zeitpunkt der Krönung François' des Ersten zubereitet hatte, Fliegenpilzsud. Ich verwendete ihn, um Fliegen und Wanzen zu vertreiben. Fliegen, die den Sud getrunken haben, fallen steif zu Boden. Bestreicht man mit dem Saft des Giftpilzes die Bettstellen, vor allem die Ecken und Nischen, tötet er die Wanzen.

Erst zwanzig Jahre später nutzte ich mein Wissen, um Kanzler und König zu vergiften. Der Kanzler litt nur einige Wochen, den König quälte ich über zehn Jahre. Zehn lange Jahre ließ ich ihn innerlich verfaulen. Langsam, aber stetig. Ich bin nicht hingerichtet worden. Niemand hat die wahre Todesursache herausgefunden. Ich bin dazu verdammt, mit meinen Erinnerungen und meiner Pein weiterzuleben.

3

Ganz Paris bereitete den Empfang François' des Ersten vor. Der König hatte den 15. Februar 1515 für seinen Einzug bestimmt. Angesichts des königlichen Besuches forderte der Stadtrat alle Stadtbewohner einschließlich der Geistlichen und hohen Herren auf, den Schmutz vor ihren Häusern fortzuschaffen und das Pflaster auszubessern. Nicht nur die großen Straßen und das inmitten der Seine gelegene Zentrum der Stadt mit der Kathedrale Notre-Dame, dem bischöflichen Palast und den Häusern der Domherren, sondern auch die Stadtteile am rechten und linken Flussufer und die vielen schmalen Gassen, in die sich noch niemals ein König begeben hatte, sollten gründlich gesäubert werden.

Immer wenn ich in Paris weilte, hielt ich mir ein Tuch vor Mund und Nase. Die Pariser hatten die Angewohnheit, Unrat aller Art, Hausmüll, Kehricht, Kot, tote Katzen und andere Tierkadaver einfach auf die Straße zu werfen. Ein Teil der größeren Wege und Plätze war gepflastert, was nicht zu mehr Reinlichkeit führte. Auf den Steinen bildeten sich übelriechende Schmutzschichten, an denen sich Abertausende von Ratten gütlich taten. Sie raschelten und quiekten, sie zerfurchten und untertunnelten die stinkende Masse, immer auf der Suche nach Futter. An der Oberfläche tummelten sich Hunde und Katzen, umsurrt von Fliegenschwärmen, die sich als brummende schwarze Wolken auf die begehrte Nahrung stürzten. An manchen Tagen wateten die Menschen bis über die Knöchel in Kot und Dreck umher. Die Schüttmeister konnten der Menge an Schmutz nicht Herr werden. Kaum hatten sie eine kleine Wegstrecke gereinigt, begannen die Pariser erneut, eimerweise Unrat aus dem Fenster zu schütten. Die ekelerregenden Ausdünstungen auf den Straßen und Wegen mischten sich mit dem Kloakengestank, der aus den offenen Kanälen der Stadt aufstieg. Räucherungen mit Essig, Thymian und Wacholder vermochten den beißenden Gestank nicht zu überdecken.

Die Pariser räumten auf, füllten die Karren und setzten Steinquader. Der Stadtrat hatte die Bürger aufgefordert, sich ebenfalls ordentlich zu waschen. Selbst Männer und Frauen in fürstlichen Gewändern stanken aus allen Poren und waren mit Flöhen und Läusen übersät. Statt Wasser und Seife zu benutzen, bevorzugten sie starke Parfums, sprühten sich mit Moschus, Bisam, Ambra und anderen Wohlgerüchen ein. Seit Kolumbus die fremde Krankheit eingeschleppt hatte, siegten Puder und Schminke über Seife und Badestuben.

Am Morgen des königlichen Einzugs war alles vorbereitet, die große Straße, die die Stadt von den nördlichen Wällen bis zur Seine durchquerte, sowie alle Brücken und Plätze gesäubert und mit Sand bestreut. Über die ganze Wegstrecke spannten sich Teppiche und Stoffbahnen, an den Fassaden leuchteten farbenprächtige Tücher und auf den Giebeln flatterten Fähnchen. In den Straßen und Fenstern drängten sich die Schaulustigen. Viele Bürger zahlten bis zu zehneinhalb Livres für einen Fensterplatz.

»Ils arrivent, ils arrivent!«, schrie das Volk. Die Bogen- und Armbrustschützen, hoch zu Pferde, bildeten die Spitze des Festzuges. Dahinter die Herren der Stadtverwaltung, die Profose und Schöffen, die Bürgersleute und die siebzehn Handwerkszünfte.

Ein Meer von roten Gewändern überflutete die Straße. Sechzig Reiter erschienen in goldbestickten Stoffen aus purpurrotem Samt. Purpurrot auch die Gerichtsdiener mit ihrem Rutenbündel und der oberste Richter von Paris. In scharlachrote Gewänder gekleidet die Strafjustiz, die Mitglieder des Zivil- und Kriminalgerichts, Gerichtsbeamte und Amtsschreiber, Kanzlisten, Advokaten, Prokuratoren, Notare und die berittenen Gerichtsdiener.

Den Vertretern der Stadtbehörden folgten die hohen Amtspersonen des Königs: die vier Generalverwalter des Finanzwesens, die Präsidenten und Räte der General- und der Oberrechnungskammer, die Präsidenten des Parlaments von Paris und eine große Prozession von Kavalieren. Die Pariser bestaunten die prächtigen Gewänder. Betört von all dem Glanz, der sich vor ihren Augen auftat, jubelten sie den hohen Herren zu.

Die fünfzig Bogenschützen des Königs nahten, ganz in weißen Samt gehüllt. Ihnen folgten die vier Marschälle von Frankreich sowie der Siegelbewahrer, der die Truhe mit dem Königssiegel eskortierte. Hinter ihm ritt Kanzler Antoine Duprat, in langer Robe aus purpurrotem Samt. Erhobenen Hauptes thronte er auf seinem Ross.

Ich traute dem neuen Kanzler nicht. Einem Menschen, dem es einerlei ist, welche Speisen und welche Mengen er vertilgt, kann man nie trauen. Duprat stopfte alle Gerichte in sich hinein, ohne zu fühlen. Erst wenn sein Magen zu schmerzen begann, hielt er inne. Der Kanzler war derart fettleibig, dass er sein Pferd nicht ohne Hilfe seiner Diener besteigen konnte. Ihm gelang es nicht einmal, das Bein zu heben, um wieder abzusteigen. Er rollte sich aus dem Sattel, während seine Pagen bereitstanden, ihn aufzufangen.

Antoine Duprat lebte, wie er speiste. Er war ein nimmersatter Ämterjäger. Zunächst erschlich er sich den Posten des Obersten Präsidenten im Pariser Parlament. Als sich abzeichnete, dass Louis der Zwölfte keinen Thronfolger mehr zeugen würde und François' Nachfolge als König in Aussicht stand, machte Duprat sich bei Louise de Savoie unentbehrlich. In der Hoffnung auf das Kanzleramt erteilte er ihrem Sohn Unterricht und erwies Louise wertvolle juristische Dienste. Seine Bemühungen waren von Erfolg gekrönt.

Duprats mächtige Stellung machte mir Angst. Als Kanzler stand er über allen Würdenträgern. Er amtierte nicht nur als königlicher Berater, sondern auch als Verwahrer des königlichen Siegels, was ihn befugte, alle königlichen Verordnungen zu siegeln und über Begnadigungen, Verhaftungen, Berufungen und Privilegien zu entscheiden. Dem Kanzler unterstanden sämtliche Gerichtshöfe, die obersten Tribunale, das Parlament von Paris, die Gerichte der Landeshauptleute und Seneschalle sowie die Polizeigerichte. Antoine Duprat überwachte alle Staatsgeschäfte, auch das Finanz- und Kriegswesen.

Es war ein frostiger Tag im Februar. Die Kälte hielt den städtischen Gestank in Grenzen. Dennoch hielt ich mein Tuch vor die Nase. Mein Geruchssinn war an Butter, Käse, Obst und feine Aromen gewöhnt. Meine empfindliche Nase verlangte, meine Küchen peinlich sauber zu halten. Hundekot und Katzendreck mussten sofort von einem Küchenjungen beseitigt werden. Und ich bestrafte jeden, der es wagte, in die Kochsäle zu urinieren oder in dunklen Ecken Häufchen zu hinterlassen.

Trompetenschall schmetterte durch die Straßen. Durch die Menschenmenge ging ein Tosen. Hoch zu Ross erschien der junge König, ganz in Weiß gekleidet, umrahmt von dreizehn in weißen Samt und weiße Seide gehüllte Pagen. Der König griff in die Satteltasche und schleuderte Goldmünzen in die Menge. Die Menschen stürzten sich auf die Taler. In hohem Bogen warf er weitere Münzfontänen in das Gewühl des gierigen Pöbels.

Es folgte der Hofstaat des Königs: Die Prinzen von Geblüt, der Oberstallmeister mit dem Paradepferd, die Pförtner in weißem Samt und die ebenfalls weiß gekleideten Lakaien, der Oberkammerherr und alle Bediensteten des Hofes.

»Vive le roi, Vive le roi!«, ertönte es aus Tausenden von Kehlen.

Mir fiel es schwer, in das »Vive le roi« einzustimmen. François d'Angoulême schien mir als König von Frankreich ungeeignet und unwürdig. Ich hatte seinen leichtsinnigen und prunksüchtigen Charakter kennen gelernt und miterlebt, wie der Junge von seiner Mutter, Louise de Savoie, verzogen wurde.

Louise de Savoie war die Tochter des Grafen Philippe de Bresse, eines jüngeren Sohnes des Hauses Savoie, und von Marguerite de Bourbon, der Schwester des Herzogs de Beaujeu. Sie lag noch in der Wiege, als man ihr den Grafen Charles d'Angoulême zum Gatten bestimmte. Die Vermählung fand statt, als sie elf Jahre alt war. Zuerst brachte Louise eine Tochter zur Welt, Marguerite. Dann wurde François geboren. Er lag noch in den Windeln, als sein Vater an einer Lungenentzündung starb. Da Louise noch nicht volljährig war, als sie verwitwete, übernahm der König die Vormundschaft für ihre Kinder und holte Mutter, Tochter und Sohn an den Königshof.

Louise ließ niemanden in die Nähe ihres Sohnes.

François schlief in ihrem Zimmer, sie weckte, wusch und kleidete ihn selbst. Nur dem Schlossverwalter erlaubte sie, ihn später zur Messe oder bei einem Spaziergang zu begleiten. Ständig rief sie ihren Sohn »mein König, mein Herr, mein Cäsar«. In einer Kommode hatte sie alle Windeln, Tücher und Decken des Jungen aufbewahrt. Jede Nichtigkeit, die der Kleine von sich gab, war von überschwänglicher Gewichtigkeit. Selbst wenn der Junge in der Nase bohrte, fand sie noch Worte des Lobes ob der eleganten Haltung seines rechten Zeigefingers. Louis der Zwölfte befahl, den Jungen von seiner Mutter zu trennen. Leider hatte er diese Entscheidung zu spät getroffen.

François wuchs heran. Er schien in vielen Dingen sehr begabt. Louis der Zwölfte ermöglichte ihm eine exzellente Ausbildung, gekrönt von einem Studium in Paris. Der Junge aber zog den ernsten Studien ein ausschweifendes Leben vor. Sobald er volljährig war, beherbergte er in seiner Hofhaltung an die sechzig Kammerherren und Heerscharen von Dienern. Er gebärdete sich, als hätte er alle Gestirne unter seinen Füßen. Er war ein prunksüchtiger Leichtfuß!

Der Junge erregte nicht nur mein Missfallen. Louis dem Zwölften fiel es nicht leicht, François als zukünftigen König zu akzeptieren. Gleichwohl, ihm blieb keine Wahl. Er hatte bereits die fünfzig überschritten und immer noch keinen Sohn. Sein Vetter François war der einzige männliche Nachkomme, der als sein Nachfolger in Frage kam. Daher beschloss er, ihn mit seiner Tochter Claude zu vermählen, auch wenn er zu allem Ungemach befürchtete, dass Louise de Savoie nach der

Krönung ihres Sohnes die Staatsgeschäfte an sich reißen würde.

»Dieser große Junge wird alles verderben«, sagte König Louis kurz vor seinem Tod.

Der königliche Zug bewegte sich Richtung Notre-Dame. Was würde die Zukunft bringen?, fragte ich mich damals. Frankreich unter der Herrschaft eines Gernegroß, seiner machtgierigen Mutter und eines hinterlistigen Kanzlers.

Der Festzug passierte die Place de Grève. Hier roch es durch mein Tuch hindurch nach Tod. Immer wenn ich in die Nähe von Galgen, Schandpfahl oder Scheiterhaufen geriet, stieg mir jener süßlich-stickige Geruch verbrannten Menschenfleisches in die Nase, der mir den Atem verschlug, mir Übelkeit verursachte und schreckliche Erinnerungen in mir wachrief. Auf der Place de Grève stand jederzeit alles bereit, um Menschen zu quälen und hinzurichten, ob schuldig oder unschuldig.

Ich presste mein Tuch fester an die Nase und stellte mir vor, eine delikate Königssuppe zuzubereiten. Ich nehme dazu Mandeln, stoße und koche sie in guter Kräuterbrühe mit etwas Zitronenfleisch, ein paar Brotkrumen und Salz. Man muss gut umrühren, damit die Mandeln nicht anbrennen. Dann alles durchsieben, eine Geflügelbrühe aus zerstoßenen Knochen von Rebhühnern und ein paar Pilzen kochen. In der Zwischenzeit das Rebhuhnfleisch braten.

Köstliche Düfte stiegen in meine Nase. Jetzt die Geflügelbrühe durch ein Leinentuch laufen lassen, dachte ich, Brot hinzufügen und weiterkochen lassen.

Dann die Mandelbrühe, den Bratensaft und das fein gehackte Fleisch der Rebhühner dazugeben.

Der alte König hatte es besonders gern, wenn ich Pistazien und etwas Granatapfel beigefügt hatte. Aber der alte König war nicht mehr.

4

Das Krönungsbankett stand bevor. In meinen Küchen glühten alle Feuerstellen. Ständig wischte ich mir mit der Schürze den Schweiß von der Stirn. Jede Bewegung brachte mich auch ohne die Küchendämpfe, die in dichten Schwaden die Säle durchzogen, ins Schwitzen. Ich kochte leidenschaftlich gern, doch Festmahle regten mich über die Maßen auf. Meine Ehre als Oberküchenmeister gebot, als Krönungsmahl etwas Außerordentliches zu kreieren. Ich fand kein Ende, alle Bediensteten mit Ermahnungen zu überhäufen.

»Könnt ihr nicht achtgeben? Der Braten wird schwarz. Dreht schneller, sonst landet ihr selbst auf dem Spieß! Und hängt den Kessel höher, die Sauce brennt an! Michel, hast du noch nie eine Taube gefüllt? Geh, rühr die Fischsuppe, zu mehr taugst du nicht. Sind die Gewürze für die Rebhuhnpastete gerieben? Dummkopf, du hast den Ingwer vergessen! Bodin, wo ist der Teig für die Safran-Eierkuchen? Gernot, du solltest aus dem Hasenbraten einen Löwen formen, nicht einen Ochsen. Jean, denk an die weißen Tauben, die aus der Pastete herausfliegen sollen. Dass sie mir nicht geschlachtet werden!«

Ich drohte den Vorschneidern: »Écuyers tranchants, wenn ihr an der Tafel beim Zerlegen des Fleisches auch nur einmal zittert oder eine sonstige unangemessene Bewegung macht, wenn ich euch wie die Vollsaufer aus Hüten, Stiefeln und Handschuhen trinken sehe, dann habt ihr die längste Zeit zwei Hände gehabt! Habt ihr verstanden? Hauptvorschneider, wenn du nicht für Ordnung sorgst, filetiere ich dir deine Zunge!«

Ich war ein gutmütiger Mann, aber in der Küche und beim Essen verlangte ich neben Sauberkeit Präzision und Gehorsam. Ich sparte nicht mit Ermahnungen, denn es speisten auch Bedienstete im Festsaal.

»Hört gut zu, auch wenn die höchsten Kirchenfürsten und Edelleute unziemlich alles in sich hineinstopfen, spucken, saufen und rülpsen: Fallt nicht gierig über Essen und Trinken her. Legt Stücke, die ihr im Mund gehabt habt, nicht wieder auf die allgemeine Schüssel! Spuckt nicht auf oder über die Tafel! Reinigt die Zähne nicht mit dem Messer oder mit dem Tischtuch! Wenn ich jemanden ins Tischtuch schnäuzen sehe, setzt es Hiebe! Selbst wenn ihr ein Schnupftuch benutzt, gehört es sich nicht, es auseinanderzuziehen und hineinzugucken, als wären euch Perlen und Rubine vom Gehirn abgefallen! Und solltet euch Körperwinde entweichen, hustet wenigstens laut!«

Im Festsaal des Palais de Tournelles drängten sich die Gäste. Die Botschafter, die Prinzen, der Gerichtshof, alle Herrschaften waren geladen. Hunderte von Wachskerzen erleuchteten den Saal. Die Damen überboten sich in ihren prunkvollen, im Kerzenschein funkelnden Gewändern. Auf grünen und roten Samt- und Brokatstoffen prangten goldene Blumen- und Tierornamente, Schleifen und Schlitze. Eine Schleppe war länger als die andere, als glaubten die Damen, mit der längsten Schleppe den schönsten Jüngling einzuwickeln. Dazu Dekolletés, die tiefen Einblick auf ihre Brüste gewährten. Auch die Männer standen in voller Pracht. Den Herzog de Longueville zierte ein Rock aus kirschrotem Samt, auf dem ein silberner Bär mit einem aus Rubinen und Saphiren gestickten Maulkorb zu erkennen war. Graf von Châtellerault zeigte auf dem Ärmel einen Zweig mit zweiundzwanzig Rosen, jede aus verschiedensten Edelsteinen zusammengesetzt. Alle Schamkapseln beulten kindskopfgroß die Beinkleider aus, so sehr hatten die Herren sie ausgestopft, um ihre Männlichkeit aufzubessern. Einige Höflinge konnten sich nicht zurückhalten, sie nach neuer Mode sogar mit Schleifen zu besetzen.

Als die Trompeter das Signal zum Händewaschen bliesen, knieten die Pagen mit Handbecken und Kannen vor den Gästen nieder, begossen ihre Hände und reichten ihnen Tücher zum Abtrocknen. Danach nahmen alle ihre Plätze ein, Königin Claude und die Königinmutter mit ihren Hofdamen auf der Estrade, der König an der Marmortafel inmitten des Saales.

Königin Claude wirkte blass und erschöpft. Dennoch leuchteten ihre Augen ihrem Gemahl entgegen. Sie liebte François tief und innig. Wie sehr sie ihm zugetan war, erfuhr ich erst durch ihre Tagebücher, die mir lange nach ihrem Tod in die Hände fielen. Diese Aufzeichnungen, vielleicht unterstützten sie meinen Entschluss zu morden. Ich erhielt sie, als … Ich kann nicht darüber sprechen. Noch nicht.

Ich war bereits in großer Sorge um Prinzessin Claude, als die Heirat mit François vereinbart wurde. Sie war ein sehr sanftes, barmherziges Wesen. Ihre Zukunft neben dem selbstherrlichen jungen Herzog malte ich mir in den düstersten Farben aus. François interessierten nur die Königskrone und Claudes Mitgift. Er liebte die Prinzessin nicht. Er begehrte die hunderttausend Écus d'or, die Louis der Zwölfte als Hochzeitsgeschenk für seine Tochter vorgesehen hatte, und er beabsichtigte, durch eine Heirat Frankreich die Bretagne einzuverleiben. Das salische Recht verbot Frauen, die Krone von Frankreich zu erwerben. Claude hatte jedoch die Bretagne geerbt. Seit dem Tod ihrer Mutter Anne de Bretagne war sie Herzogin dieses wunderschönen Landes am Meer.

»Ich werde diese Königstochter auf jeden Fall heiraten«, hörte ich François de Valois zu seiner Mutter sagen, »aber ich werde sie niemals lieben. Nichts an ihrer Erscheinung reizt mich. Sie schielt und humpelt und ihr dicklicher Körper ist mir zuwider. Dennoch will ich dieses missgestaltete Kind zur Frau nehmen. Das ist eine Staatsfrage! Es geht um die Bretagne und um andere Vorzüge, die mein Königreich aus dieser Heirat ziehen kann. Und was die Liebe betrifft, habe ich genügend Möglichkeiten, mir die verlockendsten Blümchen im ganzen Reich zu pflücken.«

Auch Louise de Savoie missbilligte Prinzessin Claude. Sie urteilte mit harten Worten über sie:

»Ich kann es nicht mit ansehen. Sie ist einfach zu hässlich. Ihr Humpeln verstärkt sich täglich und ihre Schwächlichkeit macht sie abstoßend. Ich hege große Zweifel, ob dieses kränkliche Mädchen überhaupt in der Lage ist, Euch, dem zukünftigen König, Kinder zu schenken.«

Prinzessin Claude war seit früher Kindheit kränklich. Als ich an den Königshof kam, bangte man nicht das erste und das letzte Mal um ihr Leben. Sie war damals fünf Jahre alt. Sie litt oft an hohem Fieber. Zudem plagten sie ständig entzündete Augen. Jeden Morgen erhielt sie Augenbäder, um ihre verklebten und geschwollenen Lider öffnen zu können. An Tagen, an denen die Kleine kräftig genug zu sein schien, durfte sie Spaziergänge mit Perette unternehmen. Perette le Lois kümmerte sich um die Gesundheit und das Wohlbefinden der Prinzessin. Die gute Seele hatte die kleine Claude in ihr Herz geschlossen und wachte Tag und Nacht über sie wie eine liebende Mutter. Häufig besuchten die beiden die Schlossküche. Bei den üblichen Mahlzeiten verweigerte Claude das Essen. Sie zog es vor, in meiner Küche am Tisch zu sitzen und ein frisch zubereitetes Omelett zu essen, was man ihr gewährte. Alle freuten sich, dass sie überhaupt Nahrung zu sich nahm. Der Prinzessin war es erlaubt, zu welcher Tageszeit auch immer, ihr Omelett zu verspeisen. Ich sehe sie noch heute vor mir, mit ihrem blässlichen Gesicht, umrahmt von einer bretonischen Haube. Sie ließ sich viel Zeit beim Essen. Ab und zu warf sie mir einen schüchternen Blick zu und lächelte. Beim Abschied berührten ihre Finger kaum merklich meine Hand. Danach humpelte sie aus der Küche, nicht ohne Ermahnungen von Perette, sich nicht zu überanstrengen und zu verhalten, wie es einer Prinzessin gezieme.

Wie viel Zeit war seitdem vergangen. Plötzlich saß das kleine Mädchen als Gemahlin des Königs von Frankreich im Festsaal. Ich hätte ihr ein besseres Leben gewünscht.

Erneut tönten die Fanfaren. Das Krönungsessen begann. Ich betrat den Festsaal, schritt den Edelknaben voran. Ich hielt meinen Amtsstab, allein darauf bedacht, meine Erregheit im Zaume zu halten und nicht zu zittern. Nachdem der Kardinal das Mahl gesegnet hatte, folgte ein Gang dem anderen, jeder begleitet von Trompetenklängen. Ich hatte mir große Mühe gegeben. Die Pagen servierten Pasteten von Rebhühnern, Krammetvögel gefüllt mit Weinbeeren, Hechtkopf samt gespicktem Hecht, Ochsenbraten an Meerrettichsauce, Hühnerpastete und Kapaun. Danach gesottene Karpfen, Rehpastete und Speckpfannkuchen. Schließlich folgte ein Hammel vom Spieß, aus dessen Hals Rotwein sprudelte.

Nachdem der Vorkoster alle Speisen geprüft hatte, zog der König sich die Schüsseln unters Kinn, tunkte seine Brotbrocken in die Speisen, wobei er genüsslich schmatzte. Ihm schien alles zu munden. Ich war zufrieden und meine Aufregung legte sich.

Kanzler Antoine Duprat saß mit fettumkränztem Mund zur Linken des Königs. Bevor er einen Bissen hinunterschluckte, stopfte er schon den nächsten in sich hinein. Es beleidigte mich zu beobachten, wie meine mühevoll zubereiteten Speisen im Rachen des Kanzlers verschwanden, ohne dass seine Zunge auch nur einen Hauch ihren Geschmacks hätte wahrnehmen können.

Es folgten die Pasteten, aus denen weiße Tauben flogen, Hasenbraten, feines Gebäck, Spanferkel, Hirschbraten in Rotweinsud, Eierkuchen, ein Adler, aus Gebäck geformt, die Fischsuppe und der Nachtisch: Pfauen, Fasane, Sülzen und Kaninchen, gepaart mit allerlei Zuckerwerk. Alles war vorzüglich gelungen.

Nach dem Souper spielten die Musiker zum Tanz auf. Nachdem die Diener Tische und Bänke beiseite geräumt hatten, griff ein Spielmann zur Laute und zog durch den Saal. Der Vortänzer nahm zwei Damen zur Hand und folgte graziösen Schrittes. Er hätte einen gefüllten Weinbecher auf dem Kopfe halten können, ohne einen Tropfen zu vergießen. Schließlich reihten sich die anderen Gäste ein und tanzten im Kreis.

Zu späterer Stunde ging der anmutige Tanz in ausgelassenes Springen und Drehen über. Unter lustvollen Schreien warfen die Herren die Tänzerinnen in die Höhe. Zum Abschluss tanzten alle, die noch munter genug waren, den Totentanz. Der König spielte den Toten und ließ sich von allen Damen küssen.

Königin Claude beobachtete das Treiben von der Estrade aus. Das Leuchten in ihren Augen war erloschen.

5

Ich sass auf der Estrade und vermochte den Blick nicht von ihm abzuwenden. Ich verfolgte jede seiner Bewegungen, ergötzte mich daran, wie er das Brot tunkte, die Speisen zum Mund führte, wie er sich zur Seite neigte, um zu plaudern, die rechte Augenbraue hob, wenn er zu sprechen ansetzte. Sehnsüchtig erwartete ich jeden neuen Fanfarenton, weil er dann aufhorchte und seine Augen in den Saal strahlten, ein Blick, in dem sich Stolz und Glück miteinander paarten. Bei jedem Ton, der erschallte, hoffte ich, er würde diesen Blick zu mir auf die Estrade richten, mir nur ein einziges Mal zublinzeln, seiner Gemahlin, die bereits sein Kind unter dem Herzen trug.

Nun schritt François zum Tanze. Ich sah ihn die spanische Pavane ausführen. Seine Passagen waren brillant getanzt, die Schritte kunstvoll abgemessen und die Kadenzen vortrefflich eingehalten. Ich weiß nicht, was ich mehr bewundern soll, das anmutige Tanzen oder die majestätische Eleganz, wenn er stehen bleibt, seine beschwingte Heiterkeit oder sein erhabener Stolz zum Ausdruck kommt. Barmherziger Gott, warum ließest du mich lahmen? Ich gäbe mein Leben, nur einmal an der Seite meines geliebten Gemahls zu tanzen.

Ich betrachtete sein Antlitz. Seine Augen standen in Flammen, Augen, die die Finsternis der Nacht zu erhellen und am Tage das Sonnenlicht zu überstrahlen vermögen. Aber ihr Glanz war nicht auf mich gerichtet, sondern auf die Damen, mit denen er sich drehte. Welcher junge, schöne König wünscht sich eine Gemahlin wie mich? Ich bin hässlich, jedoch nicht dumm. Ich spüre stets, wie er mich meidet. Wenn ich seine Hand fasse, fühlt sie sich leblos an, wenn er mit mir das Bett teilt, ist sein Körper von einer Rüstung umgeben. Es lebt sich kühl an seiner Seite. Wer, wenn nicht ich, könnte mit Sicherheit behaupten, dass er nur seine Pflicht erfüllt, königliche Kinder zu zeugen. Dennoch fiebere ich den Stunden entgegen, in denen er sich mir widmet, denn ich hoffe, eines Tages seine Liebe zu gewinnen.

Ich bin voller Zuversicht und Vorfreude. Die Geburt eines Sohnes wird seine Liebe aufflammen lassen. Gottvater im Himmel, verhilf mir zu einem Sohn, einem Thronfolger. Und mildere meine Ängste, das Schicksal meiner lieben, guten Mutter zu teilen, die Fehlgeburten und Totgeburten durchlebte und nur eine Tochter wie mich gebar.

Woher nehme ich meine Hoffnung?

Zu später Stunde wurden die Tänze wilder. François gebärdete sich immer ausgelassener. In ihm tobte jene Tollheit, die mich stets ängstigt. Es war etwas Gewalttätiges in seinen Bewegungen, eine Rohheit, die mich daran erinnerte, wie er mit dem Schwert auf Türen einschlägt oder mit Holzscheiten auf Puppen zielt.

Plötzlich warf er sich auf den Boden, nahm lachend die Küsse der Damen entgegen. Ich wendete meinen Blick ab und gab meinen Kammerfrauen Zeichen, mich in meine Gemächer zu führen. Die Hände über meinem leicht gewölbten Bauch verschränkt, verließ ich die Festlichkeit.

Warum kränkt er mich? Genügt es nicht, dass er mich nicht liebt?

Ich versuche, die Gedanken und Bilder fortzuschieben, die von mir Besitz nehmen. Je mehr ich mich bemühe, desto klarer treten sie in Erscheinung.

Es war im Januar 1514. Mutter hatte einen Harngriesfall erlitten und lag im Krankenbett. Sie schrie vor Schmerzen. Bei jedem Schrei, den sie ausstieß, zitterte ich. Ich atmete tief durch, um Kraft zu schöpfen, nicht schwach zu sein und ihr alle Stärke zu geben, die ich aufzubringen vermochte.

Stunde um Stunde hielten Vater und ich ihr die Hände, bis ihre Kräfte dahinschwanden. Sie bäumte sich noch einmal auf und stieß einen letzten Seufzer aus. Dann sank sie erlöst auf ihr Kissen nieder.

»Geht«, flüsterte Vater, »geht und bereitet die Gruft und den Ort, wo meine Gemahlin ruhen soll, und macht sie groß genug für sie und für mich. Noch ehe das Jahr entschwindet, werde ich mit ihr vereinigt sein und ihr Gesellschaft leisten.«

Die Totenglocken läuteten. Die Diener schlugen alle Räume mit schwarzen Tüchern aus, zogen Hussen über Stühle und Sessel und verdeckten die Wandteppiche. Der ganze Hofstaat trug schwarze Trauerlivreen. Kein fröhliches Geräusch drang aus dem Schloss, in dem Vater alle Vergnügungen untersagt hatte. Wochenlang lebten wir in tiefer Trauer. Ich weinte, bis die Tränen versiegten mit der voranschreitenden Zeit, die jeden Kummer abschwächt.

Vater verlor seinen Lebensmut. Als Mutters Herz schon lange im Reliquienschrein in Nantes verwahrt und ihr Körper zu Grabe getragen worden war, siechte er immer noch, von düsteren Gedanken umgeben, auf seiner Bettstatt, abgemagert, oft nicht mehr imstande, die Hände, geschweige denn die Beine zu gebrauchen. Die Staatsgeschäfte kümmerten ihn nicht, denn er sah keinen Sinn mehr in seinem Tun.

Seine gebrochene, heisere Stimme dringt an mein Ohr, als wäre es heute: »Ich habe nicht nur deine Mutter verloren, Claude, auch meine Hoffnung auf einen Sohn ist zerstört. Ich sehne mich zu sterben. Zuvor jedoch, damit alles seine Ordnung hat, werde ich deine Vermählung mit François de Valois veranlassen.«

Das Blut pulsiert in meinen Adern. In meinen Ohren vernehme ich ein Rauschen, das immer stärker wird. Die Erinnerung lässt sich nicht verjagen. Die Hochzeit. Hochzeit? Welch trügerisches Wort.

Die wenigen Hochzeitsgäste trugen Trauerkleidung. Auch François und ich waren in schmucklose schwarze Damastgewänder gehüllt. Wir zelebrierten die Messe. Darauf folgte ein schlichtes Diner. Weitere Feierlichkeiten fielen aus. Weder Ritterspiele noch Musik und Tanz schmückten unseren Ehrentag.

»Unsere Hochzeit kommt einer Beerdigung gleich. Sie ist meiner nicht würdig«, sagte François zu mir, seiner Braut.

In der Hochzeitsnacht blieb ich allein in meinen Gemächern. Erst auf Geheiß der Schwiegermutter, die Vermählung rechtskräftig zu machen und an die Zukunft zu denken, die Söhne braucht, verbrachte mein Gemahl die Nacht mit mir.

Ich greife zum Becher, trinke einen Schluck Wasser, um die Gedanken fortzuspülen. Warum lassen sie mir keine Ruhe? Warum schiebt sich eine Erinnerung über die andere?

Vater erholte sich. Seine engsten Berater ermunterten ihn, sich wieder zu vermählen, um noch einen Thronfolger zu zeugen, was ihn bewegte, die junge Maria Tudor, die Schwester Henrys des Achten von England, zu heiraten. In der Hoffnung auf einen Sohn verbrachte er viele Stunden in ihrem Gemach. Am Hofe scherzte man über Vater: »Der König von England hat unserem König einen Zelter geschickt, damit ihn dieser um so schneller und weicher in die Hölle oder in das Paradies entführe.«

Aus dem Scherz wurde bitterer Ernst, denn Vater erkrankte schwer. Ich befand mich auf dem Weg, ihm einen Besuch abzustatten, als ich im Salon die erregte Stimme meiner Schwiegermutter vernahm.

»François, du wirst nicht mehr mit Maria Tudor zusammentreffen. Ich bete zu Gott, dass sie nicht bereits guter Hoffnung ist. Begreifst du nicht? Louis der Zwölfte ist ein kranker Mann und kann mit seiner jungen Gemahlin keine Kinder mehr zeugen. Und wenn sie einen Sohn von dir zur Welt bringt, bleibst du, was du bist, der simple Graf von Angoulême ohne Aussicht auf die Krone. François, du wirst sie vorerst nicht wiedersehen. Du verlässt noch heute Schloss Blois und begibst dich für eine Weile nach Amboise.«

Vater war gestorben. Er lag einbalsamiert auf seinem Totenbett, in Seidentücher gehüllt und von den Totenwächtern umgeben. François und Louise knieten nieder und erwiesen ihm die letzte Ehre. Kaum hatten sie sich von Vater abgewendet, umarmten sie sich und bedeckten sich mit Küssen.

»Mein König, mein Gebieter, mein Cäsar, mein Sohn!«

»Mutter, ach Mutter!«

»Mein Sohn, mein Cäsar, vive mon petit fils! Vive François Premier!«

Ich bin fünfzehn Jahre alt. Ich habe Mutter und Vater verloren. Ich bin mit dem König von Frankreich vermählt, der mich hintergeht, von dem ich ein Kind erwarte und dessen Liebe ich gewinnen möchte. Barmherziger Gott, gib mir Kraft und Zuversicht!

6

Nach den Krönungsfeierlichkeiten entschied sich der König, Paris zu verlassen. Selbst die frostigen Lüfte und die Regenfälle hielten ihn nicht ab. Es drängte ihn, den Frühling an der Loire, auf Schloss Amboise, zu verbringen.

Mit gemischten Gefühlen packte ich die Küchenwagen. Ich freute mich, Paris zu verlassen. Gleichzeitig verabscheute ich das Reisen. Ich war Koch, ein sesshafter Mensch. Ich fand mein Glück in der Küche, und eine Küche gehörte für mich in ein Haus, nicht auf einen Karren.

Ich war für ein Nomadenleben nicht geschaffen. Der Mensch lebt mit sieben Begleitern, die ihn ständig bedrängen: Hunger, Durst, Hitze, Kälte, Müdigkeit, Krankheit und Tod. Besonders auf Reisen verschlimmern sich diese Nöte. Reisen bedeutet, durchnässt bis auf die Haut oder ausgedörrt wie ein Stockfisch zu sein. Oder schweißgebadet, schlotternd vor Kälte, schlecht verpflegt, jämmerlich untergebracht, unausgeschlafen und von Ungeziefer zerstochen.

Unter François dem Ersten lernte ich, das Reisen nicht nur zu verabscheuen, sondern zu hassen. Selbst wenn kein Nebel, keine Lawinen, kein Steinschlag den Tross bedrohten, passierten genug andere Unannehmlichkeiten.

Der König jagte von einem Ort zum anderen. Seine ständige Unrast schlug mir auf den Magen. Versorgungsprobleme nahm er nicht wahr. Er schien die ganze Welt als seine Vorratskammer zu betrachten. Er hatte sein bisheriges Leben an fertig gedeckten Tischen verbracht, nie etwas mit eigenen Händen erschaffen. Er ahnte nicht, wie viel Mühe es kostete, etwas zu erschaffen, zu arbeiten, zu planen. Seine Sonderwünsche ruinierten meine Nerven. Mitunter steigerte sich sein Eigensinn bis zur Halsstarrigkeit. »Bringt mir sofort einen Eierpudding in Salamanderform«, befahl er, ohne sich Gedanken darüber zu machen, woher ich die Zutaten nehmen sollte. Er war unberechenbar, wenn man ihm seine Wünsche nicht sofort erfüllte und sich die Wolke des Missmutes über sein Gemüt zog. Ich nahm mir vor, seine Vorlieben genau zu studieren.

Wo immer der Tross des Königs erschien, stiegen die Preise auf den Märkten. Der neue König gedachte, nicht teurer einzukaufen als seine Untertanen. Mir oblag es zu handeln, zu feilschen, die Preise zu drücken, wodurch ich mir den Groll der Händler und Bauern zuzog. Meist kaufte ich alle Vorräte auf. Wie eine Invasion hungriger Raupen fraß der Hofstaat den Menschen die Nahrung weg. Ich benötigte täglich dreiundzwanzig Dutzend Brot, zehn Rinder, acht Schafe, zwanzig Kapaune, hundertzwanzig Hühner, drei Lämmer, sechs Gänse und zwölf Hasen, zusätzlich große Mengen an Gemüse.

Der königliche Zug zählte mehr als zwölftausend Menschen und achttausend Pferde. Allein siebenhundert Mann Garde, dann die Leute für die Küche, die Oberköche, Garköche, Bratspießköche und Küchenjungen, die Kellermeister, Brotmeister, Aufträger, Suppen- und Saucenmeister, Vorschneider, Laufburschen, Servierer. Die Hofmarschälle, Kammerherren, Edelleute, Diener, Sekretäre, Türhüter, Edelknaben, Pagen. Die Mediziner, Apotheker, Barbiere, Chirurgen. Die Stallmeister, Fuhrleute, Maultiertreiber, Pferdeknechte. Die Beamten mit den Akten, und alle Botschafter und Gesandten der ausländischen Souveräne. All die Leute, die den König unterwegs unterhalten sollten. Pfeifer, Trommelschläger und Hornbläser, Schauspieler. Die Jägermeisterei mit ihren Hetzjägern, Pikenstechern und einem ganzen Rudel von Hunden. Falkenmeister, Falkner und Vogelbeizer mit Schwärmen von Gerfalken, Blaufußfalken und Würgefalken. Ein ganzer Zug junger Damen, um spontane Gelüste des Königs zu befriedigen. Verschiedenste Kaufleute und Handwerker, Edelsteinschleifer, Goldschmiede, Bortenweber, Sticker, um dem König Sonderwünsche zu erfüllen. Und natürlich die Geistlichen zur Seelsorge. Am Ende des Trosses folgten viele Wagen voller Tafelsilber und Kochgeschirr, Weine und Spezereien. Dazu Teppiche, Tische, Bänke, Betten, Tapisserien, Gobelins und Schrankkoffer mit Wäsche und Kleidung, die man hastig auspackte, wo immer der König zu halten geruhte.

Wie ein Heuschreckenschwarm fielen wir in die Städte ein. Niemand war in der Lage, zwölftausend Menschen unterzubringen. Es gab Zank und Streit um gute Schlafplätze. Die besten Häuser waren schnell besetzt. Nicht nur das Gesinde, auch manch einer der edlen Herren war gezwungen, in Scheunen zu übernachten, wälzte sich schlaflos im Stroh, um sich des Morgens von Flöhen und Wanzen zerbissen wiederzufinden. In den Herbergen ging es nicht besser zu. Auch hier plagten einen Flöhe und Wanzen, raschelten Mäuse und Ratten, und zwischen dem klammen Bettzeug fand niemand Schlaf. Ich bevorzugte Zelte, die aufgeschlagen wurden. Hier war ich zumindest dem Gestank, der durch die geschlossenen Räume zog, nicht ausgesetzt.

Der königliche Tross wälzte sich durch die Lande. François der Erste überließ sich seinen Launen. Überall lachte dem jungen König etwas entgegen, auf den Bergen und in den Tälern, auf dem Lande und in den Städten. Er besichtigte Klöster, Kirchen und römische Ruinen, hielt Einzug in den Städten, suchte Burgen, Zwinger und Plätze auf. Er nahm an Armbrustschützenfesten und Turnierkämpfen teil und versäumte keine Gelegenheit zu einer Pirsch auf Hirsche, Wildschweine und Wölfe.

Endlich erreichten wir Amboise. Ich lebte gern auf Schloss Amboise. Das Palais liegt an einem Berghang, dort, wo die Amasse und die Loire zusammenfließen. Viele prunkvolle Bauten reihen sich aneinander. Die Wohngemächer des Hauptturmes wenden sich mit hohen, viel Licht spendenden Fenstern zur Loire hin. Von der Galerie aus hat man einen wunderschönen Blick auf die Flusslandschaft, die kleine Stadt mit ihren verwinkelten Gässchen und die angrenzenden Wälder, den ich damals sehr genoss. Ich flanierte auch gern in den italienischen Gärten, die das Schloss umgaben.

Am meisten schätzte ich die Küchen. Sie sind großzügig und luftig geschnitten, die Decken höher gezogen als in anderen Schlossküchen. In der Mitte des Vorraumes, der zu den Kochsälen führte, befand sich zur Zeit meines Wirkens ein großer Tisch von italienischer Machart, mit Ausziehplatten. Gern trank ich dort ein Gläschen Rotwein, bedachte meine Planungen und bewirtete Besucher. Am liebsten hätte ich die Küchen von Amboise nie verlassen.

Der Tross fuhr in den Schlosshof ein. Kutscher schrien, Pferde schnaubten, ihre Hufe klapperten und die Räder der Wagen rumpelten und ächzten, bis der ganze Zug zum Stillstand kam. Kaum hatten Wagen und Pferde Halt gemacht, liefen alle geschäftig umher. Die Reiter stiegen von ihren Rössern, die Fuhrleute spannten die Pferde ab und übergaben sie den Knechten, die sie in die Stallungen führten. Das Hofgesinde entlud die Wagen und Karren. Fässer rollten, Kisten polterten. Ich schalt die Küchenjungen. Die Kisten enthielten zweitausend Eier, aus denen ich nicht nur Omelett zu machen gedachte.

Ich richtete meine Küchen ein. Wenn man für Tausende von Menschen kocht, ist es sehr wichtig, eine zweckmäßige Ordnung in der Küche herzustellen. Ich achtete peinlichst darauf, alle Kochgeräte an ihren Platz zu legen, und bestrafte jeden, der sie nach Gebrauch nicht gereinigt zurückstellte. Äußerste Sorgfalt ließ ich bei der Lagerung der Nahrungsmittel in den Vorratskammern walten. Nahrungsmittel sind leicht verderblich. Sie müssen richtig frisch gehalten oder konserviert werden. Als ängstlicher Mensch achtete ich strengstens darauf, für mindestens ein Jahr genügend Vorräte zu horten. Wir hatten bei Hofe keine Hungersnot zu befürchten, jedoch trafen manches Mal die Lieferungen der Bauern oder Fischer nicht ein. Wenn sie von Hungernden und Räubern überfallen oder von Unwettern überrascht wurden, schöpfte ich aus meinen Vorratskammern. Besonderen Wert legte ich auf getrocknete oder eingemachte Nahrungsmittel, die im Winter für Abwechslung sorgten und vor allem auf Reisen haltbar blieben. Fische zum Beispiel bleiben sehr lange frisch und fangen nicht an zu faulen, wenn man sie in ein kleines Fass oder in ein Tongefäß legt, viel Essig darüber gießt und mit Petersilie würzt, danach das Fass gut verschließt und es in einem Erdloch vergräbt.

Auch Gifte können über Jahre hinweg aufgehoben werden, ohne ihre Wirksamkeit zu verlieren. Schlangengift kann in eingetrocknetem Zustand länger als zwanzig Jahre wirksam sein und verliert seine Wirkung nicht, auch wenn man Flüssigkeit beigibt.

7

Die Wochen vergehen. Jeden Morgen wache ich um sieben auf. Ich lasse Feuer machen, die Kerzen anzünden, verrichte mein Morgengebet und rufe die Zofen, die mir Hände und Gesicht waschen. Danach treten die Ärzte und Barbiere ein. Mit Unbehagen überstehe ich die Untersuchung meines Körpers, niemals ohne Perette, die mich beschützt.

Mein Leib wölbt sich bereits sichtbar, gleichwohl darf ich noch an den Gesellschaften und Lustbarkeiten teilnehmen. Ich fühle mich gesund. Auch die Ärzte sind zufrieden. Perette meint, wenn eine Schwangere mehr mit dem rechten als mit dem linken Fuß auftritt, trägt sie unfehlbar einen Sohn. Die Gute versucht, mir Hoffnung zu machen. Ich trete immer mehr mit dem rechten Fuß auf, weil ich das linke Bein hinter mir herziehe. Dennoch bete ich jeden Tag, sie möge recht behalten.

Gott, schenke mir einen Sohn. Ich vermag nicht länger zu leben, wie ich gezwungen bin zu leben.

Es war ein warmer Frühlingstag. Die Sonne, die selbst die grauen Mauern freundlich erscheinen ließ, und der strahlend blaue Himmel weckten in mir eine unbändige Lust, die dunklen, stickigen Räume, die mit abgestandenem Parfumduft, menschlichen Ausdünstungen und Kaminrauch angefüllt waren, zu verlassen.

Ich flanierte mit den Damen in den Gärten. Die Sonne strahlte bereits kräftig, so dass wir Schirme aufspannten, um unsere Haut zu schützen. Unter unseren kleinen Sonnendächern plauderten wir über neue Frisuren, neue Moden. Die mutigsten Damen hoben ihre Röcke und zeigten die neuesten Wäschekreationen aus Italien, ganz entzückend, aus Damast mit feiner Spitze.

Die Zofen spielten »Ich kenne eine Dame, die ... ,ich kenne einen Herrn, der ...« Sie lachten laut, befreit, wie es sich für Hofdamen nicht geziemt.

Bis zum Mittagessen blieb noch viel Zeit. Wir fanden uns unter dem Dach des Spielfeldes zum Jeu de Paume ein, nahmen, wild durcheinander plappernd, auf den Stühlen Platz, um den Herren beim Spiel zuzuschauen. François liebt dieses Spiel, das ein Botschafter aus England mitbrachte. Man nennt es dort ›Tennis‹. François spielte gegen Bonnivet, seinen Kinderfreund.

Perette wusste Neues über Bonnivet zu berichten.

»Er ist in Eure Schwägerin Marguerite verliebt. Ihre Kammerzofe Jeanne, mit der ich gut bekannt bin, trug es mir zu. Hört folgende Geschichte. Sie ist unglaublich, aber wahr. Bonnivet lud Marguerite kürzlich in sein Jagdschloss ein. Er ließ sie in einem Zimmer mit einer Geheimtür wohnen. Des Nachts schlich er sich hinein und legte sich kurzerhand zu Eurer Schwägerin ins Bett. Marguerite stieß gellende Schreie aus, von denen Jeanne erwachte. Sie eilte herbei, ergriff den Schürhaken des Kamins und verjagte den Eindringling. Mit Kratz- und Bisswunden verließ Bonnivet das Gemach.« Perette keckerte wie eine Elster.

Die Männer betraten das Spielfeld. Wie schön mein Gemahl anzuschauen war. Sein junger, muskulöser Körper, sein heiteres, strahlendes Antlitz weckten in mir das Verlangen, ihn in meine Arme zu schließen und zu liebkosen.

Das Spiel begann. François schlug auf. Der Ball flog übers Netz. Bonnivet schlug zurück. Der Ball sprang von einer Seite zur anderen. Wir lachten, spornten die Spieler mit unseren Rufen an. Bei jedem Schlag stieß François einen Schrei aus, doch es war Bonnivet, der siegte. François' Augenbrauen zogen sich zusammen, seine Stirn warf Falten, während das Kinn sich nach links verzog. Mit voller Wucht schleuderte mein Gemahl, der nie verlieren kann, den Schläger zu Boden und forderte sogleich Revanche. Sein Spiel verlor an Leichtigkeit. Seine Schreie verwandelten sich in feindseliges Grölen. Er kämpfte verkrampft und ohne Freude und es bereitete mir kein Vergnügen mehr, ihm zuzusehen. Ich zog mich ins Schloss zurück, um für einige meiner Demoiselles Heiraten zu arrangieren.

Am Nachmittag stoben dunkle Wolken am Himmel, die ein kühler Wind vorantrieb. Die Hofgesellschaft versammelte sich im Salon. In allen Winkeln bildeten sich kleine Gruppen. Wir spielten Karten, »le pair«, »le flux«, »la prime«, »la vole«, auch Schach und Würfelspiele. Danach plauderten wir über Belanglosigkeiten. François hatte seine Niederlage vergessen. Gut gelaunt funkelten seine Augen, als er rief: »Vraiment, ein Edelmann kann seinem König keinen besseren Empfang bereiten, als wenn er ihn zur Begrüßung eine schöne Frau, ein schönes Pferd oder einen schönen Hund erblicken lässt.«

Ein Höfling fragte: » Mein König, was ist für Euch eine schöne Frau?«

»Mon Dieu, mon Cher, diese Frage ist nicht leicht zu beantworten.« François lachte. »Es gibt so viele Kleinigkeiten, die eine schöne Frau ausmachen. Von Kopf bis Fuß erscheinen die zärtlichsten Merkmale. Nun gut, ich will versuchen zu beschreiben, was für mich eine Schönheit ist. Das Haar muss dicht und lockig sein. Die Haut hell leuchtend, aber keinesfalls von toter Weiße, die Brauen dunkel, seidenweich, das Auge groß und gebildet. Das Ohr muss mittelgroß und fest sein und wohlangesetzt, der Mund weder gespitzt noch platt. Der Hals sei weiß und rund, eher zu lang als kurz. Die Schultern liebe ich breit und die Brüste, die Brüste sind göttlich, wenn sie klein und fest sind. Und wenn ihre Farbe ›candidissimo‹ ist, dann ...«

Ich fürchtete zu erröten. Traurigkeit, gepaart mit Grimm und Scham, stieg in mir auf. François sollte kein Zeichen des Missvergnügens an mir wahrnehmen. Ich ging hinaus auf die Schlossterrasse. Ich atmete die kühle Luft ein. Sie vermochte die Kette, die sich um meine Brust schnürte, nicht zu lösen. Ich überquerte die Brücke und bog in die Allee ab, die zum Pavillon führte. Ich suchte Trost inmitten eines Blumenmeeres und ließ meine Tränen still und heimlich fließen.

Am nächsten Tag beschloss mein Gemahl, auf die Jagd zu gehen. Da er sich nicht zwischen Pirsch, Hetz-

oder Stoffjagd zu entscheiden vermochte, warf er eine Hasenpfote in die Höhe. François ist abergläubisch wie eine alte Bauersfrau. Er ist der festen Überzeugnung, die Pfote verriete ihm die erfolgreichste Art zu jagen.

Der Fall der Pfote sprach für die Stoffjagd und wir machten uns mit fünfzig Wagen, die Spannwände, Abgrenzungen und Zelte beförderten, auf den Weg. Hörner töteten, Hunde kläfften. Mir schmerzten die Ohren von dem Lärm.

Als wir einen geeigneten Platz erreichten, umzäunten die Gehilfen das Gelände mit Tuchverspannungen. Sobald die Treiber das Wild in das umspannte Gebiet gescheucht hatten, zückten die Jäger Armbrust und Bogen und zielten auf das herumhetzende Wild. Die Pfeile bohrten sich in die Tiere, deren Todesschreie mich ängstigten. Die Männer knieten sich nieder, waideten das Wild aus, schnitten die Fleischstücke herunter. Das viele Blut bereitete mir Unwohlsein. Ich wendete meinen Blick von dem Gemetzel ab und betrachtete die Landschaft. Am Rande der Lichtung erspähte ich François, der sich mit einer seiner Lebedamen ins Unterholz begab.

Mir schmerzten die Ohren von dem Getröte der Hörner, dem Gekläff und Geschrei.

Oh, dreieiniger Gott, allmächtiger Herrscher, führe mich, rette mich und hilf mir aus dem Dunkel. Hab Erbarmen und schenke mir einen Sohn!

8

Ich will mich NICHT in Küchenlatein und Vorratshaltung verlieren, sondern vom König berichten. Den größten Teil seiner Kindheit hatte er auf Amboise verbracht. Hier erhielt er Unterricht im Lesen und Schreiben, später in Latein, Geschichte und Geografie. Er lernte gut, nur die Religion fiel ihm schwer. Der Beichtvater bemühte sich, ihn zu einem guten Christen zu erziehen. Er war ein Christ geworden, gleichwohl ihn theologische Disputationen langweilten. Die Theologie überließ er seiner Schwester Marguerite, die allein für die Religion lebte. François bevorzugte Heldengeschichten und Ritterromane, die Geschichten von der Tafelrunde des Artus oder den »Lancelot du Lac«. Er maß sich mit Alexander, Cäsar, Roland, Tankred, König Arthur, mit den »fahrenden Rittern« und träumte davon, es ihnen gleichzutun.

Als Kind war er mit seinen Freunden überall herumgetollt. Die Jungen rannten durch das Schloss, die Stadt oder die benachbarten Wälder. Die ganze Hofgesellschaft nannte sie die »Glücksritter«. Sie spielten »In den Krieg ziehen«, eiferten den Rittern aus vergangenen Zeiten nach. François hatte viele Verletzungen davongetragen. Seine Mutter war stets außer sich gewesen, wenn er mit einer neuen Wunde zurückkam. Er war acht Jahre alt, als sein Pferd mit ihm durchging und ihn abwarf. Beinahe wäre er von dem Zelter zertrampelt worden. Es grenzte an ein Wunder, dass er diesen Unfall überlebte.

Mit neunzehn Jahren trug der junge Herzog die Bürde der Krone von Frankreich. Es kam, wie es kommen musste. Den jungen Mann langweilte das Regieren. Jeden Tag hatte François Ratsversammlungen einzuberufen, Audienzen abzuhalten und Untertanen zu empfangen. Anstatt seinen Pflichten nachzukommen, vertat er die Zeit und ließ seine Mutter Louise und Kanzler Antoine Duprat die Staatsgeschäfte führen. François erging sich nach wie vor in Ritterspielen. Dazu gesellten sich die Frauen. Der König verspürte immer Lust. Er glich einem liebestollen Kater. Alexander der Erste befasste sich mit Frauen, wenn er keine Arbeit mehr hatte. Unser König befasste sich mit der Arbeit, wenn er keine Frauen mehr hatte. Um eine Hauptgeliebte zu verhindern, die zu großen Einfluss auf ihren Sohn ausüben könnte, hatte seine Mutter ihm sogar ein Frauenhaus eingerichtet. Zudem fürchtete sie, ihr Sohn könne sich Krankheiten einfangen, wenn er sich mit Damen außerhalb des Palastes einließ. Sie verhinderte weder die erste Geliebte noch die Ausschweifungen mit Frauen aus dem Volk.

Manchmal dichtete der König und trug seine Gefühle in Versen vor.

»Wo seid ihr hingegangen, meine schönen Liebchen?
Wechselt ihr denn täglich den Ort?
Wem soll ich meine Qual klagen,
Meine Qual und meinen Schmerz?

Wo seid ihr hingegangen, meine schönen Liebchen?
Wechselt ihr denn täglich den Ort?
Ach! Weil der Himmel es so will,
Dass ich mein Unglück beklage,
Flüchte ich nun in die Wälder.

Und berichte von meiner zärtlichen Verzückung.
Wo seid ihr hingegangen, meine schönen Liebchen?
Wechselt ihr denn täglich den Ort?«

Er nötigte die ganze Hofgesellschaft, seine einfältigen Gedichte anzuhören.

Lag der König nicht in den Betten seiner Geliebten, beschäftigte er sich mit dem Bau von Schlössern. Bereits als kleines Kind fragte er die Arbeiter aus und merkte sich alles, was er über Bautechnik und die Beschaffenheit der Steine erfahren konnte. Stundenlang plauderte der König über Steine. Er teilte die Provinzen in Baumaterialien und Baustile ein. Die Champagne und die Normandie standen für Backstein und Holz, die Gegend von Lisieux für Ziegelstein und Ständerwerk, das Loiretal für hellen Stein, Burgund für harten Stein, die Auvergne für Lavastein, Toulouse für rötlichen Stein. Ich wünschte, die Kochkunst hätte ihn ebenso interessiert. Wurst aus Lyon, Feigen aus Marseille, Pflaumen aus Tours, Senf aus Dijon, Gewürzbrot aus Reims …

Wenn der König mit mir über das Essen sprach, war es ihm einerlei, woher die Nahrungsmittel stammten. Zudem wünschte er meist Speisen, die ich gerade nicht zubereitet hatte. Nur eines war sicher: Ich konnte ihn jederzeit mit Kapaunen erfreuen.

Die Vorliebe für Kapaungerichte war die einzige Gemeinsamkeit, die mich mit dem König verband. In Stunden der Sorge und Trübsal briet ich mir einen Kapaun. Die Tageszeit oder die viele Arbeit für die Festbankette spielten keine Rolle. Verlangte meine Seele nach Kapaun, bereitete ich ihn zu. Am schmackhaftesten sind fette Kapaune mit kleinen, stumpfen Sporen und zarten Krallen. Man muss sie nach dem Schlachten mehrere Tage hängen lassen. Beim Rupfen darf man die Haut nicht einreißen. Das Spicken ist sehr zu empfehlen, auch ohne können sie recht saftig gebraten werden. Ich habe jede erdenkliche Variante ausprobiert. Kapaun in Rosenwasser, mit Zwiebeln, mit Würze oder Rosinen gefüllt, mit Senf bestrichen, mit Speck umwickelt, am Spieß geröstet, im Ofen gegart, in der Pfanne gebräunt oder im irdenen Topf geschmort. Kapaun zuzubereiten und zu verspeisen, beruhigte und tröstete mich. Wie der König bevorzugte ich die Schenkel, doch aß ich auch die anderen Geflügelteile. Kredenzte ich dem König einen Kapaun, verzehrte er nur die Schenkel. Den Rest ließ er zurückgehen. Darauf war Verlass. Ich fügte die Schenkel zur Liste der unveränderlichen Essgewohnheiten des Königs.

9

Meine Gedanken wandern zu einem Ereignis, welches das erste Mal in meinem Leben meinen gutmütigen Charakter, von dem ich überzeugt war, infrage stellte. Es gibt im Leben eines Menschen nur wenige Begebenheiten, die für ihn prägend sind und daher in seinem Gedächtnis haften bleiben. Die freudigen Erlebnisse, die er oft und gern erzählt, überstrahlen die bitteren Stunden, die sich in seiner Seele wie Angebranntes in der Pfanne festsetzen. Alles, was ihn verletzt, kränkt, dessen er sich schämt, liegt verklebt und verkrustet im Verlies der verborgenen Vergangenheit. Manchmal braucht es Jahre, Jahrzehnte, bis sich die Tür zum Kerker der Erinnerung öffnet, bis sich der Bratensatz löst und zur Erkenntnis führt.

Es folgte eine Zeit ausgelassener Feste und Feiern. Um es deutlicher zu sagen: Ein Fest jagte das andere. Ich arbeitete Tag und Nacht und teilte die Zeit nur noch nach den Geräuschen ein, die an mein Ohr drangen. Sobald die Klosterglocken den Anbruch des neuen Tages angekündigt hatten, ging ein dumpfes Lärmen durch die Küchenräume und Vorratskammern. Kurz darauf belebten sich auch die Höfe mit den Bürgersleuten und Händlern aus der Stadt, die polternd Vorräte heranschleppten. Arbeiter und Handwerker, die mit ihren Werkzeugen klapperten und klopften, gesellten sich dazu. Am Nachmittag ertönten die Schreie der

Spielenden, das Auf- und Abreiten von Kavalieren oder die Klänge von Flöten und Oboen.

»Maître Bertrand«, sagte der König eines Morgens nach der Morgenmesse. »Ich werde ein Turnier veranstalten. Es sollen Kampfspiele aller Art stattfinden. Tragt alles auf, was Eure Küche bietet, und denkt Euch Überraschungen für meine Gäste aus.«

Überraschungen, Überraschungen. Mir war weder nach einem Turnier noch nach Überraschungen zumute. Ich war am Ende meiner Kräfte. Ein Turnier dauerte eine Woche, das bedeutete für mich, neunzig Schafe, siebzig Stück Großvieh, ebenso viele Kälber, sechzig Schweine, siebzehn Pökelschweine, eintausendfünfhundert Ziegen, vierzehntausendneunhundert Hühner, zwölftausendvierhundert Tauben und fünfzehntausendeinhundert Junggänse zu besorgen und zuzubereiten. Dazu kamen hundertzwanzig Hirsche, dreitausendfünfhundert Wildvögel und eintausendfünfhundert Fische.

Wozu dieser Aufwand?, fragte ich mich. Ich konnte Turnieren nichts abgewinnen, denn sie kosteten nur Menschenleben.

Ich unterdrückte meinen Unmut. Meine Ehre als Oberküchenmeister gebot, den König zufriedenzustellen. Das Kochen stand für mich immer an erster Stelle.

Ich überlegte, einige Gerichte zu färben, verwarf den Gedanken jedoch wieder, weil das Färben altmodisch war. Mir kam Küchenmeister Vadot in den Sinn, der einst einen lebendigen Schwan kredenzte. Damit das Tier beim Garen lebendig blieb, hatte er Kopf und Herz mit einem nassen Schwamm gekühlt. Sobald das Tier zu zappeln begann, nahm er es vom Feuer und brachte es auf die Tafel. Immer, wenn Teile vom Schwan herausgelöst wurden, kreischte der Vogel. Nun, Vadot war verrückt und landete als Giftmischer auf dem Scheiterhaufen.

Paltoquet sagte einmal: »Dulce est, desipere in loco. Man muss zur rechten Zeit töricht zu sein verstehen.« Ich nahm mir diese Weisheit zu Herzen.

Nach langem Grübeln entschied ich mich für Spanferkelbraten mit lebenden Aalen. Ich stellte mir das Geschrei der Hofgesellschaft vor, wenn die Aale beim Anschneiden des Bratens aus dem Inneren quollen und über die Tische rutschten. Als Attraktion des Abends plante ich, eine Riesenpastete zu backen, aus der Musiker und Akrobaten herausspringen sollten.

Aus allen Landen strömten die Ritter mit den besten Waffen und Rössern herbei. Die Herren pflanzten ihre Banner und hängten ihre Schilde auf. Ihre seidenen Satteldecken und die buntgefiederten Helme leuchteten in den schönsten Farben. Begleitet von ihren Truppen und Damen, verwandelten sie den Hof in eine fröhliche und lärmende Stätte. Freunde und Bekannte waren erfreut, sich wiederzusehen und tauschten die neuesten Nachrichten aus. Der ganze Hof war erfüllt vom Rufen und Plappern der Menschen, dem Gewieher der Pferde und Geklapper ihrer Hufe.

Das Turnier begann. Der König ging seinen Ritterspielen nach, schwang die Lanze, schleuderte den Wurfspeer, focht mit der Pike und gewann jeden Wettkampf. Wer hatte schon den Mut, einen König zu besiegen?

Meine Konzentration richtete sich allein auf das Festbankett. Ich war derart erregt und angespannt, dass mein ganzer Körper brannte und juckte. Die Riesenpastete machte mir zu schaffen.

»Vorsichtig, der Deckel darf nicht zerbrechen! Es sind nur Oblaten, die ihn zusammenhalten. Ihr dürft beim Tragen nicht so schaukeln, sonst rutscht alles herunter. Habt ihr den Karren geprüft? Laufen die Räder? Sind die Gaukler vollzählig? Alle müssen ihre Plätze einnehmen. Der Deckel muss noch offen bleiben. Und achtet darauf: Bei der Pastete besteht der Deckel aus drei Teilen. Ihr müsst sie sorgfältig nebeneinander legen.«

Als der erste Turniertag endete, zählte man vierzehn Verletzte und zwei Tote. Monsieur de Faral hatte durch einen Sturz vom Pferde den Tod gefunden und Comte de Grouillard war durch Hitze und Staub in der Rüstung erstickt.

Die Trompeten bliesen zum Souper. Bei Festbanketten, wo es von Tausenden von Gästen und Helfern wimmelte, hatte ich stets eine beölte Gänsefeder in meinem Wams. Es war das beste Mittel, jemanden im Falle einer Vergiftung schnell zum Erbrechen zu bringen. Als verantwortungsvoller Koch kannte ich auch viele andere wirksame Mittel gegen Vergiftungen, allein dreizehn verschiedene Abführmittel und sechzehn schnell wirkende Brechmittel. Bei Cremor Tartari, mit Wasser und Pflaumenmus gemischt, ist Eile geboten, ein ungestörtes Örtchen zu finden. Auch Wacholderbeeren und Sennesblätter, mit kochendem Wasser aufgebrüht, leeren den Darm schnell und gründlich. Sehr zuverlässig wirken das Senfbrechmittel oder warmes Wasser mit ranziger Butter.

Das Festessen begann. Nachdem der Vorkoster mit einem Stück Brot über alle auf dem Buffet aufgetragenen Gerichte fuhr und es, ohne Schaden zu nehmen, verspeiste, erhielt jeder ein Schüsselchen mit vergoldetem Kuchen aus Pinienkernen und einen Majolikanapf mit einer Milchspeise. Es folgten Gelatine und Kapaune, mit Sinnsprüchen geschmückt. In einer silbernen Schüssel sprudelte ein Tischbrunnen, der Orangenblütenwasser versprühte. Ich ließ zwölf Gänge mit Fleisch von Wild, Kalb, Schwein, Fasan, Rebhuhn, Kapaun und Huhn sowie Blancmanager auftragen, den ich aus Milch, Mandeln, Reis und Fischfleisch zubereitet hatte.

Nach dem letzten Gang setzte Trommelwirbel ein. Die großen Flügeltüren des Saales öffneten sich und der Wagen mit der Riesenpastete rollte herein. Sie war mir prächtig gelungen. Sie lag in einem Bett aus roten Rosen und war mit breiten Blattgoldstreifen und verschiedenfarbigen Bändern, die auf dem Deckel eine Krone bildeten, verziert. Auf den Köpfen der Pagen, die die Pastete eskortierten, leuchteten Kerzenkränze. Beim ersten Fanfarenton sprang der Deckel auf, die Akrobaten tanzten, die Musiker spielten wilde Rhythmen auf Fiedeln, Flöten und Posaunen, zu denen die Gesellschaft begeistert klatschte. Plötzlich hielten die Musiker inne. Im Saal war nurmehr das Knistern der Kerzen zu vernehmen.

Eine Sängerin trat hervor. Von ihrer Haube fiel ein zartes Netz aus Goldfäden, das jedem den Blick auf ihr Antlitz verwehrte. Ihr Kleid war bis zum Hals geschlossen, ihre Hände von Handschuhen umhüllt. Nur ihre Stimme erstrahlte im Kerzenschein.

Rossignolet du bois,
Rossignolet sauvage,
Apprends-moi ton langage,
Apprends-moi à parler,
Apprends-moi la manière,
Comment il faut aimer.
Ah! Comment il faut aimer.

Comment il faut aimer,
Je m'en vais te le dire:
Faut embrasser les filles,
Les caresser souvent,
En leur disant: ›La belle,
Je serai ton amant‹.

Nie zuvor hatte ich einen Gesang wie diesen vernommen. Die Töne der Sängerin summten wie honigfarbene Bienen um mich herum. Sie funkelten wie Wiesentau in der Morgensonne, bildeten Ketten aus tausend schimmernden Perlen. Ihr Gesang schwebte in der Luft wie der Flockenflaum des Neuschnees, wie sanfter Wind, der über das Wasser streicht, wie die Flügel einer Libelle, die in der Sonne tänzelt. In ihrer Stimme strahlte das Licht des Sommerhimmels, zirpten die Grillen, dann wieder klang sie ängstlich wie ein Reh, scheu wie ein Salamander. Oder traurig wie ein sterbender Baum. Oder so fein wie Hechtklößchen in Sahnesauce.

Am folgenden Tag sang ich von morgens bis abends ihr Nachtigallenlied.

»Kleine, wilde Nachtigall im Unterholz
Lehre mich, deine Sprache zu sprechen.
Lehre mich, zu lieben.

Ich werde dich lehren, wie man liebt.
Man muss die Mädchen umarmen
Und oft liebkosen und ihnen sagen:
Schöne, ich werde dein Liebster sein.«

Ich schwang den Kochlöffel, um den Rhythmus des Liedes zu untermalen, tauchte ihn schließlich in die Suppe und rührte im Takt. Die Köche stöhnten bereits, ich hingegen sang unbeirrt weiter. Ich bemerkte weder, dass ich unentwegt sang, noch dass ich mich verliebt hatte. Ich hatte mich noch nie verliebt. Meine Leidenschaft war das Kochen. Ich war immer anders gewesen als die anderen Jungen. Wenn die Jünglinge schwärmerisch von ihren Erlebnissen mit Mädchen erzählten, schwieg ich, weil ich nicht wusste, wovon sie sprachen. Ich hatte keine Erfahrungen dieser Art. Mir fehlte alle Begierde. Mit achtzehn Jahren glaubte ich, einer Frau beiwohnen zu müssen, um erwachsen zu werden. Ich schaudere noch heute, wenn ich nur daran denke. Ich verhielt mich unaussprechlich ungeschickt und schamhaft, worauf das recht erfahrene Mädchen mich auslachte und alles schnell ein Ende nahm. Fortan hatte ich mich nie wieder darum bemüht, ein Abenteuer dieser Art zu wiederholen. Ich verspürte auch später keinerlei Regungen, wenn die Höflinge und Dichter ihre Liebeslieder sangen. Ich hatte ihre Gefühle stets belächelt. Ich lebte in der Küche und kochte. Und ich war dankbar dafür, dass in der Küche nur Männer arbeiten durften.

Doch zurück zum Geschehen: Die Stimme und das schöne Lied der Sängerin gingen mir nicht mehr aus dem Kopf. Plötzlich wurde mir schwindlig. Wenn man eine Wahrheit nicht erkennen will, verliert man schnell den Boden unter den Füßen. In mir stieg eine Hitze auf, die nicht von den Küchendämpfen herrührte. Ich trocknete mir mit der Küchenschürze die Stirn. Schließlich begann mein Herz so wild gegen meine Brust zu pochen, dass ich fürchtete, es würde zerspringen. Ich spürte eine unaussprechliche Sehnsucht, die Stimme der Sängerin zu hören, und ich begriff, dass ich liebte.

Ich hätte mich nie getraut, sie anzusprechen. Ich war ein dicker, alternder, ängstlicher Koch mit einfachem Gemüt. Nichts an mir ähnelte einem begehrenswerten, jungen Ritter. Bislang hatte mich meine Statur nicht gestört. In meiner Schlichtheit ließ ich mich gar oft dazu verleiten, jene dümmliche Devise ›Ein Großteil der Freiheit ist ein gut gezogener Bauch. Lasset uns essen und trinken!‹ zum Besten zu geben. Nun blieb mir dieser Spruch im Halse stecken. Sie war ein junges, zartes Wesen. Was könnte sie an einem Mann wie mir finden?

Meine Sehnsucht ließ mich nicht ruhen. Ich versuchte, einen Brief zu verfassen, was mich in große Nöte brachte. Ich war Koch, kein Poet. Ich hatte bislang nur Küchenjournale und Rezepte geschrieben. Wenn Paltoquet damals schon am Hofe gewesen wäre, hätte ich ihn den Brief schreiben lassen. Er war ein Meister der Sprachkunst. Ich hingegen saß Stunde um Stunde vor dem Briefbogen, verwarf immer wieder meine Worte, bis ich mich endlich traute, folgende Zeilen an sie zu senden:

Erlauchte Dame, es ist mir eine Unmöglichkeit, die Schönheit Eurer Stimme in Worte zu kleiden, wenn auch gleich der ganze Himmel eine Pergamenthaut, alle Sterne Poeten, alle Blätter Federn und der weite Ozean das Tintenfass wären. Dennoch, verzeiht mir, möchte ich in meiner ganzen Dummheit Euch sagen: Ihr singt wie ein Blütenzweig im Wind, wie Mückentanz im Abendglanz. Wenn ich Eure Stimme höre, spüre ich das Sonnenlicht und rieche Mondenduft, der in honigsüße Wolken steigt. In meinem Herzen, ganz zuinnerst, ist Musik erwacht. Und so wage ich, den Wunsch zu äußern, Euch wiedersehen zu dürfen.

In schüchterner Hoffnung, wie Rehe auf der Moorwiese, Euch morgen Abend nach dem Souper zu einem kleinen Nachtmahl in der Schlossküche zu empfangen.

Euer treu ergebener Oberküchenmeister
Bertrand de Baladoux

Ich schämte mich meiner Hilflosigkeit, meiner einfältigen und bedeutungslosen Worte. Doch auf andere Weise vermochte ich meine Gefühle nicht auszudrücken.

Ich war zutiefst aufgewühlt, als sie zusagte. Der Brief hätte ihr Herz bewegt. Gern nähme sie meine Einladung an. Sie unterschrieb mit Isabelle. Ich konnte keinen klaren Gedanken mehr fassen. Isabelle, Isabelle.

Wie sollte der Tisch dekoriert sein? Was sollte ich zubereiten? Mein Kopf war hohl und meine Bücher voller belangloser Rezepte.

Endlich war es so weit. Ich erfrischte mich mit duftendem Weißwein und Pistaziensud und wählte mein schönstes, mit Gold und Seide besticktes Hemd. Darüber zog ich ein mit Goldtressen verziertes Wams aus braunem Atlas. Ich schnürte mein Wams so fest wie möglich und parfümierte mich von Kopf bis Fuß mit einem Gemisch aus Zibet, feiner Ambra und Moschus.

Eingehüllt in meine Duftwolke, erwartete ich den Moment, in dem sie eintreten würde. Viel zu früh hatte ich mich hergerichtet. Hundertmal in der Stunde erhob ich mich, richtete noch dies und jenes, schob die Schüsseln hierhin und dorthin, rührte in den Töpfen.

Ich wartete. Mitternacht war bereits verstrichen. Ich redete mir ein, dass wieder bis spät in die Nacht gefeiert würde, sie unabkömmlich sei und sicher käme, sobald die ersten Gäste unter den Tischen schliefen. Um meine Unrast zu besänftigen, durchschritt ich noch einmal die Küchen und prüfte, ob alle Gitter vor den Feuerstellen gesetzt waren, damit die herumstreunenden Hunde und Katzen kein Feuer entfachten.

Die Nacht schritt voran. Ich wagte nicht, die Küchenräume zu verlassen. Ich saß bereits die sechste Stunde vor dem gedeckten Tisch und starrte auf die gerupften Rebhühner, die an der Decke hingen. Erst im Morgengrauen begann ich, den Tisch abzuräumen. Ich fühlte mich matt und zerschlagen, mein Körper war schwer wie ein Felsen und mein Kopf schmerzte fürchterlich. Mutlos schickte ich meinen liebsten Küchenjungen,

Erkundungen einzuholen. Als er zurückkehrte, sagte er:

»Meister Bertrand, der König hat das Gemach der Sängerin aufgesucht und es erst im Morgengrauen wieder verlassen.«

Mein Magen verwandelte sich in ein dunkles, fauliges Loch. Ich stürzte zur Kochstelle und briet einen Kapaun. Man muss ihn gut vorbereiten, wie alle Arten von Hühnervögeln. Den Hühnern, Kapaunen und Puten muss man mit einem scharfen Messer die Gurgel durchschneiden, Enten den Kopf abhauen, Tauben denselben abreißen, Gänsen mit einem spitzen Messer in die Hirnschale stechen. Das Blut wird in Essig aufgefangen und das Loch mit einem glühenden Eisen wieder zugebrannt. Ein teuflischer Gestank! Hühnern und Kapaunen muss man den Brustknochen einschlagen, die Füße im ersten Gelenk abschneiden, dann die Augen ausstechen, die Haut abziehen und die Zungen herausreißen.

Ich rieb den Kapaun von innen mit zerdrückter Knoblauchzehe ein und erdolchte ihn mit dem Bratspieß. In jenem Moment fielen mir die Worte meiner Mutter ein. Sie sagte immer: »Eine im Zorn verspeiste Mahlzeit wird im Magen zu Gift.«

Während der Bratzeit bestrich ich Brust und Rücken mit Butter und pinselte die Keulen mit Honig ein. Das beruhigte mich für den Moment.

10

Ich habe eine Tochter geboren. Kann ich verzagt sein? In mir wohnt eine unaussprechliche Zufriedenheit. Alles, was mich meine lieben Eltern in der Kindheit genießen ließen, ist nur ein Schatten dieses Glücks. Ich möchte die Kleine immer bei mir haben. Wenn ich an ihrem Kopf schnuppere, duftet sie wie Honigkuchen. Ihre Augen schimmern dunkelsamtig und ihre winzigen Finger umgreifen meinen Zeigefinger. Ein göttliches, gesundes Mädchen. Auch ich bin wohlauf. Herr im Himmel, ich danke Dir.

Trotz meiner unbeschreiblichen Freude umweben mich trübe Gedanken. François erweist weder Mutter noch Kind die Ehre. Nicht ein einziges Mal seit der Geburt machte er uns seine Aufwartung.

Gestern schickte er seine Mutter, mich aufzusuchen. Am harschen Rascheln ihres Kleides erkannte ich ihre Stimmung. Stolz und gebieterisch näherte Louise sich meinem Bett. Ihr Hals war von roten Flecken der Erregung gezeichnet. Sie blieb vor mir stehen, ihre Augen feindselig auf mich gerichtet, ihr kleiner, spitzer Mund zusammengepresst und von Lippenfältchen umkränzt. Aus ihm floss Natterngift.

»Ihr habt versagt, Claude, Ihr seid eine Plage für den König und das gesamte Königreich. Mein Sohn und ich wünschen einen Thronfolger! Ich bete zu Gott: Möget Ihr so bald als möglich wieder guter Hoffnung sein und nicht nur Mädchen zur Welt bringen wie Eure Mutter.«

Ich ließ mir weder mit Worten noch Gebärden meinen Verdruss über die Beleidigung anmerken. Ich schwieg und erinnerte mich der Worte meiner Mutter, kurz bevor sie starb.

»Hüte dich vor Louise, sie hasst mich, sie verachtet unsere ganze Familie, unsere bretonische Herkunft. Sie wird auch dich hassen. Sie hat mich jahrelang gequält. Bei jeder meiner Schwangerschaften stellte sie Kerzen auf und trieb abergläubische Spiele, um zu verhindern, dass ich einen Thronfolger gebäre. Jede meiner Fehlgeburten empfand sie als ein Freudenfest. Und, Claude, ich vermag es kaum auszusprechen, seit ich meinen einzigen Sohn tot gebar, glaube ich an ihre bösen Kräfte.«

Ich hielt meine Tochter im Arm. Die Kleine schlief selig und zufrieden, obgleich mein Herz schnell und laut pochte. Louise trat näher und beugte sich über mich. Sie ergriff mein Töchterchen und legte das Kind in den Schoß der Amme. Kein Wort entrang sich meiner Kehle. Ich versuchte, mich aufzubäumen, mich zu wehren, jedoch vermochte ich nur, schlaff den Arm zu heben.

»Wir werden das Mädchen auf den Namen Louise taufen«, bestimmte Louise.

Gemeinsam mit der Amme und der Kleinen verließ die Königinmutter mein Gemach. Die Kleine schrie, als wollte sie mich nicht verlassen.

Ich presste mein Gesicht in das Kopfkissen. Mein Schreien erstickte in den Federn.

Ich habe versagt, ich habe versagt, versagt, ich bin eine Plage.

Des Nachts träumte mir. Ich hörte meine Tochter

schreien. Ich suchte sie, die nirgends aufzufinden war. Ich lief durch ein Labyrinth von Gängen. Das Kinderschreien hallte durch das Gemäuer, schallte als Echo wider. Ich lief, rannte, keuchte, stieß wieder und wieder an Mauern, wählte einen anderen Gang, das Schreien meiner Tochter in den Ohren. Ich versuchte, sie zu rufen, jedoch meine Stimme versagte. Dann gelangte ich in einen Tunnel, der sich immer stärker verengte. Am Ende des Tunnels war das Nichts. Ich erwachte von der Eisentür, die hinter mir ins Schloss fiel.

11

Schreckliche Nachrichten ereilen einen meist in alltäglichen Situationen. Ich arbeitete wie gewöhnlich in der Schlossküche, als ich erfuhr, dass der Krieg ausgebrochen war.

Bereits unmittelbar nach seiner Krönung hatte der König beschlossen, Mailand zurückzuerobern. Der jugendliche Hitzkopf war nicht aufzuhalten.

»Ich werde keine Ruhe geben, bis Mailand wieder zu Frankreich gehört. Ich werde die Schmach ausmerzen, die Louis der Zwölfte Frankreich angetan hat«, verkündete er im Rat.

Die Italienhysterie hatte schon vor König Louis' Regentschaft begonnen. Als Erster erhob Charles der

Achte Anspruch auf das Königreich Neapel. Ein Italienfeldzug folgte dem nächsten, bis schließlich Louis der Zwölfte um Besitzungen in Italien kämpfte und Mailand in der Schlacht bei Novara verlor.

Ich erinnerte mich an all die Kriegsszenen, die ich unter Louis dem Zwölften miterleben musste. Es sind unauslöschliche Bilder des Grauens. Sie fressen sich in einen hinein und man ist Zeit seines Lebens dazu verdammt, mit ihnen zusammenzuleben. Könige bewirken in der Regel nichts anderes, als die Welt durch ihre grässlichen Kriege mit Blut und Tod zu überziehen. Und die Päpste stehen ihnen in nichts nach. Ihr Denken ist nicht von Nächstenliebe, sondern von Kriegen geprägt. Sie bringen das Messopfer mit blutigen Gedanken und blutigen Händen dar. Gott mag vielleicht manchmal barmherzig sein, seine Gläubigen sind es meistens nicht, denn am Christentum klebt sehr viel Blut. Tiere gleicher Art bekämpfen und töten sich nicht. Löwen kämpfen nicht gegeneinander, Schlangen beißen nicht andere Schlangen. Sie leben friedlich zusammen. Und der Mensch? Er ist sich selbst Feind. ›Welche Klagen erheben die Sterblichen wider die Götter!‹, schreibt Homer, ›nur von uns, schreien sie, kommt alles Übel; und dennoch schaffen die Toren sich selbst, dem Schicksal entgegen, ihr Elend.‹

Der König ließ Kanzler Duprat die Rückeroberung Mailands vorbereiten. Zunächst bot Duprat den Schweizer Söldnern unter Kardinal Schiner siebenhunderttausend Golddukaten und noch einmal die gleiche Summe, wenn Schiner die Täler zurückgäbe, die die Eidgenossen im Herzogtum Mailand besetzt hielten.

Der Kardinal lehnte ab, woraufhin der Kanzler den spanischen Anführer Pedro Novarro, der seit der Schlacht von Ravenna französischer Kriegsgefangener war, zum Kammerherrn ernannte und ihm den Auftrag erteilte, neben deutschen Landsknechten Fußmannschaften in der Gascogne auszuheben.

Eines Morgens verkündete Duprat im Rat: »Majestät, es sind genügend Söldner und deutsche Landsknechte als Fußtruppe geworben, um Mailand zurückzuerobern. Um den Krieg zu finanzieren, müssen wir die Steuern erhöhen, das Vermögen der Domänenkammer belasten und Anleihen bei den Städten machen. Allein eine Million Taler können wir aufbringen, wenn wir das Silbergeschirr des alten Königs einschmelzen. Ich persönlich bin bereit, der Krone einen Kredit von zehntausend Livres zu gewähren.«

Der König stimmte ohne Zögern zu. »Leitet alles Notwendige in die Wege, Chancelier Duprat. Huzza, endlich! Wir ziehen in die Schlacht!«

Lärm erfüllte das Schloss im Morgengrauen. Spanische Pferde und Reiter, Saumtiere und Furiere versammelten sich im Hof. Die Hunde untermalten das Durcheinander mit lautem Gebell. Ich richtete gerade meine Küchenwagen, als der König, hoch zu Ross und mit vor Erregung gerötetem Antlitz, auf den Hof galoppierte. Er betrachtete den Krieg als großes Abenteuer und träumte von ritterlichen Taten. Er schien nichts anderes zu wünschen, als sich als Held zu verewigen.

Paltoquet scherzte häufig über die Einfältigkeit des Königs.

»Halt an, Unglückseliger! Bleib stehen!«, rief der König. Er war ganz außer Atem. Sein Pferd tänzelte. »Bei Gott, verdammtes Vieh! Ich kann ihm noch so sehr die Sporen geben, es bleibt einfach nicht stehen!«

Ich erinnere mich auch, wie Paltoquet einmal sagte: »Mein König, Ihr wäret besser in einer Schenke und in einem Bordell aufgehoben als auf dem Schlachtfeld.«

Paltoquet, Paltoquet, immer wieder springt er in meine Gedanken.

Über Romorantin, Bourges und Moulins zogen wir in die Kriegshauptstadt Lyon, in der sich Tausende von Soldaten gesammelt hatten. Die deutschen Landsknechte, deren Hosen und Wämser in verschiedenen Farben halbiert, mit Schlitzen, Bauschen und Puffen versehen waren, als wären die Männer für den Karneval gekleidet, leuchteten mit ihren grellen Farben aus der Meute der Soldaten hervor. Auf dem Kopf trugen sie ein buntes Federbarett. Selbst ihre Socken waren farbig. Die fröhliche Buntheit der Landsknechte täuschte. Ihre Haufen setzten sich aus wüsten, rauen Gesellen, meist Bauernburschen und Diebespack, zusammen. Viele Männer waren der Trunksucht und Spielleidenschaft verfallen. Sie schändeten, plünderten und brandschatzten. Die Landsknechte ließen sich auch vom französischen König und anderen Herrschern anwerben. Die meisten Landsknechte interessierte nicht, gegen wen und für wen sie kämpften, wenn sie nur ihren Sold erhielten. Kaiser Maximilian fehlte häufig das Geld, die Landsknechte auszuzahlen, sodass viele der Soldaten plündernd durchs Land zogen und sich ihren Sold gewaltsam holten. Andere ließen sich von anderen europäischen Herrschern anwerben. In mancher Schlacht bekämpften sie sich gegenseitig und ihre Haufen waren nur durch ein verschiedenfarbiges Band voneinander zu unterscheiden.

Der König wartete, bis dreitausend Pioniere einen geheimen, unwegsamen Alpenpass passierbar gemacht hatten, bevor er den Befehl zum Abmarsch gab. Die Pioniere hebelten Gesteinsbrocken zu Tal, errichteten Brücken, verbreiterten Pfade und befestigten sie mit Strauchwerk. Je höher wir stiegen, desto holpriger wurden die Wege. Die Ritter marschierten in ihren schweren Panzern neben den Pferden, während die Soldaten die Karren und die Kanonen die Steilhänge hinaufstemmten. Kaum hatten wir den Gipfel des Gebirges erreicht, begann der Abstieg, der sich als weitaus beschwerlicher erwies und einigen Soldaten und Pferden, die in den Abgrund stürzten, das Leben kostete. Als wir die Ebene erreichten, waren alle Männer am Ende ihrer Kräfte. Drei Tage hindurch hatte ich nichts anderes als Brot und Käse anbieten können und selbst auf dem nackten, ausgekühlten Erdboden geschlafen.

Der König erhielt Kunde, dass Colonna, der Neffe des Papstes, mit seiner ganzen Artillerie und der päpstlichen Reiterei von des Königs Rittern Palice und Bayard überwältigt worden war. Dieser Sieg ermöglichte uns, in aller Ruhe über Italiens Straßen zu ziehen. Wir bildeten einen zwei Meilen langen Zug, die Geschütze voran, der Konnetabel Bourbon an der Spitze seiner Vorhut, sechzehntausend Landsknechte, sechstausend Basken und Gascogner, schließlich der König und die Nachhut des Herzogs Alençon. Hinter meinen Küchenwagen schlängelte sich ein ungeordneter Tross von Karren, Trägern und Marketendern sowie Saumtieren und Gepäckpferden.

In glühender Augusthitze und eingehüllt in Wolken von Staub, marschierten wir Richtung Mailand, wo sich die Schweizer verschanzt hatten. Unweit der Stadt, bei Marignano, schlugen wir unser Lager auf, das in aller Eile nach allen Seiten durch Geschützstellungen und Wagenburgen gesichert wurde. Zwar hieß es, Papst Leo sei von unserem raschen Vormarsch eingeschüchtert und zu verhandeln bereit, jedoch war die Gefahr eines Angriffs nicht gebannt. Ich hoffte inständig, dass es zu keiner Schlacht kommen würde.

12

DIE ZEIT STAND STILL. François hatte sich nicht einmal von mir verabschiedet. Wann würde er zurückkehren? Würde er zurückkehren? Ich hatte keinerlei Nachricht von ihm. Mit rasender Ungeduld und unter tödlichen Qualen erwartete ich den Boten. Ich lauschte dem Regen, der ans Fenster prasselte, den Windböen, die um das Gemäuer heulten, und rückte immer näher an den Kamin, um der Feuchtigkeit, die in meine Knochen zog, und den Gedanken, die mich frösteln ließen, zu entrinnen. Jäh schritt ich ans Fenster. Der Regen peitschte von

Westen. Auf dem Hof bildeten sich große Wasserlachen, in denen sich meine Trübsal spiegelte.

Um mir Kurzweil zu verschaffen, die mich von meinen düsteren Gedanken ablenken würde, versammelte ich meine Damen. Wir lasen »Der Hofmann« von Baldassare Castiglione. Das Buch beschrieb neue Sitten und Regeln bei Hofe. Ich ließ Perette vorlesen. Sie las lebendig und mit vorzüglicher Betonung. Niemals verfiel sie in kindlichen Singsang oder eintönige Litanei. Es war eine Freude, ihr zuzuhören.

»Betrifft es den Körper, dass der Mann kräftiger, behänder, mehr gelassen und ausdauernd ist, so sage ich, dass diese Vollkommenheit von ganz niedriger Art ist, weil selbst unter den Männern die, die mehr als andere diese Eigenschaften besitzen, deswegen nicht höher geachtet werden, und weil im Krieg, wo die Handlungen am meisten Mühe und Kraft bedingen, die Stärksten nicht am meisten geschätzt werden; betrifft es den Geist, so sage ich, dass alles, was die Männer zu erfahren imstande sind, auch von den Frauen begriffen werden kann, und dass, wohin der Verstand jener dringt, auch der Verstand dieser dringen kann. Je schwächer das Fleisch, desto stärker der Geist. Daher zweifle ich nicht, dass die Frauen, deren Fleisch ja schwächer ist, stärker an Geist sind, und dass sich ihr Verstand besser zu tiefen Betrachtungen schickt als der der Männer.«

Perette unterbrach. Sie schmunzelte.

»Mein Gemahl, Ihr wisst, wie stark er gebaut ist, schreibt sich alle wichtigen Punkte seiner Rede in die Mütze. Wenn er vor dem König erscheint und die Mütze zieht, betrachtet er sie heimlich aus den Augenwinkeln, um zu sehen, wie er beginnen soll. Unglücklicherweise findet er nie den Anfang, und auch alles Drehen und Wenden hilft nicht. Er kann das erste Wort nicht finden und da er nicht genau weiß, was er tun soll, macht er eine schöne Verbeugung, setzt die Mütze wieder auf den Kopf und geht mit Gott.«

Frauengelächter. Glucksen. Kichern.

Perette hob den Arm, um fortzufahren.

»Was für arme Kreaturen sind unsere Männer. Sie begehen einen Fehler, wenn sie uns nicht achten. Wir sind es, die den Verstand besitzen. Ohne uns sind sie zu nichts nutze und unfähig, ihre Geschäfte zu führen. Was wäre mit ihnen, wenn wir uns nicht um sie kümmern würden? Um ihren Haushalt, ihre Güter, ihre Kinder und ihr Leben. Und wozu wären wir außerdem imstande, wenn man uns nur ließe?«

Der Sturm hatte zugenommen. Die Böen erschütterten die Fensterscheiben. Ich ließ Holz nachlegen und blickte in das lodernde Feuer. Perette fuhr mit dem Lesen fort, doch ich vermochte ihr nicht länger zuzuhören. Meine Gedanken verloren sich in den Flammen, die unstet züngelten und meine Furcht anfachten: Wenn ich doch endlich Nachricht von François hätte. Er darf nicht kopflos in den Krieg ziehen, muss Vorsicht walten lassen. Auch wenn er gebildet ist, es mangelt ihm an Ernst, Weitsicht und Geduld. Er gebärdet sich engstirnig, sein Gemüt ist ungestüm. Niemals bemüht er sich, etwas mit seinem Geiste zu durchdringen. Verstand aber braucht Wahrhaftigkeit und Muße. Mein Herz hämmerte vor Besorgnis und ich betete zu Gott, der Heiligen Jungfrau Maria und allen Heiligen zugleich, sein Leben zu schützen.

Plötzlich kündigte der Page einen Boten an. Die Damen stießen aufgeregte Rufe aus. »Lasst ihn ein!«, befahl ich. Der Kurier war durchnässt, sein Mantel und die Stiefel schmutz- und kotbespritzt. Er eilte, Spuren auf dem Parkett hinterlassend, auf mich zu, verneigte sich und übergab mir die Nachricht. Umnebelt vom betäubenden Gestank des Boten, nahm ich den Brief entgegen. Die Stille im Raum verstärkte die Geräusche des Sturmes. Mit zitternden Händen brach ich das Siegel.

Die Glocken läuten zum Abendgebet. Ich muss schließen.

13

Die italienische Sonne glühte. Der König verspürte nicht einmal Lust, sich die Zeit des Abwartens mit seinen Damen, von denen er eine ganze Schar mit sich führte, zu vertreiben. Er verschmähte selbst die Hühnerkeulchen, die ich ihm kredenzte. Dumpf und teilnahmslos saß er im Schatten seines Zeltes.

Plötzlich erschütterte der Schrei eines Spähers die schläfrig gereizte Stimmung: »Eine Staubwolke am Himmel, eine Staubwolke!«

Die Schweizer schwärmten wie Hornissen aus ihren Nestern. Zu Tausenden rückten sie heran. Die meisten von ihnen trugen weder Mützen noch Schuhe oder Rüstung, aber ihre langen Spieße waren starr nach vorn gerichtet.

Kanonen donnerten. Schwaden von Staub und Pulverdampf verdunkelten den Himmel, behinderten die Sicht und erschwerten das Atmen. Die Heere stießen aufeinander. Trompeten schmetterten, Trommeln dröhnten. Gepanzerte Rosse prallten zusammen, Lanzen zersplitterten. Das Schlachtfeld bedeckte sich mit Toten. Dicht an dicht lagen die Menschen im Staub, von Kanonenkugeln zerschossen oder von den Fußsoldaten aufgespießt. Die Verwundeten brüllten vor Schmerz.

Kurz vor Mitternacht, als der Mond hinter den Wolken entschwand, trat Stille ein. Die ganze Nacht saß ich, mit meinem Tuch vor der Nase, in meinem Küchenwagen. Überall schwelten verbranntes Pulver und versengtes Menschenfleisch.

Im Morgengrauen begann das Schlachtgetümmel von Neuem. Abermals griffen die Schweizer an. Tausende von französischen Soldaten waren bereits gefallen. Der König schien die Schlacht zu verlieren. Doch als in einem großen Tross unsere Verbündeten, die Venezianer, herangaloppierten, die Kanzler Duprat in letzter Minute herbeigeholt hatte, wendete sich das Blatt. Sie töteten die meisten Schweizer und schlugen den Rest in die Flucht.

»Vive la France, vive la France! Wir haben gesiegt! Sieg dem edlen König François, Sieg dem Edlen von

Valois, Sieg dem edlen König François!«, schrien die königlichen Mannen, die überlebt hatten.

Noch auf dem Schlachtfeld ließ sich der König im Überschwang seines Triumphs von Bayard, dem ruhmvollen Ritter ohne Furcht und Tadel, zum Ritter schlagen. Als wäre alles ein Spiel gewesen.

Es war kein Spiel. Fünfzehntausend Männer hatten auf dem Schlachtfeld ihr Leben verloren.

14

Ich las die Nachricht. François war unversehrt! Er hatte gesiegt, würde zurückkehren! Wann, sei noch ungewiss, vermutlich in drei Monaten. Zuvor ein Treffen mit dem Papst ... Voller Vorfreude beschloss ich, meine Gemächer neu zu gestalten, das Vorzimmer mit goldener Seide zu bespannen. Der Lehnstuhl, auf dem er sich so gerne niederließ, würde einen dunkelblauen Baldachin aus Samt erhalten. Und ich entschied, ihm den mit Lilien und Trauben verzierten venezianischen Spiegel auf meinem Betpult zu schenken. Ach, dies waren Nichtigkeiten. Ich würde ein Prunkbett herrichten lassen, ausgestattet mit einer Bettdecke aus karmesinrotem Atlas und mit Goldfäden bestickt. Dazu goldene Seidenlaken und Kopfkissen mit Fransen aus roter Seide. Ich verging vor Sehnsucht, ihm das zu geben, was er sich am meisten wünschte und womit ich seine Liebe gewinnen könnte. Ich wartete auf die Stunde, in der ein Sohn unter meinem Herzen entstand.

15

DER KÖNIG ZOG IN MAILAND EIN und ließ sich als neuer Cäsar feiern. Nachdem er jedes schöne Mailänder Mädchen verführt hatte, machten wir uns auf den Weg nach Bologna. Dort sollten Verhandlungen zwischen dem König und Papst Leo dem Zehnten stattfinden. Papst Leo, der aus der Familie der Medici stammte, war durch den Sieg des Königs bei Marignano in höchste Bedrängnis geraten. Aus diesem Grunde suchte er Frieden und war zu Zugeständnissen bereit.

Wie häufig ist ein Papst schon nach wenigen Monaten oder sogar Tagen in seinem Amt zu Tode gekommen. Fiant dies eius pauci! Seine Tage mögen wenige sein! Clemens der Zweite war neun Monate im Amt, Damasus der Zweite dreiundzwanzig Tage, Pius der Dritte sechsundzwanzig Tage. Dennoch war es mir in Bologna möglich, in die Küchen des Papstes zu gelangen. Ich hatte vom König den Auftrag bekommen, dem Papst ein Festbankett als Gastgeschenk auszurichten und den Geheimkoch des Papstes zu konsultieren, um

Nudelrezepte in Erfahrung zu bringen. Seit der König in Italien war, verlangte er jeden Tag nach Nudeln.

Ich war der letzte auswärtige Küchenmeister, der die Gelegenheit hatte, in den päpstlichen Küchen zu arbeiten. Als der Papst noch im gleichen Jahr das Herzogtum Urbino besetzen ließ, um es seinem Neffen Lorenzo zuzuschanzen, verschworen sich einige Kardinäle, um Leo den Zehnten zu vergiften. Der Sieneser Alfonso Petrucci hatte die Verschwörung angezettelt, ein schöner Jüngling, der darüber erzürnt war, dass der Papst den Sturz seines Bruders Borghese bewirkt und dem verhassten Vetter Raffaele die Herrschaft über Siena ermöglicht hatte. Petruccis Plan wurde aufgedeckt und er zahlte mit dem Leben.

Seit jenem Giftanschlag ließ Papst Leo keine Gastköche mehr in seine heiligen Hallen. Das war eine unnütze Vorsichtsmaßnahme, denn seine größten Feinde lebten im eigenen Haus. Papst Leo wurde Opfer weiterer Giftanschläge, bis einer ihn schließlich dahinraffte. Er wurde mit einem geschwollenen und schwärzlich verfärbten Körper aufgefunden, ein meines Wissens eindeutiges Merkmal einer Vergiftung. Der Verdacht fiel auf seinen Mundschenk, jedoch ergab die Obduktion keinen eindeutigen Hinweis auf eine Vergiftung, was für eine sehr gute Vorbereitung des Anschlags spricht.

Auch Leos Nachfolger, Papst Hadrian der Sechste, war nur ein Jahr im Amt, als er einem Giftanschlag zum Opfer fiel. Clemens der Siebente, der auf Hadrian folgte, herrschte immerhin elf Jahre, bevor er starb. Er erlag einem grünen Knollenblätterpilz. Die Pilzart ist gut zu erkennen. Der Hut des grünen Knollenblätterpilzes ist glatt und grünlich, mit hellem Rand, und seine Haut lässt sich leicht abziehen. In feuchtem Zustande klebt er. Seine Lamellen stehen eng beieinander und sind wie sein Fleisch von weißer Farbe. Der Pilz strömt einen süßlichen Duft aus und sein Geschmack ist mild und nussartig. Daher ist es ratsam, ihn in ein Gericht zu mischen, in dem Nüsse enthalten sind.

Schon ein einziger verspeister Pilz kann tödlich sein. Die ersten Vergiftungserscheinungen treten meist erst nach acht bis zwölf Stunden ein, was für einen Attentäter von Vorteil ist. Der Vergiftete leidet unter Brechdurchfällen, die aber manchmal wieder abklingen, sodass man auch eine Magenverstimmung vermuten könnte. Fünf Tage später versagt die Leber und nach zehn Tagen tritt der Tod ein. Im Fall von Clemens dem Siebenten hat die Pilzvergiftung erst nach fünf Monaten zu seinem Tod geführt. Der Giftmörder muss das Gift in kleinen Dosen verabreicht haben.

Man kann dazu auch Koloquinte reichen. In kleinen Mengen wirkt die Pflanze gegen Wassersucht, Gliederreißen oder als Gegengift zu Schlangenbissen. In größeren Dosen ist sie jedoch tödlich.

Doch ich will von Leo dem Zehnten berichten, der noch lebte und regierte. Ich war nicht davon angetan, für ihn zu kochen. Leo der Zehnte war ein geldgieriger und skrupelloser Papst. Kirchenmännern, die ihm missfielen, raubte er die Besitztümer, schickte sie in die Verbannung oder in den Kerker. Viele Geistliche ließ er auch ermorden. Nacht für Nacht fand man in Rom vier bis fünf tote Bischöfe, Prälaten und Priester auf. Der Papst ersetzte sie durch seine niederträchtigen Gefährten, die in den Vatikan einzogen und ihm als Mitarbeiter Dienste leisteten.

Leo der Zehnte erfand immer neue Gesetze, um Reichtümer anzuhäufen und von allen Seiten Geld einzusammeln. Um seinen Hofstaat und den Bau der Peterskirche zu finanzieren, bereicherte er sich durch den Zehnten, die Kreuzzüge, die Ablässe und die Annaten. Um eine heilige Lebensführung, um Frömmigkeit und Nächstenliebe bemühte er sich nicht. Der Vatikan glich einer Lasterhöhle. Der Papst vergnügte sich mit Jünglingen, viele seiner Gefolgsleute tändelten mit Frauen. Nacht für Nacht verwandelte sich der heilige Palast in ein Bordell. Ein Kardinal hatte seinem eigenen Bruder die Augen ausstechen lassen: Eine Frau, in die er verliebt war, war nicht ihm zugetan, sondern dem bedauernswerten Bruder. Andere Kirchenmänner hielten sich in aller Öffentlichkeit Geliebte. Es war in aller Munde, dass der Neffe des Papstes, Kardinal Rosso, bei seinen Ausschweifungen neben einer Dirne gestorben war.

Während Papst Leo und der König vier Tage mit Spazierritten und Tafeleien in Bologna verbrachten, verhandelte Kanzler Duprat mit Kardinal von Arcona, dem Beauftragten des Papstes. Leo der Zehnte war bestrebt, die Freiheiten der französischen Kirche zu beschneiden. Die französische Kirche hatte das Recht, ihre führenden Würdenträger selbst zu wählen und auch ihre Finanzen eigenständig zu verwalten, ohne verpflichtet zu sein, dem König oder dem Papst Steuern zu zahlen. Diese Rechtslage war dem Papst ein Dorn im Auge.

Kanzler Duprat hatte andere Ziele. Er verhandelte

geschickt und schanzte dem Papst das Recht auf die Annaten zu. Für jeden neuen Amtsinhaber bezog der Papst von nun an Abgaben in Höhe eines Jahreseinkommens. Im Gegenzug erhielt der König das Recht, sämtliche bedeutende Ämter der französischen Kirche nach eigenem Ermessen zu besetzen und auch die kirchlichen Pfründe zu verteilen. Duprat hatte ihn zum Herrn über die Kirche Frankreichs gemacht. Nie zuvor hatte ein König größere Macht besessen. François Premier war zum Alleinherrscher über Frankreich geworden.

Während die Politik hohe Wogen schlug, kreisten meine Gedanken allein um das Gastbankett. Ich plante zehn süße Vorspeisen, dazu vergoldete Orangen und Malvasierwein. Gebratene Kapaune, verschiedene Fische, Ziegen und Kaninchen, insgesamt über dreißig Gerichte, die ich in zwölf Gänge aufteilte. Das Brot gedachte ich mit Gold und Silber zu überziehen. Um all mein Können unter Beweis zu stellen, war ich seit Tagen damit beschäftigt, den Vatikan originalgetreu als Riesenpastete nachzuformen. Seit wir in Bologna weilten, ließ ich Rotkehlchen und Gimpel einfangen, um sie vor Papst und König unter Fanfarenklang aus dem Hauptportal der Palastpastete entfliegen zu lassen. Ich benötigte zweihundert Vögel.

Meine Freude am Kochen verdeckte alle Gereiztheit. Die Volière füllte sich und die Pastete entwickelte sich zu einem Meisterwerk. Ich war voller Vorfreude, sie vorzuführen. Wenig später hatte ich das Küchenbeil ergriffen und die Pastete kurz und klein gehackt. Als ich die Nachricht erhielt, dass Papst und König sich am Tag des Gastbanketts auf der nachmittäglichen Jagd entschlossen hatten, noch einige Tage auf der Pirsch zu bleiben und nicht zum Souper in die Stadt zurückzukehren, drosch ich besinnungslos auf mein Kunstwerk ein.

Es war das erste Mal in meinem Leben, dass ich meiner Wut durch eine zerstörerische Tat Ausdruck verlieh. Zum ersten Mal spürte ich eine Macht in mir, die mich zu etwas trieb, was ich nicht zu verhindern vermochte.

Paltoquet hätte mich sicher davon abgehalten, mein Meisterwerk zu vernichten. Paltoquet …

16

»PERETTE«, RIEF ICH, »ich habe Nachricht. Übermorgen wird mein Gemahl eintreffen. Wo beginne ich? Es ist so viel vorzubereiten. Zum Glück ist das Gemach schon neu gestaltet. Ich möchte ein Bad nehmen!«

»Selbst wenn ich dem Wasser Essig oder Wein zusetze, wird es seine schädliche Wirkung nicht abschwächen und Euch entkräften. Nicht einmal das Gesicht solltet Ihr Euch befeuchten, sonst beschwört Ihr auch Zahnschmerz und Katarrh herauf. Ich werde Euch mit parfümierten Tüchern abreiben, Ihr werdet duften wie der Frühling, und Euer Haar pudere und kämme ich, bis Fett und Schmutz entfernt sind und es glänzt wie die Morgensonne.«

»Ich möchte mein Haar venezianisch blond bleichen und auftürmen, um meinen Körper schlanker und aufrechter erscheinen zu lassen. Und sag der Kleiderzofe, sie möge mir das italienische Kleid bringen, das grüne mit den Goldtressen. Ich möchte meinen Gemahl wie eine Italienerin empfangen.«

»Am italienischen Hof trägt man französische und spanische Gewänder.«

»Dann soll Michelle mir die schwarze Robe bringen, die mit den orangefarbenen Streifen und Fransen am Schleier.«

Perette hatte großes Vergnügen, mich herzurichten. Zunächst massierte sie mein Haar mit einer Salbe ein.

»Was ist das? Es riecht scheußlich. Ich kann kaum atmen.«

»Ein Gemisch aus Bierhefe, Ziegenmilch, Urin und Vitriol. Es hat ein strenges Aroma, aber es wirkt sehr schonend. Ihr müsst es über Nacht einwirken lassen. Der Geruch wird schnell verfliegen.«

Sie umwickelte meinen Kopf mit einem Tuch.

»Ich habe die besten Rezepte ausgewählt. Hier, das Zahnpulver aus Weinstein, Tintenfischknochen, Pfirsichkern und Zimt. Es reibt die Zähne strahlend weiß. Und diese Gesichtspaste«, Perette hielt den Tiegel in die Höhe, »besteht aus Quecksilber, Asche und Sand. Ich werde sie gleich auf Euer Antlitz streichen. Sie sorgt für einen schönen, blassen Teint.«

Ich ließ alles über mich ergehen. Nichts wollte ich unversucht lassen, um François reizvoll zu erscheinen.

Perette machte mir Hoffnung.

»Die kleinen Unreinheiten auf Gesicht, Hals und Dekolleté verdecke ich morgen mit Schönheitspflastern und einer Puderschicht. Beim Schminken werde ich die Augenbrauen betonen, damit sie Eure Stirn höher erscheinen lassen. Und die Wangen erhalten kräftiges Rouge, um Eurer Ausstrahlung eine besondere Note zu verleihen. Eure Hände werde ich heute noch behandeln. Ich habe diese Handschuhe vorbereitet. Sie sind im Innern mit Honig, Senf und Bittermandel bestrichen. Ihr müsst sie über Nacht tragen. Ich versichere Euch, morgen früh fühlen sich Eure Hände geschmeidig wie Katzenpfoten an.«

In der Nacht lag ich steif in meiner Bettstatt. Mein Kopf juckte unter dem Wickel. Mein ganzer Körper juckte, als wäre er von Flohbissen übersät. Es war mir mit den Handschuhen, die an meinen Händen klebten, unmöglich, mich zu kratzen. Ich fand keinen Schlaf, obgleich ich wünschte, am Morgen ausgeruht und frisch zu erscheinen.

Es war still im Zimmer. Ich vernahm nur das Rascheln der Mäuse und Ratten hinter den Wandtäfelungen. Je länger ich wach lag, desto lauter ertönte das beständige Scharren und Knabbern der Nagetiere, begleitet von gelegentlichem Piepsen. Mein Gesicht brannte. Ich wünschte, mich umzudrehen, jedoch der Haarturban zwang mich, auf dem Rücken liegenzubleiben. Scharren, Piepsen, Jucken, Brennen. So schritt die Nacht voran. Ich ertrug mein Unwohlsein in freudiger Erwartung auf den Moment des Glücks.

Endlich dämmerte es. Ich hatte große Eile, mich herrichten und ankleiden zu lassen, allein, um nicht den beseligenden Augenblick zu versäumen, ihn gebührend zu empfangen. Selbst meine Gebete kürzte ich ab. Meine Unrast war töricht, da kein Zweifel bestand, dass er erst nach Mittag eintreffen würde. Michelle, die Kleiderzofe, brachte das Kleid. Es duftete nach Veilchen, Iris aus Florenz und Nelkenwasser aus Damaskus. Ich drehte und wendete mich, zupfte an dieser und jener Stofffalte und begutachtete die Frisur und mein Antlitz im Spiegel. Ich fühlte mich schön, obgleich ich es nicht bin. Allein dieses Empfinden half, meiner Gestalt etwas Anmutiges zu verleihen.

17

Am dreizehnten Januar 1516 kehrten wir aus Italien zurück. In ganz Frankreich feierte man den siegreichen König. Auch am Hofe folgte ein Siegesfest dem anderen. Meine Küchen dampften und rauchten, während sich Ereignisse zusammenbrauten, die vielleicht den Ursprung meines verhängnisvollen Werdegangs darstellten. Noch ehe das Konkordat von Bologna zum Staatsgesetz geworden war, drängte Louise de Savoie den König, die freien Kirchenstellen zu vergeben. Der König nominierte Freunde und Vertraute als Erzbischöfe, Äbte und Prioren. Ein Bruder des Kanzlers Duprat, zwei Brüder Boisys, verschiedene Bourbonen und Montmorencys. Söldnerführer, Künstler, Gelehrte und königliche Beamte wurden zu Äbten ernannt. Er setzte sogar Kinder ein, wenn es von Nutzen war. Der Abt de

Lodère zählte vier Jahre, der Abt von Saint-Michel trat sein Amt als sechzehn Monate alter Säugling an. Auch nötigte er Würdenträger, zugunsten seiner Kandidaten zurückzutreten.

In diese Zeit der Ämtervergabe fiel der Tod der Gattin von Duprat. Es hieß, sie sei an einer unbekannten Krankheit gestorben, was ich bezweifelte. Der kirchlichen Karriere des Kanzlers stand keine Ehefrau mehr im Wege. Er blieb Witwer und erhielt, was er sich erhofft hatte. Der König ernannte ihn zum Bischof, nicht, weil er dem Kanzler zugetan gewesen wäre, im Gegenteil, er mied seine Gegenwart, wann immer es ihm möglich war. François Premier war bereits missgelaunt, wenn er nur daran dachte, mit dem Kanzler zusammenzutreffen. Eines Morgens nach der Messe hörte ich ihn sagen:

»Duprat ist ein übellauniger Zornnickel. Und er beleidigt jeden Sinn für Schönheit. Für seinen fetten Bauch hat er einen Tisch ausschneiden lassen. Ich mag ihn nicht ansehen. Und wenn er zu sprechen ansetzt, übertrifft sein fauliger Atem alle unsauberen Gerüche im Schloss.«

Doch Duprat stärkte die königliche Macht. In der Schlacht von Marignano hatte er die venezianischen Truppen herbeigerufen und bei den Verhandlungen in Bologna war es ihm gelungen, den König zum Herrn über die französische Kirche zu erheben. Der König hatte keine andere Möglichkeit, als den Kanzler zum Bischof zu ernennen, da er in seiner Schuld stand. Auch die Königinmutter ließ ihrem Sohn keine Wahl. »Mein lieber François, Du wirst Duprat zum Bischof ernennen. Er versteht sein Metier. Er krönt alle königlichen

Angelegenheiten mit Erfolg. Wir werden ihm als Dank für seine Ergebenheit zwei Abteien und fünf Bistümer überschreiben.«

Wenn Louise de Savoie den König duzte und ihn bei seinem Vornamen nannte, durfte er keinerlei Widerrede geben.

Kurz nachdem Duprat zum Bischof ernannt worden war, trafen am Hofe Sendboten des Papstes ein, um im Land Ablassbriefe feilzubieten. Die kleinste und die größte Sünde hatten ihren Preis. Schändung, Meineid, Totschlag, Unzucht in der Kirche waren am kostspieligsten. Etwas günstiger kamen Kirchenraub und Hexerei. Elternmord war geradezu preiswert. Im Namen Gottes gab es auch Ablässe für die Verstorbenen zu kaufen, damit sie auf der Reise in den Himmel vorankämen und nicht länger im Fegefeuer leiden müssten.

Der König ließ die Ablassbriefe bereitwillig verkaufen. Der Papst erlaubte ihm, die eingesammelten Beträge einzubehalten, um sie für den Kreuzzug zu nutzen. François Premier hatte niemals daran gedacht, das Geld für einen Kreuzzug gegen die Türken zu verwenden. Er verplante die Erlöse aus den Ablässen für seine eigenen Zwecke.

Prediger und Beichtväter zogen durch die Pfarrgebiete. Mit Trommelwirbel und lautem Gebrüll schürten sie die Angst vor der Hölle und versprachen Vergebung aller Sünden und Einlass ins Paradies. Sie entrollten große Bilder, die das Fegefeuer zeigten oder entzündeten kleine Scheiterhaufen. Das eingeschüchterte Volk kaufte Ablässe, denn es glaubte an die versprochene Erlösung von seinen Sünden genauso wie an Hexen.

Ich glaubte weder an Ablässe und Hexen, Heilige und Teufel noch an die Reinheit und Nächstenliebe von Papst oder Kirche. Mehr und mehr verabscheute ich die Machenschaften der Kirche, die meinen Widerwillen gegen die Messe schürten. Vor jeder Beichte überfiel mich Übelkeit. Ich empfand die Priester als Spione, die nichts anderes beabsichtigten, als mir Schuld und Scham aufzuladen und mich zu erniedrigen. Wenn ich beichtete, erfand ich kleine Vergehen. Meine Sünden vertraute ich den Priestern nie an. Für mich lebte Gott in jeder Speise, die ich zubereitete. Und wenn mir eine Speise misslang, versprach ich ihm, mich zu bessern.

Dass dem Volk, das von einer Hungersnot nach der anderen geplagt war, sein weniges Geld für ein Stück Papier abgenommen wurde und der König mithilfe der Priester seine Kassen anschwellen ließ, erfüllte mich mit Groll. Niemals ließ ich diesem Zorn freien Lauf. Kein Wort ging über meine Lippen. Ich hüllte mich stets in den Mantel des Schweigens, wenn mir etwas missfiel. In dem deutschen Mönch Martin Luther fand ich einen Menschen, der meine verborgene Wut zum Ausdruck brachte. Es ging noch einige Zeit ins Land, bis seine Thesen angeschlagen waren und Frankreich Kunde davon bekam. Luther war der Sohn eines Bergarbeiters, den ein heftiges Gewitter dazu gebracht hatte, Mönch zu werden. Warum wird der eine Mensch Mönch, der andere Koch? Und warum hat jeder dadurch unwiederbringlich sein Schicksal zu tragen?

Wenn Martin Luther nicht aufbegehrt hätte, wäre Paltoquet, Paltoquet, Paltoquet …

»Ich bin ein Crétin, ein Schwachsinniger!«, rief er einmal im Gottesdienst. Aber Crétin bedeutet nichts anderes als Crétien, also Christ. Crestian bedeutet Cagot, Frömmler, und ein Benêt ist ein Einfaltspinsel und stammt ab von Benedictus. Amen.

18

SEIT FRANÇOIS' RÜCKKEHR erwartete ich ungeduldig den Moment, mich mit ihm zurückziehen zu dürfen. Ich ertrug alle Zeremonien, das Bankett, die Lobgesänge. Endlich waren wir unter uns, vereint in meinem Gemach, im Duft von zyprischen Essenzen und gewärmt vom Feuer, welches im Kamin loderte.

Er setzte sich auf den Lehnstuhl. Das Prunkbett und den neuen Baldachin nahm er nicht wahr. Auch ich fühlte mich nicht gesehen. François starrte in die Kerzen. Sein Schweigen, das den Raum erfüllte, lag mir schwer auf der Brust. In diesem Schweigen tönte das Klirren von Schwertern. Ich schenkte ihm den venezianischen Spiegel, brachte seine kastanienbraunen Augen für einen Augenblick zum Leuchten, was meine Hoffnung aufflackern ließ.

Jäh zog er den Spiegel vor sein Antlitz. »Ich bin schön«, sagte er zu sich selbst, während er mit dem rechten Zeigefinger die Linien und Konturen seines

Antlitzes nachzeichnete. Sein Gesicht hatte die kindliche Weichheit, die ich liebte, verloren. Die Wangen erschienen hagerer, sein Blick härter. Die Spuren des Schlachtfeldes hatten ihm seine Jugend gestohlen. Sein vorspringendes Kinn erreichte fast die Spitze seiner langen Nase. Es wirkte fest verkantet, unverrückbar. Ich empfand Schmerzen in meinem Kiefer, während ich es betrachtete.

Tief in sich versunken, zog er den Spiegel näher, küsste die Kristallfläche und sprach zu seinem Spiegelbild: »Schöner und siegreicher König, der Erste deines Namens, Mailand war nur der Anfang!« Darauf begann er zu singen:

»Vernehmt Franzosen, all den Sang,
vom Sieg, den Franz, der Held, errang.
Hört, wie unsere Schwerter klingen
und den üblen Feind bezwingen.«

»Attaque, attaque!«, schrie er plötzlich, schleuderte den Spiegel beiseite, stürzte sich auf mich und warf mich auf die Bettdecke, die karmesinrote. – Verschwitzt und ausgelaugt rollte er sich von meinem Körper und verließ das Gemach.

»Da rührte Kirke die Männer mit der Rute und sperrte sie dann in Köfen. Denn sie hatten von Schweinen die Köpfe, Stimmen und Leiber, auch die Borsten.«

Kirke hatte die Männer in Schweine verwandelt. Was tat ich? Ich verbarg mich unter der Bettdecke. Und ich wünschte, nie wieder hervorzukommen.

19

Der König beschloss, umherzureisen, um sich dem Volk zu zeigen. Ein ganzes Jahr lang reisten wir kreuz und quer durch das Land, bei Wind und Wetter. Kaum hatte ich meine Küchen eingerichtet, hieß es: Zusammenpacken, Aufbruch, Weiterreise. Zusammenpacken, Aufbruch, Weiterreise. Mein Pferd, das eine schnelle Gangart hatte, galoppierte gleich zu Beginn der Reise ungestüm auf einen Haufen Schutt und zerbrochener Ziegel. Beim Hinabsteigen stürzte es, woraufhin ich in eine Pfütze fiel. Meine Knochen blieben heil, aber meine Hosen waren durchnässt und mein rechter Stiefel voll Wasser gelaufen, was in der Folge mein Bein vor Kälte erstarren ließ. In diesem Moment verlangte der König nach mir, weil ihn nach einem Pastetchen mit Johannisbeersauce gelüstete.

Wir reisten in die Provence. Von Manosque nach Aix, von Aix nach Saint-Maximin und Marseille. In Marseille kämpfte der König in einer Orangenschlacht. Lachend schleuderte er Früchte durch die Luft. Im Hafen besichtigte er ein »Reynoceron«, das für Papst Leo bestimmt war und bereitstand, nach Rom verschifft zu werden.

Wir kehrten nach Aix zurück, zogen nach Arles, Orange, Pont-Saint-Esprit, Montélimar, Valence, Tournon, Saint-Vallier, Vienne und Lyon. In Lyon vergnügte sich der König auf dem Johannisfest damit, zwei Dutzend Katzen lebendig zu verbrennen. Ich beobachtete, wie er den Scheiterhaufen entzündete, der Katzenkorb zu glimmen begann, die Katzen kreischend in das Feuer fielen und König und Volk sich an ihren Schreien erfreuten. Am Abend litt ich an hohem Fieber.

Drei Monate weilten wir in Lyon, bevor es im Herbst wieder nach Amboise zurückging. Als wir die fruchtbaren Wälder erreichten, wünschte der König, unbedingt Pilze zu essen. Um sein Begehren zu befriedigen, ließ ich einige meiner Köche im Wald ausschwärmen. Sie gingen zu viert und kamen zu dritt zurück. Ein Wegelagerer hatte Pascal, dem Fleischkoch, die Kehle durchgeschnitten und ihn seiner Kleider beraubt. Der König verlangte nach seinen Pilzen, als sei nichts geschehen. Sein Verhalten veranlasste mich später, auch verschiedene vergiftete Pilzgerichte zuzubereiten, die zu seinem Tod beitrugen.

Es war Januar, Zeit des Karnevals, als wir uns in Paris niederließen. Sogleich ließ der König sich ein Narrenkostüm und eine Maske anfertigen.

»Es ist zu gefährlich, Majestät«, warnte Duprat, »und es geziemt sich nicht für den König von Frankreich, diesen Verrücktheiten beizuwohnen. Eure erlauchte Mutter wird mir beipflichten. Im Pariser Karneval treten wilde Torheit und Rohheit zutage. Zudem, Majestät, ist die politische Lage im Land beunruhigend. Die Steuererhöhungen haben das Volk verärgert und die Bauern hatten schlechte Ernten. Die Unzufriedenheit wächst. Oft schon kamen Beamte im Karneval zu Tode oder wurden misshandelt.«

Der König antwortete: »Weinschläuche und Fässer

bersten, wenn das Luftloch nicht von Zeit zu Zeit geöffnet wird. Lieber ein Beamter weniger als eine Rebellion. Außerdem werde ich dem Treiben unerkannt beiwohnen.«

Die ganze Stadt verwandelte sich in ein offenes Theater. Männer liefen als Frauen verkleidet, Frauen als Männer. Andere hatten sich als Papst, Teufel, Narr, als wilde Waldmenschen oder gefährliche Tiere kostümiert. Der Klang der Dudelsäcke und Trommeln, das Gequietsche der vielen selbstgebauten Instrumente, auf denen das Volk zu ihren Charivaris hämmerte, breitete sich wie ein Teppich über die Stadt aus. Die Menschen sangen und tanzten, bis sie schweißnass waren. Teufel und Engel schlugen Purzelbäume, Narren und Wilde versetzten den Zuschauern Hiebe mit Schweinsblasen und Stöcken. Einige Männer tanzten mit riesigen hölzernen Penissen, die groß wie die von Pferden hervorstachen. Dazu bewegte einer von ihnen ein Schilfrohr in einem Rummeltopf. Die Damen auf den Balkonen kreischten, bewarfen die Männer mit Eiern und schütteten eimerweise Wasser hinterher. Auch Äpfel, kandierte Pflaumen, Fische, Kot und Steine flogen durch die Luft. Selbst Hunde und Katzen dienten als Wurfgeschosse.

Der König hatte einen großen Korb mit Eiern bei sich, bewarf die Vorübergehenden unter lautem Gejohle.

Tag für Tag zog François Premier mit seinen Freunden in den Mummenschanz. Er drang in Gast- und Bürgerhäuser ein, vergnügte sich mit zahllosen Frauen, trank und aß, wie es ihm beliebte. In wenigen Tagen vertilgte er die Vorräte zweier Monate, als hätte ich ihm nie etwas gekocht. Er hätte schon damals an irgendeiner Wurst verenden können. Hätte, hätte … Er blieb am Leben. Und ich ging meinem Schicksal entgegen.

20

Wir sind seit vier Monaten unterwegs. Ich reise in einem Wagen, ausgeschlagen mit karminrotem Samt. Die Fensterscheiben sind mit Sinnsprüchen bemalt.

Das Glück ist Glas, so glänzend wie zerbrechlich.
Was du nicht ändern kannst, ertrag, wie's ist.
Die Gleichmut ist Arznei in Schicksalsschlägen.

Die Straßen sind uneben. Die Stöße der Kutsche verursachen mir Übelkeit. Vielleicht rührt mein Unwohlsein auch von meinem hoffnungsvollen Zustand her. Allmächtiger Gottvater, Cherubine, Seraphine, heilige Apostel Gottes, Märtyrer und all ihr gesegneten Heiligen, Märtyrerinnen und Jungfrauen, betet für mich, dass ich dieses Mal einen Sohn gebäre.

Ich benutze meinen Fächer, um meine Unpässlichkeit zu mildern. Er ist aus Perlmutter, mit Steinen und großen Perlen besetzt. Der gute Baladoux schenkte ihn mir, als ich als Kind in seiner Küche saß. Ein herzensguter

Mann; ich werde nach ihm schicken, mir ein Omelett zu bringen. Nein, lieber nicht, ich möchte jetzt nichts zu mir nehmen.

Das Reisen ist aufregend. Wie schön unser Land ist. Fruchtbare Wiesen und Weiden, Äcker und Weinberge reihen sich aneinander. Überall sehe ich Windmühlen mit drehenden Flügeln auf den Hügelrücken.

Heute morgen stand eine Mutter mit ihrer Tochter am Wegesrand. Das Mädchen hatte einen Buckel und einen Kropf. Für einen kurzen Moment trafen sich unsere Augen. Ihr Blick versetzte mir einen Stich ins Herz ... Das Mädchen rief mir meine Tochter ins Gedächtnis. Ist sie wohlauf? Wird sie von der Amme gut behandelt?

Wir passieren von Mauern und Gräben umgebene Klöster und Burgen, Dörfer und Städte. Je näher wir einer Stadt kommen, desto mehr füllen sich die Straßen. Händler und Bauern, Geistliche und Studenten, Handwerker und Bettler strömen zu Fuß oder mit Wagen und Karren, Pferden und Mauleseln dem Stadttor entgegen. Stimmengewirr, Rufe und Lachen dringen an mein Ohr. Ich fühle mich lebendig inmitten des bunten Treibens. Von den Gebäuden einer Stadt erkenne ich als Erstes die Turmspitzen. Auf den Zinnen stehen vergoldete Wetterfahnen, die in der Sonne glänzen. Dann erscheinen die Hütten und Häuser.

In jeder Provinz sind die Häuser unterschiedlich gebaut und die Menschen sprechen verschiedene Sprachen. Fast überall laufen die Menschen barfuß und in Lumpen gekleidet. Besitzen sie Schuhe, fehlen ihnen Strümpfe. Manchmal tragen sie ihre Schuhe in der Hand, um sie zu schonen. Wohin wir auch reisen, füllen diese ärmlichen Wesen die Straßen und Wege.

François muss etwas gegen die Armut im Lande unternehmen. Jedoch, ich darf ihn nicht beraten. Er wünscht es nicht, obwohl ich eine gute Bildung erhielt. In meinem siebten Lebensjahr übergab Mutter mich den Musen und Lehrern zur Erziehung. Ich studierte verschiedene Sprachen und Wissenschaften mit solch glühendem Eifer, dass ich meine Lehrer mit meinem Wissen in Erstaunen versetzte. Von Vater habe ich gelernt, welche Rolle die Vorfahren im Weltgeschehen spielten, wie Europa aufgeteilt ist und welche Begebenheiten Kriege verursachen. Mit zwölf Jahren hielt ich vor Kirchenfürsten, Predigern und anderen hohen Herren Reden. Ich spreche griechisch und lateinisch und kann in vielen anderen Sprachen Grußworte an die Botschafter richten. François selbst hat mich gesehen, wie ich meinem Vater bei großen Zeremonien und Feierlichkeiten assistierte. Die Gesandten meinten, meine begnadete Art zu sprechen würde meinen Mangel an Schönheit aufwiegen. Schönheit ... Was bedeutet Schönheit gegenüber einem regen Geist? Polizian schrieb über das venezianische Mädchen Cassandra, sie bedecke nicht die Haut mit Schminke, sondern den Papyrus mit einer Folge von Linien. Alle Erkenntnis ist in der Kunst des Schreibens verhaftet. Es sind Frauen gewesen, die uns den Nutzen und Gebrauch der Schrift lehrten. Isis hat den ersten Buchstaben in Ägypten erfunden, Carmantis die Buchstaben der lateinischen Sprache, Minerva die griechischen Charaktere. Ich bin keine Göttin und keine Dichterin, aber auch ich kann mehr als Mutter sein und Altardeckchen sticken. Ich bevorzuge statt des Garns das Buch, statt der Nadel die Feder. Nicht allein der Ruhm der erlauchten Söhne, der Könige, die vom Weibe geboren werden, sondern der eigene Verstand, die Weisheit, die Taten und die Kunst zu herrschen haben das weibliche Geschlecht berühmt gemacht. Ich wünsche, François mit Rat und Tat zur Seite zu stehen, ihn zur Nachsicht anzuhalten, vor Unbill zu schützen und seine Geheimnisse zu teilen.

Dies möchte ich ihm sagen. Gleichwohl, ich schweige, denn es wäre nicht klug, wenn ich ihm meinen Rat aufdrängte. Ich würde nur seinen Zorn heraufbeschwören. Ich gäbe mich ganz meinen Gefühlen hin und vergäße, seine Liebe zu suchen. Ich muss mich um alles bemühen, was zu seinem seelischen wie körperlichen Wohlbefinden beiträgt, seine Wünsche respektieren, seine Liebschaften ertragen, sie übergehen, ohne mir etwas anmerken zu lassen. Würde ich grob gegen ihn, gewänne ich nichts. Ich hätte auch nicht die Gabe, mich durchzusetzen und zu kämpfen. Ich bin weder Jeanne d'Arc noch eine Amazone. Ich lernte, bedächtig und zurückhaltend zu sein, mit freundlichem Blick zu sprechen, ohne das Gesicht, die Hände oder den Körper zu bewegen und zu keiner Zeit etwas Schlechtes über andere zu sagen, sondern nur ihre Tugenden hervorzuheben. Ich lernte, mein Lachen zu zügeln und bei Vergnügungen Maß und Anstand zu wahren.

Was du nicht ändern kannst, ertrag, wie's ist.

Meine Gedanken verlieren sich in Träumen. Wie

würde ich leben, wenn das salische Recht keine Gültigkeit hätte? Ich, Claude de Bretagne, säße als regierende Königin von Frankreich auf dem Thron. Ich würde mich zum Rat begeben, den Vorträgen zuhören, Meinungen zur Kenntnis nehmen, Argumente und Schlussfolgerungen abwägen, ihre Gründe und Ursachen überdenken und erst nach reifer Überlegung antworten und entscheiden, nicht unstet und unbedacht wie mein Gemahl.

Du eitle, verblendete Närrin. Hast du vergessen, wer du bist? Du bist noch nicht einmal zur Königin gekrönt. Du bist nur eine armselige Kreatur, allen Schwächen, Leiden, Krankheiten unterworfen, die den hinfälligen menschlichen Leib erfassen können. Dein Geist ist gezähmt, dein Körper schwach. Deine Augen triefen, dein Bein humpelt. Danke Gott, wenn du die Schwangerschaft überstehst und einen Thronfolger gebärst.

21

Wir befinden uns nunmehr sechs Monate auf Reisen. Ich sitze eingeklemmt in der Kutsche. Unser Kind beantwortet jeden Wagenstoß mit einem kräftigen Tritt gegen die Bauchwand. Ich habe Stiche in der linken Körperhälfte. Mir stockt der Atem vor Schmerz. Zudem regnet es seit Tagen. François lässt sich nicht aufhalten.

Um von meinem Schmerz abzulenken, beobachte ich die Regentropfen, die an die Wagenscheibe prasseln. Sie finden sich schnell zu einem Bächlein zusammen. Schließlich regnet es so stark, dass sie als Wasserfall die Scheibe hinabrauschen. Ich friere, ungeachtet der Decken, in die ich gehüllt bin. Perette schimpft:

»Alles ist klamm. Ihr braucht Wärme und Ruhe. Und Euer Gemahl jagt weiter von einem Ort zum anderen.«

In jeder Stadt, in der wir einkehren, finden Prozessionen und Mysterienspiele statt. Ich bin ihrer überdrüssig. Ich bin des ganzen Umherziehens überdrüssig. Die Darbietungen und die Empfänge ermüden mich. Das ständige Lächeln, die geheuchelte Ergebenheit, die übertriebenen Dankesbezeigungen, die vielen inhaltslosen Gespräche, die meinen Geist einschläfern. Ich wünsche mir auszuruhen, ein Buch zu lesen, Zeit für tiefsinnige Gedanken zu haben. Und ich sorge mich um mein Kind, das in mir wächst, meinen Sohn, der mein Leben an Francois' Seite verändern wird. Ich will mich schonen, so wie ich es vermag auf dieser langen Reise. Und wenn der Thronfolger geboren ist, werde ich aus dem Schatten treten und leuchten.

22

Als die Fastenzeit begann, wohnten wir wieder auf Amboise. Die Fastentage machten sehr viel Arbeit. Ich hatte die unterschiedlichsten Gerichte zuzubereiten, die erlesenen Fastenspeisen für die Edelleute, die einfache Küche für die Dienstleute und die Fleischgerichte für den König. Dem König war es erlaubt, auch an den Fastentagen Fleisch zu verzehren. Für die Zahnlosen bereitete ich gestoßene Hohlbraten aus Fischbrei. An den Fleischtagen stampfte ich für sie Fleisch zu Brei, dickte es mit Mehl ein und formte es am Spieß zu einem Ochsen oder Schaf. An den Fastentagen füllte ich Fischbrei in die abgezogene Haut eines Fisches. Gemüse pürierte ich für alle gleichermaßen.

Wenn man alle Fastentage eines Jahres zusammenzählt, gibt es hundertfünfzig fleischlose Tage! Wir fasten jeden Freitag und Samstag, die vierzig Tage vor Ostern, die drei Bettage vor Christi Himmelfahrt und die ganzen Vorabende der wichtigsten Heiligenfeste. Ich hielt es wie die meisten Mönche. »Wer schon fasten muss, der soll wenigstens gut essen.« Kaum ein Mönch verliert während der Fastenzeit an Gewicht. In deutschen Landen, in den Klöstern Bayerns haben die Mönche sogar die Gans und den Biber zu Fischen erklärt und damit zur erlaubten Fastenspeise gemacht. Das ist nicht verwerflich. Die Biber haben einen Schwanz so breit wie ein Fischschwanz. Und was die Vögel betrifft, sind sie sicher nicht nur zufällig von

Gott am gleichen Tag wie die Fische erschaffen worden. Warum sollte man sie nicht der gleichen Gattung zuordnen? Wieso dürfen die Vögel nicht aus den Tiefen des Suppentopfes kommen wie die Fische aus den Tiefen des Meeres?

Die Bayern haben gute Gedanken. Ansonsten sollen sie ein merkwürdiges Volk sein. Man erzählte mir, dass sie zwei Männer in eine Hose stecken und diese dann gemeinsam hüpfen müssen. Wie auch immer, ihre Fastenregeln gefallen mir.

In Frankreich setzte sich ihre Sichtweise leider nicht durch. Ich hatte mir eine große Anzahl verschiedenster Fischspeisen ausgedacht, um abwechslungsreiche Mahlzeiten zusammenzustellen. Dennoch, bei aller Liebe zum Kochen, die Fastenzeiten dämpften meine Leidenschaft.

Wie ich, konnte auch Leonardo da Vinci der Fastenzeit nichts abgewinnen. Es war kurz nach Ostern, als der alte Meister in Begleitung seines Schülers Melzi und seines Dieners Fernando auf Amboise eintraf. Als er an den Hof kam, war er bereits vierundsechzig Jahre alt. Seine Augen lagen in tiefen Höhlen, die Stirn zeigte breite, eingegrabene Furchen. Bart und Haare leuchteten schneeweiß. Der König hatte ihm eine Pension von siebenhundert Dukaten, das Schloss von Cloux und den Titel des »Premier peintre, architecte et mécanicien du roi« geboten. Da Leonardo bei den Medici in Ungnade gefallen war, hatte er das Angebot angenommen.

Paltoquet und Leonardo wären ohne Zweifel Freunde geworden. Paltoquet hätte … Ich will zunächst von

Meister Leonardo erzählen. Während die meisten Gelehrten am Hofe, von denen so viele herumliefen, wie Fliegen in der Küche schwirrten, mehr Vergnügen daran hatten, über einen Braten zu lesen, als ihn zu riechen und zu schmecken, biss Leonardo lustvoll in meine Hammelkeulen. Wenn er kaute, breitete sich wohlige Röte in seinem blassen Antlitz aus und seine sonst matten und müden Augen erhielten einen fröhlichen Glanz. Der Meister verehrte meine Kochkunst. Er lobte meine Art des Würzens, die anders mundete als die italienische Küche. Besonderen Gefallen fand er an den deftigen Bratengerichten. Meine schmackhafte Fleischküche veranlasste ihn, neben seinen Planungen für den König an der Erfindung eines Bratspießes zu arbeiten, ein Bratspieß, der sich ohne Spießdreher von selbst drehen sollte. Er gedachte, mir seine Erfindung zum Geschenk zu machen. Mehrmals fragte er mich, worauf es beim Spießdrehen ankäme.

»Der Bratspieß muss sich vor allem gleichmäßig drehen. Das ist das Wichtigste. Sonst bleibt der Braten auf der einen Seite roh und auf der anderen fällt das Fleisch in die Asche, weil es zu mürbe geworden ist.«

Eines Nachmittags schickte mir Meister Leonardo seinen Diener Fernando. Er bat mich, alles für die Erprobung des Bratspießes herzurichten. Ich bereitete ein Wildschwein vor und sorgte für genügend Holz für die Feuerung.

Leonardo erschien.

»Der Spieß, Meister Bertrand, wird durch die Hitze des Feuers angetrieben. Deshalb ist es wichtig, dem Feuer gleichmäßige Wärme zuzuführen.«

Ich steckte das Wildschwein auf den Spieß und wies die Feueranfacher an, das Feuer zu schüren. Die Flammen entwickelten sich zu einem brauchbaren Bratfeuer.

Der Spieß begann sich zu bewegen.

»Huzza, er dreht, Meister Leonardo!«, rief ich begeistert.

Schon nach kurzer Zeit stockte der Bratspieß.

Leonardo beschimpfte den Feueranfacher: »Was soll das? Gebt acht, Ihr müsst für ein gleichmäßiges Feuer sorgen.«

Der Meister griff selbst zum Schürhaken, stocherte in der Glut. Der Spieß begann sich wieder zu drehen. Schließlich drehte er sich zu schnell.

»Beeilt Euch, holt eine große Pfanne, die wir unterstellen können. Man muss verhindern, dass das Fett in das Feuer tropft und die Flammen in die Höhe schnellen.«

Die Pfanne wiederum drosselte die Hitze zu stark. Der Bratspieß stockte wieder.

»Nein, so geht es nicht. Ich werde mir weitere Gedanken machen müssen, bevor wir es noch einmal versuchen.«

Leonardo und ich saßen gern in der Küche beisammen und plauderten. Erlaubte es meine Zeit, ging ich zum Schloss Cloux hinüber oder wir machten einen kleinen Spaziergang in den Gärten. Wenn es um seine Erfindungen ging, war der Meister sehr erregt. Er wünschte, dem jungen König seine ganze Schaffenskraft vorzuführen. Er hatte unzählige Blätter seiner Studien mitgebracht: ein Traktat über das Wasser, Aufsätze über die Mechanismen tragbarer Feuerwaffen und Forschungen über den Flug des Menschen.

Leonardos Zeichnungen zur Anatomie des Menschen zeigten nicht nur die Glieder, sondern auch alle Muskeln, Nerven, Adern, Gelenke, Eingeweide und jede Kleinigkeit, die den Körper des Mannes von dem der Frau unterscheidet.

»Meister Leonardo«, fragte ich eines Abends, »man erzählt sich, Ihr hättet für Eure anatomischen Erkenntnisse Leichen seziert.«

»Ich habe mehr als dreißig Körper seziert, Männer und Frauen jeden Alters. Ich musste ungeheuer schnell arbeiten. Die Leichen verwesen im italienischen Klima sofort. Ich konnte kaum mehr als drei bis vier Tage in Folge sezieren. Lange Nächte habe ich im Keller verbracht. Dann haben meine Nerven versagt. Ich konnte das durchdringende Geräusch der Instrumente, mit denen ich die Knochen zersägte, nicht mehr hören. Schließlich erstickte ich fast an dem Gestank des fauligen Fleisches. Zudem hatte ich Angst, von der Kirche ertappt zu werden. Ihr wisst, die Kirche hat den Ärzten sogar die Chirurgie aus den Händen gerissen. Sie haben sie den Barbieren, Henkern und Quacksalbern jeder Art überlassen!«

Leonardo hatte viel gewagt. Nur die Körper von Königen und Päpsten durften geöffnet werden, um Herz und Eingeweide gesondert zu beerdigen, oder wenn Verdacht auf einen Giftanschlag bestand. Das Bemühen der Ärzte, einen Giftmord aufzudecken, ist allerdings lächerlich. Neun von zehn Giftmorden erkennen sie nicht, auch wenn sie sezieren. Die Ärzte sind unwissend. Wer einen Giftmord verdecken will, muss sich weniger Gedanken um das Innere als über das Äußere der Leiche machen. Er muss das Gift so auswählen, dass der Leichnam keine dunklen Flecken, keine blauschwarze Zunge oder schwarz verfärbte Lippen und Fingernägel aufweist. Auch darf der Körper nicht nach dem tödlichen Gift riechen, weder nach bitteren Mandeln, die ja bekanntlich Gift enthalten, noch nach Knoblauch. Knoblauchgeruch weist auf Arsen hin. Man muss wissen: Leichname neigen dazu, die Eigenschaften der Gifte anzunehmen, durch die der Körper vergiftet wurde. Wer zum Beispiel am Schierling stirbt, der bekommt eine fleckige Haut. Dadurch lässt sich seine Todesart erkennen. Diese und viele andere Kenntnisse ermöglichten mir später, meine Gräueltaten zu begehen. Doch noch lebte ich in geordneten Bahnen.

Fast täglich verlangte der König nach Meister Leonardo. Leonardo verlor schnell die Freude an den Audienzen. Immer häufiger suchte er mich auf und befreite seine Seele:

»›Majestät, lasst mich Euch drei Gemälde zeigen‹, sagte ich zum König. ›Ich habe sie aus Italien mitgebracht. Sie sind mir lieb und teuer, jetzt, da mein gelähmter Arm nicht mehr zu malen vermag und meine Kunst auf das Zeichnen und Skizzieren beschränkt.‹

Der König fragte: ›Woran erkennt man in Euren Augen eine gute Malerei?‹

Ich freute mich über sein Interesse und erklärte es ihm.

Der König sagte daraufhin: ›Schön, schön, Eure Gioconda gefällt mir. Ich werde sie kaufen.‹ Er beachtete das Gemälde nicht mehr und verfiel in einen Monolog.

›Meister Leonardo, ich habe viele Anliegen an Euch zu richten, die keinen Aufschub dulden. Ich möchte Burgen umbauen lassen, Schlösser errichten. Blois soll einen neuen Flügel bekommen. Ich gedenke, den Wohntrakt zu vergrößern, ich meine den Wohnflügel zwischen der ›galérie des cerfs‹ und dem ›salle des états‹. Mit dem obersten Teil des zum Innenhof gelegenen Flügels ist schon begonnen worden.‹

Ich machte ihm einige Vorschläge zur Gestaltung der Fenster. Der König unterbrach mich sogleich.

›Das gefällt mir nicht. Die Fassade soll rechteckige Fenster mit steinernen Fensterkreuzen erhalten. Ich stelle mir Dachluken vor, die staffelförmig vom unteren Dachrand emporsteigen. Der ganze Bau wird nicht mehr mit Backstein, sondern mit weißen Steinen gemauert. Ich möchte Verzierungen und Wandpfeiler nach dem Vorbild der Antike. Wir sollten als Erstes die Baustelle in Blois aufsuchen, damit Ihr Euch ein Bild machen könnt. Ich benötige noch eine Treppenkonstruktion für das Schloss. Ich möchte die Treppe als Rednertribüne und zur Abnahme von Paraden benutzen.‹

Ich hätte jetzt gern ein paar Fragen zur Treppe gestellt, aber der König ließ sich nicht unterbrechen.

›Ich habe weitere große Pläne, bei denen Ihr mir helfen könnt, Meister. In Chambord will ich ein Jagdschloss … italienischer Stil … Marmor … Loire zum Schloss umleiten … Fontainebleau, Louvre völlig umgestalten …‹

Meister Bertrand, ich kürze hier ab, sonst bezichtigt

Ihr mich noch, zu langweilen. Ich hörte mir seine Wünsche geduldig an, fühlte jedoch eine Beklemmtheit in mir aufsteigen, die mich ahnen ließ, welches Leben mir am französischen Hofe bevorstünde.

Der König schloss mit den Worten:

›Ich werde weitere berühmte Künstler und Baumeister aus Italien kommen lassen. Und, Meister Leonardo, ich möchte große Feste mit einzigartigen Vorführungen.‹

Seither zeichne ich. Ich bedecke Stöße von Blättern mit Bauplänen und Skizzen. Ich zeichne Treppen mit zwei getrennten, ineinander verschlungenen Aufgängen, auf denen zwei Personen gleichzeitig hinauf- und hinuntergehen können, ohne einander zu begegnen. Ich entwerfe Kuppeln mit kreisenden Sternen und Planeten oder einen Löwen, der das Maul öffnen kann und Lilien speit, wenn man ihm auf die Brust klopft. Ich fertige Pläne über Kanäle an. Ein künstlicher Wasserweg soll nordwestlich Romorantins gegraben werden, um die Städte Lyon und Blois mit dem neuen Palastbau zu verbinden. Ich ahne: Es geht dem König bei diesem Vorhaben nur um Bootsturniere und Wasserkämpfe.

Meister Bertrand, ich verzage. Aus mir ist ein königlicher Jahrmarktsmeister geworden. Nicht genug. Bei Hofe ahmt man mein Aussehen nach. Immer mehr Höflinge sind mit rosa Jacken bekleidet und schmücken ihr Antlitz mit langen Bärten und Zwirbelbart. Ich will nicht, dass sie meinen Bart tragen und erst recht nicht rosa Jacken. Meine Jacke gehört nur mir. Sie ist mir lieb und teuer. Ich trenne mich nie von ihr, auch wenn die Mode weite, würdevolle Gewänder und geschlitzte Stoffe verlangt.

Die Höflinge sind mir zuwider. Immer, wenn ich mit dem König speise, fährt die Ehrfurcht wie ein Blitzschlag durch ihre Körper. Mit Blicken und Worten schmeicheln sie mir. Jetzt kopieren sie meine Erscheinung. Was sind sie für lächerliche und gleichzeitig beweinenswerte Menschen.«

Leonardo blickte mich traurig an.

»Bin ich nicht der Lächerlichste unter ihnen? Bin nicht auch ich gezwungen, mit dem König zu lachen und zu weinen, diejenigen zu rühmen, die er rühmt, und diejenigen zu beschimpfen, die er beschimpft? Ich habe mich in königlichen Tändeleien verloren. Ich sollte lieber eine Maschine entwerfen, mit der man die Schlösser zum Fenster hinauswirft und dadurch die Luft in ihnen verbessert, denn es stinkt nicht nur nach Kot und Urin, sondern auch nach Größenwahn. Ich muss endlose Gespräche über moderne Schlösser mit Sälen für Tanz und Becken für Turniere auf dem Wasser führen. Der König hält mich wie einen Vogel im Käfig. Er wünscht nichts Wesentliches von mir. Mein Leben bei Hofe gleicht einer gefälschten Perlenkette ...«

Am folgenden Morgen, ich war gerade auf dem Weg in den Obstgarten, sah ich Leonardo im Park spazieren. Er blieb vor der Volière mit der königlichen Vogelsammlung stehen und begann, einen Vogelkäfig nach dem anderen zu öffnen. Unter aufgeregtem Geflatter und Gezwitscher flogen die Vögel himmelwärts, setzten sich in den einen oder anderen Baum, um sich mutig weiter fortzuwagen. Leonardo sah den Vögeln noch lange nach.

Mein selbstdrehender Bratspieß ist nie zum Einsatz

gekommen. Meister Leonardo hatte keine Zeit mehr, seine Erfindung zu beenden. Er starb, zwei Jahre, nachdem er an den Hof gekommen war. Das Problem der gleichmäßigen Feuerung bleibt ungelöst.

Wo bin ich mit meinen Gedanken? Ich muss mich auf das Wesentliche konzentrieren. Ja, auf das Wesentliche. Ich muss von Paltoquet erzählen.

23

Ich habe Charlotte geboren. Nun steht meiner Krönung, die sich durch meine Schwangerschaften und den Krieg immer wieder verzögert hat, nichts mehr im Wege.

Morgen werde ich nach Saint-Denis reisen, in einer Sänfte, mit silbernen Tüchern und goldenen Kordeln geschmückt, begleitet von einer prunkvollen Eskorte. Wozu all die Pracht? Ich bin es nicht wert, gekrönt zu werden. Ich besitze Intelligenz und Fruchtbarkeit. Zu welchem Zweck? Weder mein Wissen noch meine Geburten haben einen Nutzen. Ich bin klug, dennoch habe ich nicht die Stärke, mich zu behaupten und meine Rechte einzufordern. Halt! Welche Rechte meine ich? Ich habe keine Rechte. Ich gehörte meinem Vater, und jetzt gehöre ich meinem Gemahl, der mich nicht liebt.

Könige werden in Reims, Königinnen in Saint Denis geweiht. Könige salbt der Bischof mit einem vom Himmel gesandten Balsam, der ihm die Kraft verleiht, durch Handauflegen die Skrofulösen zu heilen. Königinnen salbt er mit geweihtem Öl der Fruchtbarkeit. Ich habe nur Pflichten, vor allem die Pflicht, einen Thronfolger zu gebären. Auch das bleibt mir versagt. Ich gebäre keinen Sohn und ich regiere nicht und ich verzehre mich vor unerfüllter Liebe.

Ich blicke in den Abendhimmel. Die Wolken stehen in Flammen. Meine Gedanken lodern.

Alle Belange des Königreiches liegen in den Händen von Louise und dem Kanzler. Auch Marguerite, die Schwägerin, übt mehr Einfluss auf politische Entscheidungen aus als ich. Jedoch Marguerite betrübt mich nicht. Sie betört die Gesandten und verhandelt geschickt mit den Ministern. Ihre Stärke liegt in ihrer Klugheit und Weitsicht. Sie kann den König besser vor seinen Narrheiten bewahren, als ich es jemals vermöchte. Und die Königinmutter? Selbst sie, die mich verachtet, erscheint mir besser geeignet, die königlichen Angelegenheiten zu führen, als ich. Sie ist willensstark, zeigt Härte und Durchsetzungskraft, wie man sie zum Regieren benötigt. Nur Antoine Duprat handelt aus Eigennutz. Ich verstehe wohl, warum die Königinmutter ihn zum Kanzler bestimmt hat. Er ist gewitzt, verschlagen, ein skrupelloser Ränkeschmied. Sie ködert ihn mit Ruhm und Reichtum, das Wohl des Königreichs zu mehren.

Wie er mir gegenübertritt, der Kanzler. Wie er mir schmeichelt. Sein Gesicht lässt mich erschauern. Während seine schmalen Lippen sich zu einem starren Lächeln verziehen, treten seine Augen stechend hervor.

Ich wünschte, François hätte die Gabe, das Königreich selbst zu regieren. Aber er hat weder großes Interesse noch politisches Geschick. Er ist wie ein Kind. Er lässt sich allein von seinen Launen leiten. Claude de Bretagne, suche die Wahrheit. Belüge dich nicht. Du wünschst, mit ihm gemeinsam zu regieren.

24

SAINT-DENIS. DIE GLOCKEN LÄUTETEN. Ich betrat die Kirche im blauen Königsmantel. Die lange Schleppe machte mir Nackenweh. Ich fühlte mich benommen. Die Farben der Stoffe und Vorhänge verschwammen im Licht der Fackeln und Kerzen. Hunderte von Menschen starrten mich an. Oder waren es Tausende? Ich richtete meinen Blick starr geradeaus, schritt voran, bemüht, mein Hinken zu verbergen. In beständiger Angst zu stolpern, erreichte ich den Altar.

Die Zeremonie begann. Mit verschlossenem Blick öffnete die Königinmutter meinen Mantel. Um ihre Mundwinkel zeigte sich ein strenger Zug der Ablehnung. Der Prälat trat heran, berührte meine Stirn, segnete mich und reichte mir den Ring und das Zepter der Gerechtigkeit. Dann setzte er die Krone auf mein Haupt. Sie war so schwer, dass ich strauchelte. Ich versuchte, meine Tränen zurückzuhalten. Die Krone wurde schwerer und schwerer, sie erdrückte mich, presste mich nieder.

Sie erschien mir so lastend, weil ich sie nicht verdient habe.

Gott im Himmel, erlöse mich aus der Nutzlosigkeit meines Daseins.

25

Königin Claude war zum dritten Mal schwanger. Ihre gereizte Stimmung veranlasste sie mehrmals, die Ärzte zu rufen, um das Geschlecht ihres zukünftigen Kindes bestimmen zu lassen. Nachdem die Mediziner den Urin der Königin mit Wein gemischt hatten und sich eine dickliche Flüssigkeit bildete, kamen sie zu der festen Überzeugung, dies sei ein Zeichen für die Geburt eines Sohnes.

»Die Königin schrie auf vor Freude«, erzählte mir Perette le Lois, die Kammerfrau. Perette le Lois hatte ein liebes, aber sehr schwatzhaftes Wesen.

»Sofort entschloss sie sich, das Bett nicht mehr zu verlassen. Sie besucht nicht einmal mehr die Messe. Sie hat noch nie eine Messe versäumt, solange ich in ihren

Diensten bin. Selbst das Oratorium sucht sie nicht mehr auf. Sie lässt sich das gesegnete Wasser in einem Weihwasserkessel ans Bett bringen und alle Gebetsbücher liegen an ihrem Kopfende bereit.

Um es in aller Deutlichkeit zu sagen, Meister, sie kann das Zimmer auch nicht verlassen. Seit Wochen ist ihr elend zumute. Sie muss sich ständig übergeben. Die Ärzte verordneten ihr Hammelfleisch, dazu gekochte Trüffel und gezuckerte Erdbeeren mit Sahne. Tapfer aß sie die Gerichte. Als sie die Erdbeeren mit der Sahne zu sich nahm, war das Mahl beendet. Alle Speisen ergossen sich auf die Bettdecke. Daraufhin verschrieb ihr der oberste Leibarzt, ich meine Albert du Puy, Aderlässe an der Vene des rechten Armes. Sie wurde davon sehr schwach. Ich begann, die Ärzte zu fürchten. Zuerst war der Barbier ohnmächtig geworden, als er die Ader anstach. Hätte ich nicht achtgegeben, wäre er auf die Königin gefallen. Später hatte ein anderer ihr den Arm falsch verbunden, woraufhin die Ader wieder aufplatzte und Königin Claude viel Blut verlor. Das ist noch nicht alles. Ihre Ader sprang ein drittes Mal auf, als sie sich im Schlaf den Ellenbogen stieß, und sie verlor wieder Blut. Seither ist sie nicht nur appetitlos, sondern sie schläft nicht, fühlt sich matt, hat Schmerzen in den Knien und Krämpfe in den Beinen.

›Perette‹, bat sie, ›schicke alle Ärzte fort. Sie sind mir zuwider. Sie werden mich und das Kind noch umbringen. Schicke nach Baladoux. Er soll mir jeden Tag Omelett zubereiten.‹

Ich bin gekommen, Meister Bertrand, Euch diesen Wunsch persönlich zu übermitteln.«

»Ich werde der Königin Omeletts rühren, nicht zu fest und nicht zu locker, wie sie es in ihrer Kindheit liebte.«

»Sie spuckt grüne Galle, Meister, aber sie ist glücklich, denn seitdem man die Geburt eines Sohnes vorausgesagt hat, besucht der König seine Gemahlin fast täglich. Bei jedem Besuch fragt er sie: ›Wie ist Euer Befinden, liebe Claude? Ist für Euch gesorgt? Habt Ihr alles, was Ihr zu Eurem Wohlsein benötigt?‹ Er hält ihre Hand oder streichelt ihr die Wange voller Wärme und Zuneigung. Das fahle Antlitz der Königin überzieht sich dann mit einem rosigen Schimmer, ihre Augen strahlen und ihre Übelkeit verfliegt wie der Wind.

Wenn der König verhindert ist, schickt er ihr Blumen und andere Geschenke. Ringe, Tücher und Wäsche. Ihr müsst wissen, die Königin liebt edle Wäsche über alles.

Selbst die Königinmutter sorgt sich um ihr Wohl und erteilt fürsorgliche Befehle.

›Meine liebe Claude, Ihr müsst weiter das Bett hüten und Euch ausruhen und auf keinen Fall einen Spaziergang wagen. Und Ihr, Madame le Lois, werdet mir alle gesundheitlichen Unregelmäßigkeiten der Königin sofort melden und ihr alle Wünsche erfüllen, sofern sie ihr Wohlsein befördern. Ich hoffe, Ihr seid Euch Eurer Verantwortung bewusst. Ganz Frankreich erwartet die Geburt des Thronfolgers. Nichts darf seine Geburt gefährden!‹«

Bei Königin Claude setzten die Wehen ein. An die hundert Hebammen, Säugammen, Mediziner, Chirurgen, Barbiere, Apotheker und Astrologen waren aus dem ganzen Land herbeigeströmt. Außer den Ammen und Ärzten drängten sich etwa zweihundert Personen im Schlafgemach der Königin. Nach alter Sitte kamen Königskinder vor einem großen Publikum zur Welt. Der König wohnte der Geburt nicht bei. Er war Wochen zuvor mit einer Armee in die Kriegshauptstadt Lyon gereist, da es wieder Zwistigkeiten um Italien gab.

Die Königin schrie und stöhnte. Seit drei Tagen mühte sie sich, ihr Kind ans Licht der Welt zu bringen. Die Hebammen versuchten, sie zum Niesen zu bringen, wickelten Ackermennig um den Oberschenkel, ließen sie an einem Seil ziehen, bereiteten Umschläge, flößten der Gebärenden Tee von Kamille und Mistel ein. Schließlich setzten sie einen Wasserkessel mit Dillkraut auf. Der Dampf strömte durch Röhren in den Unterleib der Königin.

Alle Versuche, das Kind ans Licht der Welt zu bringen, waren vergebens. Die Ärzte wagten nicht einzugreifen. Sie verfügten über weniger Fachkenntnisse als die Hebammen und zogen es vor, die Hebammen verantwortlich zu machen, wenn Kind oder Königin zu Schaden kämen.

Stunde um Stunde verging. Der Priester sprach ein Gebet. Die Hofgesellschaft richtete ihre Fürbitten an die Heiligen. Es stand schlecht um Kind und Königin.

»Das Kind liegt falsch herum. Ich muss es drehen!«, rief die Oberhebamme. Sie ölte Vagina und Muttermund ein, griff mit ihren Händen in den Unterleib. Die Königin schrie vor Schmerz.

»Jetzt presst, erlauchte Königin, presst! Nicht aufgeben, nehmt Eure letzte Kraft, presst, presst!«

Claude presste, überlebte und gebar einen Jungen. Als dem kleinen Dauphin ein erster Schrei entwich, begann die Königin zu weinen. Mit tränennassen Augen betrachtete sie den kleinen Jungen. Er atmete. Er schrie. Er lebte! Sie hatte dem König einen Sohn geboren. Ein warmer Schauer von Glück durchströmte ihr Antlitz.

»Berichtet dem König: Sein Sohn ist noch schöner als er«, flüsterte sie.

Trompeten schmetterten, Glocken läuteten, Kanonen donnerten. Der gesamte Hofstaat versammelte sich im Schlosshof und jubelte. »Vive Monseigneur le Dauphin! Vive Monseigneur le Dauphin!«

26

Ich fühle mich umsorgt, geliebt, geborgen. Die Liebe, auf die ich seit meiner Heirat sehnsüchtig gewartet habe, wird von nun an mein Leben erhellen. Herr im Himmel, ich danke Dir.

Ich lag im Kindbett, als mein Gemahl eintraf.

»Meine geliebte Claude, mein kleiner François.« Seine Stimme bebte. Tränen rannen ihm über die Wangen. Er hielt meine Hand und betrachtete seinen Sohn.

»Regarde, Claude, seine pechschwarzen Augen, sein rundes Gesichtchen, und hier, die kleine Nase und die winzigen schwarzen Härchen auf dem Kopf. Er ist der schönste Dauphin der Welt.«

»So schön wie Ihr, François.«

»Claude, Ihr habt mir das Geschenk meines Lebens gemacht.«

Er küsste mich auf die Stirn und ich spürte seine warmen, samtigen Lippen.

Er rief: »Ich lasse im ganzen Land Geld und Brot unter den Armen verteilen, Wein ausschenken und Gefangene begnadigen. Und die Gesandten sollen überall Illuminationen und Feuerwerke veranstalten. Huzza, ich habe einen Sohn!«

Plötzlich verwandelte sich seine Freude in Sorge.

»Jeder glaubt sich berechtigt, meinen Sohn zu besuchen. Das Gemach gleicht einem Taubenschlag. Niemand darf es von nun an ohne meine Erlaubnis betreten. Die Gesundheit des zukünftigen Königs darf nicht gefährdet werden.«

François lächelte mir zu, beugte sich zu mir nieder und flüsterte mir ins Ohr: » Ma chère Claude, ich bin der glücklichste Mensch der Welt.« Er biss sanft in mein Ohrläppchen.

27

Der gesamte Hof war beschäftigt, das Tauffest vorzubereiten. Hofmeister Boisy ordnete an, das Schloss auf Hochglanz zu bringen, Hofplatz, Treppen, Gänge, Zimmerecken und besudelte Tapisserien gründlich von Kot und Urin zu säubern, alle üblen Gerüche zu beseitigen und sämtliche Gemächer mit Lavendelduft zu versehen. Boisy drohte jedem, der seine Notdurft weiterhin in Hofstuben, vor Türen und Fenstern verrichtete, mit Kerkerhaft. In höchster Erregung rannte er von einem Ort zum anderen, denn er hatte alle Feierlichkeiten, Turniere, Bälle, Feuerwerke und andere Vergnügungen vorzubereiten und aufeinander abzustimmen.

Während ich die erlesensten Köstlichkeiten für das Taufessen plante, putzten die Pagen im Fest- und Speisesaal alle Kronleuchter und Tafelaufsätze, kleideten den Fußboden mit scharlachrotem Samt aus und hängten die kostbarsten golddurchwirkten Wandteppiche auf. Die Tischdecker parfümierten die Tischtücher mit Mispel- und Honigwasser und verzierten die Tafel mit Fenchelsträußen, in die rosa Nelken und Sterne aus vergoldetem Zucker gesteckt waren.

Am Tauftag des Dauphins zogen alle hohen Herrschaften Frankreichs in den Schlosshof von Amboise ein, der mit prächtigen, lilienbestickten Leinentüchern bespannt war. Von dem Ehrensaal hatte man bis zur Kirche eine mit türkischen Teppichen behängte Brücke gelegt.

Ein großes Gefolge holte den kleinen François aus seinem Zimmer ab. Vierhundert Bogenschützen standen Spalier. Das Taufzeug trugen die hohen Herren des Landes. Der Dauphin lag auf einem großen, hermelingefütterten Silbertuch, das Herzöge und Grafen an den vier Zipfeln trugen.

Ich beobachtete die Königin, wie sie den Kleinen auf einem Samtkissen zum Taufbecken trug. Mir wurde das Herz schwer. Auch ich hatte mir gewünscht, einen Sohn zu haben. Ich hätte mit ihm gelacht und gescherzt, ihn alles gelehrt, was ein guter Koch wissen muss. Als das »Te Deum« erklang, füllten sich meine Augen mit Tränen.

»Rossignolet du bois,
Rossignolet sauvage,
Apprends-moi ton langage,
Apprends-moi à parler,
Apprends-moi la manière
Comment il faut aimer.
Ah! Comment il faut aimer«,

sang es in mir gegen das »Te Deum« an.

Aus allen Teilen des Landes trafen prächtige Geschenke ein, kostbare Wochenbetten, Wiegen, goldene Käppchen und perlenbestickte Schühchen. Papst Leo schickte ein Bündel geweihter Windeln. Die heiligen Wickeltücher bewahrten den Thronfolger nicht vor seinem Schicksal. Neunzehn Jahre später, im Jahre 1536, wurde er vergiftet. Es geschah in Toulon. Der Dauphin hatte an einem Ballspiel teilgenommen. Durstig hatte er einen Krug Wasser geleert, den ihm sein Stallmeister, Graf Montecucolli, gebracht hatte. Bald darauf hatte der Thronfolger hohes Fieber bekommen. Zwei Tage später war er tot. Montecucolli beteuerte immer wieder seine Unschuld. Während der Folter gestand er alles, was man ihm unterstellte. Während der Folter gesteht man alles, was von einem verlangt wird. Der Stallmeister wurde in Lyon auf dem Place de Grenette gevierteilt.

Ich hatte Katharina de Medici in Verdacht. Den Familien der Sforzas, Borgias und Medici lagen das Giftmischen und die Gier nach Macht im Blut. Katharina de Medici hatte allen Grund, den Thronfolger zu töten. Sie war mit dem zweitgeborenen Sohn des Königs, Henri, verheiratet worden, der ein Jahr nach dem Dauphin zur Welt kam. Indem Katharina den Erstgeborenen tötete, machte sie Henri zum Thronfolger, um eines Tages Königin von Frankreich zu sein. Ich bin mir sicher, dass sie den Giftmord veranlasst hatte, obwohl niemand ihr etwas nachweisen konnte. Jedoch weitaus trübere Gedanken steigen in mir auf, wenn ich an Katharina von Medici denke. Aber ich muss mich zwingen, der Reihe nach zu erzählen. Ich darf nicht länger zögern, endlich zum Kern meiner Pein vorzustoßen. Es ist an der Zeit, von Paltoquet zu erzählen. Er war mein bester Freund, mehr noch, er war mir wie ein Sohn. Hätte ich Paltoquet nicht kennen und lieben gelernt, wären Kanzler und König am Leben geblieben. Mein Schicksal ist von dem Paltoquets nicht zu trennen, und das Schicksal des Königs ist mit unser beider Schicksal verbunden. Wir hingen in einem Spinnennetz fest, aus dem es kein Entrinnen gab.

28

Ich weilte auf Schloss Blois, dem Wohnort meiner Kinderjahre. Ich benahm mich, als wäre ich noch ein kleines Mädchen. Ich zog mich eilig aus und legte mich zu Bette, um meine Hofdamen los zu sein. Beim geringsten Seufzer eilten sie herbei und fielen vor mir auf die Knie. Sie waren mir lästig. Ich suchte das Alleinsein. Endlich zogen sie sich zurück. Mit der Freude eines unartigen Kindes erhob ich mich wieder, legte den wärmenden Hermelin um meine Schultern, entzündete die Kerzen und griff zu Feder und Papier.

An den König, meinen Herrn

Gnädiger Herr,

Ihr, der Ihr mein Leben seid, sollt nicht ohne Nachricht von mir bleiben. Der kleine Krondauphin ist eine Augenweide. Er ist sehr kräftig. Wenn er lacht, denke ich an Euch, Geliebter. Ich habe unserem Sohn ein Spitzenhemdchen schneidern lassen. Es kleidet ihn ganz allerliebst. Ihr könnt beruhigt sein. Er ist allseits in guten Händen. Die Amme kommt einem Engel gleich, die Dienerinnen sind wie ich von Liebe zu ihm trunken. Louise, Charlotte, auch sie sind heiter und wohlauf. Louise läuft schon ganz munter. Charlotte greift fröhlich nach dem Püppchen.

Wie lebt es sich auf Blois? Die Tage ziehen sich ohne Euch, mein König und Gemahl. Ich frühstücke um acht. Vorher und nachher Gebete und die Messe. Dann folgt die Unterhaltung mit den Damen für den Haushalt. Um elf Uhr esse ich zu Mittag. Des Nachmittags bin ich in meinem Schlafgemach, um Kirchenschmuck zu sticken. Bei Sonnenschein flaniere ich im Garten. Die Gärten von Schloss Blois! Irdische Paradiese! Und es ist Frühling! Der Frühling ist ein kleines Wunder. Ihr müsst bald kommen, mein Gemahl. Bäume und Sträucher blühen. Gelb, weiß oder mit einem rosa Hauche überzogen. Dazu die Frische ihres Blattwerks. Ich habe Beete angelegt mit goldgelben und weißen Farben. Am Teiche dann ein kühles Farbenspiel. Hier könnt Ihr weiße Tulpen in einem Meer von strahlendem Blau betrachten. Es sind Vergissmeinnicht, die aus dem Schatten leuchten.

Wenn ich die zarten Blumen vor mir sehe, denk' ich an Euch, Geliebter. Ihr habt mich nach Blois befohlen, mich auszuruhen von den Mühen der Geburt und der Feste, die dann folgten. Aus schuldigem Respekt und Gehorsam gegen Euch reiste ich ab, wie mir befohlen. Obwohl ich Euch mein Glück in Worten nicht beschreiben kann, in dem ich in den letzten Wochen auf Amboise an Eurer Seite lebte.

Mein König, denkt Ihr noch an mich? Ihr macht Euch rar. Zudem kam mir zu Ohren: ›Der König jagt den Damen auf den Gängen nach.‹ Ist dies der Grund für meine Zeit hier auf Schloss Blois? Damit ich es nicht glauben muss, bitt' ich Euch untertänigst um Erlaubnis, zu Euch, Geliebter, heimzukehren. Denn dort, wo Ihr seid, ist mein Hort.

Im Garten geht sonst alles seinen Gang. Die Gärtner ziehen Artischocken, Äpfel, Wein und Maulbeerbäume. Die Planen der Zitronen- und Orangenbäume sind lange abgehoben, die Erde in den Kästen ausgetauscht. Nur sind die Feigenbäume uns im Winter ganz erfroren. Ich trauere um die schöne Frucht.

Ich küsse Eurer Majestät die Hände. Gott möge Euch ein langes Leben und vollkommnes Glück gewähren.

Eure sehr ergebene und gehorsame Dienerin, Frau und Untertanin

Claude

Die Buchstaben verschwammen. Ich legte die Feder aus der Hand und faltete den Bogen zusammen. Dann steckte ich das Papier zwischen die Blätter meines Büchleins und löschte die Kerzen. Lange saß ich an meinem Schreibpult und blickte in die Dunkelheit. Die Einsamkeit, die mich umhüllte, trug ein schwarzes Kleid. Es war mit Eiskristallen verziert. Ich wünschte, das Gewand abzulegen, jedoch, es war an mir festgewachsen, als wäre es meine eigene Haut.

ZWEITER TEIL

1

Ich muss auf mein Herz hören und darf mich nicht länger in den mannigfaltigen Ereignissen und Gedanken verlieren, die mich immer wieder von meinem Ziel ablenken, zum Kern meiner Geschichte vorzustoßen. Es ist, als kreierte ich ein Gericht, dem ich wieder und wieder neue Gewürze hinzufüge, ohne seinen Geschmack abrunden zu können.

Mein Herz befiehlt, Paltoquet zum Leben zu erwecken. Ich werde ganz von vorn beginnen.

Den König gelüstete nach einem neuen Narren. Die plumpen und einfältigen Scherze des Hofnarren Triboulet, den er von Louis dem Zwölften übernommen hatte, langweilten ihn und gaben ihm zu ständigen Klagen Anlass.

»Sein Geplapper ist so sinnlos wie das Geplapper der Wachteln in den Weinbergen. Sucht mir einen Narren, der sich seines Verstandes zu bedienen weiß! Ich wünsche einen gewitzten Narren, der meiner würdig ist, keinen schwachsinnigen, zurückgebliebenen Tölpel und auch keine Missgeburt. Dafür habe ich meine Zwerge.«

Der König schickte Gesandte aus. In Troyes fanden sie einen Jungen namens Jacquot Bidoux. Der König gab ihm später den Namen Paltoquet, »kleiner Flegel«. Jacquot Bidoux stammte aus einer der Narrensippen, in der alle verrückt und schwachsinnig zur Welt kamen und die ihre Kinder an hohe Herren verkauften. Während seine drei Brüder von Geburt an hohlköpfig waren, die Mutter hatte sie bereits als Narren verkauft und großen Gewinn daraus gezogen, fiel Jacquot durch seine Intelligenz und sein normales Verhalten auf. Der Pfarrer des Ortes wurde auf seine Begabung aufmerksam und half dem Jungen. Zunächst bildete er ihn im Pfarrhaus aus. Später überredete er die Mutter, ihn die Domschule besuchen und für das Priesteramt ausbilden zu lassen.

Jacquot blieb nicht lange auf der Domschule.

»Der Ärger begann in der Küche«, erzählte er mir. »Ich wurde zum Küchendienst eingeteilt. Ich verstand nicht zu kochen und machte vieles falsch. Der Koch, der ständig betrunken war, prügelte mich nicht nur einmal. Eines Morgens nahm ich die Mörserkeule und schlug auf ihn ein.

Die Lehrer schlossen mich zur Strafe vom Essen und vom Chordienst aus. Und sie verboten mir, mit meinen Mitschülern zu reden. Diese Ungerechtigkeit habe ich mir nicht gefallen lassen.

Wenn niemand in der Küche war, schlich ich mich hinein, stieg mit einer Leiter auf den Hängeboden und halbierte alle Schinken auf der Seite, mit der sie zur Mauer hingen. Nur den vordersten Schinken ließ ich ganz, damit die anderen Schnitte verdeckt blieben. Die Schinkenteile verschenkte ich an die Armen. Der Koch bemerkte die fehlenden Schinkenhälften erst spät.«

Paltoquet lachte. »Ich hatte die Vorräte eines ganzen Jahres verteilt.«

Auch Paltoquets Lehrer bekamen seinen Spott zu spüren. »Eure Wortgewandtheit ist erstaunlich«, sagte er im Unterricht zu einem Priester, »der Gehalt ist armselig und unbegründet. Wenn Ihr im Schulzimmer ein Feuer entzündet, füllt Ihr es mit Rauch, anstatt es mit Licht zu erleuchten.«

Als der Scholaster einen Schüler verprügelte, stürmte Paltoquet auf den Lehrer los, entriss ihm den Stock und herrschte ihn an:

»Ihr habt die Zöglinge auszubilden und nicht zu töten. Keiner kann einem Lehrer Respekt erweisen, der Festbankette, Weinabende am Kamin und Huren höher schätzt als Unterricht, Chorgebet und Seelsorge.«

Bei einer Predigt, die er zur Übung halten sollte, verkündete er, Jesus Christus habe beim Abstieg zur Hölle alle im Höllenkerker Gefangenen befreit. Zu seinen Mitschülern sagte er, sie bräuchten nicht zu beichten, weil alle vergangenen Sünden vergeben seien und sie unbesorgt und losgesprochen in Frieden heimgehen könnten. Daraufhin steckte man Jacquot in den Schulkerker. Er war ausgebrochen und kehrte nach Troyes zurück. Seine Mutter versuchte nun, auch ihren vierten Sohn als Narren zu verkaufen. Da er weder dumm noch missgestaltet, sondern nur klein und hässlich war, fürchtete sie, ihn nicht loszuwerden. Der Junge hatte eng beieinander liegende Augen, eine niedrige Stirn, unter der eine Hakennase hervorragte, riesengroße, abstehende Ohren und einen wuchtigen Unterkiefer, der seine lange Nase fast noch überragte. Sein ganzes Gesicht wirkte bis auf die Nase zusammengedrückt, als hätte es zu lange in einer Käsepresse gelegen. Dies waren keine Merkmale, die die hohen Herren schätzten. Sie trachteten danach, die schmächtigste Missgeburt und den schwachsinnigsten Tölpel zu kaufen.

Es war ein Glück für Mutter Bidoux, als die Boten des Königs ihren Sohn mitnahmen. Sie zahlten gut für Jacquot, brachten ihn nach Amboise, wo Jacquot Bidoux ein neues Leben als Hofnarr Paltoquet begann. Er war fünfzehn Jahre alt, als er an den Hof kam.

2

Zwei Monate lang wurde Paltoquet von Meister Pétrel, einem alten Meister der Narrenkunst, auf seine Arbeit als Hofnarr vorbereitet. Pétrel bewunderte den Jungen.

»Wie viele unbegabte Tölpel habe ich schon zu Narren ausgebildet! Paltoquet ist außergewöhnlich. Er glänzt in allen Künsten. Meister Bertrand, ich gestehe, der Junge ist begabter, als ich es jemals war. Er kann bei mir nichts mehr lernen.«

Paltoquet gehörte wahrlich nicht zu den Idioten und unbegabten Tölpeln, die nur grunzend und kreischend herumkrabbelten. Sein Körper war geschmeidig, sein Geist wach. Er schlug nicht nur Purzelbäume, sondern beherrschte die tollkühnsten Verrenkungen. Gleichzeitig war er des Lesens und Schreibens kundig und durch seinen Unterricht beim Pfarrer und in der Domschule sogar der lateinischen Sprache mächtig. Seine Wortgewandtheit überragte die Fähigkeiten manches Gelehrten. Er wusste viele Märchen und Fabeln zu erzählen, verfasste Gedichte und Lieder, die er auf der Laute zu begleiten verstand. Im Geschichtenerzählen, Rätselaufgeben und Stimmennachahmen war er besonders begabt. Imitierte er die Stimme und Redeweise eines Höflings, traf er unverwechselbar dessen Charakter. Er erkannte die Esel in der Löwenhaut wie die Wölfe im Schafspelz. Ich hatte allergrößtes Vergnügen daran, all die Aufschneider, Ohrenbläser und Doppelzüngler aus Paltoquets Mund sprechen zu hören.

Jeden Tag übte Paltoquet. Er betrachtete sich im Spiegel und beobachtete eingehend seine Gesichtszüge. Er zog Grimassen, blähte die Wangen oder bewegte die Lippen wie ein Wildschwein bei der Eichelsuche. Um seine Stimme zu ölen, plapperte er unsinnige Sätze und Silben, um anschließend den Tonfall des Königs oder des Höflings, den er zu verspotten gedachte, nachzuahmen.

Paltoquet war der intelligenteste Narr, den ich jemals kennengelernt habe. Selbst seine einfältigsten Streiche und Späße waren niemals unüberlegt und hirnlos, auch, wenn sie so wirkten. Er beherrschte die große Kunst, sie spontan erscheinen zu lassen, als wären sie in derselben Sekunde ausgeheckt, in der er sie präsentierte.

Jeder bei Hofe bemerkte Paltoquets Intelligenz. Es genügte jedoch, Narrheit vorzutäuschen, um das Recht auf Redefreiheit zu haben. Einem Narren war alles erlaubt, er durfte alles tun, alles sagen, vor allem Wahrheiten aussprechen, so beleidigend sie auch erscheinen mochten, wenn sie nur mit der Maske der Verrücktheit getarnt waren.

Vom ersten Tag an bemerkte Paltoquet, wie sehr seine Scherze und Frotzeleien den König amüsierten. Besonderen Gefallen fand François Premier am Personenraten. Paltoquet sammelte alle Details über Intrigen, Liebeleien und private Schwächen der Hofmitglieder, die er in Erfahrung bringen konnte, und notierte sie in seinem Pergamentbüchlein, welches er stets bei sich trug. Er besaß eine außergewöhnliche Spürnase für alle Begebenheiten, die ihm neuen Stoff für seine Späße lieferten. Beschloss er, einen Scherz auszuhecken, beobachtete er die Person, die er zu verhöhnen gedachte, über längere Zeit, bis er ihr Leben samt ihrer Geheimnisse und Vergehen erfasst hatte. Eines Abends spielte er mit dem König Personenraten.

»Erlauchte Majestät! Glaubt mir, die Person befindet sich in unseren Reihen. Schaut Euch gut um. Sie hat erstens kaum Augenbrauen und Augen, verstörter als die einer Katze oder eines Irren. Das Gesicht ist ziemlich fahl, und wenn ihr heiß ist, mit gelbem Schweiß wie Mehlpapp bedeckt. Ihr Hals ist elfenbeinern, wie die Knochen, an dem die Hunde in der Küche nagen. Ihre wulstigen Lippen sind gelb und die Zunge spitz wie eine Austernschale. In ihrem Mund ist alles aufgehoben, was an Dreck ausgesprochen wird und zu sehen ist. Und ihren kleinen Tasteur steckt sie überall hinein. Wenn Ihr immer noch nicht wisst, wen ich meine: Sie hat einen Arsch, der glüht seit Kurzem wie das Feuer im Kamin.«

»Das ist Scalapin, Scalapin, der Steuereintreiber!«, rief der König. »Der Barbier hat ihn bei seiner Frau erwischt. Sein Hintern ist so geschwollen wie das volle Euter einer Kuh.«

Gelächter erfüllte den Saal. Paltoquet lief zu Scalapin und hielt ihm sein entblößtes Hinterteil vors Gesicht. Daraufhin zog Scalapin sein Messer und schrie: »Dafür wirst du sterben!«

»Dafür wirst du sterben, dafür wirst du sterben«, wiederholte Paltoquet in der Stimme Scalapins, hüpfte flink wie ein Hase davon, sprang auf des Königs Schoß und rief: »Mein König, mein König, er will mich erstechen!«

»Fürchte nichts«, sagte der König, dem Lachtränen über die Wangen liefen, »wenn jemand es wagt, Hand an dich zu legen, lasse ich ihn eine Viertelstunde später aufhängen.«

»Gnädigste Majestät, könnt Ihr ihn nicht bitte eine Viertelstunde vorher hängen lassen?«

Der König schenkte Paltoquet für diesen Scherz ein Paar rote Samtschuhe mit Goldstickerei. Paltoquet liebte Schuhe. Nicht die Schnabelschuhe, die er zu seinem Narrenkostüm tragen musste. Sie missfielen ihm, weil sie die Füße einschnürten und ihn bei seinen Sprüngen behinderten. Er bevorzugte Ochsenmaulschuhe. Er besaß eine ganze Galerie Ochsenmäuler, in allen Farben und Stoffen. Grün, rot, schwarz, mit Samt, Brokat und Seide bezogen, mit Perlen besetzt oder mit Goldfäden bestickt.

Paltoquet eroberte schnell das Herz des Königs. Als am Hofe die Vermählung von Renée de Bourbon, der Schwester des Konnetabels, mit dem Herzog von Lothringen bevorstand, gedachte der König, zur Belustigung der Hochzeitsgäste im Innenhof des Schlosses eine Wildschweinjagd zu veranstalten. Er ließ einen Eber aus dem Wald von Amboise holen und Holzpuppen im Schlosshof aufbauen. Um das Tier am Ausbrechen zu hindern, wurden zu allen Seiten Palisaden errichtet. Der König plante, sich selbst in die Einzäunung zu begeben, um den Eber zu erlegen. Paltoquet beriet ihn.

»Majestät, seid gewiss, die Königinmutter wird Euch niemals erlauben, die Manege zu betreten und den Keiler zu töten. Solche Narretei ist des Herrschers von Frankreich unwürdig und zu gefährlich, werden ihre Worte sein. Aber Ihr sollt Euren Kampf haben. Haltet Euren Dolch bereit und stellt Euch auf der Galerie genau zwischen dem Portal und den Gemächern der Königin auf. Alles Weitere überlasst mir.«

Die Hochzeitsgesellschaft spielte gerade Minneburg. Die Damen hatten sich in großen, aus Fellen und Stoffen errichteten Burgen verschanzt und verteidigten sich gegen einen Angriff ihrer Verehrer. Sie lachten und kreischten, warfen mit Äpfeln, Muskatnüssen, kleinen Torten und Parfumfläschchen. Als die Fanfaren bliesen, begaben sich alle scherzend und lachend zu ihren Plätzen auf den Galerien.

Während der Eber wütend in seinem Eisenkäfig grunzte, prüfte Paltoquet die Palisaden und vergewisserte sich, dass die kleine Lücke, die er zwischen zwei Brettern unterhalb der Galerie der Damen eingefügt hatte, noch vorhanden war. Schließlich rannte er auf allen Vieren über den Hof, grunzte furchterregend, lief zum Käfig des Wildschweins, klapperte mit seinem Holzschwert an den Eisenstäben, worauf der Eber sich noch wilder gebärdete. Paltoquet sprang hinter die Absperrung und öffnete die Gittertür. Blindwütig rannte der Keiler über den Platz, zerfetzte die hölzernen Figuren und stieß mit seinem ganzen Gewicht immer wieder gegen die Absperrungen. Als das Tier sich direkt vor der Galerie der Damen befand, stob es wild schnaufend gegen die gelockerte Palisade, durchbrach sie und raste auf die Galerie zu. Die Damen kreischten vor Entsetzen und flüchteten sich in die oberen Ränge.

Alles verlief nach Plan. Als der Eber die Treppe zum Portal hinaufrannte, stellte sich der König ihm in den Weg, schnellte vor und stieß dem Untier seinen Dolch in den Rücken. Der Eber taumelte die Treppe hinab und stürzte. Er wütete noch eine Weile, doch seiner Kräfte zusehends beraubt, brach das Tier auf dem Hof zusammen. Das Angstgekreische der bleichen Damen ging in Freudenschreie über.

»Vive le roi! Vive le vainqueur de la cruelle bête!«, »Hoch lebe der Bezwinger der grausamen Bestie!«

Dutzende von weiblichen Augenpaaren leuchteten dem König entgegen. Paltoquet erklomm die Galerie und rammte dem König, das Wildschweingrunzen nachahmend, den Kopf in den Bauch. Noch lange standen König und Narr auf der Galerie und lachten.

Der König wünschte seinen Narren fortan bei Tag und Nacht in seiner Nähe. Paltoquet bezog ein Zimmer neben dem königlichen Gemach. Er erhielt auch einen Tischplatz neben dem König, eine Ehre, die sonst nur den höchsten Herren zuteil wurde. Bei Tische scherzte François Premier mit ihm, und wenn ein Page oder Lakai sich Paltoquet gegenüber nur die kleinste Frechheit herausnahm, befahl der König, dem Diener eine Tracht Prügel zu verabreichen.

Paltoquet war es erlaubt, den König zu duzen und ihn »mon petit François« zu nennen. Der König hatte ihn in die Gruppe seiner »Mignons«, seiner Lieblinge, eingereiht. Die »Mignons« durften sich in den Privatgemächern des Königs aufhalten, während die anderen hohen Amtsträger nur zur Halle oder zu den Empfangssälen Zutritt hatten. Sie leisteten ihm während der Mußestunden Gesellschaft, standen ihm aber auch als Berater zur Seite.

Oft saß der König mit Paltoquet zusammen, um zu reimen und zu musizieren. Gern dichteten sie an ihrem Höflingslied. Im Wechsel erdachten sie sich immer neue Reime.

»Seh ich die Schmarotzer an«, begann Paltoquet,
»kocht es mir im Blute«, ergänzte der König,
»lauter ausgemachte Narrn«, wieder Paltoquet,
»lauter Tunichtgute«,
»kaum so viel Verstand im Hirn«,
»wie Duprat, der Gute«,
»aber stolz in seidnem Wams«,
»und mit edlem Hute …«

Neunundzwanzig Strophen hatten sie verfasst.

Paltoquet begleitete den König überallhin. Auf die Jagd, in den Rat, selbst in die Schlafzimmer der königlichen Maîtressen. Sie waren ein seltsames Paar, das nicht gegensätzlicher hätte sein können. Der König glich einem schlecht gebauten Riesen, seine Körpergröße überragte drei aufeinandergestapelte Weinfässer. Sein mächtiger Rumpf saß plump auf seinen dünnen Beinchen und seine riesengroßen Füße erinnerten an Entenfüße. Paltoquet reichte dem König gerade bis zum Ellenbogen. Sein Körper wirkte gedrungen, ebenso zusammengedrückt wie sein Gesicht. Seine Beine waren kräftig, seine Füße klein und zierlich. Paltoquet hatte weit abstehende Ohren, die stets leuchteten wie die Robe des Papstes, während den König eine übergroße Nase zierte, die ihm bis zum Mund herunterhing. In dieser Verschiedenheit wandelten die beiden, gefolgt von Dienern, Hunden, dem Lieblingsreiher und der Meerkatze des Königs, von einem Ort zum anderen.

Paltoquet erhielt immer mehr Geschenke. Der König bedachte ihn mit Seidengewändern, Silber- und Goldgeschirr, Maultieren und Pferden, Zobel- und Hermelinfellen. Paltoquet besaß sogar einen Mantel, der wie das Gewand des Königs mit Pelz gefüttert und an Kragen und Ärmeln mit Marderfell besetzt war. Er war erst vier Monate Hofnarr, als der König ihm ein paar nahe gelegene Ländereien schenkte, unter der Bedingung, dass Paltoquet sein Leben lang am Hofe bleiben müsse, um den König zu unterhalten.

Paltoquet blieb sein Leben lang. Bitterkeit erfüllt mein Herz.

3

Ich lebe immer noch auf Schloss Blois. Mit meinen Kindern, aber ohne meinen Gemahl, der auf Amboise logiert. Ich verbringe meine Tage mit Warten auf eine Nachricht von François. Die Zeit schleicht wie eine Schnecke über mich hinweg. Sie kriecht über meinen Körper, hinterlässt Spuren der Sehnsucht, die meine Einsamkeit verstärken. Ich fühle mich mehr und mehr wie eine vergessene Königin, eingesperrt in ihrem Palais, den zu verlassen ihr nicht erlaubt ist. Mein Leben gleicht dem Dasein in einem goldenen Käfig.

Vorgestern erschien ein Kurier. Als er in den Schlosshof einritt, klopfte mein Herz. Der Bote kam jedoch nicht aus Amboise, sondern aus Romorantin, wo die Königinmutter weilte. Sie kündigte ihren Aufenthalt auf Blois an und wünschte, man möge alles Notwendige für ihre Ankunft veranlassen.

Meine hoffnungsfrohe Stimmung fiel zusammen wie ein Kartenhaus. Ich hatte kein Verlangen nach ihr. Nichts habe ich mehr zu fürchten als ihre Zunge. Ich traue mich kaum, sie anzusehen, aus Furcht, ihr durch irgendeine Regung zu missfallen und zu scharfen Worten Anlass zu geben.

Am frühen Nachmittag traf Louise mit ihren Damen ein. Sie reiste wie eine Königin, Wagen und Pferde waren mit rotem Samt ausstaffiert. Ihre Karosse passierte das Spalier von Bogenschützen und hielt vor dem Eingang des Schlosses, wo ich wartete. Die Königinmutter stieg aus ihrem Wagen. Sie trug einen dunkelroten Umhang, dessen Saum im Wind flatterte. Gemäßigten Schrittes gingen wir aufeinander zu, sie im Gefolge ihrer Damen, ich mit den meinigen, bis wir uns gegenüberstanden und uns verneigten.

»Ich heiße Euch herzlich willkommen, ehrwürdige Königinmutter.«

Sie schwieg. Ihr Blick blieb undurchsichtig, ihre Lippen zusammengepresst. Ich führte sie zu ihren Gemächern. Als wir den großen Saal passierten, beäugte sie mit den Augen eines Luchses die Wandbehänge, die goldenen Tücher am Kaminsims, die Vorhänge aus weißem Atlas. Im kleinen Speisesaal verharrte ihr Blick auf den silbernen Kronleuchtern, die von der Decke hingen. Jeder Lüster trägt fünfzehn Kerzen. Sie spenden sehr viel Licht. Ich habe sie erst kürzlich anfertigen lassen. Ich brauche Licht wie die Luft zum Atmen. Die Dunkelheit trübt meine Stimmung.

Jäh blieb Louise stehen.

»Wohin führt Ihr mich?«

»Ich habe Euch das Gemach am Ende des linken Flügels herrichten lassen.«

»Das behagt mir nicht. Ich werde hinter Eurem Gemach, im königlichen Flügel des Schlosses logieren. Ich warte hier im Speisesaal, bis es hergerichtet ist. Und bringt mir Süßigkeiten.«

Sie verlangt immer Süßes, wo sie sich auch befindet.

Ich schickte Perette, die sich mit vier Pagen und drei Damen auf den Weg machte. Sie kehrten zurück, die

Pagen voran, dahinter die erste Dame, die das Kästchen mit den Messern und den Löffeln trug, die zweite mit einer großen Dose voller Konfekt, gefolgt von der dritten mit sechs verschiedenen Konfitüren. Am Ende des Zuges schritt mein Leibapotheker mit den Klistieren und den Abführmitteln.

Sogleich öffnete Louise eine der Dosen.

»Lasst mich allein und sorgt dafür, dass mein Gemach nach Rosenwasser duftet. Und ich möchte nicht in gelbem Bettzeug schlafen wie das letzte Mal. Ich hasse Gelb.«

Am Abend wünschte die Königinmutter, mit mir allein zu speisen. Wir soupierten im kleinen Speisesaal. Die Pagen trugen Fische aus dem Fluss sowie köstliches Perlhuhn und Lamm auf. Louise verschmähte alle Gerichte. Sie zog es vor, mich zu beobachten, ihr hageres Gesicht auf mich zu richten, das trotz des schmeichelnden Kerzenlichtes wie in Stein gemeißelt wirkte. Ich spürte, wie sich in ihrem Geiste Worte formten. Sie hingen im Raum wie dichter Nebel.

»Ich möchte verschiedene Angelegenheiten mit Euch klären, Claude. Sie dulden keinen Aufschub. Zunächst der Haushalt: Man trug mir zu, Ihr schwelgt in Luxus. Nun, ich muss feststellen, dass es wahr ist. Die Stoffe, Leuchter, Eure Kleider. Mäßigt Euch, Claude. Die Staatskasse ist angegriffen. Und erkennt Euer vergebliches Bemühen, belle-fille. Selbst wenn Ihr Euch in Kostbarkeiten hüllt, die Wirklichkeit tritt stets stärker in Erscheinung als Eure Wünsche. Ihr werdet durch keinerlei Äußerlichkeiten an Schönheit und Anmut gewinnen.«

Ich hüllte mich in Schweigen. In mir stiegen Flammen auf, die mich im Innern verbrannten. Man sagt, ich sei gütig und edelmütig, mein Herz sei erfüllt von christlicher Liebe und Milde. Und ich hätte noch nie jemanden beleidigt. Ich bin nicht gütig. Ich ersticke in Unausgesprochenem. Der Mantel des Schweigens, in den ich gezwängt bin, erscheint mir wie ein Todesschatten. Ich sehe den Schatten immer größer werden, ich möchte ihn zertreten, aber er verspottet mich. Wenn ich nachts im Bett liege, beginnen die Wörter zu springen. Sie hüpfen umher, ordnen sich, um zu sagen, was sie zu sagen haben. Doch bevor ich sie ausspreche, entschwinden sie im Dunkel. Schwarze, unlesbare Balken ziehen über meine Stirn, verwischte Wörter, geschwärzt und ausgelöscht. Und wieder beginnt ein neuer, stummer Tag.

Louise gab noch viele Widerwärtigkeiten von sich, die Worte pressten sich durch ihre Lippen.

»Und nun zum zweiten Punkt. François besucht Euch nicht. Ich kann es ihm nicht übel nehmen. Dennoch werde ich dafür Sorge tragen, dass mein Sohn seiner königlichen Pflicht nachkommt. Das Königreich braucht Kinder! Vor allem einen weiteren Jungen als zweiten Pfeiler der königlichen Macht. Gleich morgen werde ich Euren Leibarzt kommen lassen und ihn anweisen, mir Eure fruchtbaren Tage mitzuteilen.

Und noch ein Missstand, den ich zu bereinigen gedenke: Die Amme des kleinen François scheint mir nicht geeignet. Sie ist mit einem Höfling liiert, den ich nicht goutiere. Sie wird den Thronfolger nicht länger stillen und den Hof verlassen, sobald die neue Amme eintrifft.«

Ich bringe allen Mut auf. »Die Amme ist liebenswert und gütig. Der Junge liebt sie.«

»Ich dulde keinen Widerspruch. Es wird geschehen!«

Nach dem Souper wurde musiziert. Louise und ich nahmen die Stühle am Kamin ein. Vier Sänger traten vor. Sie sangen Lieder von Janequin. Das Lied von der Schlacht von Marignano ertönte. Darauf folgte »Die Jagd« und »Der Vogelsang«. Vielstimmig zwitscherten Vogelstimmen durcheinander. Frere joli, frere joli, teo teo, coqui coqui, huyt huyt, ter ter, frian frian, oi ti oi ti … Der Gesang verzauberte mich. Die Töne drangen in meine dunkle Seele ein und spendeten Licht.

»Réveillez vous, cœurs endormis,
Le dieu d'amour vous sonne.
Réveillez vous, vous serez tous en joie mis
Car la saison est bonne.«

Die Phrasen wiederholten und verschachtelten sich. Kaum hörbar sang ich mit: »Wacht auf, ihr schlafenden Herzen, der Gott der Liebe läutet. Wacht auf und lebt in Freuden, weil der Frühling so schön ist.«

Als der Gesang endete, kehrte ich in die Wirklichkeit zurück. Ich warf einen Blick auf Louise. Barmherziger Gott, die Königinmutter trocknete sich die Augen. Sie hatte geweint. Louise weinte? Niemals wäre mir in den Sinn gekommen, dass sie Tränen besitzt. Wie töricht ich bin. Ihr Leben verlief unglücklicher als das meine.

Sie war erst elf, als sie dem siebzehn Jahre älteren Grafen Charles d'Angoulême zur Frau gegeben wurde. Der Graf liebte seine Maîtresse, Antoinette de Polignac, mit der er Kinder hatte. Mit dreizehn Jahren fürchtete Louise, unfruchtbar zu sein, weil sie immer noch nicht guter Hoffnung war. Mit sechzehn gebar Louise ihr erstes Kind, Marguerite, danach folgte François. Als junge Frau von neunzehn Jahren war sie schon Witwe. Seitdem lebt sie nur für François. Die Männer, die sie um sich schart, sind Zeitvertreib. Man raunt, der Konnetabel Charles de Bourbon sei ihr Geliebter. Warum vermählt sie sich nicht mehr? Was macht sie so bitter und verhärmt? Vielleicht kann niemand ihre harte Schale brechen, die sie wie einen Panzer um sich trägt. Andererseits, was erwartet sie im ehelichen Stand? Ist es nicht besser, frei zu sein?

4

Paltoquet und ich waren Freunde, seit wir uns das erste Mal begegneten. Er erschien gleich nach seiner Ankunft in der Küche. Ich war beauftragt, für sein leibliches Wohl zu sorgen. Als er in seiner ganzen Verschrobenheit vor mir stand und seine lebendigen und frechen Augen aus seinem eingedrückten Gesicht herausblitzten, schloss ich ihn sogleich in mein Herz. Mehr ist dazu nicht zu sagen. Freundschaft oder Liebe lassen sich nicht erklären.

Der Junge war völlig ausgehungert. Er verschlang alle Gerichte, die ich ihm vorsetzte. Gebratenes Huhn,

Mandeltörtchen, Hammelbraten, Entenpastete, Fischschnitten ... Nach dem Eierkuchen erbrach er.

Ich lachte und stellte die Speisen beiseite.

»Genug jetzt, Junge, sonst krepierst du mir noch und ich hänge morgen am Galgen.«

Seit jenem Nachmittag kam Paltoquet mich jeden Tag besuchen. Wenn er die Küche betrat, stippte er mit den Fingern in verschiedene Saucen und Marmeladen oder griff sich ein Pastetchen. Während er sich mit der Zunge über die Lippen fuhr, strahlten seine Augen. Immer, wenn Paltoquet mich so fröhlich und zufrieden anblickte, brachte er mein Herz zum Schmelzen.

Wir scherzten und lachten viel.

Manchmal sang ich ihm meine Lieder vor, die mir beim Kochen einfielen, und die, wie ich gestehen muss, weder geistreich waren noch wohltönend klangen.

»Die Sauce schmeckt frühmorgens gut,
nicht minder zu Mittage,
nachmittags sie nicht schaden tut,
ist abends keine Plage,
auch soll ein feines Sößelein
um Mitternacht sehr dienlich sein.«

Oder dies:

»Ich bin der Koch, für ehrbar' Gäst'
kann ich wohl kochen auf das Best'.
Reis, Pfeffer, ander' gut Gemüs',
Vögel, Fisch, Sülzen, sauer und süß.

Doch für die roten Kardinälchen
gibt es nur faulige Makrelchen.«

Ich erinnere mich, dass Paltoquet einmal während meines Gesanges auf den Stuhl hüpfte und rief: »Genug gesungen, Meister der Kochkunst und des Katzengesangs. Schone meine Ohren und rate, was ist das?«

»Oh Niederträchtigkeit! Man sieht Tiere ihre Zunge in den Arsch der anderen stecken.«

»Lachhaft. Das ist die Zunge von Schweinen und Kälbern im Wurstdarm.«

»Jetzt dies. Unzählbar sind jene, denen man verbietet, geboren zu werden.«

»Paltoquet, das ist zu einfach. Das sind die Eier, die man isst und die deshalb nicht zu Küken werden können.«

»Nun, oberster aller Küchenmeister, du hast es so gewollt, es wird schwieriger:

An einem Tische speisten der Gesellen drei,
Ein schön'res Kleeblatt nimmer ward vereint gesehen.
Sie suchten all' die besten Brocken zu erspähen.
Mit einer Platte kam der Diener dann herbei
Und stellt sie hin, worauf drei Tauben lagen:
Froh füllt ein Jeder sich den Magen,
Und auf der Tafel blieben übrig dennoch zwei.«

»Hm, drei aufgegessene Tauben und zwei sollen auf der Tafel zurückgeblieben sein? Du verhöhnst mich.«

»Du merkst es nicht, Meisterchen. Die Schlange liegt im Gras verborgen.«

»...?«

Paltoquet kicherte.

»Nun sag schon. Ich komme nicht drauf.«

»Armer Meister, gräme dich nicht. Nicht jeder kann erleuchtet werden. Die Erklärung ist folgende: Es waren drei Gefährten, von denen der eine Jeder hieß. Sie saßen alle drei an einem Tisch und hatten sich den Wanst vollgeschlagen, als ein Diener kam und drei gebratene Tauben auf den Tisch stellte, das heißt, eine pro Person. Derjenige von ihnen, welcher Jeder hieß, aß die seine, während die anderen, die bereits satt waren, die beiden übrigen stehen ließen und davongingen.«

Im Winter versuchte Paltoquet, so lange wie möglich in der Küche zu bleiben. Die Küche war der wärmste Ort im Schloss. Die ganze Hofgesellschaft klagte über Gliederschmerzen, Köche nie. Köche haben es immer warm. Sie müssen sich nicht um den einzigen Kamin im Saal drängen und hoffen, einen günstigen Platz zu ergattern.

Paltoquet und ich tauschten allerlei Hofgeschwätz aus. Ich lieferte ihm manches delikate Detail, denn ich war ganz versessen auf neue Scherze von ihm. Ich amüsierte mich königlich, wenn er mit scharfer Zunge sprach und seine Augen vor Spottlust blitzten. Dies waren Eigenschaften, die mir mein Leben lang fehlten.

Eines Abends forderte er den alten Feldherrn de Palice, der als griesgrämiger Nörgler bekannt war, zum Tanz auf. Da der König applaudiert hatte, konnte Palice Paltoquet den Tanz nicht abschlagen. Der Feldherr folgte Paltoquet mit einer Steifheit, als würde er eine Rüstung tragen. Paltoquet führte ihn durch den Saal und rief:

»Mein König, jetzt, da keine Kriegläufe sind, ist das Beste, was Ihr tun könnt, unseren tapferen Feldherrn ordentlich mit Fett zu beschmieren und mit all seiner Wehr und Waffen irgendwo in ein Zeughaus zu stellen, bis man seiner wieder bedarf, damit er nicht noch rostiger wird als jetzt.«

Madame de Clèves, einer Nichte des Mundschenks, hatte er die Wange getätschelt und derben Spott mit ihr getrieben.

»Madame, ich kenne eine Dame, die mir versicherte, sie könne in ihrem Zimmer keinen Spiegel vertragen. Sie sei die hässlichste Frau, die der Teufel jemals geschissen hat. Ihr Angesicht sei scheußlich anzusehen. Sie fürchte sich selbst davor. Diese Dame beschmiert ihr Gesicht mit einer dicken Paste. Aus Furcht, diese könnte bersten, wagt sie nie zu lachen. Den ganzen Tag bleibt sie unbeweglich wie ein Holzklotz und lässt sich nur bei Kerzenlicht sehen, ähnlich, wie vorsichtige Krämer ihre Tücher gern an den dunklen Orten zeigen. Eine Frau, die sich so aufführt, darf sich nicht wundern, wenn ihr Mann sich bei einer anderen des Lebens erfreut. Niemand möchte einen toten Körper und ein eisiges Herz besitzen, findet Ihr nicht auch? Vergebt Eurem Mann, Madame, dass er das Bett nicht mehr mit Euch teilt.«

Ich ergötzte mich an Paltoquets Einfällen. Stattdessen hätte ich ihn warnen sollen wie ein Vater seinen Sohn. Ich wusste um die Schwächen der Höflinge. Paltoquet war von Eifersucht und Neid umgeben. Als Vertrauter und Freund des Königs, der alle Vorzüge genoss, von denen die anderen nur träumten, war er von Feinden umringt. Zudem brachte er vielerlei Wahrheiten ans Licht. Er entdeckte die kleinen und großen Geheimnisse des gesamten Hofstaates, was ihn zu einer der meistgefürchteten Personen am Hofe machte. Einige Damen und Herren versuchten, Paltoquets Schweigen mit Gold zu erkaufen. Paltoquet ließ sich bezahlen, was aber nicht bedeutete, dass er seine Zunge im Zaume hielt. Es war abzusehen, dass der Zorn der Höflinge zum Ausbruch kommen würde. Auch Scalapin hatte seine Wut nicht zurückhalten können.

»Wage dich nicht zu weit hervor. Gib denen, die du verhöhnst, eine Möglichkeit mitzulachen«, hätte ich ihm einbläuen sollen. Aber ich versäumte diese Pflicht. Ich schäme mich dafür.

5

Ich hatte von Anbeginn bemerkt, wie sehr Kanzler Antoine Duprat das Vertrauen, das Paltoquet beim König genoss, missbilligte.

»Der Narr verlockt und betört den König, den größten Unfug zu treiben«, hörte ich Duprat nach der Ratssitzung schimpfen. »Im Palast wie in der Öffentlichkeit bricht er lauthals in Freudenschreie aus, wenn er den König sieht, und stürzt mit einem Stock herumwirbelnd auf ihn zu. Alle, die sich in seiner Nähe befinden, stieben auseinander. Und der König spornt den Narren noch an, um sich zu schlagen. Paltoquet macht sich über jeden hohen Herrn lustig. Alles, was er sagt und anstellt, ist gegen uns gerichtet. Er gleicht einer schmutzbeladenen Sau, die sich an uns reibt, und wir alle bekommen etwas von ihrem Schmutz ab. Der König versündigt sich, wenn er ihm etwas zukommen lässt und ihn in Schutz nimmt. Er wird sich vor Gott verantworten müssen. Gott verflucht und verdammt solche Kreaturen wie Paltoquet. Er ist ›ibi religio‹. Der Narr ist des Teufels Messdiener!«

Paltoquet, dem diese Schmährede nicht unbekannt blieb, antwortete Duprat mit einem Scherz, den der Kanzler nie vergessen sollte.

Wie jeden Abend hatte Paltoquet König und Hofgesellschaft zu unterhalten. Nach dem Souper lief Paltoquet auf den Kanzler zu und rülpste ihm aus vollem Halse ins Gesicht.

»Hört, mein König, ich will Euch ein Rätsel aufgeben. Ich gebe zu, nur die intelligentesten unter den Anwesenden werden es lösen können.

Fresser haben bekanntlich Furzerei, Stinkeatem und saures Aufstoßen. Sie leiden an Magengeschwüren, Wassersucht und Gelbsucht. Das, was nicht verdaut wird, steigt als Dampf nach oben in ihre Gehirne und macht sie schläfrig und vergesslich. Es gibt immer einen großen Haufen Gefräßiger, die in dumpfer Torheit und viel elender Krankheit bis zum Tode nicht allein dem König, sondern vornehmlich ihrem Bauch dienen. Von ihrem Salaire lassen sie sich sogar einen Tisch mit einer Aussparung darin fertigen, damit der Bauch nicht eingeklemmt ist und mehr fassen kann.

Nun ratet, aber verzeiht, ich kann Euch nicht sagen, ob Ihr richtig geraten habt, denn ich bin ein Hohlkopf, ein Windbeutel, der nicht mehr Verstand besitzt als ein Spazierstock. In meinem Hirn geht es drunter und drüber, keine Feder, kein Rädchen in meinem Kopf ist ganz, und mein Kopf verändert sich wie der Mond.«

Antoine Duprat verzog keine Miene. Der König, dessen Mundwinkel zuckten, suchte seinen Lachreiz geschwind durch vornehmes Hüsteln zu verdecken.

6

WAS BEWEGT EINEN MENSCHEN, einen anderen zu töten? Die Gier nach Geld, Ruhm oder Macht, natürlich auch Wut, Neid, Eifersucht, Hass oder Rache. Ob Bauer, Bürger, Pfaffe oder Edelmann, ob König, Papst oder Koch, jeden kann eine dieser Triebfedern zum Morden treiben. Aber wie einschneidend muss ein Verlangen, ein Ereignis, eine seelische Erschütterung sein, um zum Äußersten zu greifen? Was macht die Seele so krank, sich diesem Wunsch nicht mehr entziehen zu können? Und wie lange braucht ein Mensch, bis ihn seine Gereiztheit zum Mörder macht? In diesen Fragen gibt es große Unterschiede.

Der Ritter tötet rasch. Er fühlt sich wegen der geringsten Kleinigkeit in seiner Ehre gekränkt, fordert Genugtuung, rüstet sich zum Duell, tötet oder wird getötet. Das Morden und Sterben scheint sein Lebenssinn zu sein.

Auch der eifersüchtige und machthungrige Mann ist leicht zum Töten bereit. Wenn Frauen etwas tun, was ihm missfällt, greift er sehr schnell zu Strick, Dolch oder Gift. Das gilt auch für die frommen Männer und die Gottesfürchtigen, die sich hüten würden, eine Messe oder Vesper zu versäumen.

Fast täglich kamen mir Gräueltaten zu Ohren. Dieser hatte seine Frau ermordet, weil er Untreue vermutete, jener seine Tochter erwürgt, weil sie sich heimlich vermählt hatte, ein anderer seine Schwester getötet, weil sie sich geweigert hatte, sich nach dem Willen des Bruders zu vermählen. Am grausamsten gebärden sich die Alten, die junge Frauen heiraten. Da sie keine Glut mehr besitzen, machen sie ihrer Wut darüber in Quälereien Luft. Die Dame Cloé, eine entfernte Verwandte des Barbiers, wurde von ihrem alten Mann schleichend vergiftet. Über ein Jahr siechte sie dahin. Madame de Contay, die Cousine des zweiten Stallmeisters, wurde von ihrem Mann bei Wasser und Brot in ein Zimmer gesperrt. Immer wieder befahl er ihr, sich nackt auszuziehen. Dann peitschte er sie nach Herzenslust, bis Gott sie zu sich holte.

Viele Menschen, die unter ihren Peinigern leiden, entscheiden sich, selbst zu morden, um sich von ihrer Qual zu befreien. Das Ausmaß der Bedrängnis, das dazu führt, zu töten, ist freilich sehr verschieden. Die geringste Belanglosigkeit kann das Fass zum Überlaufen bringen.

So wie sich die gefühlte Bedrängnis unterscheidet,

so verschieden sind auch die Vorlieben bei der Wahl des Mordwerkzeuges. Der eine erschlägt, ersticht oder erdrosselt, der andere erhängt, ertränkt oder vergiftet. Welcher Charakter entscheidet sich für welche Mordwaffe?

Für mich kam, wie gesagt, nur Gift infrage. Nicht allein wegen meiner einschlägigen Kenntnisse als Koch und Apothekersohn. Zu jeder Mordart außer dem Vergiften gehören Tatkraft und körperliche Stärke. Ich war, ich muss es immer wieder betonen, ein zurückhaltender, freundlicher Mensch, im Kampfe gänzlich unerprobt. Ich war kein Sanguiniker. Ein Giftmord vollzieht sich im Hintergrund, schleichend, er hinterlässt keine auffälligen äußeren Spuren, Blutlachen, Würgemale und dergleichen, er hinterlässt überhaupt keine Spuren, jedenfalls, wenn man es geschickt anstellt. Es gibt keine unvorhergesehenen Überraschungen. Das entsprach meinem Wesen. Ich war immer ein gewissenhafter und vorausschauender Mensch. Überraschungen und unbedachte Veränderungen waren mir verhasst. Mit dem richtigen Rezept kann man den Gifttod kontrollieren und lenken, man kann das Zeitmaß und den Rhythmus des Sterbens und Mordens bestimmen wie die Garzeit eines Bratens. Dieser Umstand verschaffte meiner kranken Seele die größte Befriedigung. Ich hatte es genossen, unerkannt zu töten, die Wehrlosigkeit meiner Opfer zu beobachten, sie leiden zu sehen, sie hinzuhalten oder zuzuschlagen, wie und wann es mir beliebte. Ich war wirklich kein Mensch, der sich zum Morden eignete. Erst als mich Hass- und Rachegefühle übermannten, gab es kein Zurück mehr. Ich widmete mein Leben nur noch einem einzigen Gedanken: dem Töten. Aber viele Jahre sollten noch vergehen, bis es dazu kam.

7

In zwei Tagen habe ich Geburtstag. Das Fest soll auf Amboise stattfinden. Ich bin voller Vorfreude, dem Alltag zu entrinnen und durch die wunderschöne Landschaft zu fahren. Die goldene Oktobersonne lässt die Natur in Flammen stehen. Blätter und Beeren leuchten goldgelb, dunkelrot und glühend orange. Die Farben spenden Kraft und erheitern mein Gemüt.

Die Kinder reisen mit. Auch mein viertes, das tief in meinem Leib wohnt. Wie mag es sich anfühlen, nicht schwanger zu sein? Ich kann mich nicht mehr entsinnen. Wie viele Kinder werde ich noch gebären? Ich werde neunzehn Jahre alt. Ich bin so jung. Es ängstigt mich, so jung zu sein. Ich liebe meine Kinder, jedoch, hat eine Königin die Pflicht, Jahr für Jahr ein Kind zur Welt zu bringen? Ich wünsche mir nur etwas Zeit, mich zu erholen, ohne Unwohlsein, Bürde und Verzicht zu leben. Ich komme kaum noch unter Menschen. Selbst die geliebten Spaziergänge im Garten strengen mich an. Mein junger Körper will nur ruhen und liegen. Ich sehne mich nach Leichtigkeit. Leichtigkeit? Was ist das? Habe ich sie jemals gefühlt? Ich gebar Louise mit fünfzehn Jahren. Und meine Kindheit ist von Krankheiten gezeichnet.

Perette sorgt sich: »Wenn man Euch wenigstens stillen ließe, hättet Ihr ein wenig Ruhe vor einer neuen Schwangerschaft. Immer mehr Ärzte sind der Ansicht, es sei gut für das Kind, von der eigenen Mutter genährt zu werden. Ihr aber sollt ohne Aufschub und Rücksicht auf Eure Gesundheit Kinder gebären. Für den König, für das Königreich! Mon Dieu! Ich kann es nicht mit ansehen, wie Euer Leib Jahr für Jahr anschwillt.« Sie ergriff meine Hand. »Ganz im Vertrauen, meine Königin, ich kenne ein Pulver. Man trägt es auf die Schamlippen auf, um die Empfängnis zu verhüten. Auch hörte ich von wirksamen Tropfen. Mischt man die Flüssigkeit in den Wein, verfliegt die Lust des Mannes wie Morgentau. Ich kann diese Arzneien bei einer alten Heilerin im Nachbarort besorgen.«

»Schweig, Perette, ich will davon nichts hören. Versündige dich nicht!«

Ich betete viele Rosenkränze, um dieses Gespräch zu vergessen.

Der Festsaal war mit Blumen und Girlanden geschmückt. Ich thronte an François' Seite. Mein Gemahl zeigte sich sehr höflich, über die Maßen galant. Seine Liebenswürdigkeit erstickte jede Vertrautheit.

»Ich freue mich, meine Gemahlin, Euch heute wohlauf an meiner Seite zu wissen, und wünsche Euch ein schönes Fest zu Eurem Ehrentage. Allerlei Überraschungen sind für Euch vorgesehen. Mögen sie Euch beglücken und erquicken. Wohlan, Marot, beginnt!«

Der Hofpoet Marot rezitierte fade Verse, die mich ermüdeten. Plötzlich erschien der Narr. Mit Neugier betrachtete ich das eigentümliche Männchen. Sein Körper war verwachsen, dennoch gelenk. Er schlug ein Rad, machte einen Handstand und begann auf dem Kopf stehend, zu sprechen.

»Paltoquet bin ich, der Narr,
dem man ansieht an den langen Ohren,
dass er nicht als der Weiseste geboren.
Laute spiele ich und Tamburin,
verstehe mich auf alle Harmonien,
kann Lieder, Tänze machen ohnegleichen,
mein Kopf ist voll von kühnen Streichen.
Huzza, ich dichte gern
und mach' aus zwanzig Worten dreißig Reden,
und unter Pauken und Trompeten
nehm' ich es auf mit jedem Hofpoeten.«

Er sprang auf die Füße, umkreiste Marot und peitschte den Poeten mit den Eselsohren seiner Narrenkappe. Marot errötete zornerstickt. Der Narr brachte mich zum Lachen.

Paltoquet ergriff das Wort.

»Meine Königin, nenn' uns vier Worte, mit denen wir reimen sollen.«

»Dichten, Klage, Richten, Plage.«

Der Narr schüttelte sein Zepter und verneigte sich vor Marot.

»Erlauchter Dichter, da du zum Dichten auserkoren, hast du den Vortritt vor dem Toren.«

Marot überlegte.

»Gern geh' ich in den Wald, den grünen, dichten,

im Wald verstummt des bangen Herzens Klage,
die sonst ich an das Schicksal musste richten,
wenn ich ersah der Menschheit Weh und Plage.«

Der Narr klopfte mit seinem Zepter auf Marots Schulter. Bevor er seinen Vers vortrug, zog er Grimassen, die mich erheiterten.

»Verschonet mich mit lyrischen Gedichten,
von Liebesnot und banger Sehnsucht Klage.
Könnt' ich sie alle doch zu Grunde richten,
die Hofpoeten, Euch und uns zur Plage.«

Er schlug Marot auf den Kopf.

»Es klingt außerordentlich hohl, meine Königin. Kein Wunder, dass seine Dichterstirn keine besseren Verse zu komponieren vermag.«

Ich konnte mich des Lachens nicht erwehren. Der Narr war kein dummer Tölpel.

Das Fest nahm seinen Lauf. Drei große Wagen zogen ein, auf denen Musiker mit ihren Instrumenten zum Tanz aufspielten. Nach der Pavane folgte die Gaillarde. Müde blickte ich auf das Parkett. Der Tanz erweckte keine Leidenschaft mehr in mir. Zu oft sah ich François mit anderen Damen tanzen. Plötzlich tönten die Fanfaren. Sie ließen mich aus meinem trüben Dämmer aufschrecken. Die Festgesellschaft formierte sich zum Fackeltanz. Die Damen, angestrahlt vom Schein der Flammen, flimmerten und glitzerten in ihren prächtigen Roben. Die Fackeln flirrten durch den Raum. Hin und her gleißten die Feuer, ließen die Edelsteine an den Kleidern glühen. Der ganze Saal entflammte, brannte lichterloh. Alles loderte, blendete mich. Ich schützte meine schmerzenden Augen, wendete meinen Blick weg von der Glut, zur Tür. Dort lehnte der Narr am rechten Pfosten. Als sich unsere Augen trafen, entschwand er in eine dunkle Ecke.

8

Frankreich erreichte die Kunde von Martin Luthers fünfundneunzig Thesen wider den Ablass. Sie drangen auch ins Schloss und in meine Küche vor.

»Daher irren die Ablassprediger, die da sagen, dass durch des Papstes Ablass der Mensch von aller Pein los und selig werde. Die predigen Menschentand, die da vorgeben, dass, sobald der Groschen, in den Kasten geworfen, klingt, von Stund an die Seele aus dem Fegefeuer fahre. Die werden samt ihren Meistern zum Teufel fahren, die vermeinen, durch Ablassbriefe ihrer Seligkeit gewiss zu sein. Man soll die Christen lehren, dass, der dem Armen gibt oder leihet dem Dürftigen, besser tut, denn dass er Ablass löste. Und zu sagen, dass das Ablasskreuz, das mit dem Wappen des Papstes herrlich aufgerichtet wird, gleichen Wert habe wie das Kreuz Christi, ist Gotteslästerung.«

Es ging das Gerücht, der junge Mönch habe die Thesen an der Schlosskirche zu Wittenberg angeschlagen.

Der König schenkte dem kleinen Mönch aus Deutschland wenig Beachtung. Religiöse Angelegenheiten und theologische Disputationen waren die Leidenschaft seiner Schwester Marguerite. Sie brachte die ersten religiösen Reformer an den Königshof. Marguerite stellte dem König Lefèvre d'Etable und seine Schüler Budé, Vatable, Roussel, Farel und den Bischof von Meaux vor.

Die Reformer strebten nicht nur an, Zucht und Ordnung innerhalb der Kirche wiederherzustellen, sondern trachteten auch danach, die althergebrachte Art des Glaubens zu verändern.

»Halten wir uns an Christus allein«, sagte Lefèvre im Rat, »und an die apostolische Lehre: Was sonst noch bleibt, mag mehr vom Aberglauben eingegeben als fromm sein. Gott allein gibt uns die Gerechtigkeit durch den Glauben. Er rechtfertigt uns allein durch seine Gnade zum ewigen Leben. Oh wunderbares Wechselspiel! Die Unschuld wird verurteilt, der Schuldige freigesprochen, der Gesegnete verflucht, der Verfluchte gesegnet.

Majestät, ich suche vor allem die Lehre des heiligen Paulus, wie sie von ihm verstanden wurde, ans Licht zu bringen. Ich gedenke, den katholischen Kult, die von den Priestern auferlegte Buße, das kirchliche Zölibat und die Sakramente zu erhalten. Ich strebe eine gemäßigte Reform der Kirche an.«

Für mich bestand kein Zweifel: Eine Kirchenreform wäre erst möglich, wenn man aus saurem Essig Most machen konnte, wenn es in heißen Wochen keine Bremsen gab und wenn im Schlachthaus weder Hunde noch Knochen zu finden waren. Niemals würden die Kirche und der Papst an den Grundfesten ihrer Macht rütteln lassen. Von jeher zwang die Kirche jeden vor ihre Tribunale, der ihre Lehren anzweifelte oder den sie der Irrlehre zu beschuldigen beliebte. Alles, was der Kirche abträglich erschien, jeder trotzige, unabhängige Gedanke war Teufelswerk. Wie Rosalie, die Gefährtin des Apothekers aus dem Nachbarort, konnte jeder als Ketzer, Hexe oder Zauberer denunziert werden, auch wenn keinerlei Grund dafür bestand. Es war sehr einfach, einen unliebsamen Nachbarn oder Feind aus dem Wege zu räumen. Es genügte, ihn bei der Inquisition anzuklagen. Wer einmal angezeigt war, hatte kaum eine Möglichkeit, ohne Strafe davonzukommen. Die Folter sorgte dafür, dass es keine Unschuldigen gab. Bis heute hat sich daran nichts geändert, trotz aller Glaubensfragen, die uns erschütterten. Im Gegenteil, Hass und Verfolgung scheinen keine Grenzen mehr zu kennen. Im Namen Gottes wird gequält und getötet.

Der König wie auch die Königinmutter schienen den Ideen der Reformer zunächst nicht abgeneigt.

»Es ist an der Zeit«, sagte der König, »der Ignoranz und dem Gezänk der Mönche Einhalt zu gebieten.«

Louise ließ sich sogar von dem Großalmosenier ihrer Tochter Marguerite aus der Bibel vorlesen.

Allein Antoine Duprat widerstrebten die Gedanken der Reformer. Er war ein strenger Verfechter des alten Glaubens, was nicht bedeutete, dass er fromm war. Er ahnte, dass ein gnädiger Gott nicht nur die Macht der Kirche und des Königs, sondern auch seine eigenen Einkünfte und seine Position ins Wanken bringen könnten.

Paltoquet war Duprats Missmut nicht entgangen.

Eines Nachts, nach dem abendlichen Souper, suchte er mich wie gewohnt in der Küche auf und führte mir seine Scherze und Reden, die ich nicht mitverfolgen konnte, nachträglich in der Küche vor.

»Meister, du hast die beste Predigt versäumt, die ich je ausgedacht habe. Sie galt dem Kanzler. Du hättest es hören und sehen müssen. Er schäumte vor Wut. Setz dich, ich werde sie dir noch einmal halten:

Oh Wanst! Oh Bauch! Nach oben und unten entweichen grässliche Dünste und Geräusche, und was kostet es nicht Mühe und Geld, dich satt zu machen! Was müssen die Köche nicht mahlen und reiben. Und all das nur, um Fresslust und Begierde unseres Kanzlers und Bischofs zu stillen. Sie schlagen das Mark noch aus den härtesten Knochen, denn sie werfen nichts fort, was durch seinen Rachen rauscht. Eines ist gewiss: Ein Kanzlerbischof, der sich solcher Üppigkeit ergibt, ist tot. Oh, schändlichste aller Sünden! Oh, Niedertracht und Völlerei! Die Speise für den Wanst und der Wanst für die Speise, Gott wird sie beide vernichten! Nun, werter Duprat, verzeih Euch Gott Eure Fehler! Mein heiliger Ablass wird Euch Rettung bringen, wenn Ihr Eure Taler spendet. Spendet, Sündenbeladener, spendet, solange es noch Ablässe gibt. Ergreift die letzte Möglichkeit, Euren Bauch und Euer Gewissen zu erleichtern. Gebt mir nur zweihundert Livres, dann werdet Ihr nicht in der Hölle schmoren!«

Paltoquet war ein großartiger Schauspieler. Er spielte den Bösartigen, ohne je aufzuhören, witzig zu sein, den Schwachsinnigen, wenn er mit scharfer Zunge sprach. Weise Ratschläge erteilte er, indem er den harmlosen

Toren mimte. Er spielte ein gefährliches Spiel. Nur das Vertrauen des Königs schützte sein Leben, aber wer konnte sich schon auf den König verlassen? Selbstsüchtige suchen nur den eigenen Vorteil.

Ich hätte Paltoquet davon abbringen müssen, Duprat zu verhöhnen. Selbst wenn der König seinem Kanzler keinerlei Sympathie entgegenbrachte, war er nicht so töricht, sich gegen ihn zu stellen. Der König strebte nach Macht. Und Duprat war ihm behilflich, sie auszubauen, nicht, weil der Kanzler dem Königshause gegenüber loyal war, sondern weil er seinen eigenen Reichtum und Einfluss zu vergrößern suchte. Zudem stand Duprat unter dem Schutz der Königinmutter Louise und vertrat ihre politischen Absichten.

Trotz der augenscheinlichen Gefahr hatte ich Paltoquet nicht zurückgehalten, seine Possen mit dem Kanzler zu reißen. Auch ich war selbstsüchtig. Ich hatte größtes Vergnügen daran, Paltoquet das aussprechen zu hören, was ich im Verborgenen dachte. Mir fehlte Zeit meines Lebens die Courage, meine Gedanken öffentlich preiszugeben. Am Königshofe zu kochen, bedeutete für mich den Gipfel meiner Möglichkeiten. Ich hatte Angst, diese Gunst zu verlieren. Meine Angst blähte sich auf wie ein Hefeteig. Ich schwieg und schwieg und schwieg. Auch meine Sympathie für Luther behielt ich für mich. Ich spürte die Gefahr, die von Luther ausging. Ich ließ Paltoquet sprechen. Ich ergötzte mich an seinen Scherzen, mit denen er Kirche und Kanzler verhöhnte. Heute tritt mir kalter Schweiß auf die Stirn, wenn ich an seine Späße denke.

9

Henri ist geboren. Ich kann mich glücklich schätzen. Der Junge ist gesund und kräftig und ich habe auch die vierte Geburt überstanden. Ich danke Dir, Gottvater.

Ich lebe wieder auf Blois und erhole mich nur schwer von der Geburt. Ich quäle mich müde und lethargisch durch den Tag. Hier in der Einsamkeit, die ich nicht selbst erwählte, empfinde ich die Lasten der Mutterschaft, die Bosheiten der Schwiegermutter und meine Unbedeutsamkeit am deutlichsten. Ich sitze nah am Kamin, schlage meinen Hermelinpelz enger um die Schultern und fröstele, obwohl das Feuer hell auflodert. Seit Wochen schneit und regnet es. Der angetaute, schmutzig-graue Schnee ist von einer Eisschicht überzogen. Wann endlich kommt der Frühling? Wie lange lässt er noch auf sich warten? Es ist bereits April. Ich ertrage die dunklen, klammen Räume, die Kälte, die meine Hoffnungen einfriert, nicht länger. Lustlos und geschwächt verbringe ich die Zeit mit Nichtigkeiten. Ich wandere im Schloss umher oder starre leeren Blickes aus dem Fenster. Nicht einmal eine Lektüre nehme ich zur Hand. Ich streife mit den Händen über die Buchrücken mit ihren goldenen Lettern, ohne ein Werk aus dem Regal zu ziehen. Ich vermag nicht länger geistlos umherzuirren, am Kamin zu hocken oder in den Schlosshof hinauszustarren. Oder zu sticken oder den Spielen und dem Geschwätz der Damen zuzuhören.

»Ich kenne eine Dame, die jeden Tag ihren Sekretär zu sich ruft, dieses oder jenes Schreiben aufzusetzen. Auch wenn sie nichts zu schreiben hat, holt sie ihn herbei und lässt sich vorlesen. Das Lesen strenge ihre Augen zu sehr an, erklärt sie ihrem Gatten.«

»Und ich, ich kenne eine Dame, die von ihrem Gatten ertappt wurde, wie sie in ihrem Zimmer ein Briefchen von ihrem Geliebten in Empfang nahm. Die Zofe kam ihr geschwind zur Hilfe und verschluckte das Papier in einem Stück. Der Ehemann merkte nichts.«

»Ich wiederum kenne eine Dame, die sehr krank war und nicht gesund werden wollte. Sie dachte nur an ihre Genesung und ließ jeden Tag den Arzt kommen. Nachdem er sie aufgesucht hatte, ging es ihr prächtig. Aber schon des Nachmittags verschlechterte sich ihr Zustand wieder, sodass der Medikus jeden Morgen wiederkommen musste.«

»Ich kenne eine Dame, die töricht und blind vor Liebe war. Ein Höfling, in den sie sehr verliebt war, hatte ihr ein Amulett geschenkt, in dessen Innern ihrer beider Bilder zu sehen waren. Sie war so unklug, die Kette jeden Tag zu tragen. Eines Abends entdeckte ihr Gatte das Kettchen. Dieses Amulett genügte ihm, seine Gemahlin umzubringen. Töricht zu sein, wird mit dem Tod bestraft, merkt Euch das.«

Wann kann ich die Schlossmauern verlassen? Ich sehne mich nach frischem Grün und Blütenduft, vor allem nach Sonne, Licht und Wärme. Und nach fröhlichen Vogelstimmen, die mein Gemüt erhellen. Ich wünsche, im Morgentau durch die Gärten zu flanieren, den Gärtnern Anweisungen zu geben, sie Obst- und Ziergärten anlegen zu lassen, um neuen Lebensmut zu finden. Wenn ich sie verschönere, weicht das Gefühl der Einsamkeit und Schwäche. Mich drängt es, Beete anzulegen, in denen zu allen Jahreszeiten Blumen blühen. Ich habe Studien getrieben, damit sich in jedem Monat, in jeder Woche des Jahres Blüten zeigen. Ich bedenke die Wuchshöhe der Pflanzen, ihre Farbe und die Blattform und ob sie es vorziehen, feuchten oder trockenen Fußes zu gedeihen. Ich unterscheide jene Pflanzen, die die Sonne lieben, von jenen, die ein schattiges Plätzchen bevorzugen. Eine Pflanze ist wie ein Mensch. Am falschen Ort gedeiht sie nicht. Ich möchte meine Pflanzen glücklich wissen.

Ich blicke in den Schneeregen, der in Hagel übergeht, und fürchte um die Obstblüte. Wird sie erfrieren? Wird die Ernte ausfallen?

10

Ich starrte aus dem Fenster. Ein Bote näherte sich. Sein Pferd hatte Mühe, über die Eisschicht zu traben. Der Kurier stieg ab und führte sein Ross das letzte Stück des Weges am Halfter. Dann übergab er es dem Stallknecht und eilte zum Schlossportal.

Die Nachricht, die er mir übermittelte, versetzte mich

in Erstaunen. François kündigte sich an. Die Pflicht des Beischlafs war es nicht, die ihn veranlasste, mich aufzusuchen. Ich überlegte, was er von mir wünschen könnte, und spürte, dass ich mich nicht mehr über seine Ankunft freute. Barmherziger Gott, mit welcher Hoffnung ging ich in die Ehe. Und jetzt? Ist alles in meinem Leben schicksalhafte Fügung? Hätte mein Leben auch anders verlaufen können?

»Perette«, rief ich, »wie wäre es mir als Gattin Karls von Habsburg ergangen?«

»Ich bin froh, dass Ihr nicht Karls Gemahlin geworden seid. Euer Vater unterschrieb die Ehevereinbarung, als Ihr noch in den Windeln lagt. Wenig später hielt er den Vertrag für nicht lohnend und löste ihn wieder.«

»Welches Leben hätte ich an seiner Seite geführt? Hätte Karl mich geliebt? Hätte ich ihn lieben können?«

»Gewiss nicht. Er ist so gefühlvoll wie ein Stein. Man sagt, er habe die schwermütige Natur seiner Mutter Johanna geerbt. Es ist in aller Munde, dass Johanna von Habsburg mit der Leiche ihres Gatten durch die Nacht irrte. Sie soll den Sarg Philipps des Schönen mehrmals geöffnet haben, um seinen Leichnam zu liebkosen. Seitdem nennt man sie die Wahnsinnige, obgleich ich nicht an ihren Irrsinn glaube. Ihr Vater Ferdinand hat sie schon lange vor der besagten Leichenfahrt für verrückt erklärt, um ihr Erbe anzutreten. Er hat die Regierung in Kastilien übernommen, die Johanna zustand. Dass Johanna den Sarg geöffnet hat, ist ein Gerücht, um ihren Irrsinn zu untermauern. Heute lebt sie im Schloss Tordesillas wie eine

Gefangene. Auch Karl, der jetzt König von Spanien ist, befreit seine Mutter nicht, weil sie das Recht auf die spanische Krone hätte. Man hat die arme Frau in ein Verlies gesteckt, um sie vom Thron fernzuhalten. Nicht nur ihr Vater, auch der eigene Sohn hat sie verraten. Das ist meine Meinung.«

Perette schürte das Feuer.

»Es gibt noch weitere Gründe, die gegen eine Ehe mit ihm sprechen. Man sagt, dass er alles, was er in Angriff nimmt, mit Hartnäckigkeit und unbeugsamem Starrsinn betreibt. Wenn er verärgert ist, verliert er von einer Minute auf die andere die Beherrschung und wird von heftigen Zornesausbrüchen geschüttelt, die niemand zu beschwichtigen weiß. Das bestätigen alle Diplomaten, die Audienz bei ihm erhielten. Vielleicht hat das viele Bier seinen Geist vernebelt. Er trinkt schon morgens Unmengen des Gebräus.

Karl ist Eurer nicht würdig. Allein sein Äußeres ist abschreckend. Er trägt seit seiner Kindheit greisenhafte Züge. Sein fahles, ernstes Antlitz lädt nicht ein, ihn zu liebkosen. Wenn ich's recht bedenke, ähnelt er einem Karpfen. Seine Augen quellen hervor und sein offener Fischmund schnappt nach Luft. Zudem, meine Königin, kleidet er sich gräulich. Ein Fuhrknecht soll ihn mit einem Bauern verwechselt und ihn mit der Peitsche geschlagen haben.«

»Das sind Ammenmärchen.«

»Alles ist wahr. Und er ist über die Maßen gefräßig. Er schlingt das Essen hinunter wie eine Schlange ihre Beute, was ihm ständige Verdauungsstörungen beschert. Er ist an Darmgrippen, Durchfällen, Übelkeit und Gicht erkrankt. Und, meine Königin, er hat Hämorrhoiden, groß wie Pferdeäpfel.«

»Perette, du flunkerst, um mich zu erheitern.«

»Ich weiß es aus zuverlässiger Quelle. Mit Karl von Habsburg wäret Ihr erst recht nicht glücklich geworden. Seid froh, dass Ihr nicht seine Gemahlin seid.«

11

Der kleine Henri lag friedlich schlafend in meinem Arm, als François mein Gemach betrat. Er betrachtete uns. Das unruhige Flackern in seinen Augen und sein mahlendes Kinn verrieten mir, dass seine Gedanken nicht bei Kind und Mutter waren.

»Was führt Euch zu mir, mein Gemahl?«

»Kaiser Maximilian ist gestorben. Kurz vor seinem Tod hat er mit den deutschen Kurfürsten verhandelt, seinen Enkel Karl zu seinem Nachfolger zu bestimmen.«

»Ihr meint Karl von Habsburg?«

»Gewiss, Karl von Habsburg. Aber auch andere Herrscher haben das Recht, sich um die Kaiserkrone zu bewerben. Ich bin fest entschlossen, Kaiser zu werden.«

Ich wunderte mich. Er sprach mit mir über Politik.

»Was bewegt Euch, Kaiser zu werden?«

»Karl von Habsburg kann mir als Kaiser unermesslichen Schaden zufügen und Schritte unternehmen, Frankreich aus Italien zu vertreiben. Zudem wäre Frankreich durch die Habsburger umklammert. Im Norden Burgund, im Westen der mit Habsburg verbündete englische König, im Süden das unter Habsburg vereinigte Spanien.«

Seine Augen funkelten. Er sprach laut und mit ausladenden Bewegungen der Arme. Ich wagte zu entgegnen:

»François, es geht Euch nicht um Politik. Es ist die Vorstellung, Kaiser zu sein, die Euch berauscht. Ich rate Euch zur Vorsicht und Besonnenheit.«

»Und wenn es so wäre? Bei wem können so viele außerordentliche Gaben wie bei mir angetroffen werden? Ich habe alle für das Kaisertum notwendigen Herrschertugenden. Und kann ein König wie Karl, Sohn einer Verrückten, der billigstes Barchent und wollene Hüte, sogar geflickte und gewendete Staatsgewänder trägt, Kaiser werden? Ein König, der sich nicht standesgemäß kleidet und nicht zwanzig Mal am Tag das Gewand wechselt, ist kein König und erst recht kein Kaiser.«

»Gewiss, der spanische König kleidet sich sehr bescheiden. Ihr hingegen verbringt manche Stunde damit, Eure Garderobe zu wechseln und Euren Körper mit Schönheitswässern und Teigpflastern zu verwöhnen. Aber ist dies von Vorteil? Karl ist das Regieren wichtiger als seine Schönheit. Er herrscht über Spanien, Deutschland, die Niederlande und einen Teil Italiens. Er mag seine Eigenheiten haben, aber er ist sich seiner Verantwortung und seiner Aufgaben bewusst.«

»Was fällt Euch ein? Ihr wagt, Euren König und Gemahl zurechtzuweisen?«

»In Eurem Leichtsinn fangt Ihr manches an, was sehr gut schmeckt, und ahnt das Gift nicht, das darin verborgen ist. Selbst wenn Ihr Euch entscheidet zu regieren, Ihr könnt die Wahl nicht finanzieren, mein Gemahl.«

»Ich bin bereit, bis zu drei Millionen Livres als Bestechungsgelder einzusetzen.«

»Das ist die Steuereinnahme eines ganzen Jahres! Seid Ihr von Sinnen?«

»Ich lasse Goldbarren einschmelzen, verkaufe Adelsbriefe und einige der neuen Justizämter. Und ich erhöhe die Abgaben der Geistlichen und Bürger. Doch jetzt genug der Worte. Ich bin nicht gekommen, um mit Euch zu streiten und zu debattieren. Ich werde Kaiser, das steht fest!«

Er rückte näher an mich heran, streichelte mir die Wange. Seine Augen blickten strahlend in die meinen. Wieder das unruhige Flackern im Blick, das mahlende Kinn.

»Ihr habt mir zwei Söhne geboren, Claude, dafür bin ich Euch sehr dankbar. Sie stärken meinen Wunsch, Kaiser zu werden. Auch die Töchter sind von Nutzen. Wir werden sie günstig vermählen, um neue Verbündete zu gewinnen. Was mich zu Euch führt, ist …, nun, ich möchte, Claude, ich wünsche, ich sage es in aller Deutlichkeit, ich wünsche, dass Ihr mir die Bretagne überträgt. Der Besitz des Herzogtums wird mich als Kaiser stärken.«

Mein Herz stand still. Er suchte mich auf, um mir die Bretagne, das Erbe meiner lieben Mutter zu nehmen, das Einzige, was mir gehört, wo meine Wurzeln sind. Wie dumm war ich bei unserer Hochzeit. Ich schenkte ihm in meiner blinden Liebe das Nutzrecht über die Bretagne. Jetzt forderte er auch die Krone.

Ich schwieg. Meine Halsader pochte. Ich hörte Mutter sagen:

»Im Blut der Bretonen fließt der unbändige Wille, unabhängig zu leben. Denke immer daran, Claude, erst als die Bretagne zu schwach war, sich gegen ihre mächtigen Nachbarn zu behaupten, musste sie sich zu einem Bündnis entschließen. Das Land wählte das kleinere Übel, Frankreich, denn hätte es sich mit England oder Spanien vereint, wäre die Bretagne zu einer Kolonie verkommen. In Frankreich aber ist sie Halbschwester der Nation. Claude, versprich mir, wenn ich einst nicht mehr auf Erden weile, die kargen Reste der Freiheit der Bretagne zu erhalten. Wenn es dir möglich ist, verhindere, dass sie Frankreich gänzlich einverleibt wird.«

François riss mich aus meinen Gedanken.

»Nun, Claude, warum schweigt Ihr? Was haltet Ihr von diesem Vorschlag?«

Ich sammelte alle Kräfte, meinen Schmerz und Zorn zu verbergen.

»Mein König und Gemahl, es gibt nichts auf der Welt, worin ich Euch nicht gehorchen würde, außer in diesem Punkte. Ich bin es meiner lieben Mutter schuldig. Ihr habt bereits das Nutzrecht über die Bretagne, die Krone kann ich Euch nicht übergeben. Erst wenn ich sterbe, wird das Herzogtum unserem Sohn, dem Thronfolger, gehören.«

François errötete und schrie: »Was glaubt Ihr, wer Ihr seid?«

»Ich bin Herzogin der Bretagne, mein Gemahl. Und Ihr tätet wohl daran, meine Ratschläge und Warnungen zu überdenken.«

Oh Hochmut, Wurzel allen Übels! Oh Eitelkeit, Beule voller Gift und Fäulnis, gefährlicher als die Pest! Ihr habt euch in den Eingeweiden meines Gemahls eingenistet. Gefangen in der Rüstung der Unwissenheit und eitler Arroganz, widersetzt er sich jedem Ratschlag. Er wird sich ins Meer des Verderbens stürzen. Er glaubt, dass er jeden an Größe und Ansehen übertrifft. All sein Tun und Treiben ist darauf gerichtet, der Größte zu sein. Gleichzeitig verbringt er die Morgende im Bett, versäumt die Ratssitzungen und sucht Ausschweifung bei den Damen. Und nun gedenkt er, Kaiser zu werden, die Staatskasse zu ruinieren und mir die Bretagne zu nehmen.

Mein Herr, Gebieter und Gemahl, erinnerst du dich nicht an die Worte aus dem Buch der Ekklesiaster? Gott hat die hochmütigen Herzoge von ihren Sitzen vertrieben und die Gnädigen an ihre Stelle gesetzt, und er hat die Wurzeln der Arroganten ausgerissen und an ihre Stelle die Demütigen eingepflanzt. Wann wirst du deine Selbstgefälligkeit und deinen Hochmut ablegen? Willst du weiterhin auf dem Wege der Verblendung bleiben? Willst du dein Land, dein Volk und mich, deine Gemahlin, ins Unglück stürzen für deinen törichten Wunsch, alle Welt zu überflügeln?

12

Der König verkündete seine Absicht, Kaiser zu werden, vor den Ratsmitgliedern. Niemand konnte ihn zur Vernunft bringen. Er verhielt sich wie ein Besessener. Seine Entscheidungen ließen vor meinen Augen das Bild eines zuckenden Aales in der Pfanne aufsteigen. Als die Kosten den Staatshaushalt gefährdeten, versuchte er zu sparen. Anstatt die Ausgaben für seinen eigenen Luxus und den Bau seiner Schlösser einzuschränken, reduzierte er das Budget für den Haushalt der Königin und seiner vier Kinder Louise, Charlotte, François und Henri.

Der König schickte jedem Kurfürsten Gesandte, die den deutschen Landesherren Geld und Pensionen für ihre Räte, Bischöfe und Familienmitglieder versprachen oder ihnen Militärhilfe anboten. Auch Karl von Habsburg stellte gewaltige Summen zur Verfügung. Er hatte die reiche Augsburger Handelsfamilie Fugger auf seiner Seite, die ihm das Geld gab, die Fürsten zu bestechen.

Um die Machenschaften Karls von Habsburg auszuspähen, schickte der König Spione und wieder Spione, die die Spione bewachen sollten, bis am Ende ein solches Hin- und Hergehetze von Diplomaten und von als Pilger, Kaufleute oder Mönche verkleideten Spitzeln herrschte, dass alle in ihren eigenen Intrigen den Überblick verloren. Als die Fugger sich weigerten, die französischen Wechsel einzulösen, befahl der König

Paltoquet, den Fürsten die Bestechungsgelder bar zu überbringen, um sie für sich zu gewinnen.

Paltoquet versuchte, ihn umzustimmen.

»Mein kaiserlicher König, ich gebe Euch Folgendes zu bedenken: Als der König von Neapel sich nach den berühmtesten Männern der Stadt erkundigte, wurde ihm Josepho Guiletto genannt. Dieser hatte ein dickes Buch, worin er die Torheiten aller großen Männer seiner Zeit festhielt. Der König ließ ihn rufen und fragte: ›Stehe ich etwa auch in deinem Buch?‹

Josepho schlug eine Seite auf und begann vorzulesen: ›Der König von Neapel hat einen Mohren mit zwölftausend Dukaten nach Afrika geschickt, um Pferde zu kaufen.‹

›Warum hältst du das für eine Torheit?‹, fragte der König erstaunt.

›Weil der Mohr mit dem Geld in seinem Lande bleiben wird.‹

›Wenn er nun aber zurückkommt?‹

›Dann trage ich den Mohren in mein Buch ein!‹«

François Premier ließ sich nicht umstimmen. Seine Gier nach der Kaiserkrone, sein Stolz und seine Selbstverliebtheit überdeckten alle Vernunft. Die ganze Welt war für ihn weiter nichts als ein prachtvoller Spiegel, in dem er sich als kleiner Gott zu bewundern wünschte. Er erinnerte mich an eine riesengroße, aufs Äußerste aufgepumpte Schweinsblase.

Paltoquet zog, als Gaukler getarnt und mit Goldtalern bepackt, über die Landstraßen. Ich war sehr besorgt. Die Räuber und Diebe in Deutschland stahlen noch unverfrorener als in Frankreich. Ihnen waren statt der Finger Angelhaken gewachsen, mit denen sie Kisten und Koffer wegfischten. Und sie gingen über Leichen.

Paltoquet hatte das Geld jedoch unbeschadet abgeliefert.

Als er zurückkehrte, arrangierte ich für ihn ein kleines Begrüßungsessen, eine nächtliche ›Fête privée‹ in der Küche. Ich bereitete ihm lauter Lieblingsspeisen und hatte ihn gebeten, beim abendlichen Souper mit dem König maßzuhalten. Ich stellte ein gebratenes Lammkeulchen mit Zwiebeln und Senf bereit. Dann eine »Pierre de Lune«, eine arabische Entensuppe, mit Rüben, Pflaumen, Kapern, Oliven, Zitronenscheiben und Granatapfelkernen. Dazu gefüllte Eier in Blätterteig, eine kleine Seezunge an Birnensoße, Pute mit Himbeeren und Melonen im Teigmantel. An dem guten Roten, den ich aus meinem ganz privaten Fässchen abfüllte, fehlte es auch nicht.

Bis in den frühen Morgen saßen wir beisammen. Die ganze Nacht erzählte Paltoquet von Deutschland.

»Überall fand ich nur schlechte Unterkünfte. Nachdem ich lange genug vor den Wirtshäusern schrie, steckten die Wirte ihre Köpfe durch das Fenster. Meist glichen ihre Gesichter großen Hundeschnauzen. Mit Händen und Füßen bat ich darum, einkehren zu dürfen. Wenn der Wirt kläffte oder knurrte, hieß das ›ja‹, wenn er das Fenster wieder schloss, musste ich draußen bleiben und mir eine andere Bleibe suchen.

Die Stuben waren dreckig, überfüllt und ungelüftet. Am Ofen tropfte triefnasse Kleidung. Achtzig bis neunzig Menschen hockten beisammen. Pilger, Kaufleute, Bauern, alle, die sich auf den Straßen herumtrieben. Einer kämmte sich die Haare, ein anderer wischte sich den Schweiß ab, wieder ein anderer putzte seine Reitstiefel oder rülpste Knoblauchwolken aus.

Der Schmutz machte mir am meisten zu schaffen. Zwar konnte ich mir überall die Hände waschen, aber danach musste ich anderes Wasser verlangen, um die schmierige Brühe wieder abzuspülen. Solche Drecklöcher habe ich in Frankreich noch nicht gesehen.«

»Ich schon. Ich habe als Küchenjunge dort gearbeitet. Und die schmierige Brühe, die du erwähnst, wurde als Suppe gereicht.«

»Auch in den deutschen Wirtshäusern mochte ich nichts essen. Ich dachte oft an dich und deine Küche, insbesondere den Pfannkuchen mit Fruchtsoße.«

Paltoquet biss genüsslich von der Lammkeule ab, kaute, spülte mit gutem Roten nach.

»Was hast du in Deutschland gegessen?«

»In den Städten gewöhnte ich mir an, Wurst vom Stand zu essen. Das ist dort die neue Mode. Auf den Straßen und Märkten kann man gebratene Schweinswürste vom Rost kaufen. Die Deutschen sind ganz verrückt danach. Schon in der Morgendämmerung sind die Stände dicht umlagert. Die Leute tunken sie in Senf und stopfen sie dann in großen Bissen in den Mund. So ähnlich wie tollwütige Köter, die die Zähne fletschen und zubeißen, um jemanden zu töten. Weil sie so gierig sind, hüpft die heiße Wurst im Mund von einer Seite zur anderen, so dass sie die Wangen ausbeulen, als hätten sie Ziegenpeter. Aber die Würste waren wirklich nicht schlecht.«

»Du hast sie gegessen? Sie hätten voller Wurstgift stecken können.«

»Was ist denn das?«

»Das Wurstgift kommt von kranken Schweinen, wenn ihre Leber eitert oder fault. Du hättest sterben können. Die Würste müssen ganz und gar durchgebraten sein, um sich nicht zu vergiften.«

»Bevor man an Hunger stirbt, ist es besser, eine deutsche Wurst zu essen.«

Plötzlich stierte Paltoquet mich eigenartig an. Sein Mund war krampfhaft geschlossen, die Nasenflügel weit aufgesperrt. Keuchend hob sich die Brust. Die Lippen zuckten, seine Atmung beschleunigte sich. Außer mir vor Angst, sprang ich auf. Seine Augen rollten wild in den Augenhöhlen, die Gesichtsmuskeln waren auf das Scheußlichste verzerrt. Er murmelte etwas Unverständliches und stöhnte. Ich zog meinen Federkiel, worauf er innehielt und rief:

»Dites donc, was war das? Ich habe doch gar kein deutsches Würstchen gegessen.«

»Mach das nie wieder, sonst werfe ich dich eigenhändig in die Jauchegrube.«

Paltoquet hob den Becher. »Ma petite tonne, schenk mir lieber mehr von deinem Roten ein. Den spendierst du nicht alle Tage.«

»Petite tonne? Überlege, was du sagst, Freund …«

Ich schenkte uns nach.

»Wie hast du dich durchgeschlagen?«

»Zunächst war mir nicht wohl. Die deutschen Landstraßen sind auf beiden Seiten nicht mit Bäumen, sondern mit Galgen bepflanzt, an denen oft Leichen hingen.

Man versucht dadurch, die vielen Räuberbanden abzuschrecken. Mich haben die Räuber in Ruhe gelassen. Als Gaukler war ich fast nie allein. Ich traf viele andere Possenreißer und Theatertruppen. Das schützte mich. Die Räuber hatten kein Interesse an armen, herumziehenden Schaustellern. Und niemand kam auf die Idee, dass ich ein Spion war und das viele Geld bei mir trug.

Die Zollbeamten haben wir mit Späßen abgelenkt und freundlich gestimmt. Es gibt so viele deutsche Zollbeamte wie Ameisen. Das Land ist in unzählige Kleinstaaten zersplittert, diese wiederum in Herrschaften und freie Städte.

Die Deutschen lachten über die schlechtesten Scherze. Am meisten amüsierten sie sich, wenn wir Grimassen schnitten, Sprünge machten und Prügeleien veranstalteten. Ihre Bäuche wackelten und aus ihren Mündern schossen Lachsalven. Weißt du, die Deutschen lärmen und sprechen auf eine Weise, wie ich es bei uns noch nie gehört habe. Mit gewöhnlichen Menschentönen hat das nichts gemein, einerlei, welchen Dialekt sie sprechen. Der Klang der deutschen Sprache stach mir wie ein Schwert in die Ohren. Die Deutschen hacken und zerren die Wörter, sie stoßen Silben, lassen Buchstaben explodieren wie Hakenbüchsen. Sie sprechen, als seien sie ständig hungrig und würden einen gleich auffressen. Ich hätte mir am liebsten Wachs in die Ohren gestopft. Wenn die Männer saufen, brüllen sie wie Rindviecher, die ein nahendes Gewitter spüren, und ihr Lachen klingt wie ein Hackbeil, das Holz spaltet. Sie saufen fast immer. Die Tavernen sind den ganzen Tag lang überfüllt. Nur wenige Männer kommen heraus, um zu pinkeln und zu speien. Meist waren die Tische mit ihrer Kotze bedeckt und sie pissten an die Wände und kackten auf den Boden.«

»Ich will solche Ausdrücke nicht an meinem Tisch, auch wenn sie bei Hof en vogue sind. Und außerdem: Was ist daran deutsch? Die Franzosen benehmen sich genauso. Du weißt, selbst am Hof ist es nicht anders, wenn gefeiert wird.«

»Das ist kein Vergleich zu Deutschland. Mon Dieu, warum bin ich nicht als Mönch gereist? Ich hätte bessere Unterkunft in den Klöstern gefunden, Ruhe, Reinlichkeit und gutes Essen. Die Mönche und Prediger verstehen es, sich das Leben zu versüßen, auch, wenn die meisten Dummköpfe und Halsabschneider sind. Eines Nachmittags kam ich in eine Bauernschenke. Meine Ohren klingelten vom Gegröle der Säufer. Mitten unter den besoffenen Kerlen saß der Pfarrer. Seine schwarze Kutte war beschmiert wie die Hemden der Bauern. Er hielt einen Pack Karten in der linken Hand und schlug sie mit der rechten einzeln auf den verschmutzten Tisch. Die Männer beschimpften und beleidigten sich, so glaubte ich, aber dann entfuhr ihnen jenes Hackbeilgelächter und ich verstand. Sie vergnügten sich. Immer wieder grölten sie Wörter die mit schawanz endeten. Sauuschawanz, Uundsschawanz und so fort. Dann wieder schepperten ihre Lachsalven. Jeder hatte sechs bis acht Kannen Bier geleert. Später gab es wirklich Streit. Einer hob den Bierkrug, um ihm dem anderen an den Kopf zu werfen, der andre ballte die Faust, der dritte trat die Beine aus einem Stuhl. Plötzlich läutete die Abendglocke. ›Ave Maria, ihr Sauuschawänze‹, schrie der

Pfaffe. Alle ließen Krüge und Stuhlbeine fallen, zogen ihre Mützen vom Kopf und beteten ein Ave Maria. Als das Gebet beendet war, flogen die Fäuste und Tischbeinknüppel. Bevor ich aus der Stube flüchtete, sah ich noch, wie der Pfarrer unter den Tisch kroch.«

Paltoquet nahm von der Seezunge. »Délicieux, wo hast du diesen Fisch nur hergezaubert?« Er schluckte hinunter.

»Das Volk ist sehr fromm. In fast jedem noch so kleinen Dorf steht eine prachtvolle Kirche. Auf den Straßen und Plätzen krakeelen die Ablassprediger. Wie die Ratten kriechen die Kapuzenmänner aus ihren Mönchsnestern und Pfaffenwinkeln, treiben ihre Possen mit den gläubigen Schafen und ziehen ihnen ihr Geld aus der Tasche. Es ist nicht anders als bei uns. Ich muss die deutsche Sprache nicht verstehen, um den Sinn ihrer Reden zu erfassen. Sie machen den Leuten Angst und drohen mit der Hölle.«

»Und die Fürsten?«

»Jeder will größer und mächtiger erscheinen, als er ist. Sie haben weder Stil noch Esprit. Ihre Lebensart ist sehr plump und ihr Denkvermögen gleicht dem Horizont eines Ochsen. Außer ihrem dümmlichen Stolz konnte ich nichts auf ihren Gesichtern lesen. Sie glauben, französisch zu sprechen, aber es ist zum Fürchten, was sie an französischen Sätzen aus ihren Mündern herausquälen.

Ihr Körper ist so träge wie der Geist. Na ja, hat man nichts zu tun, ist selbst Kacken eine Arbeit. Sie sollten den ganzen Tag in ihrem Schlafrock und in ihren Pantoffeln herumlaufen. Das entspräche ihrer Mentalität und Lebensweise. Aber wahrscheinlich würden sie sich selbst in dieser Aufmachung als Julius Cäsar fühlen. Römisch ist auch ihre Art zu speisen. Du weißt schon, was ich meine.

Von ihrer Statur her ähneln viele unserem Kanzler. Sie tragen ihre Wänste vor sich her und watscheln auf ihren meist mageren Beinchen herum.« Paltoquet leerte seinen Becher.

»Einige ahmen die Lebensart des französischen Hofes nach. Sie glauben, à la parisienne zu leben, aber es gelingt ihnen nicht mehr, als das Flair unserer Fischweiber zu erzeugen. Die deutschen Fürsten sind Trottel, Bertrand, unabhängig davon, ob sie im Norden, in der Mitte oder im Süden Deutschlands residieren. Obwohl, wenn ich es recht bedenke, sind die Südländer noch um einiges rückständiger.

Was Geld angeht, haben sie eine natürliche Begabung zu betrügen. Mir war von vornherein klar: Das Geld des Königs war verloren. Warum muss ein Hofnarr die närrischen Ideen seines Königs ausführen, kannst du mir das beantworten? Wozu hat er mich, wenn er nicht auf mich hört?«

»Was ist mit dem Geld geschehen?«

»Die Kurfürsten haben sich goldene Nasen verdient. Der Kurfürst von Brandenburg nahm das Geld unseres Königs. Dennoch verlobte er sich mit der Schwester Karls. Der König erhöhte sein Angebot, woraufhin der Fürst wieder auf die französische Seite schwenkte. Viele Fürsten wechselten mehrmals die Seiten, um sich zu bereichern.

Nachdem die Kurfürsten ihre Geldsäcke gefüllt

hatten, schworen sie bei der Heiligen Schrift, nur denjenigen zum Kaiser zu wählen, der diesem Amt am besten gerecht werde. Sie schworen sogar, ihre Stimme frei von jeglichem Vertrag, von jedem Preis, von allen Anzahlungen und jeder Verpflichtung abzugeben.

Die Heuchler nahmen das Geld beider Könige und entschieden sich einstimmig für Karl den Fünften. François ist ein Dummkopf. Er hat ein Vermögen verschwendet. Doch viel schlimmer ist, dass François dem Gewinner der Kaiserwahl nie vergeben wird und Karl der Fünfte unserem König nie verzeihen wird, dass er ihm die Krone streitig gemacht hat. Sie werden sich hassen, so lange sie leben.«

13

Ich verbrachte eine Woche im Schloss der Schwiegermutter in Cognac. Ich war dorthin befohlen, um mich als Königin und Mutter der Dauphins feiern zu lassen. Das Königshaus müsse Stärke zeigen nach dem Verlust der Kaiserkrone. Ich fühlte mich als Marionette eines Spieles.

Wir zogen in die Stadt ein. Merkur begrüßte mich mit seinen Göttern des Olymp, gefolgt von Diana mit ihren tanzenden Nymphen. Dann schritt Apollon, der

Gott des Lichtes und der Weissagung, auf mich zu. Er brachte mir weder Licht noch Erkenntnis.

Am Abend feierten wir auf dem Schloss. Dreihundert Männer stellten die Schlacht von Marignano nach. Ich ließ das Schlachtgetümmel mit seinem Kampfgeschrei und Schwertergeklirre über mich ergehen. Nach siegreichem Gefecht kündigte Vulcanus das Feuerwerk an, worauf die ganze Festgesellschaft zum Flussufer strömte und die Boote bestieg, die wie Delfine, Sirenen und Schwäne geformt waren. Ich fuhr in einer Sirene, mit François an meiner Seite, und hinter uns der Narr. Wir trieben auf der Charente. François und ich vermieden, uns anzublicken. Ich starrte auf Tausende von Fackeln, die über das Wasser tänzelten. Mich überfiel eine Beklemmung, die mir das Herz abschnürte. Die Fremdheit und Kälte zwischen uns führten mir die Leere meines Daseins vor Augen. Ich sehnte mich nach Blois, nach meinen Gärten, wo ich ich selbst sein konnte. Das Lichtermeer verstärkte meine Melancholie. Ich schloss die Augen und wiegte mich im sanften Wanken des Bootes. Ich spürte François' Gegenwart. Sein Körper strahlte Hitze aus, eine Hitze, die mich von Kopf bis Fuß durchdrang. Mein Herz begann zu pochen. Es ließ sich nicht bezähmen. Ich erschrak vor der Erkenntnis, dass ich ihn noch immer liebte.

Ein Knall. Der Himmel explodierte: Rote, gelbe, grüne Funken sprühten. François' Augen leuchteten. Als dieselben Augen sich mir zuwendeten, zersplitterten Sterne.

Ich vermochte meine Tränen nicht zurückzuhalten. Ich bedeckte mein Antlitz mit den Händen, hegte den

Gedanken, mich aus dem Boot zu stürzen, als ich eine sanfte Berührung auf meiner rechten Schulter spürte. Der Narr reichte mir ein Tuch zum Trocknen meiner tränenfeuchten Augen.

Am nächsten Morgen wandelte ich durch die Gänge des Schlosses. Ich befand mich mit meinen Damen auf dem Weg zur Messe, als wir dem Magier Agrippa, dem neuen Leibarzt von Louise, begegneten. Unter seinem schwarzen Talar leuchtete ein rotes Wams mit goldgestickten, merkwürdig geformten Zeichen heraus. Auf dem Kopf trug er eine Kappe aus gelber Wolle, aus der dichtes Haar hervorquoll. Ein schwarzer Pudel folgte ihm.

Er blieb vor mir stehen. Sein Antlitz wirkte fahl wie eine Wachskerze. Seine Brauen waren streng zusammengezogen und seine Lippen bildeten zwei schmale, weiße Striche. Er beäugte mich mit halbgeschlossenen Augen. Mich schauderte. Sich verneigend, erwies er mir die Ehre. Als Agrippa sich aufrichtete, sprang unverhofft der Narr hinter einer Säule hervor. Der schwarze Pudel kläffte und knurrte. Der Narr tat es ihm gleich, worauf der Hund versuchte, ihn zu beißen, jedoch der Narr wich aus. Die Damen und ich verfolgten das Spektakel. Unser Lachen schallte durch die Gänge, während Narr und Hund sich jagten. Auch der Narr versuchte zu beißen. Er fletschte die Zähne, schnappte nach Hund und Herrchen. Wir hatten großes Vergnügen, ihn anzuspornen. Unsere Angst vor dem Magier war längst verflogen. Jäh rief Agrippa nach seinem Hund. Der Pudel zog winselnd den Schwanz ein und folgte dem Magier, der seiner Wege ging. Der Narr und ich verweilten auf dem Gang. Ich gedachte, ihm einen Taler zu schenken. Der Narr aber verneigte sich und enteilte mit einem letzten Kläffen. Ich sah ihm noch eine Weile nach, bevor ich mich mit den Damen auf den Weg zum Gottesdienst begab.

14

PALTOQUET, WENN ICH GEAHNT HÄTTE ... Ich bemerkte damals nur seinen Groll auf Agrippa von Nettesheim. Täglich saß Paltoquet in der Küche und beklagte sich:

»Wie kann man dem Deutschen trauen? Er ist ein Scharlatan. Er gibt vor, ein fortschrittlicher Geist zu sein, aber er ist nur ein geldgieriger Betrüger. Er bezeichnet sich als Arzt, Magier und Meister der Nekromantie.«

»Was ist Nekromantie?«

»Totenbeschwörung. Man erzählt, dass der Hofdichter Heinrichs des Achten ein kürzlich am Hofe verstorbenes Mädchen in einem Spiegel gesehen haben soll, über den Agrippa geheimnisvolle Dämpfe geleitet hat. Außerdem behauptet Agrippa von sich, zukünftige Ereignisse exakt voraussagen zu können und auch ein Meister der Goldmacherei zu sein.

Ich habe mich in sein Zimmer geschlichen. Er hat alle Fenster mit Teppichen verhängt. An den Wänden hängen Knochen und Tierskelette, Haare, Schädel, Rippen, Zähne wechseln sich ab mit Kräuterbündeln. Auf dem Tisch liegen Stapel von Büchern. Und daneben steht ein brodelnder Destillierkolben, der übelriechende Dämpfe ausspeit.

Er hat mit seiner Scharlatanerie bei François und Louise leichtes Spiel. Sie sind beide abergläubisch wie zwei Waschweiber. Schon der Gedanke, eine Sache könnte möglich sein, raubt ihnen den Verstand. Unser Land steckt in der Krise. Wir haben Krieg, die Bauern hungern, die Kassen sind leer, die Erfolge bleiben aus. Und die königliche Familie hört nur auf Zaubereien, Sterndeutungen und Totenknochen ihres Magiers.«

Jeder am Hofe erschauerte, wenn Agrippa seine Wege kreuzte. Aber die Astrologie und das Weissagen waren sehr in Mode. In Paris tummelten sich unzählige Astrologen. Louise und der König suchten den Magier regelmäßig auf und befolgten fügsam seine Weisungen. Als der König sich mit Talismanen und Amuletten behängte, baten auch immer mehr Höflinge um eine Sitzung bei dem Zauberer.

Ich gestehe, eines Tages suchte auch ich Agrippa auf. Ich erzählte es niemandem, insbesondere Paltoquet nicht. Mich beschäftigten die Totenbeschwörung und das verstorbene Mädchen im Spiegel. Vielleicht konnte Agrippa auch herausfinden, wo sich Isabelle aufhielt. Der Gedanke, ich könnte sie in Agrippas Spiegel wiedersehen,verdrehte mir den Kopf. Doch das, was ich schließlich in seinem Spiegel erblickte, war nicht Isabelle, sondern das verzerrte Antlitz eines Maulesels.

Agrippa versuchte, mich zu beschwichtigen: »Wir

können keinen Kontakt zu ihr aufnehmen, jemand anderes drängt sich vor.«

Ich warf die vereinbarten Goldstücke auf den Tisch und verließ augenblicklich das Zimmer. Ich schämte mich meiner Leichtgläubigkeit und Dummheit. Gleichzeitig kam mir der Gedanke, es könnte der König gewesen sein, der sich vorgedrängt hatte.

Immer mehr Höflinge besuchten Agrippas Sprechstunden. Jeder ließ sich für die trivialsten Entscheidungen von ihm beraten und weissagen. Der König war ihm vollends verfallen.

Paltoquet hatte kein anderes Thema mehr. »Der König leidet an Agrippismus. Ständig läuft er zum Zauberer. Er unterhält sich mit ihm über das Wirken der Geister in der Materie, über die Verknüpfung von Himmel und Erde, die Einflüsse der Himmelskörper auf die irdischen Körper, über die Wirkung von Giften, Steinen, Blicken, Gesten. Er liest seine Bücher, fabuliert über mystische Zahlen, magische Einflüsse von Sonne, Mond und Sternen, über das Verhältnis von Seele und Leib im Menschen. Agrippa ist nicht nur ein Scharlatan, sondern auch gefährlich. Er wechselt ständig die Fronten. Er hat schon für Kaiser Maximilian gearbeitet und ist mit seinem Heer nach Italien gezogen. Dort wurde er sogar zum Ritter geschlagen. Auch bei Heinrich dem Achten hat er sich herumgetrieben. Woher nimmt der König die Sicherheit, dass er nicht auch bei Karl dem Fünften ein und aus geht? Und Louise? Die große Regentin? Agrippa wickelt sie um den Finger. Er deutet die Bibel in ihrem Sinne. Er plappert ihr vor, die Frau stehe in Wirklichkeit höher als der Mann. Beim Souper sagte er:

›Die Frau, Madame, ist nicht umsonst als letztes von allen Geschöpfen erschaffen worden. Sie ist das vollkommenste von allen, da sie nicht wie Adam aus Lehm, sondern aus dem Leib ihres Mannes geformt ist. Nicht Eva hat gesündigt, sondern nur Adam. Nur ihm ist verboten worden, Früchte vom Baum der Erkenntnis zu essen.‹«

Paltoquet sprach mit der Stimme Agrippas.

»›Gott hat der Frau erlaubt, vom Baum der Erkenntnis zu essen, und damit nur ihr gestattet, den geistigen Zustand der Unwissenheit zu verlassen. Die Unterordnung der Frau unter den Mann ist eine Ungerechtigkeit, die nur durch die Tyrannei der Männer verursacht wird. Die Männer haben Angst, die Frauen könnten sie geistig überflügeln. Ihr, erhabene Louise, seid ein Beispiel der grenzenlosen Intelligenz der Frauen.‹

Nach diesen Worten frisst Louise Agrippa aus der Hand. Jedem Geschwätz schenkt sie Glauben.«

Paltoquet rüstete zum Angriff. Eines Abends wieherte er wie ein alter Gaul und hielt sich den Kopf, als ob er schmerzte.

»Aie, aie, mein König, es gibt eine neue Krankheit bei Hofe. Sie heißt Dummkoller oder Lauschkoller. Manche nennen sie auch Sterngucker. Bislang glaubte man, diese Krankheit würde nur Pferde treffen. Vom Dummkoller befallene Pferde achten wenig auf ihre Umgebung. Sie stehen oft wie im Schlaf. Sie hören wenig oder gar nicht auf den Zuruf zum Herumtreten und Aufwachen, lassen sich auch an der Halfter oder dem Zügel nur schwer hin- und herführen oder, noch schwerer, gar nicht zurückschieben. Gegen Berührungen, Kitzeln in den Ohren, leichte Fußtritte auf die Krone, wogegen gesunde Pferde besonders empfindlich sind, zeigen dumme Pferde sich unempfindlich. Auch lassen sie sich oft gefallen, dass man ihnen die Vorderbeine kreuzweise übereinanderstellt, und verharren so in dieser Stellung. Bei Pferden ist die Krankheit unheilbar, aber nicht tödlich. Sie werden lediglich unbrauchbar.

Nun hat diese Krankheit auch auf den Menschen übergegriffen. Selbst Könige und ihre Mütter sind vor ihr nicht gefeit. Die Menschen am Hofe sind dumm geworden. Mehr als zuvor schenken sie allen Lügen und Schwätzereien, magischen Sprüchen und Gebetchen Gehör und Glauben. Wenn ich nur daran denke, wie Ihr, mein König, Euch mit Türwächtern bestückt, nur Zutritt ohne Waffen gewährt, wie Ihr Euch Vorkoster haltet, damit Ihr nichts Vergiftetes vorgesetzt bekommt. Doch Ihr öffnet Ohren und Herz für jeden Schwätzer. Könige sollten es so halten wie eine Art Schlangen, die aus Instinkt den Schlaf für tödlich halten. Damit sie nicht durch zauberische Worte der Jäger eingeschläfert werden, stecken sie ein Ohr in die Erde und das andere verstopfen sie mit ihrem Schwanz. So werden sie niemals an Dummkoller erkranken, eine Krankheit, die man in heutiger Zeit auch Agrippismus nennt und die nicht nur diesen Hof infiziert hat. Stellt Euch vor, auch der englische König Heinrich genießt das Vertrauen Agrippas und selbst der Herzog von Bourbon nimmt seine Dienste in Anspruch. Ich weiß, mein König, wie wenig Ihr den Herzog schätzt. Die Dummheit kennt keine Grenzen. Eine Epidemie bahnt sich an.«

Agrippa blieb nicht lange bei Hofe. Man sagt, er habe

das französische Königshaus verlassen, weil Louise zwar seine Dienste in Anspruch genommen, er aber sein Honorar nicht erhalten habe.

Er schlich sich davon und bot sich niemand anderem als Charles de Bourbon an. Später hörte ich, er habe dem Herzog, der auf die deutsche Seite gewechselt war, einen glänzenden Sieg in Rom vorausgesagt. Bourbon hatte nicht einen Sieg errungen, sondern die einstürzenden Mauern Roms begruben ihn unter sich und töteten ihn. Ich eile den Ereignissen voraus. Ich muss der Reihe nach erzählen.

15

Die Welt begann, auf dem Kopf zu stehen. Martin Luther hatte den Papst aufgefordert, sich der Heiligen Schrift zu unterwerfen. Luther verbreitete die Lehre, dass der Glaube ein Geschenk Gottes sei, dass man das Seelenheil weder durch gute Taten noch durch Bußübungen, noch dadurch erlangen könne, seine religiösen Pflichten zu erfüllen. Das Seelenheil stelle sich von selbst ein, sobald man sich dem Willen Gottes füge und auf die Erlösung vertraue. Der Mensch werde gerecht und gerettet allein durch den Glauben an Christus. Jeder solle das Evangelium nach eigenem Verständnis auslegen, nicht nach der Deutung der Priester praktizieren.

Von den sieben Sakramenten gedachte er nur die Taufe und das Abendmahl zu erhalten. Keine Firmung, keine Priesterweihe, keine letzte Ölung, die Beichte sollte keine Pflicht mehr sein. Keine Reliquien, keine Prozessionen, keine Verehrung von Heiligen und keine Fastenzeiten mehr!

Ich fühlte mich leicht wie eine Feder, als ich von den Ideen Luthers hörte. Keine Fastenzeiten, keine Beichte, und keine Heiligen und Reliquien verehren zu müssen, bedeutete für mich Freiheit und Erlösung.

Ich war noch ein kleines Kind, als mein Vater mit mir nach Saint-Denis pilgerte. Saint-Denis ist der Treffpunkt aller Pilger, die sich auf dem Weg nach Santiago de Compostela befinden. Scharen von Hilfesuchenden drängten durch alle Pforten. Der Raum war völlig überfüllt mit Gläubigen. Die vielen Menschen und Kerzen hatten die Luft bald aufgebraucht. Ich wurde fast ohnmächtig vom Gestank der offenen Wunden, vom Kot und Urin, vom Eiter und Blut der Kranken. Eingekeilt zwischen stinkenden Leibern, begann ich fürchterlich zu schreien. Mein Vater setzte mich auf seine Schultern. Ich konnte mich nicht mehr beruhigen, worauf mein Schreien zu einem markerschütternden Kreischen erstarkte. Mein Vater versuchte, sich einen Weg hinaus zu bahnen, doch es gab kein Entrinnen. Wir blieben gefangen in einem Pulk von Menschen, der zu einem Fels erstarrt war. Immer mehr Menschen pressten sich hinein, bis wir drohten, zerquetscht zu werden, und die Mönche keinen anderen Ausweg mehr sahen, als mit den Nägeln und der Dornenkrone des Herrn und dem

Schulterknochen des heiligen Vitus durch das Fenster zu entfliehen.

Seitdem laufen mir Schauer über den Rücken, wenn ich nur das Wort »Pilgern« höre. Suchte der König eine heilige Stätte auf, entschuldigte ich mich mit wichtigen Aufgaben, die für die Mahlzeiten zu bedenken seien. Die vielen Pilgerorte, an denen er an Schweiß- und Leichentüchern schnupperte und Gebeine aller Art verehrte, all die Knochen mit halb verwestem Fleisch, die stinkenden Stofffetzen, mit Blut, Nasenschleim oder anderen Körpersäften getränkt, waren mir zuwider.

Papst Leo hatte Luther eine Bulle geschickt. Anstatt sich zu fügen, verbrannte Luther den Bannspruch vor den Bürgern und Studenten Wittenbergs und antwortete mit neuen Schriften, von denen in Frankreich schnell Übersetzungen in Umlauf waren. Paltoquet und ich lasen, was wir beschaffen konnten. Luther schrieb, die Kirche sei eine Tochter der Verdammnis, eine Buhlerin und Hure, der Papst ein Antichrist und ein Dummkopf von einem Esel. Wir verbrachten viele Nächte mit den Schriften Luthers und erfreuten uns an seinen Zeilen.

Paltoquets Augen leuchteten.

»Luther lässt sich nicht einschüchtern. Weder vom Kaiser noch vom Papst. Weißt du, was er dem Kaiser in Worms geantwortet hat? Dass er sich hüten soll, seine Herrschaft nicht durch Ungerechtigkeit zu beflecken, weil Gott auch Kaiser stürzen kann. Luther ist mutig. Er hat nicht widerrufen. Er hat die Reichsacht auf sich genommen und die päpstliche Bulle einfach verbrannt.«

Paltoquet zog eine Papierrolle hervor.

»Was hast du da?«

Er grinste und entrollte den Bogen.

Ich blickte auf ein Bild von Luther, über dessen Kopf ein Heiligenschein schwebte. Paltoquet rollte es wieder zusammen.

»Der Papst nennt Luther den ›Eber aus Wittenberg‹. Aber den Papst wird es bald nicht mehr geben. Immer mehr deutsche Kurfürsten unterstützen Luther. Sie haben sich vom Papst losgesagt. Es gibt also auch deutsche Fürsten, die klug sind. Eines Tages wird die ganze Welt von Päpsten, Mönchen und Beichtvätern befreit sein. Die Bibel wird siegen.«

»Es grenzt an ein Wunder. Woher nimmt Luther die Kraft und den Mut? Ich fürchte mich, Paltoquet. Gib mir das Bild, ich verstecke es mit den Schriften in der Miete.«

»Nein, ich will es Duprat unters Kopfkissen legen.«

»Das tust du nicht!«

»Das tu ich doch!«

Paltoquet schürte den Hass, den der Kanzler gegen ihn hegte. Duprat, der mit Ingrimm verfolgte, wie sich die lutherischen Gedanken im ganzen Land verbreiteten, nutzte im Rat jede Gelegenheit, gegen Luther aufzubegehren. Das reizte Paltoquet um so mehr, seine Späße mit dem Kanzler zu treiben.

»Majestät, die Schriften Luthers sind die begehrtesten Bücher in Frankreich. Der Mönch findet immer mehr Anhänger. Wir müssen einschreiten. Luther zerstört die Grundfesten der katholischen Kirche«, verkündete Duprat in einer Sitzung.

Paltoquet sprang auf den Tisch und trug ein Gedicht vor.

»In eines Katers Hirn, der nicht mehr fischt,
im Geifer, der aus den Gebissen
toller Kanzler träuft, mit Kanzlerpiss vermischt,
mit Stacheln, einem Igel ausgerissen,
im Regenfass, drin schon die Würmer schwimmen,
krepierte Ratten und der grüne Schleim
von Pilzen, die des Nachts wie Feuer glimmen,
in Pferderotz und heißem Leim,
in diesem Saft soll man die Lutheraner schmoren.«

Der König lachte auf. Er liebte die Gedichte Villons. Und er ergötzte sich an Paltoquets Umdichtungen.

Duprats Miene versteinerte. Unbeirrt fuhr der Kanzler fort: »Majestät, die Gelehrten der theologischen Fakultät der Sorbonne haben sich mit den Schriften Luthers befasst. Sie sind zu dem Urteil gekommen, ihn als Häretiker zu verdammen. Luther ist der Führer einer Ketzerbewegung, ein giftiger Erneuerer alter Irrlehren. Er stammt von jenen Ottern ab, die erst dann den Schoß der Mutter verlassen, wenn sie ihn zerrissen haben. Seine Lehre ist voller widerwärtiger Irrtümer. Er ist ein Gottloser, ein Abtrünniger, ein Widersacher der Heiligen Schrift. Folglich muss er, als Krebsgeschwür am Leib der Christenheit, vernichtet und vor aller Augen den rächenden Flammen überantwortet werden.«

»Erlauchter Kanzler«, krächzte Paltoquet, »mein König hat mir eingeschärft, ich soll, vor wem ich auch spreche, immer nur die Wahrheit sprechen. Dazu hat er mich noch auf die Heiligen schwören lassen. Er sagte mir auch, ich solle niemals drei Fürze lassen, ohne den vierten den Heiligen zu weihen. Also, ich werde jetzt dreimal furzen, aber bevor ich den vierten lasse, werde ich Euch lehren, wie man Euren Geist heilt, ehrenwerter Kanzler. Glaubt mir, Ihr seid sehr krank, denn Ihr redet nichts als ungereimtes Zeug daher. Wie die Motte im Kleid und der Wurm am Holz hat sich der Irrsinn in Euer Hirn gefressen. Es gibt Hoffnung: auch ein Hohlkopf kann noch Verstand annehmen.«

Paltoquet verneigte sich.

»Majestät, erlauchte Herrschaften. Ich möchte Euch von einem Medikus berichten. Der Doktor ist verständiger als Aesculap, gelehrter als Galeanus und klüger als Hippokrates. Er kuriert alle unheilbaren Krankheiten, die Schwind- und Wassersucht, das Podagra, den Nierenstein, die Pest, sogar die Dummheit, indem er die ungelehrigen Köpfe öffnet, das träge, schläfrige Gehirn herausnimmt, es wäscht und reinigt und es klüger und nachdenkender wieder einsetzt. Vielen Eseln hat er so ein gesundes, kluges Gehirn verschafft. Und damit die Köpfe sich nicht erneut mit Grütze füllen, hat er ein Wässerchen erfunden, das das Gehirn rein hält und dafür sorgt, dass aus dem gelehrten und klugen Menschen nicht wieder ein Schafskopf wird.«

Die Narrenschellen klingelten.

»Dieser Medikus heilt Kanzler und Theologen vom blinden Übereifer, Pedanten von der Einbildung, Heuchler von der Gleisnerei und Kriegswütige von der Machtgier. Er hat sogar einen Kräutertrank erdacht, der Höflinge von der Verstellungskunst und allen üblichen Ränkespielen befreit. Und Pillen für naseweise und aufgeblähte Geister, die die Klugscheißerei dämpfen. Auf wundersame Weise heilt er sogar vergiftete Zungen, denen das Lügen zur Gewohnheit geworden ist.«

Duprat unterbrach. »Majestät, es ist an der Zeit, mit der Sitzung fortzufahren.«

»Erst wollen wir hören, was der Narr zu sagen hat!«, rief der König.

Paltoquet streckte dem Kanzler die Zunge heraus.

»Es ist kein Geheimnis, mein König, der ganze Hof bedarf dringend der Hilfe und des Rates dieses berühmten Doktors. Die königlichen Berater haben, wie Ihr gerade vernommen habt, gerade so viel Klugheit, wie eine Kröte Federn besitzt, und ihre Dummheit ist ebenso sichtbar wie Fliegen in der Milch. Wenn ich tausend Zungen und tausend Münder hätte, könnte ich alle Erscheinungen von Blödheit nicht aufzählen.

Aie, aie, Majestät, ich gebe zu, ich brauche den Wunderdoktor wohl am meisten, denn ich scheiße, pisse, kotze, rülpse, furze und spucke nur dummes Geschwätz aus mir heraus. Ich wische mir den Hintern und spüle mir den Mund, aber nichts vermag zu helfen. Ich plappere vor mich hin und tausend Teufel sollen mich in der Hölle schmoren, wenn ich am nächsten Tag noch wüsste, was ich am Tag zuvor geschnattert.

Der Wunderdoktor gab mir dieses Kraut gegen wirre Gedanken. Es stammt aus der Champagne und heißt Marrebor. Ich werde es einnehmen. Aber zuvor, mein König, gebt den Saft davon dem Kanzler, denn er hat es am nötigsten, geheilt zu werden. Er soll ihn zum Frühstück trinken, an drei Tagen hintereinander.

Und jetzt, großer König der Franzosen und alle Herrschaften im Saal. Nehmt Eure Hüte ab, spitzt die

Ohren, tretet näher. Für nur einen Goldtaler könnt auch Ihr geheilt werden oder Euch vor Ansteckung schützen. Jeder lege nur einen Goldtaler in meinen Schuh. Ich schwöre euch bei allen Heiligen, wer das Kraut nimmt, wird geheilt.«

Paltoquet ließ seinen vierten Furz, zog seinen Schuh aus, hüpfte auf einem Bein im Raum herum und nötigte die Ratsmitglieder, ihre Taler in seinen Schuh fallen zu lassen.

»Majestät, ich bitte Euch«, zischte der Kanzler, »verweist den Narren des Saales.«

Aus seinem Mund spien Speicheltropfen.

16

JEDER MÖRDER MÖCHTE NACH SEINER TAT UNERKANNT BLEIBEN, auch wenn bei seinem Opfer ein gewaltsamer Tod zu erkennen ist. Der Giftmörder will nicht nur unentdeckt bleiben, sondern er will auch die Spuren seines Mordes verdecken. Der Tod muss natürlich erscheinen, nicht einmal der Verdacht eines Verbrechens darf aufkommen. Deshalb muss er bei der Auswahl der Gifte sehr sorgfältig sein und sich viele Fragen stellen. Welche Gifte sind ihm zugänglich? Wie sind sie beschaffen? Sind sie flüssig oder fest, wie ist ihre Farbe, ihr Geruch, ihr Geschmack? Wie kann man sie mischen oder löslich machen, wie dosieren? Wann tritt eine Wirkung ein? Welche Erscheinungen von Vergiftung rufen sie hervor? Wie will man das Gift verabreichen und durch wen? Vor allem, wie kann man das Gift tarnen? Eine auffällige Farbe, ein Geschmack oder Geruch muss mit etwas Ähnlichem, Nichtgiftigem überdeckt werden, Bitteres mit Bitterem, Salziges mit Salzigem, Rotes mit Rotem, zum Beispiel mit Rotkraut, roter Marmelade oder Blaubeerkompott.

All diese Überlegungen hätte ich nicht angestellt, wenn ich Paltoquet rechtzeitig daran gehindert hätte, Spottreden auf Duprat und die Kirche zu führen. Mein ganzes Leben wäre anders verlaufen. Und das Leben Paltoquets? Ach, Paltoquet …

17

Paltoquet hatte eine grosse Schwäche. Er war sehr eifersüchtig, wenn sich der König mit jemand anderem als seinem Hofnarren vergnügte. Wir weilten auf Amboise, als der König besonderen Gefallen an dem Gaukler Finaud fand. Finaud war ein intelligenter und schöner Mann, der sehr gerne sang, lachte und gute Scherze machte, ein fröhlicher, ausgelassener Mensch, wie der König, wenn er guter Laune war. Paltoquet war weder schön noch fröhlich, so sehr er es sich vielleicht wünschte. Er lachte und scherzte, aber seine Ausgelassenheit war immer mit einer Absicht verbunden, er täuschte Fröhlichkeit vor, um eine Wirkung zu erzielen, eine Wirkung, die meist menschliche Fehler, Schwächen und Unzulänglichkeiten ans Tageslicht brachte und mit bitterem Hohn einherging.

Finaud entzückte den König mit lustigen Liedern, Zauberkunststücken und Possen. Die leichten und luftigen Scherze Finauds ließen den König schnell alle Sorgen und Probleme vergessen. Er machte dem Gaukler zur Belohnung ein Geschenk nach dem anderen.

Paltoquet begann, dem Spielmann die Geschenke, die er vom König erhalten hatte, zu stehlen: Ketten, goldene Achselschnüre, ein Samtgewand und dergleichen.

»He, Finaud, kleiner Bastard«, rief er dem Gaukler auf dem Schlosshof zu, »du gehst bettelnd von Tür zu Tür, vom Palais des einen zu dem eines anderen und atmest den Duft der Braten ein, wenn du an den Palastküchen vorbeigehst. Ich garantiere dir, früher oder später wirst du auch aus diesem Schloss vertrieben werden. Es gibt nur einen Hofnarren. Und der bin ich!«

Finaud ließ sich nichts gefallen. Er brach bei Paltoquet ein und stahl ihm alle Schuhe. Zitternd vor Zorn und mit Tränen, die ihm in die Augen schossen, flüsterte Paltoquet: »Er wird es bereuen, Bertrand, er wird es bitter bereuen.«

Paltoquet schnitt dem Ross, das der König Finaud geschenkt hatte, die Mähne und eine Ohrhälfte ab, legte ihm statt des prächtigen Geschirrs einen einfachen Sattel samt einer schweren Truhe auf, peitschte es durch den königlichen Wald und schickte das erschöpfte Tier verdreckt und unkenntlich an seinen Besitzer zurück. Gleich danach entschuldigte sich Paltoquet und bot Finaud den Waffenstillstand an. Das machte mich misstrauisch. Um die Versöhnung zu besiegeln, lud er Finaud mit seinen Gefährten zu einem Mahl ein. Paltoquets Idee der Speisenzubereitung war meiner Ehre als Koch nicht zuträglich. Nun, ich konnte ihm niemals etwas abschlagen.

Alle hatten sich schon zu Tisch gesetzt, als Paltoquet sich unter dem Vorwand verabschiedete, der König habe ihn rufen lassen. Die Diener tischten den Gästen dreißig Pasteten auf. Ich hatte dafür gesorgt, dass sie einen köstlichen Wohlgeruch verbreiteten. Im Innern befanden sich nur Stücke von Gurten, Sätteln und Riemen, das ganze alte Zeug von Postpferden. Finaud lachte als Erster über diesen Streich. Sein Lachen klang wie das Gekreische eines wütenden Affen.

Finaud schlug zurück. Er sprach eine Gegeneinladung aus. Er trug Paltoquet ein köstliches Festmahl auf. Ich weiß nicht, woher die Gerichte stammten. Zunächst speisten Paltoquet und Finaud im Einklang, dann fragte Finaud: »Möchtest du wissen, woraus das Frikassee bestand?«

Er klatschte in die Hände, worauf seine Diener den Kopf eines kleinen Maultieres, der wie ein Wildschweinkopf hergerichtet war, auftrugen. Über die Ohren waren zwei Schuhe gestülpt. Es war Paltoquets Maultier, er nannte es Coco.

Als Paltoquet Coco erkannte, übergab er sich. Paltoquet hatte sein Maultier sehr geliebt. Häufig hatte ich beobachtet, wie er Coco gestreichelt und zu ihm gesprochen hatte. Wenn Paltoquet zu Menschen sprach, klangen seine Worte scharf, sprach er zu Coco, tönte seine Stimme weich und sanft wie eine Feder. Seine Worte klangen liebevoll und voller Vertrauen, wie ich es sonst nie bei ihm vernommen hatte.

Einige Tage lang lief Paltoquet hasserfüllt durch das Schloss und plante seinen Gegenschlag. Es war an einem Sonntagmorgen, es dämmerte gerade, als er zwei Franziskanermönche zu Finaud schickte. Mit einigen Goldtalern hatte er sie davon überzeugt, der Spielmann sei von einem Dämon besessen und sie täten ein gutes Werk, wenn sie den Teufel austrieben. Die beiden Mönche steckten die Taler in ihre Kutten und machten sich mit Weihwasser auf den Weg. Als sie sich dem Bett des Schaustellers näherten und begannen, Finaud mit Weihwasser zu besprengen und Gebetsformeln zu murmeln, erwachte Finaud, fuhr aus dem Bett und schrie:

»Was macht ihr Kapuzengestalten hier? Hinaus! Verschwindet, oder ich lasse euch aus dem Fenster werfen!«

Die Mönche ließen sich nicht beirren. Finaud stürzte sich auf sie, erwischte den einen an der Kutte und warf ihn zu Boden, woraufhin der andere sich seinerseits ins Gefecht warf. Sie wälzten sich auf dem Boden. Der Kampf endete erst, als die Freunde Finauds, die durch den Lärm angelockt worden waren, herbeieilten und ihm halfen.

Paltoquet hielt sich vor Lachen den Bauch.

»Du hättest das dumme Gesicht Finauds sehen müssen, Bertrand, es glich einer Kuh, die gerade gemolken wird.«

Am nächsten Tag, nach der Morgenmesse, beobachtete ich, wie Kanzler Duprat sich mit Finaud unterhielt. Ich brauchte nicht lange, um herauszufinden, was er gesprochen hatte. In einer Küche erfährt man schnell alle Geheimnisse und Ränkespiele.

Mich befiel große Unruhe. Plötzlich bereute ich, Paltoquet nicht viel früher gewarnt zu haben. Es war nur eine Frage der Zeit, wann Duprat zuschlagen würde. Er benutzte Finaud, um Paltoquet zu schaden.

»Werter Finaud, wie begabt Ihr seid. Ihr wisst den König vorzüglich zu unterhalten. Ihr bringt wahrhaftig alle Voraussetzungen mit, seine Majestät dauerhaft zu amüsieren und sein Hofnarr zu werden. Erst neulich erwähnte der König, wie sehr er Euch schätzt. Ihr wisst, Paltoquets Scherz, die Mönche auf Euch zu hetzen, war mehr als verwerflich. Er hat nicht nur Euch, sondern Gott und die Kirche verspottet. Das ist ein schweres Vergehen. Denkt darüber nach, Finaud.«

Ich redete Paltoquet ins Gewissen. »Höre auf, Duprat zu reizen, und verzichte auf Kirchenscherze. Die Zeiten sprechen nicht dafür.«

Paltoquet lachte mich aus.

»Meine Scherze sind nichts als Fliegenschisse im Kirchenschiff. Der König liebt mich, Bertrand, ich bin sein bester Freund und Vertrauter, was soll mir geschehen?«

»Was bedeutet es schon, guter Freund oder Günstling, treuer Diener oder ehrbarer Berater eines Königs zu sein? Könige belieben, Menschen zu begünstigen, zu ehren oder sie fallen zu lassen wie der Kot, der den Schlossturm herunterfällt. Und wenn die Reformer den

Thron unseres Königs und die öffentliche Ordnung bedrohen, wird er sie verdammen und sich gegen jede religiöse Idee wenden, die seiner Macht und dem alten Glauben schaden.«

»Ich bin Hofnarr«, sagte Paltoquet. »Ich bin dazu angestellt, Scherze zu treiben, wie es mir beliebt.«

Zwei Wochen vergingen. Wie immer suchte Paltoquet mich täglich in meiner Küche auf, um mit mir einen Plausch zu halten. Ich erinnere mich genau an ein Gespräch, das wir in jenen Tagen führten, denn es stach mir mitten ins Herz und lähmte mich für Tage.

Wir unterhielten uns über den Kaiser.

»Karl der Fünfte schlägt seinen Narren«, sagte Paltoquet. »Ich weiß es von Divion, dem Botschafter. Er tritt ihn mit den Füßen vor der ganzen Hofgesellschaft. Mit mir könnte er das nicht machen.«

»Du bist auch nicht sein Hofnarr. Warum regst du dich auf?«

»Es geht um unsere Ehre. Du würdest auch nicht zulassen, wenn man einen Oberküchenmeister prügelt.«

»Fürwahr, das ist richtig.«

Paltoquet nahm ein Stück Pfannkuchen.

»Als ich in Deutschland war, traf ich einen Possenreißer. Er war wie ich Franzose. Der Wirt hinderte ihn einzutreten. Da es draußen in Strömen regnete und seine Truppe im Nassen stand, ließ er sich nicht abweisen und drängte sich in die Stube. Daraufhin zog der Wirt den Knüppel und prügelte auf ihn ein. Ich ging dazwischen. Da nun zwei Franzosen auf einen deutschen Wirt eindroschen, kamen die anderen Männer ihm zur Hilfe, woraufhin wir lieber aufgaben und das Weite suchten.

Ich verbrachte die Nacht im Wagen der Schauspieler. Es wurde einer der schönsten Abende, die ich in Deutschland erlebte. Zur Truppe gehörten ein Lautenist und eine Sängerin. Sie sangen und spielten den ganzen Abend. Ich habe noch nie solch schönen Gesang gehört. Die Töne perlten samtig in meine Ohren. Ich war vollkommen verzaubert.«

»Eine Französin, die schön sang? Weißt du ihren Namen?«

»Sie hieß Isabelle.«

Ich fasste mir ans Herz.

»Was hast du?«

Ich brachte kein Wort heraus. Schließlich gelang es mir, die Zunge zu lösen.

»Hat sie …«, ich schluckte, »hat sie die ›Rossignol‹ gesungen?«

»Oh ja, das war sogar ihr schönstes Lied.«

Ich stieß einen gequälten Laut aus.

»Was ist dir?«

»Es ist …, ich meine …, mon Dieu …, ich kenne sie, ich habe sie, nun, sie war am Hof.« Ich atmete durch. »Ich habe einen Brief …« Weiter kam ich nicht.

»Ich verstehe nicht.«

Ich schloss die Augen, fasste Mut. »Ich liebe Isabelle. Ich kann sie nicht vergessen.«

Paltoquet schwieg. Er nahm meine Hand in die seine.

»Erzähl mir alles.«

Ich erzählte ihm von dem Abend und der Nacht in

der Küche. Der Schmerz, den ich glaubte, überwunden zu haben, stieg aus meiner Seele empor, brannte in meinem Herzen und überschwemmte mich mit Tränen. Als ich schloss, sagte Paltoquet:

»Man sollte dem König tausend Ameisen auf sein Laken streuen.«

Und er tat es.

Die Tage gingen dahin. Das Gespräch hatte mich zutiefst aufgewühlt. Ich tat meine Arbeit unlustig und freute mich nur auf Paltoquets Besuche.

An einem Mittwoch wartete ich vergebens. Als er nachts immer noch nicht erschienen war, schickte ich einen Küchenjungen, ihn zu suchen. Zu spät erfuhr ich, dass Finaud von Duprat bestochen worden war und Paltoquet beim Inquisitor angezeigt hatte. Mein Freund war als Ketzer in den Kerker gesperrt worden. Ich zitterte vor Angst. Ich malte mir all die Torturen aus, die ihm bevorstanden, und bekam entsetzliche Magenschmerzen. Der König lachte schallend, als er von der Festnahme Paltoquets und von den Streichen des Rivalen hörte.

»Lasst Paltoquet sofort wieder frei«, befahl er. »Finaud wird seine Klage zurückziehen und danach meinen Hof verlassen, sonst wird er selbst im Kerker landen. Mit der Inquisition scherzt man nicht.«

18

Wir schliefen bei. François brachte den Geruch fremder Frauen mit. Ich werde mich nie daran gewöhnen. Das Mondlicht fiel in einem bleichen Strahl auf sein Antlitz. Mit verzerrtem Gesicht und zusammengekniffenen Augen lag er auf mir und umklammerte mich. Seit ich ihm die Bretagne verweigerte, führte er seine Pflicht durch, als hätte er eine Schlacht zu gewinnen. Ich ersehnte den Moment, in dem er von mir ließ. Endlich ertönte mit dem Aufbäumen der Lust sein Grunzlaut, der mich erlöste. Der Kampf war beendet, die Schlacht verloren, denn es gab nur Verlierer. François rollte sich zur Seite, schlief ein und schnarchte. Ich starrte auf den Baldachin und grämte mich.

Ich habe einen Körper, der mir nicht gehört. Er wird mir nie gehören. Ich kann nichts daran ändern. Ich bin die Gattin des Königs von Frankreich! Meine wichtigste Aufgabe ist die Mutterschaft. Man salbte mich mit dem Öl der Fruchtbarkeit. Mein Leib soll Kinder gebären. Töchter zum Verheiraten und Söhne für eine gesicherte Thronfolge. Ich fürchte mich vor jeder Geburt, vor den Schmerzen und vor dem Tod, vor dem des Kindes oder dem meinen. Ich werde in der Messe beten. Möge eine neue Frucht noch auf sich warten lassen! Gottvater, sei mir gnädig und schenke mir ein wenig Ruhe.

In jener Nacht hatte ich einen Traum. Ich lag mit François in meiner Bettstatt, während der Narr auf der Kleidertruhe schlief. Früh am Morgen erhob François sich, um auf die Pirsch zu gehen. Mich und den Narren ließ er weiterschlafen. Kaum hatte François den Raum verlassen, schlich sich der Narr zu mir in meine Bettstatt. Er legte sich still und sittsam neben mich, ohne mich zu berühren. Wir schlummerten einträchtig und unschuldig, als sich plötzlich die Tür öffnete und François zurückkehrte, um seine vergessenen Handschuhe zu holen. Als er uns beieinander liegen sah, verfärbte sich sein Antlitz glühend rot vor Zorn. Er riss den Narren aus dem Bett und schleuderte ihn mit dem Schädel an die Wand.

Ich erwachte von meinen Schreien.

19

Während ich meine Erinnerungen zu Papier bringe, die vielen Jahre als Koch des Königs noch einmal durchlebe, frage ich mich, warum sich eine Vielzahl von Begebenheiten und Zufällen zu einer Konstellation zusammenfügten, die mich zum Äußersten trieben. Oder hätte mein Leben auch anders verlaufen können? Hätte ich Geschehnisse verhindern können, die mich zum Mörder machten, hätte ich vermeiden können, als gebrochener Mann und Zeuge meines eigenen Verfalls vor meinen Aufzeichnungen zu sitzen? Vielleicht kann ich diese Frage am Ende meiner Geschichte beantworten.

Paltoquet blieb der engste Vertraute des Königs. Es war ein gewohntes Bild, Narr und König durch das Schloss schreiten zu sehen, ihre Stimmen und ihr Lachen durch die Gänge und Säle hallen zu hören.

Alles änderte sich, als wir in die Bretagne reisten. Mehrere Monate zogen wir durchs Land. Zunächst nach Tours, dann nach Chinon, Ussé, Angers, Nantes, Lesneven … Ich bekam Albträume von diesem Nomadenleben. Der König kam in Gestalt des Teufels auf mich zu, stach mir die Forke ins Gesäß und jagte mich samt meinem Wildschwein, das ich auf den Schultern trug, immer voran, voran, voran. Ich schrie im Schlaf, wachte schweißnass auf, nur um festzustellen, dass es auch in der Wirklichkeit wieder weiterging.

Ein Unglück jagte das nächste. Eines Nachmittags ging ein Gewitterhagel auf uns nieder, dessen Hagelkörner größer als die kleinen Kugeln eines Blasrohres waren. Sie wurden immer größer, bis sie den Durchmesser einer Walnuss erreichten und der ganze Tross Schutz in einem Kiefernwald suchte. Als Gewitter und Hagelschauer nachließen, stiegen wir zerschunden, mit lauter Schrammen und Prellungen versehen, wieder zu Pferde.

Das Unwetter hatte alle Straßen in schlecht passierbare Schlammstreifen verwandelt. Kutschen und Fuhrwerke versanken in sumpfigen Wasserlachen. Kaum hatten die Fuhrleute die Wagen aus dem Morast befreit, die Räder repariert, versperrten umgestürzte Bäume die Wege. Wir konnten nicht mehr als zwei Wegstunden zurücklegen, mussten viele Umwege machen und neben den Pferden herlaufen. Das bedeutete dreißigbis vierzigtausendmal ein Bein vor das andere setzen! Der König trieb uns an, schneller zu gehen. Er wolle nicht ewig auf der Straße verbringen. Mehrmals änderte er die Reiseroute. Überall waren die Wege aufgeweicht und es blieb nichts anderes übrig, als Knüppeldämme zu legen.

»Diese Warterei ist unerträglich!«, rief der König. »Paltoquet, erzähle mir eine Geschichte, ich langweile mich.«

»Ich werde Euch eine Geschichte erzählen, die sich, so wahr ich hier sitze, zugetragen hat.

Einst stahl sich ein junger König aus seinem Schloss, um einen Ausritt zu machen. Er hatte genug von seinem dicken Kanzler und all den Höflingen, die ihn umgaben. Er verkleidete sich und schlich sich ohne Gefolgschaft davon. Als er ganz in Gedanken versunken dahintrottete, stieg ihm ein wunderlicher Geruch in die Nase, und er dachte, was stinkt in aller Welt derart, dass man speien möchte. Er griff in die Taschen und zog ein Bündel Bittgesuche hervor, die ihm verfault waren. Nun wusste er, was so stank.

Wie er vor sich hin sinnierte, hatte sich sein Pferd dorthin aufgemacht, wo es die meisten und längsten Gräser fand. Unversehens war der König in einen fremden Wald geraten. Er suchte einen Weg aus dem Wald heraus, aber die Schneisen wurden immer schmaler, der Himmel immer finsterer und der Wald immer dichter. Aus dem Dickicht heraus heulte und grunzte es. Ihm wurde ein wenig bange, obwohl er ein mutiger König war. ›Nur ruhig‹, sagte der König zu seinem Herzen, aber sein Herz pochte immer schneller. Plötzlich sprangen zwei dunkle Gestalten aus dem Gebüsch heraus und stellten sich an den Wegesrand. Sie sahen Strauchdieben und Mördern ähnlicher als ehrlichen Männern. Dennoch musste der König sie bitten, ihm den Weg zu weisen.

›Kommt nur mit mir‹, sagte der eine von ihnen, ›ich werde Euch führen.‹

Es ging immer tiefer in den Wald hinein. Der König erblickte kleine Haufen von Geäst mit Laub bestreut, die so wirkten, als lägen darunter Erschlagene, auf die die Wanderer Reisig geworfen hätten. Des Königs Herz klopfte und pochte. Sie reisten wohl noch eine halbe Meile, bis sie, zerkratzt von Baumzweigen, Dornenhecken und Stachelkräutern, an einer Hütte Halt machten. Die Hütte hatte nur eine Stube. Ein zerlumpter Mann saß an einem Tisch und spielte Drehleier, und ein dickes Weib mit Brüsten so groß wie Flaschenkürbisse begleitete ihn auf der Fidel. Sie schmierte den Bogen hin und her, dass dem König von ihrem Geratsche die Zähne stumpf wurden.

Der König hatte nicht viel Geld bei sich, aber die paar Taler, die er bei sich trug, bot er freiwillig an.

›Hört, lasst uns Brüder sein, da, nehmt diesen Beutel, esst und trinkt und bringt mir Stroh, in dem keine Läuse wohnen.‹

Die Kerle wurden fröhlich, schoben dem König einen Hackblock hin, der ihm als Sessel dienen sollte, und fragten, wer er sei.

›Ich bin Paltoquet, der Narr‹, sprach der König.

Der König machte ein paar Kunststückchen, die er bei seinem Narren gesehen hatte. Einer der Männer rief:

›Kerl! Du bist des Teufels oder der Teufel selber!‹

Das gefiel dem König und er präsentierte dem Gesindel noch ein paar Scherze.

Sie soffen und fidelten. Der König bemühte sich, nicht einzuschlafen, weil niemand ihm im Schlaf die Kehle durchschneiden sollte. Um sich wachzuhalten, tanzte er mit der Frau. Sie zeigte sich dem König erkenntlich und bot ihm all ihre Gunst an. Sie umgarnte ihn mit allerlei Vertraulichkeiten und Reizen, doch sie gefiel dem König nicht. Ihre Figur glich einem großen, schlecht gebauten Schrank und aus ihren Öffnungen dünstete es nach alten Zwiebeln. Der junge König sehnte den Morgen herbei.

Endlich graute der Himmel. Die Männer schliefen ihren Rausch aus, als sich der König davonschlich. Die hässliche Frau lief noch ein gutes Stück neben ihm her, bis sie ihm einen Weg wies, der ihn nach Hause brachte. Wohlbehalten kehrte er an den Hof zurück. Seinem Narren schenkte er ein neues Paar Schuhe, denn er hatte ihm in der größten Gefahr treu gedient.«

Der König lachte. »Nun gut, die Schuhe sollst du haben. Das nächste Mal aber lege mir eine schöne Frau ins Nest!«

Die schöne Frau erschien, aber nicht Paltoquet hatte sie ihm ins Bett gelegt.

20

Mein Gemahl beschloss, mit großem Hofstaat, nebst Gattin, Mutter und Kanzler eine Reise in die Bretagne zu unternehmen. Er hatte den Entschluss gegen Louise' Willen gefasst, was mich zutiefst erfreute und mit Stolz erfüllte. Er löste sich von der Bevormundung seiner Mutter.

»Ich gedenke, mit dieser Reise das lockere Band, das Frankreich und die Bretagne vereint, zu festigen. Niemand wird mich davon abhalten.«

François hatte sich vorgenommen, alle bretonischen Barone zu besuchen, die meine Mutter einst an ihrem Hofe versammelte und die Louise, als François in Italien weilte, hasserfüllt des Hofes verwiesen hatte.

Ich freute mich wie ein kleines Kind auf die Reise. Ich konnte es nicht erwarten, das Land, dessen Herzogin ich war und das Mutter einst in den schönsten Farben schilderte, mit eigenen Augen zu sehen: Die verwunschenen Wälder, das Meer, das gewaltige Spiel der Gezeiten, die von der Brandung umtosten Granitküsten, die rosa oder grau hervorstechen, mit farbigen Flechten und Blümchen bewachsen.

»Alles leuchtet, wenn die Sonne scheint, meine kleine Claude, die Felsen rot und silbern, die Flechten grellgrün, rot und gelb. Und die Luft riecht nach salzigem Meer und Tang, nach Wattlandschaft und Lebensfreude. Bei Ebbe laufen die Menschen mit Netzen und Schaufeln ins Watt, um Krebse zu fangen. Ich habe nirgendwo delikatere Krebse gegessen.«

Mir fielen die vielen Geschichten und Legenden ein, die Mutter mir erzählte, die Mär vom Zauberer Merlin, der sich in Viviane, die Fee, verliebte, von Tristan und Isolde, von Dahut, der Meerjungfrau.

»Armorica ist voller Geheimnisse. Man lebt dort mit Dämonen. Die Ungeheuer brüllen aus dem Sturm heraus, die Felsen tragen Fratzen und in den Wäldern tanzen Gnome und Feen Ringelreihen. Und die Plagegeister, die Korils, Korrigans und Poulpiquets. Sie liegen stetig auf der Lauer. Die Menschen haben hohe Türschwellen gebaut, damit die winzigen Unholde nicht in ihre Häuser eindringen können.«

Ich träumte von Elfen, Felsenküsten, dem Aufbäumen der Wellen. In meinem Herzen toste der Sturm der Ungeduld. Wann würden wir endlich aufbrechen?

Die Reise war beschwerlich. Wir zogen die Loire entlang. François ließ den königlichen Tross nur halten, um zu jagen oder an einen Wallfahrtsort zu pilgern. Das Wetter bescherte uns meist Nässe und Kälte, die mich oft frieren ließ und mich sehr ermüdete. Ich klagte nicht, denn ich näherte mich lichten Herzens meinem Herzogtum.

Wir passierten die ersten Dörfer und Städtchen der Bretagne. Selbst in den ärmsten Städten feierte man mich, die Königin. Die Menschen jubelten, riefen, lachten. Ich verstand ihre Sprache nicht, aber alle schienen mir wohlgesinnt. Ihre Stimmen klangen herzlich und ihre Augen strahlten Wärme aus. Ich hörte sie meinen Namen rufen, blickte in die Menge und fühlte mich geborgen wie ein Kind in seiner Wiege. Sie liebten mich,

mich! Ich hatte längst vergessen, wie es sich anfühlte, geliebt zu werden, und spürte, wie mir die Wangen glühten, mein Herz pochte, meine Seele lachte. Claude de Bretagne, das war ich!

François warf mir eifersüchtige, böse Blicke zu. Er grollt mir, der Herzogin der Bretagne, die ihn, den König der Franzosen, in den Schatten stellt, die ihn um den Triumph gebracht hat, Herr über die Bretagne zu sein. Ich versuchte, seine Blicke abzuschütteln. Er sollte nicht die Macht über mich haben, meine freudige Stimmung zu verderben.

Wir verließen die Ufer der Loire, um nach Châteaubriant zu ziehen. Dort gedachte François, einige Zeit zu verbringen, bevor es nach Nantes weiterging. Wir durchquerten dichte Wälder, die mich verzauberten. Alte, ehrwürdige Buchen und Eichen trugen ausladende Äste, die über die Wege wuchsen und grüne Dächer bildeten. In jeder Baumwurzel, in jedem Moosbett, hinter jedem Stein vermutete ich eine Fee oder einen Gnom. Vor Räubern fürchtete ich mich nicht. Wir reisten mit Tausenden von Menschen und Hunderten von Armbrustschützen.

Als wir den Waldrand erreichten, ragte auf einem Hügel die große Burg Châteaubriant hervor, das Schloss des Grafen Jean de Laval, dem wir Besuch abstatten würden. Jean de Laval war Page meiner Mutter. Er lernte seine Frau, Françoise de Foix, am Hofe kennen.

Mutter arrangierte die Heirat zwischen Jean de Laval und Françoise de Foix. Ich kann mich an die Hochzeit erinnern. Ich war sieben Jahre alt, als das prächtige Fest stattfand. Gleich nach der Heirat bezogen sie Châteaubriant, und schon mit dreizehn gebar die Comtesse ihr erstes Kind, eine Tochter. Ich war voller Neugierde zu erfahren, wie sie dort lebten. Ich hörte, sie wären ein glückliches Paar.

21

Wir weilten auf Châteaubriant. Ich hatte zu repräsentieren. Ich war an meinen Stuhl gefesselt und verurteilt zu ertragen, was sich vor meinen Augen abspielte. So sehr ich es auch wünschte, ich vermochte den Bildern nicht zu entrinnen, die sich in mich hineinfraßen. Der Gram, der mein Herz presste und alle guten Kräfte meiner Seele untergrub, ließ mich fiebern. François erfrechte sich, die Dame des Hauses zu erobern. Er lechzte nach dieser Frau. Er tanzte mit ihr, ohne sein Begehren zu verdecken. Françoise de Châteaubriant glich einer Göttin. Ich betrachtete ihr schwarzes, glänzendes Haar, ihr weißes, ebenmäßiges Antlitz und die mandelförmigen, azurblauen Augen. Sie leuchteten ausdrucksvoll und rätselhaft zugleich. Ihr herrlich gewachsener Leib war von rotem Inkarnatsamt umhüllt. Ich habe nie eine vollendetere Frau gesehen. Dazu bewegte sie sich mit erhabener Grazie. Ich versuchte, in die Kerzen zu schauen, jedoch, geblendet von der Schönheit dieser Frau, vermochte ich den Blick von ihr nicht abzuwenden. In mir breitete sich tödliche Betrübnis aus. Sie würde nicht eine jener gewöhnlichen Geliebten sein, die ich gelernt habe zu dulden. Ich fürchtete, François gänzlich zu verlieren.

Louise, die eisigen Blickes das Treiben ihres Sohnes verfolgte, sprach aus, was mich quälte. »Sie hat alle Gaben, eine ständige und mächtige Maîtresse zu werden. Françoise de Châteaubriant, eine Bretonin! Wie kann er es wagen? Ich muss es unterbinden.«

Louise musterte mich mit grollerfüllten Augen.

»Wäret Ihr ein anziehendes Wesen, bliebe mir dies alles erspart. Frankreich wird durch Eure Einfalt und Unscheinbarkeit noch bitteren Schaden erleiden.«

Ich schloss die Augen. Mir schwindelte und ich fürchtete, in Ohnmacht zu fallen. Als mein Unwohlsein nachließ und ich die Lider wieder öffnete, stand der Narr vor mir. Er verbeugte sich ehrerbietig und forderte mich zum Tanze auf. Ich wünschte ihm zu antworten: »Ich kann nicht tanzen, mein Bein, zudem, mir ist nicht wohl zumute. Geh, troll dich, Narr.« Jedoch versagte mir die Stimme. Er wich nicht zurück, verharrte vor mir mit festem Entschluss.

Paltoquet ergriff meine Hand und führte mich stolz und gemessenen Schrittes auf die Tanzfläche. Die Tänzer hielten inne, die Musiker beendeten ihr Spiel. Wir schritten in die Mitte des Saales. Die Umstehenden wichen aus, stumm und ohne Hohngelächter. Der Narr wirkte nicht mehr verwachsen und von kleiner Statur. Er erschien groß, vornehm und erhaben. Er hatte sich in den König verwandelt. Und in der Stimme François' hieß er die Musiker aufspielen.

Ich befand mich mit Paltoquet in der Mitte des Saales, umringt von Hunderten von Menschen und im Schein Tausender Kerzen. Meine unaussprechliche Scham, die mich gefangen nahm, verflog. Der Narr hielt meine Hand in einer Weise, die mir Geborgenheit und Sicherheit verlieh. Fest und zärtlich zugleich umschloss seine Hand die meine.

Die Musik spielte auf. Eine Pavane. Paltoquet tanzte mit mir einen anderen Tanz. Mir schien, als habe er diesen Tanz erfunden, damit er meinem hinkenden Bein keine Mühe machte. Er wählte Schritte, bei denen wir ganz im Rhythmus meines Hinkens innehielten, und Drehungen, die ich auf meinem gesunden Bein vollzog. Wir tanzten, tanzten, drehten uns … Meine Beine bewegten sich wie von selbst. Sie schwebten leicht wie Federn über das Parkett. Mein ganzer Körper war leicht wie eine Feder. Ich, Claude, eine Feder.

Die Umstehenden applaudierten. Beim letzten Ton der Musik ließ Paltoquet mich noch einmal um die Achse drehen. Dann war der Tanz beendet. Der Narr verbeugte sich vor mir, die vor Glück taumelte. Ich hatte getanzt! Ich lächelte, lachte.

Der Saal versank in tosendem Applaus. François rief:

»Paltoquet, der Tanz ist prächtig. Wir wollen ihn erlernen.«

»Gewiss, mein König«, antwortete der Narr, »jedoch, ich werde Euch ›La danse de la Reine‹ nur lehren, wenn Ihr mit Eurer Gemahlin tanzt. Allein für die ehrwürdige Königin Claude habe ich diesen Tanz erfunden.«

Paltoquet führte mich zu meinem Gemahl. Dann wendete er sich der Gräfin zu.

»Euch, verehrte Comtesse, bitte ich untertänigst, mir eine gelehrige Tanzpartnerin zu sein.«

22

Wir verbrachten den dritten Tag auf Châteaubriant. François versüßte sich die Stunden mit Françoise de Laval. Ihren Gatten hatte er mit einem hohen Posten besänftigt. Mir schickte er den Narren, um mich abzulenken.

Am Nachmittag betrat Paltoquet mein Gemach, erwies mir seine Ehre. Ich dachte an den Tanz, den er mir schenkte, und nickte ihm wohlwollend und aufmunternd zu.

»Komm, setz dich zu mir, Paltoquet.«

Er setzte sich auf den Stuhl mir gegenüber und schlug die Augen nieder. Wie durchsichtig, porös er erschien. Hinter der Maske der Torheit verbarg sich eine empfindliche Membran.

Der Narr schwieg.

»Nun, da wir hier zusammensitzen, erzähl mir ein Märchen, Paltoquet. Märchen gefallen mir sehr. Beginne, hab' keine Scheu.«

Er besann sich, fasste Mut. In einem hell tenorigen Klang, der zarter schien als seine dünne Haut, die ich erspürte, sagte er: »Da wir uns in Eurem schönen Land befinden, erlauchte Königin, werde ich die Geschichte von den bretonischen Feen erzählen.«

Wir saßen im Schein der Kerzen. Die Schatten, die auf sein Gesicht fielen, die lange Nase, die im Halbdunkel noch länger wirkte, ließen ihn wie einen Gnom im dunklen Wald erscheinen.

»Sieben Feen hielten des Nachts auf einem Feld ihre Rundtänze ab. Von Gestalt waren die Feen klein und zart, nicht höher als ein Reitstiefel. Die Jungen waren wunderschön, die Alten runzlig und mit Meerschnecken, Muscheln und Moos bewachsen. Jedoch die Schönen waren nur bei Nacht schön. Bei Tage wurden ihre Haare grau, die Augen rot umrändert und die Haut bekam Falten. Darum machten sie sich tagsüber unsichtbar oder verwandelten sich in Vögel oder andere Tiere. Die sieben Feen tanzten bei den klingenden Steinen von Guildo, sie tanzten paarweise, und sie waren betrübt, dass immer eine von ihnen allein tanzen musste. Da kam ein kleiner, hässlicher Zwerg des Wegs. Er hatte einen Buckel und riesengroße Ohren. Der Bucklige bat die Feen höflich, mittanzen zu dürfen. Sie freuten sich sehr und vergnügten sich mit dem Zwerg. Zum Dank für seine Freundlichkeit ließen sie seinen Buckel und die großen Ohren verschwinden und machten ihn so schön, wie er vormals hässlich gewesen war. Der Zwerg, der nun ein großer, schöner Mann war, bedankte sich vielmals und zog beschwingt und fröhlich von dannen.

Wenig später erschien ein schöner Jüngling. Er glänzte wie ein Prinz und war in ein prächtiges, samtrotes Gewand gehüllt. Ohne um Erlaubnis zu bitten, begann er, mit den Feen zu tanzen. Während des Tanzes machte er sich über die Feen lustig. Die Alten verlachte er wegen ihres Moosbewuchses und die Kleinste verhöhnte er, weil sie kaum größer als ein Daumen war. Die Feen hexten dem schönen Prinz zum Abschied den Buckel und die Riesenohren des Zwerges an. Und die kleinste Fee ließ den eingebildeten Jüngling auf die Größe einer Gurke schrumpfen. Zufrieden betrachteten sie ihr Werk, nahmen ihre Fackeln und zogen in ihre Höhle, denn der Morgen graute bereits.«

Wir schwiegen. Der Narr drehte seinen Kopf zum Fenster. Was ist das für ein Narr, der in mein Herz sehen kann? Er ist kein Narr, er ist ein Mensch. Ich berührte seine Wange. Paltoquet errötete. Ein scheues Zucken durchfuhr ihn. Behutsam zog ich meine Hand zurück.

»Ich danke dir, du gute Seele. Ich weiß deine Gefühle sehr zu schätzen. Und nun bist du entlassen. Nein, halt, warte, ich habe ein Geschenk für dich.«

Ich überreichte ihm blaue Samtschuhe, Ochsenmäuler, mit silbernen Lilien bestickt. Er nahm sie entgegen, wagte nicht, mich anzublicken. Hinter seiner Ängstlichkeit schimmerte in einem sanften Strahl die Freude.

23

Paltoquet verabscheute alle Liebeleien des Königs. Manche Stunde am Küchentisch verging mit Narrengezeter über die Geliebten seines Herrn. Eifersucht und Neid, doch auch seine Hässlichkeit machten ihm zu schaffen. Innerlich fühlte Paltoquet sich allen überlegen, äußerlich verglich er sich mit einer Vogelscheuche. Er schämte sich für sein Aussehen. Er konnte keiner Frau in die Augen blicken. Nur wenn er derbe Scherze mit ihnen trieb, waren seine Augen stechend auf sie gerichtet. Wann immer er Gelegenheit hatte, ließ er böse Worte über die Frauen fallen.

»Mein König, bei so mancher Dame erweckt ein niedliches und anmutiges Gesicht das Verlangen nach dem Körper. Die Mode erlaubt den Damen, ihre Körper und Beine geschickt zu verbergen. Beim Stelldichein wird schnell klar, dass manche Figur einer Melone gleicht. Oder eine Dame ist klapperdürr. Bei mancher ist der Steiß spitz und knochig, schlimmer noch als der Rücken eines Maulesels. Weshalb solche Dame sich mit kleinen, weichen Kissen behilft, um das Hinterteil zu polstern, damit Ihr als unwissender Liebhaber glaubt, es handele sich um natürliche Rundungen.

Viele böse Überraschungen kann man erleben. Von Madame de Frascin sagt man, sie sei von oben bis unten behaart. Auf Brust, Bauch, Schulter und den ganzen Rücken entlang. Die Haut von Madame Dupont sei bunt gescheckt wie Marmor oder Mosaik, mit Tupfen wie das Fell einer Ricke, pickelig, schuppig und voller Beulen.

Majestät, ich allein vermag, hässliche, verformte Weiber umzuschmelzen und zur Schönheit zu verhelfen. Ich lasse schöne Frauen schön bleiben, hässliche schön werden und sogar die Mädchen, die von ihren Eltern einäugig und geistesschwach ins Kloster gesteckt wurden, werden von ihrem Schicksal befreit. Natürlich vermag ich auch, alten und leichenfarbenen Weibern zu Jugend und Schönheit zurückzuverhelfen. Sie sind schon fast tot und dennoch immer noch voll Brunst. Ihre runzeligen und schlaffen Busen zeigen sie in einem gewagten Dekolleté. Stellt Euch vor, mein König, Ihr müsstet diesen Anblick nicht mehr ertragen!

Kurz, ich mache aus mancher verwitterten Frau eine wahre Schönheit. Seht her, diese Pille vermag alles zu richten. Hier, meine Dame, wollt Ihr nicht kosten? Was, Ihr sagt, die Pille stinkt nach Kot? Richtig gerochen.

Natürlich verstehe ich es auch, junge, appetitliche Frauenzimmer gefügig und geil zu machen. Nun, mein König, diese Gabe ist für den französischen Hof nicht von Belang, da kaum ein Mädchen den Hof jungfräulich verlässt.

Nun vergnügt Euch wohl, aber mich entlasst, Euch schnell eine Paste aus Quecksilber und Schmalz zu mischen, damit ich Euch in Prophylaxis damit einreiben kann. Ihr könntet diese schrecklichen Beulchen bekommen, die von einer gelblichdicken Borke überzogen sind, sich am ganzen Körper ausbreiten, bis sie schließlich fressende Geschwüre bilden. Am besten ist, ich brühe auch gleich einen Aufguss der geschätzten

Guajakospäne, damit Euch nicht das Hirn weich wird, die Lunge zerfällt, die Knochen sich wie Säbel krümmen und Ihr vor Schmerzen nicht mehr leben wollt. Lasst mich nur machen, mein König, ich schütze Euch. Habt keine Sorge, nur fröhlich aufgeritten, tin, tin, tin.

Probiere denn, o Mägdelein, mein Männlichsein:
das der Alten ist ganz klein und fällt gleich ein,
das der Jünglinge allein ist hart wie Stein;
wird ein gutes Werkzeug sein,
verständig sein und wendig sein,
schmiegsam sein und biegsam sein,
geschäftig sein und kräftig sein,
gelehrig sein, willfährig sein,
und was dir derlei mehr fällt ein.

Halt! Wartet! Bevor Ihr Euch in die Betten Eurer Geliebten schmiegt, hört noch folgendes Rätsel. Ich weiß ja, wie sehr Ihr Rätsel liebt, mein König.«

Paltoquet machte einen Überschlag und setzte sich direkt vor dem König auf den Boden.

»In großer Eile lässt die Frau sich nieder,
Behutsam streif ich in die Höhe ihr das Kleid,
Und da ich sicher, dass sie auf mich wartet,
Halt mit dem Dinge in der Hand ich mich bereit.
Ich heb ihr Bein empor: ›O weh, zu eng
Ist die Geschichte!‹ ruft sie, ›nicht so wild!‹
Drum zieh ich's oft zurück und schiebe vor es wieder,
Damit gewiss sie keine Schmerzen fühlt.«

Der König lachte lauthals. Er war sich sicher, des Rätsels Lösung gefunden zu haben.

»Falsch«, krähte Paltoquet, »wenn Ihr die Lösung hören wollt, mein König, müsst Ihr schon ein Paar Samtschuhe springen lassen. Die wahre Erklärung meines Rätsels ist folgende: gemeint ist der enge Schuh. Die Dame setzt sich nieder, und der Schuster, der den Schuh in der Hand hält, hebt ihr Bein hoch. Da sagt die Dame: ›Mach sanft, denn der Schuh ist zu eng und verursacht mir Schmerzen‹, worauf er ihn mehrmals abzieht und wieder anzieht, bis die Frau keine Unbill mehr spürt und zufrieden ist.«

Solche und andere Späße trieb Paltoquet. Niemals war er um Scherze und Bosheiten verlegen.

Auch wenn die Liebesabenteuer des Königs Paltoquet zuwider waren, sie hatten ihn bislang niemals von der Seite des Königs verdrängt. Das änderte sich, nachdem der König Françoise de Châteaubriant zur Geliebten genommen hatte. Er schickte Paltoquet fort, um mit ihr allein zu sein, und wenn der König Paltoquets Anwesenheit wünschte, war die Comtesse stets zugegen.

»Ich werde es ihnen schon zeigen«, sagte Paltoquet.

24

WIR BRACHEN AUF NACH NANTES. Françoise de Châteaubriant reiste in seinem Wagen. Welch Infamie! Ich musste meinen Zorn verbergen, meinem Mund Zwang auferlegen zu schweigen, denn ich gedachte, in Nantes als Königin und nicht als Närrin einzuziehen.

Die Nanteser säumten die Straßen. Sie jubelten mir zu. Ich trug den blauen Königsmantel und eine kleine Krone. Ich ritt unter einem Blumenbaldachin und zwang mich zu lächeln. Ich nahm den goldenen Schlüssel der Stadt und ein Herz aus Gold, umklammert von zwei Hermelinen, entgegen. Ich spürte, wie ich errötete. Ich vermochte meine Eifersucht und meine Bitterkeit nicht zu überwinden. Ich wies das Herz zurück und verfügte mit beherrschter Stimme, es einschmelzen zu lassen und damit die Steuern der Armen zu begleichen.

Alle weiteren Ehrungen, Lobpreisungen, Gesänge und Bankette ließ ich über mich ergehen. François, der gereizt und unruhig an meiner Seite weilte, fieberte nach befreiter Zeit, um sie mit seiner Geliebten zu verbringen.

Sechs Tage blieben wir in Nantes, sechs lange Tage. François, Madame de Laval und ich. Dann reiste François mit seiner Maîtresse nach Vannes, Quimper, Brest, Saint-Malo, Mont-Saint-Michel. Die Geliebte würde das Meer sehen. Mich schickte er nach Plessis-sur-Vert, zusammen mit dem Kanzler und Louise. Louise ließ ihrem Zorn freien Lauf. Und ich? Ich wünschte mir ein anderes Leben.

»Perette, warum muss ich als Königin leben? Warum kann ich nicht Nonne sein? Ich wünschte, ich könnte im Kloster ein würdevolles Leben führen und inneren Frieden finden.«

»Würdevoll? Das Klosterleben ist nicht würdevoll. Die meisten Frauen werden dort gegen ihren Willen eingesperrt. Es sind mitgiftlose, hässliche, verkrüppelte Mädchen, für die die Familien keinen Ehemann finden.«

»Du sprichst vom Kloster wie von einem Kerker. Das ist nicht recht. Es leben in den Klöstern viele Frauen freiwillig, um allein Gott zu dienen.«

» Ihr malt Euch das Klosterleben allzu rosig aus. Ich höre von vielen Witwen, die ins Kloster gehen, weil sie sich vor einer neuen Ehe fürchten, von Töchtern, die vor ihrem Bräutigam weglaufen, von Frauen, die in der Gosse leben, von verängstigten Kindsmörderinnen, die die schützenden Klostermauern dem Ertränktwerden vorziehen. Ist dies alles freier Wille?«

»Es gibt viele glückliche und kluge Ordensfrauen. Sie schreiben Abhandlungen und Lehrstücke für kirchliche Feierlichkeiten. Sie haben Muße, sich zu bilden.«

»Ich gebe zu, einige Frauen finden im Kloster ihre Erfüllung. Aber wie viele sind nach dem, was sie erleben mussten, nach Schlägen, Schändung, Hunger und Elend nicht mehr bei Sinnen, wenn sie sich für das Einzige, was ihnen bleibt, entscheiden! Gräuliches geschieht hinter Klostermauern. Nonnen ziehen sich splitternackt aus, um sich Jesus hinzugeben. Sie quälen sich selbst, um die Leiden Jesu nachzuempfinden. Sie geißeln sich im Büßerhemd. Sie tragen eine eiserne Dornenkrone auf dem Kopf und einen dicken Strick um den Hals. Ist das würdevoll? Ist das innerer Frieden? Macht Euch keine Illusionen. Frauen sind nirgendwo zum Glück geboren. Königin zu sein, ist nicht das schrecklichste Schicksal. Wollt Ihr allen Ernstes vom Papst eingesperrt und abgeschottet hinter Klostermauern leben? Das Leben als Nonne ist ein Leben in Ketten. Ist es nicht würdevoller, Gott in Freiheit zu dienen? Und auch ein wenig Lebensfreude zu empfinden und Spitzenunterwäsche, die Ihr so liebt, zu tragen? Ihr könntet würdevoll leben und inneren Frieden erlangen, wenn Ihr nur wolltet. Eine Königin muss ihren Gemahl nicht lieben. Befreit Euer Herz! Es gibt auch Königinnen, die mit Hilfe ihrer Dienerinnen über die eigenen Liebesaffairen hinwegtäuschen und den königlichen Gemahl irreführen, indem sie ihren Liebhaber den Kammerzofen überlassen, wenn der König im Zimmer seiner Königin einen fremden Mann antrifft. Mit dieser List kann die Königin sich in aller Ruhe amüsieren.«

Warum bin ich empört? Warum klammert sich mein Herz an meinen Gemahl, der mich tagtäglich erniedrigt und betrügt, für den ich nur ein Stück Fleisch bin, das Königskinder gebärt? Ich spüre, wie die wenige Kraft, die ich noch besitze, aus meinem Körper weicht. Meine Hoffnungen sind von der Wirklichkeit besiegt. Zeige Vernunft, sagt Horaz, läutere den Wein und schneide die langen Hoffnungen ab, denn die Zeit ist kurz. Während wir reden, ist vielleicht schon das knapp bemessene Leben dahin. Nutze den Tag, und verlass dich so wenig wie möglich auf den, der noch kommt.

Ich gebe mir Mühe, allein, es gelingt mir nicht. Alles entgleitet mir. Die Hoffnung, der Glaube, die Liebe. Ich versinke in einem Gefühl der Verlorenheit.

Genug! Genug! Tag für Tag fülle ich Seite für Seite mit Jammer und Klage. Ich werde die Feder zerbrechen und meine Hefte verbrennen.

Ich eilte zum Kamin, um meine Aufzeichnungen dem Feuer zu übergeben, jedoch meine Hände gehorchten mir nicht. Meine Finger umklammerten das Geschriebene, als wollten sie mich retten, als wünschten sie, mich am Leben zu erhalten. Ich legte die Hefte zurück in meine Truhe. Wenn ich existiere, wenn etwas von mir bleibt, dann sind es meine Zeilen, die ich schrieb.

25

Wir verbrachten einige Wochen auf Schloss Plessis, die Königinmutter, der Kanzler und ich, Claude de Bretagne. Wir speisten in intimer Runde. Louise sprach nur über ein Thema.

»Ich habe meinem Sohn geraten, von Françoise de Laval abzulassen, ich habe ihm befohlen, sie nicht mit nach Nantes mitreisen zu lassen. Er hört nicht auf mich. Stattdessen schickt er uns wegen angeblicher Pestgefahr nach Plessis, nur um mit seiner neuen Geliebten allein durch die Bretagne zu ziehen. Was ich meinem Sohn auch anrate, Monsieur Duprat, er folgt meinem Willen nicht. Françoise de Châteaubriant besitzt bereits alle Macht über ihn. Er wird Leib und Seele verlieren. Er wird alles glauben, was sie ihm einflüstert. Ihr Rat wird mehr zählen als der meine. Sie wird ihn wie einen Sklaven halten. Und sie wird ihre Vorteile daraus ziehen und gefährliche Pläne schmieden.«

»Beruhigt Euch, verehrte Louise«, sagte der Kanzler. »Wir sollten abwarten. Euer Sohn ist ein junger, überschäumender Galan. Vielleicht ist es nur eine Liebelei, die nach der Reise beendet sein wird.«

»Ihr unterschätzt ihren Einfluss. Sie ist eine wunderschöne Frau und zudem klug. Ich bin sicher, er wird sie mit nach Amboise nehmen.«

»Ich rate zu Gelassenheit. Euer Sohn hat schon mancher schönen Frau nachgestellt und sie in seine ›petite bande‹ eingereiht, ohne ihr großen Einfluss gewährt zu haben.«

Der Kanzler widmete sich wieder seiner Mahlzeit. Ein fauliger Geruch breitete sich am Tisch aus. Ich meinte zu ersticken, ließ die Fenster öffnen. Ich vermochte weder die Ausdünstungen des Kanzlers noch das Gespräch länger zu ertragen.

Ich fasste Mut und ergriff das Wort.

»Monsieur Duprat, ich möchte mit Euch einige Details, die das Handelsrecht der Bretagne betreffen, besprechen. Die Bürger von Nantes trugen mir einige Bitten und Klagen vor, die insbesondere die Probleme der Handelsschifffahrt betreffen. Die Händler dürfen ohne königliche Lizenz in England keine Waren feilbieten. Es geht hauptsächlich um Wein, Wolle, Felle, Käse, Pferde. Sie werden ständig überwacht und sind verpflichtet, adlige Bretonen als Bürgen einzusetzen. Die Adligen verdienen daran mindestens hundert Livres im Jahr. Nantes wünscht, von dieser Steuer befreit zu werden und freien Handel mit England treiben zu dürfen.«

Der Kanzler rülpste, bevor er antwortete. Mit einem starren Lächeln wendete er sich mir zu. Seine Stimme ließ mich frösteln.

»Erlauchte Königin, es ist äußerst ehrenwert, den Sorgen der Menschen in Eurem Land Gehör zu schenken. Die wirtschaftlichen Fragen und Entscheidungen sind Angelegenheit des Königs, Eures Gemahls. Beschwert Euren Geist nicht mit überflüssigen Bitten des Volkes. Aber natürlich werde ich dem König gehorsamst Euer Anliegen vortragen, zu gegebener Zeit, sozusagen, wenn sich Gelegenheit ergibt.«

Duprat ließ sich ein Stück Rebhuhn reichen und biss hinein. Während er kaute, stürzte er ein Glas Branntwein in seinen Mund. Mit hervortretenden Augen und vorgestülpten Lippen spülte er seine Mundhöhle, wobei sich die aufgepumpten Wangen auf und ab bewegten. Ich täuschte eine Migräne vor und verließ das Souper.

Warum habe ich in blinder Liebe die Bretagne verraten und François die Nutznießrechte übergeben? Mutter, verzeiht mir, ich war zu jung, unwissend und verblendet.

26

Ich logierte die vierte Woche auf Schloss Plessis, als ein Bote eilends zu mir ritt. Die Depesche kam aus Blois. Meine Hände begannen zu zittern. Aus meinem Körper wich alles Blut. Mein Töchterchen. Sie war tot, meine kleine Louise. Tot.

Ich kann nicht weiterschreiben.

27

Alle kehrten nach Amboise zurück. Man hatte die kleine Louise einbalsamiert und in einem Zinksarg in die provisorische Gruft von Amboise gebracht, wo sie aufbewahrt werden sollte, bis weitere Begräbnisse für die königliche Gruft in Saint-Denis anstanden.

Königin Claude lebte für einige Wochen in Apathie. Sie hatte sich in ihre Gemächer zurückgezogen und empfing niemanden. Perette le Lois war zutiefst besorgt.

»Meister Bertrand, bereitet mir Omelett zu. Ich will mit Eurem Eierkuchen versuchen, sie zur Besinnung zu bringen. Sie isst nichts, redet nicht, ergeht sich nur in Buße, als wäre sie schuld an dem Tod der Kleinen.

Ich beschwöre sie: ›Königin Claude, die Hälfte aller Kinder, die geboren werden, erreichen das Erwachsenenalter nicht. Sie sterben an Hunger, an der Pest, an Diarrhoe, an Husten, Schnupfen, Blattern und tausend anderen Krankheiten. Eure Kleine ist an einer Krankheit gestorben, die die Ärzte nicht einmal erkannten. Die kleine Louise war zu schwach, sie zu überstehen. Ihr seid nicht schuld am Tode Euer Tochter.‹

Sie antwortet mir nicht. Sie kniet stundenlang nieder, nur mit einem Hemd bekleidet, und betet zu Gott, wobei sie sich an die Brust schlägt. Solche Bußübungen schaden ihrer Gesundheit. Sie aber sitzt vor den brennenden Kerzen und murmelt ihre Gebete. Sie nimmt mich nicht einmal wahr. Ich werde ihr das Omelett eigenhändig in den Mund stecken. Es muss etwas geschehen. Ich muss sie zur Vernunft bringen.« Sie zog einen Brief aus ihrer Tasche und reichte ihn mir. »Seht, ich habe ein paar Zeilen an sie verfasst. Bitte lest, und sagt mir, ob ich ihr den Brief übergeben soll.«

Meine verehrte Herrin! Meine sehr geschätzte Königin!

Ich empfehle mich Eurer Gnade aufs Demütigste. Wenn ich heute das Wort an Euch richte – wofür ich Euch bitte, mir nicht gram zu sein –, so tue ich dies um Eures Wohlergehens willen und gedrängt von der großen Liebe, die ich für Euch empfinde. Denn schon seit Eurer Kindheit ist es meine Aufgabe, Euch zu dienen und zu beschützen – und so ist es bis heute geblieben. Und obgleich ich dazu unwürdig bin, so scheint es mir geboten, nicht länger zu schweigen über die Dinge, die Euch Schaden zufügen könnten.

Meine Herrin, ich fühle aus tiefstem Herzen Eure Trauer um Euer verstorbenes Kind. Auch ich vergoss viele Tränen um die kleine Louise, die mir doch ebenso lieb war wie Ihr, meine Königin.

Und dennoch möchte ich Euch bitten, Euer Mutterherz zu besänftigen und trotz der Trauer über den Tod Eures Kindes und ungeachtet der aufrichtigen Liebe, die Ihr ihm entgegenbrachtet, geduldig Euer Los zu tragen, denn der Wille unseres Herrn geschehe, wie wir alle sind geboren worden, um diesen Weg zu gehen, wenn es ihm gefällt. So wäre es eine Sünde und würde unserem Herrn missfallen, allzu tief und zu lange zu trauern. Vielmehr solltet Ihr Euch fassen und, anstatt Eure Seele und Eure Gesundheit zu belasten, ein anderes Leben als das der Trauer beginnen, zumal Eure anderen Kinder Eurer sehr bedürfen. Ich rate Euch zur Vernunft, Euch Eurem großen Schmerz nicht länger hinzugeben, sondern Euch wieder, um Eure Trauer leichter zu überwinden, den alltäglichen Lebensverhältnissen zu widmen, die Eurer ordnenden Hand bedürfen. Ihr seid eine Frau mit Verstand und Lebensklugheit. Besinnt Euch! Entsagt der Trauer, die Euch auffrisst und zerstört.

Meine Herrin, ich bitte Euch noch einmal, mir nicht gram zu sein für meine Worte, denn, dessen seid gewiss, nur die große Liebe zu Euch und der Wunsch, Euch zu schützen und Euer Wohlergehen zu befördern, bewegen mich, Euch diese Zeilen zu schreiben.

Ich gab Perette Le Lois den Brief zurück.

»Ich hoffe, die Königin wird Eure weisen Worte

lesen. Und ich werde ihr Omelette zubereiten, wann immer Ihr es wünscht, Madame. Gott möge uns helfen, Königin Claude aus ihrer Melancholia zu befreien.«

Der König hatte seine tote Tochter schnell vergessen, denn Françoise de Châteaubriant lebte von nun an auf Amboise. Er verbrachte jede freie Stunde mit der schönen Frau. Die Königinmutter beschwor ihren Sohn, von seiner bretonischen Maîtresse abzulassen.

»Diese Liaison wird Dich teuer zu stehen kommen. Du schickst die Comtesse de Châteaubriant umgehend zu ihrem Gemahl zurück. Ich hoffe inständig, dass Du der Bretonin bislang keine Staatsgeheimnisse anvertraut hast. Sie ist ein hinterlistiges Wesen. Ich habe erfahren, mein Sohn, dass sie hinter deinem Rücken deine Briefe öffnet. Auch sie weiß, wie man Siegelwachs bricht und wieder unversehrt erscheinen lässt. Ein wenig Quecksilber und Blei tun Wunder.«

»Eure Sorge ist unberechtigt, verehrte Mutter, und Eure Informationen sind Gerüchte. Die Comtesse hat es nicht nötig, heimlich meine Briefe zu öffnen. Wir lesen sie gemeinsam und ich habe bereits sehr gute Ratschläge von ihr erhalten. Sie wird bei mir bleiben.«

»Ich dulde es nicht, François! Ich befehle! Sie hat unverzüglich den Hof zu verlassen.«

Paltoquet ertrug es nicht, den König mit der Gräfin zusammen zu wissen, und erklärte Françoise den Krieg. Er hatte kleine Tüten mit Flöhen und Läusen bei sich, die er der Comtesse mit einem Röhrchen oder einem Federkiel unter die Kleidung blies. Er versteckte auch eine kleine Flasche mit schmierigem Öl in seinem Kostüm. Als die Gräfin ein besonders schönes Kleid trug, beschmierte er es, indem er es befühlte und sprach: »Was für ein feines Tuch, was für ein prächtiger Atlas. Ein ganz vortreffliches Kleid.« Einmal heftete er ihr Kleid mit einer Anzahl von Häkchen und Ösen mit dem ihrer Dienerin zusammen, worauf Françoise' schönes Taftkleid beim Aufstehen zerriss. Vielerlei solcher Späße trieb er mit ihr. Gleichzeitig suchte er, den König zu überzeugen, von ihr abzulassen.

»Majestät, im Land der Assyrer gab es einen König, der ein sehr faules Leben führte. Seine Regierungsgeschäfte übertrug er Präfekten und Vögten, während er selber der Wollust und dem Müßiggang frönte. Er dachte sich viele Arten der Wollust aus, die den Menschen bis dahin unbekannt waren. Er soll sogar als Erster die Federbetten erfunden haben, mit seidenen Verzierungen und farbigen Bezügen. Er ließ sich auch ein prachtvolles Trinkgeschirr aus Gold und Silber fertigen, befahl, die feinsten Speisen zuzubereiten, und erfand wohlriechende Salben, die die Sinne reizten. Er nahm sich auch einen Haufen unzüchtiger Weiber. Und er selbst ernannte sich zum König der Dirnen. In dieser Gesellschaft saß er, soff und fraß das beste Essen, vom Mittag bis in die Nacht hinein. Er begann, von großen Schlägen zu sprechen und rühmte sich gewaltiger Dinge. Wenn er genug hatte, hob er die Tafel auf und lief ohne Scham in die Schlafzimmer der Frauen. Er vergnügte sich nicht nur mit ihnen, sondern vertraute den Frauen selbst Staatsgeheimnisse an. Beraten von seiner liebsten Maîtresse, erwählte er Berater und Beamte, die den König betrogen und hintergingen, wie es ihnen gefiel. So begab es sich, dass der treueste Diener des Königs, sein kleiner Narr, eine Audienz bei ihm begehrte, um mit ihm über viele ernste Dinge zu sprechen. Als er eintrat, sah er den König in Purpurkleidern inmitten einer Schar von Weibern sitzen, die Liebste auf seinem Schoß platziert.

›Narr, verschwinde, störe mich nicht‹, sagte der König.

Traurig blickte der Narr seinen Herrn an, verneigte sich und verließ das königliche Gemach. Der König war verloren, denn nicht einmal sein Narr vermochte das zarte Ohr des Königs zu erreichen.«

Nichts konnte den König dazu bringen, von Françoise abzulassen. Eines Abends, es geschah zu fortgeschrittener Stunde auf der Galerie, küsste der König Françoise leidenschaftlich. Paltoquet stürmte herbei, schubste die Gräfin beiseite, stellte sich vor den König und formte einen Kussmund. Der König war nicht zu Scherzen aufgelegt. Er versetzte Paltoquet einen kräftigen Tritt, woraufhin Paltoquet einige Treppenstufen hinunterstürzte, die Höflinge vor Vergnügen zu kreischen begannen und auch der König und die Comtesse in das boshafte Lachen einstimmten. Das Gelächter hallte die Galerie entlang, während Paltoquet mit blutender Stirn auf den Treppenstufen lag. Seine Nasenflügel bebten vor Erregung.

Der König ernannte die Comtesse noch am selben Abend in aller Öffentlichkeit zur seiner Ersten Maîtresse.

Ich war sehr unruhig. Ich briet mir einen Kapaun.

DRITTER TEIL

1

Krieg lag in der Luft. Ich nahm den Geruch des Schlachtfelds bereits in den Schlossküchen wahr. Im Rat gab es kein anderes Thema mehr. Kaiser Karl der Fünfte beanspruchte als Großenkel Karls des Kühnen Burgund. Gleichzeitig gedachte er, Mailand zurückzuerobern. François der Erste beabsichtigte, den Kaiser aus Neapel zu vertreiben, um Mailand zu schützen.

Der König glaubte, die wichtigsten Verbündeten, den Papst und den englischen König Heinrich den Achten, auf seiner Seite zu haben. Bereits nach der Kaiserwahl hatte er Leo dem Zehnten den Vorschlag unterbreitet, gemeinsame Streitkräfte aufzustellen, um Neapel zu erobern. Er war sich der Unterstützung Leos sehr sicher, weil er mit ihm seit dem Konkordat von Bologna immer neue, für beide Seiten einträgliche Abkommen geschlossen hatte. Nur war dem Papst nicht zu trauen. Als der Kaiser ihm versprach, ganz Italien von den Franzosen zu befreien, wechselte Leo der Zehnte in das Lager Karls über. Das Abkommen blieb geheim und der König ahnte nichts von diesen Absprachen.

Zunächst zogen wir in die Ebene von Valdoré. Der König gedachte, dort mit dem englischen König einen Angriffspakt gegen den Kaiser abzuschließen. Er glaubte fest daran, erfolgreich zu sein. Die beiden Könige hatten bereits ihre Kinder miteinander verlobt und verschiedene Abkommen in London geschlossen.

Wir reisten mit dem gesamten Hofstaat, mit König,

Königin und Louise de Savoie. Auch der englische König traf mit seiner Gattin und großem Gefolge ein. Ein riesiges Zeltlager entstand, das wir das »Lager des goldenen Tuches« nannten, da der König seine Zelte aus goldenen Fäden hatte weben lassen. Das Zelt des englischen Königs war jedoch weitaus prächtiger und größer. Mit goldenem und silbernem Tuch bespannt, erstrahlte es inmitten des Tales wie ein Stern. Um einen Hof vereinigte es vier große Häuser mit acht Sälen. Auch die Gewänder Henrys des Achten übertrafen die unseres Königs an Schönheit und Pracht. Dicht an dicht glänzten Gold und Edelsteine auf dem Stoff. Der englische König betrieb großen Aufwand, François Premier an Würde und Stärke zu überbieten. Er hatte sogar einen großen Hügel aufschichten lassen, um unseren König von erhöhter Position aus zu empfangen.

In diesem Zeltlager lernte Henry der Achte seine zukünftige Frau, Anne Boleyn, kennen. Es hieß, ihr Hochzeitskleid sei durch Gold- und Juwelenbesatz so schwer gewesen, dass die junge Braut nicht imstande gewesen war, sich aus eigener Kraft fortzubewegen. Aber all der Prunk verhinderte nicht, dass Henry der Achte seine junge Gemahlin köpfen ließ. Sie blieb, wie sich im Laufe der Jahre herausstellen sollte, nicht die einzige englische Königin, die dieses Schicksal erlitt. Könige lassen sich stets von ihren Launen und Wünschen leiten. Niemals darf man ihnen trauen.

Doch noch war der englische König mit Katharina von Aragon vermählt und weilte in Valdoré. Es fanden die verschiedensten Wettkämpfe statt: Lanzenspiele, Fechten, Schwertkampf, Bogenschießen, Ringen, all die

Kindereien, die Männer für wichtig halten. Am Abend des letzten Turniertages, als alle Wettkämpfe, auch die Ringkämpfe, bei denen Henri der Achte über unseren König siegte, bereits beendet waren, packte François Premier den englischen König und brachte ihn zu Fall. Ich erfuhr es von Papin, dem Barbier.

»Der König schleuderte ihn mit einem Fußtritt zu Boden. Glühend rot vor Scham und Zorn, forderte Henry Revanche. Die Könige verkeilten sich ineinander und nur durch die beschwichtigenden Worte der Königinnen gelang es, die beiden zu trennen.«

Wie klein kann eine Flamme sein, die einen großen Wald in Brand setzt. Mit dem Verstand des Königs war es wie mit dem Feuer. François der Erste seines Namens hatte den englischen König nachhaltig verstimmt.

Acht Tage lang dauerten die Turniere und Feste zu Ehren der englischen Gäste. Die Könige versicherten sich ihrer tiefen Freundschaft, von der beide wussten, dass sie nicht existierte. Zu einem gemeinsamen Angriffspakt gegen die Habsburger, wie ihn unser König wünschte, kam es nicht. Das Gegenteil traf ein. Nach seiner Abreise ging Henry der Achte ein Bündnis mit Kaiser Karl ein.

Kurze Zeit später erfuhr der König schließlich auch vom Bündnis zwischen Kaiser und Papst und dass sie bereits begonnen hatten, Landsknechte zu werben.

»Ganz Europa verbündet sich gegen mich!«, fluchte der König. »Nun gut! Dann werde ich mich eben gegen ganz Europa behaupten!«

Der König ließ Soldaten werben und sammelte seine Armeen in Navarra, in der Picardie, an der Maas und in der Schweiz. Er berief den königlichen Rat, um die beste Möglichkeit zu erörtern, in Italien einzufallen. Jeder hatte eine andere Taktik, wie man die Feinde überraschen könnte. Nach einer Weile klingelte Paltoquet mit seiner Schelle und sprach:

»Das ist alles schön und gut, meine Herren, aber Ihr vergesst das Wesentliche.«

»Und das wäre?«, fragte der König.

»Ihr sprecht die ganze Zeit darüber, wie man nach Italien hereinkommt, aber nicht, wie Ihr wieder herauskommen könnt; als würdet Ihr ins Moor gehen, ohne achtzugeben.«

An diesem Tag hätte der König besser daran getan, dem Rat Paltoquets zu folgen.

2

Ich war im siebenten Monat schwanger, erschöpft von den Ereignissen der letzten Reise und von der Trauer um meine kleine Louise. Mir fehlte jede Vorstellung, woher ich die Kraft für die Geburt nehmen sollte. Ich bat François, mich zu schonen und mich von der Reise nach Valdoré zu befreien.

»Es geht darum, einen Verbündeten gegen Karl den Fünften zu gewinnen«, sprach mein Gemahl. »Ihr habt keine Wahl. Ihr müsst mitreisen, es ist Eure königliche Pflicht! Ich kann nicht ohne Gemahlin erscheinen. Auch Henry der Achte reist mit Königin Katharina von Aragon.«

Wir brachen nach Ardres und Guines auf. Ich saß bereits in meiner Sänfte, als ich beobachtete, wie Françoise de Châteaubriant zum Wagen meines Gemahls stolzierte.

»Perette, François lässt sie mitreisen. Seine Grausamkeit kennt keine Grenzen.«

»Es ist ihre Idee gewesen, ein goldenes Tuchlager zu errichten, um dort den englischen König zu empfangen. Grämt Euch nicht, Königin, es schadet Euch und Eurem Kind. Versucht, an etwas anderes zu denken.«

Mit Grazie und Leichtigkeit bestieg die Comtesse den Wagen. Ich wendete meinen Blick ab, um nicht meine Fassung zu verlieren. Sie nahm mich nicht einmal wahr. Sie thronte im Wagen meines Gemahls, als stünde es ihr zu, als gäbe es mich nicht. Nicht einmal ein schnippisches Lächeln, ein Blick des Triumphes, den sie mir entgegenbrachte.

Sie blieb die ganze Reise über an seiner Seite. Auch im goldenen Zeltlager leistete sie ihm Gesellschaft, sobald sich eine Gelegenheit fand. Ich suchte, meine dunklen Gedanken, die mich übermannten, zu verdrängen. Ich hatte zu repräsentieren, Henry den Achten zu einem Festgelage zu empfangen, während François mit der englischen Königin dinierte.

Ich wartete mit einer Eskorte schöner Edeldamen am Eingang des großen Saales, unter denen sich auch Françoise de Foix befand. Ich verfügte nicht über die Macht, sie zu verjagen, jedoch vertrieb ich sie aus meinen

Gedanken, hielt mich aufrecht auf meinen von Wasser aufgedunsenen Beinen, die von der Last des Kindes schmerzten. Endlich erschien Henry der Achte, dessen goldblonder Vollbart derart hervorstach, dass mir erst auf den zweiten Blick sein aufgeblähtes Antlitz und seine kalten, blauen Augen, die mich hart und herrisch anstarrten, auffielen. Sein Blick wanderte auf meinen geschwollenen Leib. Er schämte sich nicht, mich zu mustern. Auch ich blickte auf seinen Körper, der einem Schrank glich. Fanfarentöne. Worte der Begrüßung. Fanfarentöne. Lobpreisungen. Fanfarentöne ....

Bertrand de Baladoux klopfte mit seinem Amtsstab, um das Souper einzuleiten. Jeder neue Gang war von vierundzwanzig Trompeten angekündigt. Ich war gezwungen, viel zu essen. Das Kind drückte mir auf den Magen. Verkrampft lächelnd, führte ich einen Bissen nach dem anderen zum Mund. Ich fürchtete, würgen zu müssen. Und dennoch, ich kaute, schluckte, kaute, schluckte.

Das Festessen dauerte mehrere Stunden. Musik, Tänze und Gesänge begleiteten das Gelage. Henry der Achte zeigte sich wortkarg, obgleich er die französische Sprache beherrschte. Sein Interesse galt den Speisen und den Reizen der Damen, die ich mitführte. Ich stellte mir vor, er würde sich in Françoise de Châteaubriant verlieben und sie mit nach England nehmen.

Er hingegen warf ein Auge auf Anne Boleyn.

»Wer ist diese schöne Dame?«, fragte der sonst stumme Gast.

Anne Boleyn, hätte ich ihm gern entgegnet, war meine Freundin und erste Kammerfrau, bevor mein

Gemahl auch sie auf sein Lager zog. Nehmt sie mit, König Henry, ich freue mich, sie nicht mehr in meiner Nähe zu haben. Ich beschränkte mich darauf, ihm zu erklären, aus welcher Familie sie stammte.

Meine Beine glichen Wassersäcken und die Speisen klemmten mir im Hals. Die schwere Kugel, die hinter meinem Rachen drückte, drohte sich zu entladen. Als die ersten Gäste spien, hätte ich es ihnen beinahe gleich getan. Nur unter großer Anstrengung gelang es mir, mich zu beherrschen. Sie ist mir zuwider, diese Sitte. Ich suchte mich abzulenken. Gern hätte ich ein Märchen gehört, mich fortgestohlen aus der Wirklichkeit. Jedoch der Hofnarr begleitete seinen König.

Die Turniertage folgten. Die französischen wie die englischen Damen fanden sich auf den Tribünen ein. Sie tauschten neidische, boshafte, überhebliche, erniedrigende, manchmal auch freundliche und wohlwollende Blicke aus. Sie sprachen nicht miteinander, denn die meisten unter ihnen verstanden nur ihre Muttersprache. Vielleicht war es von Vorteil. Frauen warfen ihre Lanzen nicht nur mit den Augen, sondern auch mit Worten.

Ich begleitete die englische Königin. Als wir uns begrüßten, spürten wir eine Seelenverwandtschaft, die sich im Glanz unserer Augen widerspiegelte. Vielleicht vereinte uns die Melancholie, in der wir lebten, die Liebe zu unseren Männern, die uns verschmähten, oder die lebenslängliche Gefangenschaft, aus der es kein Entrinnen gab.

Die Turnierkämpfe begannen. Die Könige versuchten, sich in allem zu überbieten. Während François im Bogenschießen gewann, siegte Henry der Achte im Ringkampf. Das diplomatische Gebäude schien durch die Wettspiele nicht in Gefahr gebracht. Keiner der Könige ging erfolgreicher als der andere aus den Kämpfen hervor.

Plötzlich, ich traute meinen Augen nicht, rangen die Könige erneut miteinander. François warf Henry den Achten zu Boden. Tief erschüttert starrte ich auf die Szene. In nur einer Sekunde zerstörte mein Gemahl die diplomatischen Bemühungen der letzten Wochen. Königin Katharina und ich versuchten mit beruhigenden Worten, den Groll der Männer zu beschwichtigen, was uns fürs Erste gelang.

Das Königstreffen neigte sich dem Ende zu. Ich war am Ende meiner Kräfte. Ich fürchtete meine Niederkunft und betete für mich und das Kind, das bereits in einem Monat zur Welt kommen sollte.

Wir zelebrierten die Abschlussmesse in einer riesigen Kapelle, die über Nacht neben der Turnierkampfbahn errichtet wurde. Die englischen Sänger sangen den ersten Introitus, die französischen den zweiten. Die Könige thronten nebeneinander. Wie unterschiedlich sie sich gaben. François' feurig leuchtende Augen und das Lächeln, das seinen Mund umspielte, strahlten Überheblichkeit aus. Henry der Achte indes verharrte in starrer Haltung mit geradem, ernstem Blick. Allein seine zuckende rechte Hand verriet starke Erregung. Er schien innerlich zu bersten. Er spielte uns Einvernehmen vor.

Die Könige küssten das Buch der Evangelien, die Pax und den Kelchteller. Danach wurde die Pax uns, den

Königinnen, gereicht. Katharina und ich küssten uns gegenseitig, anstatt die Pax zum Mund zu führen.

Lateinische Ansprachen folgten. Sie betonten die Freundschaft, Eintracht und Brüderlichkeit zwischen Frankreich und England und den großen Nutzen, den die Länder aus dem Friedensschluss ziehen könnten. Schließlich erhoben die Herolde ihre Stimme. Der Friedensschluss war beschworen und bestätigt. Weihrauch stieg mir in die Nase, dessen süßlich-modriger Geruch mir Übelkeit bereitete.

3

Ich kochte und kochte und kochte, während die Ereignisse über mich hinwegrollten, ohne dass ich sie aufhalten konnte. Finstere Zeiten brachen an. Luther hatte seinen neuen Ideen nicht abgeschworen. Stattdessen hatte er in seinem Versteck die Bibel ins Deutsche übersetzt. Die französischen Reformer Lefèvre d'Etables und seine Anhänger sorgten für ihre Verbreitung in Frankreich. Lefèvre d'Etables übersetzte die Lutherbibel ins Französische, und der Bischof von Meaux ließ sie drucken und verteilte sie an jedermann.

Der Kanzler sprach von nichts anderem mehr. Beim Souper redete er auf Louise ein.

»Neun Zehntel von Deutschland rufen ›Luther‹ und

das übrige Zehntel schreit: ›Tod dem römischen Hof!‹ In Frankreich schießen die Lutheraner wie Pilze aus dem Boden. Sie sind überall. Nicht nur in Paris, auch in Amiens, Rouen, Grenoble und Lyon, in Nancy, Metz und Straßburg. Die lutherische Seuche hat das ganze Land erfasst! Wir müssen endlich einschreiten!«

Die Königinmutter legte eine Hand auf seinen Arm.

»Beruhigt Euch, Chancelier. Mein Sohn und ich beginnen, die weißen, schwarzen, grauen, dunklen oder sonst wie gefärbten Heuchler zu erkennen, vor denen uns Gott mit seiner unendlichen Gnade behüten möge. Wir haben kein Interesse daran, dass die Häretiker am Stuhl derjenigen Adligen sägen, denen der König gerade kirchliche Ämter, Würden und Einnahmequellen verschafft hat und die seine Macht stützen.« Sie sah ihn eindringlich an. »Wir sind uns darüber im Klaren. Wir hätten auch Rom gegen uns, wenn wir der Reformation in Frankreich freien Lauf ließen. Karl der Fünfte würde vom Papst unterstützt und der Kaiser wäre nicht mehr davon abzuhalten, in Frankreich einzufallen. Und wer im Volk würde im Falle eines Schismas noch an die Macht eines von der heiligen römischen Kirche gekrönten Herrschers glauben? Die Religion darf nicht ins Wanken geraten. Sie ist unverzichtbar, die Macht des Königs zu erhalten. Wir werden Maßnahmen ergreifen, die Ihr, lieber Duprat, beaufsichtigen werdet.«

Von da an wurden im ganzen Land Bücherverbrennungen und Ketzerprozesse durchgeführt. Mithilfe der theologischen Fakultät verurteilte Duprat alle, die vom ›wahren Glauben‹ abwichen. Der Bischof von Meaux wurde der Ketzerei angeklagt. Er war gezwungen, zwischen dem Scheiterhaufen und der Widerrufung zu wählen. Er wählte das Leben, wünschte, Katholik zu bleiben und hieß die Ächtung Luthers gut. Lefèvre gelang es zu fliehen. Einige Schüler Lefèvres erklärten sich aus Angst gegen Luther und schlossen sich wieder der theologischen Fakultät an. Auch der Humanist Louis de Berquin, der zu den Gelehrtesten bei Hofe zählte und einige Schriften Luthers und des Humanisten Erasmus von Rotterdam ins Französische übersetzt hatte, wurde verhaftet.

Der Kanzler ließ ihn als Ketzer in den Kerker werfen. »Berquin ist schlimmer als Luther«, sagte Duprat. Der König befahl, seinen Freund sofort wieder freizulassen, was ihm für dieses Mal gelang. Er rettete einige seiner humanistischen Freunde. Wer keinen königlichen Beistand genoss, wurde der Lästerung Christi und der Heiligen Jungfrau angeklagt. Ein Augustinermönch des Livryklosters namens Jean Vallière war der erste Reformer, der hingerichtet wurde. Vallière endete auf dem Schweinemarkt von Les Moulins. Man schnitt ihm die Zunge ab, warf ihn, mit einer Eisenkette gefesselt, auf den Scheiterhaufen und verbrannte ihn bei lebendigem Leibe.

Seit der Hinrichtung Vallières verlief keine Messe am Hofe ohne Zwischenfälle und Unterbrechungen. Wann immer es ihm möglich war, läutete Paltoquet die Kirchenglocken. Während der Messe grinste und brabbelte er oder stieß andere eigenartige Laute aus. Oft hallte sein lautes Gelächter durch das Kirchenschiff. Er störte den Gottesdienst mit immer neuen Scherzen.

Einmal ließ er an die fünfzig Ratten in der Kapelle frei, ein anderes Mal blies er während des Gebetes alle Kerzen aus. Eine Messe brachte er damit zu, fromme Bildchen auszuschneiden und sie an die Wände der Kapelle zu kleben. Dann wieder saß er auf dem Kirchenboden und spielte Kreisel. Oder er fädelte Rosenkränze auf, wobei er die Perlen auf den Fußboden klackern ließ. Bei einer Andacht dampfte ein Kothäufchen auf dem Beichtstuhl.

Eines Abends herrschte während der Vespermesse große Stille. Als der Bischof das »Deus inadjutorium« anstimmte, in das der Chor mit mächtiger Stimme einfiel, sprang Paltoquet auf, stürzte sich auf den Bischof und versetzte ihm ein paar heftige Fausthiebe.

»Eben war alles noch so still und erhaben«, rief Paltoquet, »kein Ton störte unsere Andacht, mein König, und der da vorne hat auf einmal diesen ganzen Höllenlärm angefacht.«

Damals fragte ich mich, wo das alles hinführen sollte.

4

Ich verbringe den Nachmittag in meinem Lieblingspavillon im Garten von Amboise, umgeben von einer bunten Blumenpracht. Ich erhole mich nur schwer von der Geburt der kleinen Madeleine. Gott sei Dank, das Mädchen ist gesund, und ich bin nicht gestorben.

Werde ich die nächste Geburt überleben? Ich bin zum sechsten Male guter Hoffnung. Guter Hoffnung? Ich ängstige mich. Wie lange kann eine Frau jedes Jahr ein Kind bekommen? Perette meint, es gäbe Frauen, die sechzehn-, sogar vierundzwanzig Mal gebären, einschließlich der Fehl- und Totgeburten, doch ich hätte nicht die Kraft dazu. Sie beschwört mich, das Pulver, das die Empfängnis verhindert, zu versuchen. Ich befehle ihr zu schweigen.

Jeden Tag lese ich drei Kapitel in der Bibel, eines vom Alten Testament, einen Psalm und ein Kapitel im Neuen Testament. Seit Kurzem studiere ich die Lutherbibel. Mein alter Lehrer aus der Kinderzeit, Monsieur Lefèvre, hat sie ins Französische übersetzt und mir zukommen lassen. Der Gute vergisst mich nicht.

Ich bin keine Reformerin und dennoch wünsche ich eine Bibel, die das Volk lesen kann. Auch sollten Luthers Lehren sich verbreiten, selbst wenn ich einige seiner Gedanken nicht gutheißen kann.

Wie die Kirche von Rom verdammt er das Hexenwesen und schürt die Scheiterhaufen, obgleich sie eigens für ihn bestimmt sind. Auch geht er mit erbarmungsloser Härte gegen die Juden vor. Die Juden seien Feinde Christi und der Christen. Er schreibt, ein Jude könne niemals bekehrt werden, genauso wenig wie der Teufel.

Warum sollten die Juden ihre Religion aufgeben? Ihr Glaube hat selbst die Kreuzzüge überlebt. Seit Jahrhunderten werden sie von den Christen für alles Schreckliche verantwortlich gemacht, nicht nur für den Tod Jesu von Nazareth. Während der Großen Pest gab man ihnen die Schuld an der Seuche. Sie wurden angeklagt, Gift in die Brunnen geträufelt zu haben, woraufhin man Tausende von ihnen zu falschen Geständnissen nötigte. Ein Judenpogrom folgte dem nächsten.

Luther ist voller Hass gegen die Juden. Er wolle einen Juden nicht einmal taufen, wenn dieser ihn darum bäte, sondern ihn wie eine giftige Schlange ersäufen. Ich denke an den Satz: »Ich kann die Juden nicht bekehren, aber ich kann ihnen ihren Schnabel schließen, so dass ihnen nichts anderes übrigbleibt, als auf dem Boden ausgestreckt bleiben zu müssen.« Luther will das Judentum verbieten, ihre Schulen, Synagogen, Häuser niederbrennen, ihr Vermögen beschlagnahmen, ihre Gebetsbücher vernichten. Ist das Nächstenliebe? Ist das seine Vorstellung von einem gnädigen Gott? Sind Juden keine Menschen? Nicht die Juden, Luther ist vom Teufel besessen.

Ein gnädiger Gott ist der Welt nützlicher als der Gott des Zornes und der Strafe. Der Mensch kann nur durch Versöhnung überleben. Wenn Gott straft, kann der Mensch nicht von ihm lernen. Ich wünschte, die guten, menschenwürdigen Gedanken von Luther fänden einen

Platz in der katholischen Kirche. Eine Glaubensspaltung führt nur zu neuem Hass und Krieg. Hegen nicht alle Menschen denselben Traum? Wünschen wir nicht alle ein Leben in Frieden und Gerechtigkeit? Andererseits, kann man die verruchten Kirchenfürsten in ihrem Amt belassen? Kann man Intrigen, Korruption und skrupellose Geldgier bekämpfen, ohne das Alte zu zerstören? Muss man dem schändlichen Treiben nicht etwas Neues entgegensetzen?

Paltoquet erscheint. Nun weiß ich, dass François wieder mit seiner Françoise allein sein möchte. Doch ich bin froh, den Narren zu begrüßen, und lege meine Feder aus der Hand.

5

Der Narr verneigte sich.

»Erhebe dich, Paltoquet, genug der Ehre.«

Er richtete sich auf und blickte schweigend in die Blumenbeete. Schwüle lag in der Luft. Kein Windhauch regte sich. Die dumpfe Hitze hatte die Vögel verstummen lassen. Nur das Summen der Bienen und Hummeln erfüllte die Luft.

»Setz dich hierher, in den Schatten.«

Paltoquet setzte sich. Immer noch schaute er in die Blumen.

»Vielleicht bringst du mir ein neues Märchen?«

Paltoquet räusperte sich. Darauf erhob sich seine helle Stimme.

»Vor langer Zeit, ... vor langer Zeit lebte in einem kleinen Dorf ein Bauernjunge. Er hatte Vater und Mutter verloren. Er taugte zu nichts, nicht einmal zum Schweinehüten, aber er liebte Blumen über alles. Sobald er schöne Blumen und Bäume um sich hatte, vergaß er selbst die wichtigsten Dinge. Deshalb nannten die Dorfbewohner ihn den Blumennarren. Er gab sein weniges Geld nur für Blumen aus. Zu allen Jahreszeiten hatte er Blüten in seinem Garten, selbst im Winter blühten Schneekirschen und Christrosen, und an den Sträuchern leuchteten rote Beeren und Hagebutten.

Jeden Morgen hob der Bauernjunge die abgefallenen Blätter unter den Bäumen auf. Er begoss jede Pflanze zweimal am Tag. Und sowie eine Blume aufblühte, seufzte er tief und lächelte. Niemals erlaubte er jemandem, einen Ast abzubrechen oder eine Blume zu pflücken, denn jede Blume blühte nur einmal im Jahr, und das Leben einer Blüte dauerte nur eine einzige Jahreszeit.

Der Bauernjunge ließ nur ungern Leute in seinen Garten. Er fürchtete, sie könnten seine Blumen pflücken oder Zweige brechen. Auch glaubte er, die Ausdünstungen der Menschen, besonders der bösen, könnten den Blumen schaden.

Nicht weit von dem Dorf, in dem der Bauernjunge seinen prächtigen Garten hatte, lebte der König in seinem Schloss. Er war immer von Dienern, Lebedamen und einer Schar dummer junger Ritter umgeben. Sie machten den Bauern das Leben schwer, jagten auf ihren Feldern und zerstörten die Ernte. Schon viele Familien waren durch die königliche Meute ins Verderben geraten. Als der König wieder einmal umherzog, gelangte er zufällig zum Garten des Jungen. Der König liebte schöne Dinge und rief: ›Diese Herrlichkeit, dieser Duft! Wem gehört der Garten?‹

›Er gehört einem Bauernsohn, den man den Blumennarren nennt‹, antwortete ein Diener.

›Lasst uns hineingehen, ich will den Garten näher ansehen.‹

›Der Junge ist sehr sonderbar‹, erklärten ihm die Diener, ›er erlaubt niemandem, seine Blumen zu betrachten.‹

›Nun klopft schon, ich bin der König, mich wird er nicht zurückweisen.‹

Es war Frühsommer, die schönste Jahreszeit, die Blüten der Bauernrosen waren kurz vorm Aufplatzen und der Junge war gerade dabei, sie zu begießen. Als er den Tross von Menschen sah, eilte er sogleich herbei, breitete seine Arme aus und versperrte den Eingang.

›Wer seid Ihr und was wollt Ihr hier?‹

›Ich bin der König. Ich hörte, du hast so schöne Blumen. Ich will sie ansehen.‹

›Ich habe keine Blumen, ich habe nur Äpfel, Birnen und Pflaumen, und die sind schon verblüht.‹

Der König schob den Arm des Jungen zur Seite und stieß ihn gegen die Brust. Dem Jungen blieb nichts anderes übrig, als den König und sein Gefolge einzulassen. Der König näherte sich den Blumen und wünschte, an ihnen zu riechen.

›Bitte‹, rief der Junge, ›geht nicht zu nah heran!‹

Der König kümmerte sich nicht um ihn und bog eine Blume zu sich heran.

›Herrlich, dieser Duft. Diener, geht Wein holen, ich will in der Nähe der Blumen trinken.‹

›Bitte, tut das nicht. Seht Euch alle Pflanzen an, riecht an den Blumen, aber hier ist kein Platz zum Sitzen und Trinken. Der Boden ist feucht und schmutzig.‹

›Schweig, Bauernsohn, ich werde Teppiche holen lassen.‹

Schnell waren die Teppiche, Essen und Trinken herbeigeholt. Die Königsmeute aß und soff. Der Blumennarr saß verbittert daneben.

Der König rief: ›Ich möchte diesen Garten kaufen.‹

Der Narr erblich. ›Dieser Garten ist mein Leben!‹

›Wenn er dein Leben ist, kannst du, wenn du ihn verkauft hast, bei mir bleiben und die Blumen pflegen. Etwas Besseres kann dir nicht widerfahren.‹

›Mach dein Glück, Bauernsohn, und danke dem König für seine Freundlichkeit‹, rief ein Diener.

Der König war mächtiger als der Junge. Aber da der König betrunken war, hoffte der Narr, er hätte am nächsten Tag bereits alles vergessen. So sprach er:

›Wenn Ihr den Garten kaufen wollt, dann lasst uns eine Nacht darüber schlafen. Man kann nicht am selben Tag zu einem Entschluss kommen. Warten wir bis morgen.‹

›Nun gut‹, lallte der König.

Die Diener begannen schon, das Geschirr zusammenzuräumen, als der König zu einem Beet torkelte und versuchte, eine Blume zu brechen.

›Ich dulde nicht, dass Ihr eine Blume brecht!‹, schrie der Bauernjunge.

Die ganze Gesellschaft lachte ihn aus. Sie neckten ihn und jeder machte sich daran, Blüten herunterzureißen, sie dem Jungen vor die Nase zu halten und vor Vergnügen zu kreischen.

Der Junge rannte auf den König zu und rammte ihm seinen Kopf in den Bauch. Der betrunkene König fiel sofort zu Boden und ward nur noch wilder. Kaum hatte er sich wieder erhoben, schlug er alle Blüten zu Boden und stampfte johlend auf ihnen herum. Da wurde der Schmerz des Jungen übermächtig. Er warf sich auf die Erde und schrie, als würde ihm das Herz zerreißen. Die Nachbarn kamen herbeigeeilt. Des Königs Ritter wollten sich gerade auf den Jungen stürzen. Doch die Nachbarn kamen ihnen zuvor, halfen dem Narren auf und entschuldigten ihn beim König.

›Sagt dem Hurensohn, wenn er mir den Garten schenkt, geschieht ihm nichts, aber sagt er nein, mag er sehen, was passiert.‹

Auch die Nachbarn glaubten, der König sei betrunken und am nächsten Tag hätte er alles vergessen.

Als alle gegangen waren, weinte der Junge um so mehr. Schluchzend hob er alle Blüten, Zweige und Blätter auf. Danach musste er noch heftiger weinen.

Plötzlich sprach eine zarte Stimme hinter ihm: ›Warum weinst du?‹

Der Junge sah sich um und erblickte ein Mädchen, ganz lieblich von Gestalt und Antlitz, in einem edlen, aber schlichten Gewand.

›Wer bist du? Und woher kommst du?‹

›Ich wohne in der Nähe und habe von deinen schönen Blumen gehört.‹

›Ich habe keine Blumen mehr‹, schluchzte der Junge. ›Der König hat sie alle gebrochen und zertrampelt.‹

›Wenn es so ist, dann werde ich alle Zweige und Blüten wieder an die Pflanzen heften. Ich habe es schon oft gemacht.‹

›Lass das Gerede, schönes Mädchen, ich bin nicht zu Scherzen aufgelegt‹, sagte der Junge und zog sich in sein Haus zurück.

Das Mädchen begann zu singen. Sie sang wunderschöne Weisen. Ihre Stimme klang hell und klar wie ein Gebirgsbach. Dem Jungen wurde warm ums Herz und es drängte ihn, wieder zu dem Mädchen zurückzugehen. Als er aus seinem Haus trat, war die Schöne verschwunden. Er blickte um sich. Alle Blüten saßen wieder an ihren Zweigen und Stängeln. Vor lauter Glück rannen dem Jungen die Tränen über die Wangen. Er suchte den ganzen Garten nach dem Mädchen ab. Doch er konnte sie nirgends finden.

Der Junge erzählte das Wunder im ganzen Dorf. Alle glaubten, ein Geist habe die Blumen geheilt. Der Blumennarr erlaubte von nun an den Dorfbewohnern, den Garten zu betrachten. Auch zum König drang die Kunde von dem Wundergeist.

›Wenn Geister in dem Garten wohnen, will ich ihn erst recht besitzen. Schon morgen wird der Garten mein sein. Ich habe einen Plan‹, sagte er zu seinen Gefolgsleuten. ›Ich werde den dummen Blumennarren in den Kerker werfen lassen und ihn der Zauberei und Ketzerei anklagen. Die Blüten, die wieder an den Zweigen sitzen, sind Beweis genug. Unter der Folter wird er schon seine Schuld eingestehen.‹

Als die Leute des Königs ihn fesselten, erschrak der Junge und fragte: ›Was habe ich getan?‹

Die Diener des Königs schimpften ihn Zauberer und Ketzer. Die Dorfbewohner flohen vor Angst. Der Blumenjunge wurde abgeführt und vor Gericht gebracht. Als der Richter ihn befragte, hatte der Junge nichts zu gestehen, denn er war sich keiner Schuld bewusst.

Der Richter drohte, den Jungen foltern zu lassen. Doch kaum hatte er seine Drohung ausgesprochen, befiel den Advokaten ein heftiger Schwindel und er musste die Verhandlung abbrechen. Den Blumennarren ließ er ins Gefängnis bringen.

Der König freute sich, dass der Narr eingeperrt war, und er machte sich sogleich auf, seinen Garten zu besuchen. Kaum aber hatte er den Garten betreten, lagen alle Blüten und Pflanzen zertreten und verdorrt auf der Erde.

›Seht‹, schrie der König, ›seht, was für ein Zauberer er ist! Der Blumennarr ließ alle Blüten wieder welken. Nun denn, breitet die Teppiche aus, ich habe trotzdem Hunger und Durst.‹

Ungeachtet der abgeschlagenen Blüten, zechte und fraß der König bis zum späten Nachmittag. Plötzlich erhob sich ein heftiger Wirbelwind und wehte alle Blüten empor. Die Blüten verwandelten sich in lauter winzigkleine Mädchen. Sie waren nicht größer als eine Hand. Sie alle hatten glänzende, farbenprächtige Gewänder an. Die Blumenmädchen schwangen ihre

Ärmel wie Segel und ein eisiger Hauch fuhr dem König und seinen Kumpanen durch Mark und Bein.

›Geister, Geister!‹, schrien alle und liefen vor lauter Furcht durcheinander, rissen sich die Haut an den Zweigen blutig, stürzten und purzelten übereinander. Als der Wind sich wieder legte, fehlte niemand, außer dem König. Viermal durchsuchten seine Leute den ganzen Garten. Vom König war keine Spur zu finden. Dann hörten sie in der Nähe der hinteren Gartenmauer, wo sich eine Mistgrube befand, einen dumpfen Wehruf. Als sie dort suchten, erblickten sie zwei Füße, senkrecht gen Himmel gestreckt. Die Diener erkannten des Königs Stiefel. Mühsam arbeiteten sie sich durch Kot und Gestank und zogen ihren König heraus. Er war bereits tot. Im Mist erstickt.

Indes erblickte der Narr oben auf der Kerkermauer das wunderschöne Blumenmädchen. ›Komm mit, komm herauf‹, sang sie. Er versuchte hinaufzuklettern, fühlte sich jedoch entsetzlich schwer und kam nicht voran. Das Mädchen sang weiter. Ihr zauberhafter Gesang gab ihm Kraft und er erklomm die Mauer. Oben angelangt, saß er plötzlich in seinem Garten. Die Sonne strahlte auf sein Antlitz und der Himmel war wolkenlos und strahlendblau. Ein wunderbarer Blumenduft umgab ihn. Auf einer kleinen Wolke, die ein leiser Wind heranwehte, sah er das Blumenmädchen sitzen. ›Spring!‹, sang sie. Der Blumennarr lachte vor lauter Glück, hüpfte auf die Wolke und alle Blumen und Pflanzen seines Gartens schwebten mit ihnen gen Süden.«

Paltoquet schwieg. Wir saßen beieinander. Ein milder Westwind war aufgekommen. Er wiegte die Blumenköpfe in sanften Wellen. Zwei Schmetterlinge, die sich auf einer Margerite hielten, schwangen, die Pracht ihrer Flügel zeigend, mit den Bewegungen der Blüte. Ihre Farben leuchteten auf dem weißen Untergrund. Es waren Admirale, schwarz, weiß und kräftig rot gezeichnet.

Ich wendete meinen Blick Paltoquet zu. Er löste ein Leinensäckchen von seinem Gürtel, öffnete es und zog einen kleinen Blumentopf mit einer Grünpflanze hervor. Er kniete vor mir nieder und überreichte mir die Pflanze.

»Es ist eine Pflaume, sie kommt aus Übersee. Ihr Name ist mir unbekannt. Ich habe sie Euch zu ehren ›Reine Claude‹ getauft, ehrwürdige Königin. Möge sie in Euren Obstgärten gedeihen.«

Behutsam stellte ich das Töpfchen ab. Ich ergriff Paltoquets Hand und führte sie an meine Wange.

6

Die Hitze des Tages hatte uns einen windstillen Sommerabend beschert, der dazu einlud, auf der Schlossterrasse zu soupieren. Schon bald nahten die ersten Anzeichen für ein Gewitter. In der Luft schwirrten abertausend lästige kleine, schwarze Käfer. Sie ließen sich auf den gelbfarbenen Gewändern und Speisen nieder und überzogen sie mit ihren Flügelpanzern wie Schokoladenguss. Eine lastende Schwüle breitete sich aus, während sich am Horizont dunkle Wolken ineinanderschoben und zu Wolkenbergen auftürmten.

Ich saß neben François, der sich rücksichtsvoll gab, denn er hatte seine Geliebte weit von mir entfernt platziert. Doch seine Höflichkeit hatte Grenzen. Wenn er nach links schaute, konnte er mit seiner Françoise Blicke austauschen. Bald würde er wieder mit ihr allein sein. Es war mein letzter Abend auf Amboise. François hatte es so verfügt. Er gedachte, mit der Comtesse nach Romorantin zu reisen. Er versuchte, es mir zu verheimlichen. Warum? Er hatte mir bereits größere Seelenpein zugefügt.

Meister Bertrand kam auf mich zu.

»Ehrenwerte Königin Claude, ich bitte Euch, nehmt von diesen Früchten. Ich habe sie eigens für Euch aus Blois kommen lassen.«

Er reichte mir die Schale. Ich wählte eine Orange, obwohl ich keinen Appetit hatte.

»Guter Meister Baladoux, Ihr sorgt für mich. Wo ich mich auch aufhalte, kann ich die Früchte aus meinem geliebten Garten genießen. Selbst auf Reisen macht Ihr es möglich, mir meine Früchte anzubieten. Ich danke Euch von Herzen.«

»Für Euch, meine Königin, würde ich sogar die Obstbäume von Blois auf Karren pflanzen lassen und sie auf Reisen hegen und pflegen, wenn es Euer Wunsch wäre.«

»Meister, Bäume können nur in Ruhe und Frieden an ihrem angestammten Platz gedeihen.«

»Wie Köche, fürwahr.«

Die Nacht schritt voran. Das ruhige Souper verwandelte sich in ein Gelage. Erste Rufe von Betrunkenen erschallten. Zunächst nur kurze Aufschreie, dann lang anhaltendes Grölen. Das schrille Lachen der Damen übertönte das heisere, aus der Brust der Männer aufsteigende Röhren. Auch François verfiel in Trunkenheit. Mehrmals hob er den gefüllten Becher an die Lippen und leerte ihn in einem Zug. Der Rotwein, der ihm aus den Mundwinkeln rann, hinterließ rote Flecken auf seinem weißen Hemd, das bereits von Saucenresten verunreinigt war.

Torkelnd erhob er sich. Im stockenden Singsang eines Betrunkenen lallte er: »Paltoquet, wo steckst du? Ich will, dass du mit dem Besen tanzt!«

Paltoquet erschien. Man brachte ihm einen Besen, mit dem er die Pagen jagen sollte. Ein dummes Spiel, das François über die Maßen vergnügte. Paltoquet ergriff den Besen. Die Art, wie er den Besen hielt, verhieß nichts Gutes.

Eine Windbö fegte über die Tische. In der Ferne entlud sich leises Donnergrollen. Paltoquet schwang den Besen wie ein Schwert, mit dem er die schwüle, schwere Luft zerschnitt. Anstatt auf die Diener zuzulaufen, näherte er sich meinem Gemahl und wirbelte mit dem Bürstenkopf vor seinem Gesicht umher, bis die Borsten François' Stirn berührten.

»Hör auf damit! Was soll das?«, schrie mein Gemahl.

François versuchte, den Besen zu fassen. Seine Arme ruderten ziellos und schwerfällig umher.

Paltoquet hielt inne, winkelte das rechte Bein an, legt den Besenstiel über seinen Oberschenkel, bis es knackte. Er hielt die beiden Stielenden in der Hand.

»Der Besen ist zerbrochen, mein König. Mit diesem Besen kann ich nicht mehr tanzen. Man muss ihn leimen. Zufällig habe ich etwas Leim in diesem Fläschchen, das an meinem Gürtel hängt. Seht, die zersplissenen Enden sind bereits eingespachtelt. Hier, mein König, nehmt dieses Stielstück, und Ihr, meine Königin, das andere. Und nun setzt den Stiel wieder zusammen und haltet gut fest, damit der Leim die zersplitterten Enden, die schließlich zusammengehören, wieder kittet.«

Ein Donner, lauter als der erste.

François sprang trotz seiner Trunkenheit auf, holte aus, um mit dem Stiel auf den Narren einzuschlagen. Ich ergriff seinen Arm und rief:

»Genug der Scherze, Paltoquet, ich wünsche ein Rätsel. Auch die klaren Köpfe sollen an diesem Abend zu ihrem Vergnügen kommen. Gebt Ruhe, werte Damen und Herren. Ich will niemanden mehr kreischen oder schreien hören. Und Ihr, mein König und Gemahl, setzt Euch wieder.«

François' Körper fiel auf den Stuhl zurück.

Paltoquet lächelte. Seine Augen blitzten wie das Wetterleuchten am Himmel.

»Euer Wunsch sei mir Befehl, meine Königin. Hört folgendes Rätsel:

Wie die Sage berichtet, wollte die Königin Libussa nur einem Freier ihre Hand geben, der in der Rechenkunst erfahren war. Einmal stellte sie drei Bewerbern folgende Aufgabe: ›Ich habe hier einen Korb, der mit Pflaumen gefüllt ist. Dem ersten von euch gebe ich die Hälfte des Inhalts und noch eine Pflaume, dem zweiten die Hälfte des Restes und eine Pflaume, dem dritten die Hälfte des nun noch verbleibenden Restes und noch drei Pflaumen. Wie viele Pflaumen enthielt der Korb vor der Verteilung?‹«

»Pflaumen, Hälfte, Rest, zweite, dritte?«, hörte ich einige murmeln. Der Alkohol hatte ihre Hirne vernebelt. François überlegte nicht. Sein Kopf lag mit der rechten Wange auf dem befleckten Tischtuch, der rechte Arm angewinkelt daneben, der linke schlaff nach unten hängend. Mein Gemahl schnarchte. Sein Schnarchen wurde begleitet von einem leisen Raunen am Himmel. Das drohende Gewitter hatte sich zurückgezogen.

Ich ergriff das Wort: »Nun, Paltoquet, du siehst, niemand kann das Rätsel lösen. Sage du mir die Lösung.«

»Es sind dreißig Pflaumen, meine Königin, sie sind gelb. Sie leuchten wunderschön und schmecken zuckersüß.«

7

Ich lebte seit einiger Zeit wieder auf Blois. Jeden Tag ging ich in den Obstgarten und goss das Pflaumenbäumchen. Die Gärtner versuchten, mir die Kanne aus der Hand zu nehmen, aber ich ließ es nicht zu. Ich wünschte, ich hätte das Bäumchen auch eigenhändig eingepflanzt. Ich schmunzelte bei dem Gedanken. Königin Claude mit einem Spaten in der Hand.

Es war ein schöner Spätsommertag. Ich setzte mich mit der kleinen Madeleine im Arm in den Halbschatten und sah den Kindern beim Spiel zu. Der kleine François schob ein Pferdewägelchen über den Weg. Er wieherte, imitierte das Klappern der Hufe und schnalzte mit der Zunge wie ein Kutscher. Henri versuchte, es seinem Bruder gleichzutun, was zu Streit führte, den die Gouvernanten schlichteten. Charlotte lief einem Reif hinterher. Ich lächelte ihr aufmunternd zu, obgleich mir nicht danach zumute war. Meine Gedanken gehörten meiner kleinen Louise, die in ihrem Zinksarg in einer dunklen Gruft lag. Sie liebte die Sonne über alles. Warum, Herr, musste sie sterben? Ich werde die Trauer um meine Tochter niemals überwinden. Ich fühle mich schuldig an ihrem Tod. Ich hätte niemals erlauben dürfen, sie auf den Namen Louise taufen zu lassen. Es war ein schlechtes Omen.

Ich betrachtete meine Kinder in der sich golden färbenden Nachmittagssonne. Viele Fragen keimten in mir auf. Was wird den Kindern bevorstehen? Was wird sie erwarten? Werden sie das Erwachsenenalter erreichen? Können sie glücklich werden?

Für mich gab es an diesem Tag kein Glück mehr. Ein Brief von der Königinmutter traf ein.

Ehrwürdige Claude, Ihr müsst so schnell als möglich nach Romorantin aufbrechen. Der König, Euer Gemahl, mein Sohn, ist ernstlich verletzt. Beim wilden Spiel betrunkener Höflinge wurde er von einem brennenden Holzscheit am Kopf getroffen. Er hat schwere Brandwunden und starke Schmerzen. Macht Euch sofort auf den Weg.

Noch eines: Madame de Châteaubriant hat den Hof verlassen. Ich habe ihre Abreise sogleich veranlasst, nachdem François verunglückte.

Ich ließ sogleich meinen Wagen anspannen. Die Wege waren gut passierbar, dennoch ging es mir nicht schnell genug voran und ich trieb die Kutscher an. Als ich in Romorantin eintraf und zu meinem Gemahl eilte, war ich zutiefst erschrocken. François trug einen großen Verband um den Kopf. Er wimmerte, war nicht bei Sinnen und litt an hohem Fieber. Doch er schien mich zu bemerken.

»Françoise, Françoise«, stammelte er, »seid Ihr es?« Er drehte mir seinen Kopf zu und blickte mich mit fieberglänzenden Augen an. Ich nahm seine Hand in die meine.

»Oui, mon cher, ich bin es, und nun schlafe ein wenig.«

Ich blieb auf Romorantin. Jeden Tag besuchte ich

François. Manches Mal weinte ich. Sodann wischte ich mir die Tränen aus den Augen und verließ sein Gemach, um in der Kapelle für seine Gesundheit zu beten.

Nach sechs Wochen war er genesen. Er trug jetzt einen Bart, um die Brandwunden zu kaschieren, und befahl den Höflingen, von nun an ebenfalls Bärte zu tragen. Und er holte Françoise de Châteaubriant wieder an den Hof zurück. Sie erwartete ihn auf Amboise, wohin er sich sogleich begab. Ich folgte seinem Wunsch, nach Blois, zu meinen Kindern, zurückzufahren.

Ich ... Ich finde keine Worte für das, was ich fühle.

8

Ich inspizierte gerade die Vorratskammern, als der Krieg ausbrach, ein Krieg, der wie alle Kriege vorhersehbar war und den niemand verhinderte. Es kam zu blutigen Kämpfen. Überall waren die kaiserlichen Heere überlegen und Frankreich verlor alle italienischen Besitzungen. Als im November Mailand fiel und die kaiserlichen und päpstlichen Truppen einrückten, war die französische Armee völlig zerstört. Auch Lucca, Siena, Florenz und Genua gingen zum Kaiser über.

Missmutig nahm der König die Nachrichten über

die vielen Niederlagen entgegen. Als der Heerführer Lautrec zurückkehrte, schrie der König ihn an:

»Ihr habt kläglich versagt, Lautrec. Eure Schmach ist groß. Ihr habt Mailand, das Herzstück meines Königreichs und meines Begehrens, den Feinden vor die Füße geworfen.«

»Majestät, der Fehler liegt nicht bei mir. Ich habe den von Euch versprochenen Sold nicht erhalten, den ich brauchte, um mir die Treue der Schweizer Truppen zu sichern. Da das Geld nicht eingetroffen ist, haben die Söldner den Kampf verweigert.«

»Ich hatte angewiesen, die vierhunderttausend Écus so schnell wie möglich zu schicken.«

»Ich kann nur wiederholen, ich habe sie nicht erhalten.«

»Schickt mir sofort Semblançay, den Oberschatzmeister, nun macht schon«, drängte der König.

Semblançay war ein treuer Diener des Königs. Er hatte bereits die Finanzen Louis' des Zwölften geregelt und verstand es sehr gut, die militärischen Ausgaben zu verwalten. Auch François Premier schätzte die Fähigkeiten Semblançays. Als Anerkennung seiner Dienste hatte er ihm die alten Boulevards von Tours mit den angrenzenden Ländereien geschenkt.

Ich war gerade im Begriff, dem König ein Festmahl vorzustellen, als Semblançay gemeldet wurde. Er war sehr erregt.

»Majestät, ich habe die Gelder und Euren Befehl, sie umgehend weiterzuleiten, erhalten, aber Madame d'Angoulême hat die vierhunderttausend Écus einbehalten. Ich musste mich ihrer Entscheidung fügen. Hier, seht, der Empfangsschein, unterschrieben von Eurer erlauchten Mutter. Ich konnte das Geld nicht auf den Weg bringen.«

Der König schwieg.

Als François Premier seine Mutter befragte, bezichtigte sie Semblançay der Lüge. Die vierhunderttausend Écus, die er attestiert hätte, stammten aus ihren Ersparnissen, die sie nach und nach dem Finanzverwalter anvertraut und die sie schließlich wieder beansprucht hatte. Es sei Zufall, dass die Summe mit dem Sold der Schweizer Truppen übereinstimme.

Louise verlangte vom König, Semblançay umgehend seines Amtes zu entheben und ihn zu bestrafen. Der König wagte nicht zu widersprechen.

Es gab es keinen Zweifel. Louise verwahrte die Söldnergelder in ihrer privaten Kasse. Semblançay hatte den König nicht betrogen. Er hatte ihm sogar über eine Million Écus aus seinem Privatvermögen geliehen!

Der König beauftragte Duprat, die notwendigen Schritte gegen Semblançay zu unternehmen. Der Kanzler handelte umgehend, denn der Oberschatzmeister war ihm schon lange ein Dorn im Auge gewesen. Duprat missgönnte Semblançay die Gunst und die Beliebtheit, die er beim König genoss, vor allem auch seine Vollmachten über die Finanzen.

Der Kanzler ließ Semblançay wegen Unterschlagung der Söldnergelder in die Bastille werfen. Mit großem Eifer machte Duprat dem Oberschatzmeister den Prozess. Für die Verhandlungen berief Duprat seine Günstlinge als neue Richter. Zusätzlich ließ er falsche Zeugen auftreten, mit deren Hilfe er Semblançay zum Tode verurteilte. Der König schützte seinen treuen Oberfinanzminister nicht. Selbst nachdem Semblançay ein Gnadengesuch an ihn verfasst hatte, in dem er seine Unschuld beteuerte und an die Gnade und Gerechtigkeit Seiner Majestät appellierte, befahl der König, die Hinrichtung zu vollstrecken.

Semblançay wurde auf der Place de Grève erhängt. Duprat hatte angeordnet, den Leichnam des Schatzmeisters vier Wochen lang hängen zu lassen. Einige Tage nach der Hinrichtung lösten Semblançays Eltern den Körper ihres Sohnes vom Galgen und beerdigten ihn. Duprat befahl, den Leichnam wieder auszugraben und ihn erneut an den Galgen zu hängen. Was bringt einen Menschen dazu, so zu handeln? Stelle ich mir diese Frage selbst?

Zwei Tage, nachdem Semblançays Leichnam wieder am Galgen hing, hallte ein angsterfüllter Schrei durch den Trakt des Ministerflügels. Man fand den Kanzler, kreidebleich und vor Schreck erstarrt, vor seiner Bettstatt. Paltoquet hatte ihm die Leiche eines tags zuvor gehängten Strauchdiebes ins Bett gelegt.

Am folgenden Morgen suchte Duprat die Königinmutter auf. Auch Antoinette, die Kammerzofe von Louise, war zugegen. Antoinette erzählte mir vieles, was in dem Haus der Königinmutter vor sich ging. Dafür erhielt sie von mir Lammpastetchen.

Duprat sagte: »Der Narr kennt keine Grenzen mehr. Niemand anderes als er hat mir die Leiche ins Bett gelegt. Ich werde diese Bestie zerdrücken wie eine Laus. Paltoquet muss beseitigt werden.«

»Schweigt, Monsieur Duprat«, erwiderte Louise, »Ihr

habt keinerlei Beweise und ich habe keinerlei Grund, gegen Paltoquet vorzugehen. Bedenkt wohl, Antoine, solltet Ihr weiterhin danach trachten, Erzbischof und eines Tages vielleicht auch Kardinal zu werden, dann werdet Ihr den Narren nicht behelligen. Ihr wisst, ich schätze Eure Arbeit sehr. Was den Narren angeht, irrt Ihr. Ich benötige Paltoquet. Er verringert den Einfluss, den die Geliebten meines Sohnes auf sein kindliches und leicht verformbares Gemüt haben. Monsieur Duprat, eine Geliebte ist gefährlicher als zehn dreiste Narren! Paltoquet ist dazu angestellt, den König zu unterhalten. Es ist eine günstige Fügung, dass er den Frauen nicht zugetan ist. Ich empfehle Euch dringend, Euch nicht von persönlichen Empfindlichkeiten leiten zu lassen. Ich bemerke wohl: Der Narr spielt Euch übel mit, aber daran seid Ihr selbst schuld, mein Guter. Euer persönlicher Hass gegen den Narren ist mir bekannt, auch Eure Versuche, ihn in seine Schranken zu weisen. Als erfahrener Staatsmann solltet Ihr über den Dingen stehen und Euch nicht dazu verleiten lassen, persönliche Rache zu üben. Ihr werdet Paltoquet in Zukunft gewähren lassen, egal, welche Possen er mit Euch treiben mag.«

Ich hegte keinerlei Sympathie für Louise, sie war hinterhältig, herrisch und machtgierig. Und sie war für Semblançays Tod verantwortlich. Aber es beruhigte mich, dass sie Paltoquet vor Duprat schützte. Duprat würde sich ihren Weisungen fügen. Er begehrte den Kardinalshut, wegen seiner Machtgier und als Schutz gegen den Galgen. »Kardinäle hängt man nicht«, hörte ich ihn sagen. Er vergaß eines: Fast alle unliebsamen Kardinäle werden vergiftet.

Kirschlorbeer zum Beispiel verursacht den Tod ohne jegliches äußere Zeichen. Man bekommt starke Magenschmerzen, kann bald nicht mehr sprechen und stirbt schließlich ohne Erbrechen, Stuhlgang oder Krämpfe. Auch in Bittermandeln und in den Kernen von Steinobst befindet sich dieses Gift.

9

Königin Claude logierte auf Blois, als der König mir befahl, für seine Geliebte, Françoise de Foix, ein römisches Gelage zu veranstalten.

Dass die antike Mode, die sich zu jener Zeit in alle Winkel des Lebens einnistete, nun auch noch Einzug in meine Küche hielt, zerrte an meinen Nerven. Der König ahnte nicht, was es bedeutete, ein römisches Gelage auszurichten. Die Römer aßen Flamingos, Elefantenrüssel und Kamelhachsen und vertilgten unvorstellbare Mengen. Ein wohlhabender Römer verzehrte jeden Tag einen Fleischberg, groß wie ein Ameisenhaufen.

Ich ärgerte mich und stellte mir vor, den König wie ein römisches Eichhörnchen in ein Fass zu stecken, ihn mit nichts anderem als Polenta zu mästen, anschließend auf den Spieß zu ziehen, zu braten, seine Haut mit Honig zu bestreichen und mit Mohnsamen zu bestreuen. Solche und andere Gedanken schlichen sich in meinen

Kopf, besonders, wenn ich es leid war, die unersättlichen Gelüste des Königs zu befriedigen. Damals hielt ich alles für Fantasien und Hirngespinste.

Ich will auf weitere Einzelheiten verzichten. Françoise de Châteaubriant hatte sich für das römische Fest ein prächtiges antikes Gewand anfertigen lassen, besetzt mit rotgoldenen Sonnen und silbernen Sternen. Um den König zu betören, war es bis zur halben Höhe des Beines geschürzt und enthüllte ihre Beine. Ihr Haar war mit Bändern aus kostbaren Perlen geschmückt und auf der Stirn trug sie ein kleines, silbernes Stirnband, in dem mehrere Diamanten funkelten. Umrahmt von ihren Dienern, die Taftkleider mit Goldsaum in den verschiedensten Farben trugen, betrat sie den Festsaal. Alle Augen waren auf die Comtesse gerichtet. Sie leuchtete wie der Morgenstern. Der König seufzte aus tiefem Herzen.

Paltoquet hockte lauernd neben den Flügeltüren des Saales. Als die Fanfaren ertönten, schritt er auf die Gräfin zu, um ihr ein Geschenk zu überbringen. Er kniete vor ihr nieder, schürzte die Oberlippe und rollte mit den Augen. Das waren zwei Gewohnheiten, die dem König eigen waren. Mit der Stimme des Königs sprach er folgende Verse:

»In meinem Herzen
Sind viele Seufzer,
Weil du so schön bist:
Davon bin ich ganz wund.

Deine Augen leuchten
Wie Sonnenstrahlen,

Wie der Glanz des Blitzes
Die Nacht erhellt.

Wie ich blühe,
Schon von einer neuen Liebe
Ganz erglühe.
Junge, junge Liebe ist es, daran ich vergeh.
Köstliche Perle
Leuchte der Welt,
Teile mit mir das Himmelszelt.«

Nach diesen schönen Worten überreichte Paltoquet Françoise ein goldenes Kästchen mit Perlenstickerei. In dem Glauben, es sei ein Geschenk des Königs, nahm sie die Schachtel freudig entgegen. Neugierig entfernte die Comtesse den kleinen Riegel, hob den Deckel an und blickte in das Kästchen hinein. Ein gellender Schrei erfüllte den Saal. Dann fiel sie in Ohnmacht.

Paltoquet zuckte ein unterdrücktes, krampfhaftes Lachen durch alle Glieder. Er hatte der Comtesse einen blutigen Schafbockhoden in die Schachtel gelegt. Doch das war erst der Anfang seines Narrenspiels. Spottlüstern stachen seine Augen aus seinem zusammengedrückten Gesicht hervor.

»Erlauchte Majestät, einmal stank ein Mann am Hofe sehr nach königlichem Körperwasser. Ich will Euch diese Begebenheit erzählen. Sie hat sich zugetragen, so wahr ich hier sitze, und wenn einer mir nicht glaubt, soll er gleich den Raum verlassen und die Raben sollen mir mit ihrem weißen Dreck den Kopf beschmutzen.

Ein König ging zu ungewohnter Stunde zu seiner liebsten Dame am Hofe, um mit ihr das Bett zu teilen. Er klopfte heftig an ihre Türe, wie es ihm als König und Herrn zustand. Keine Frau durfte ihm den Einlass verwehren. Aber welch Unglück! Es schlief gerade ein treuer Gefährte des Königs bei ihr. Die Dame wagte nicht, den König abzuweisen. Es war Sommerzeit, und man hatte den Kamin, wie immer im Sommer, mit einem Haufen Reisig und Laub gefüllt. Sie riet ihrem Liebhaber, der nur mit einem Hemd bekleidet war, eiligst in den Kamin zu steigen und sich unter dem Laubwerk zu verbergen. Nachdem der König sein Liebesspiel beendet hatte, kam ihm das dringende Bedürfnis, Wasser zu lassen, worauf er in den Kamin pinkelte. Sein königlicher Strahl war kräftig und benässte den armen Liebhaber unter dem Laub. Vielleicht bekam der Mann sogar einige Tropfen in den Mund. Ihr könnt Euch denken, in welcher Not er sich befand. Er wagte nicht die geringste Bewegung. Als der König sich von der Dame verabschiedet und das Zimmer verlassen hatte, schloss Madame die Tür geschwind ab. Wäre ihr Liebhaber, in den sie übrigens heftig verliebt war, entdeckt worden, hätte es ihr schlimm ergehen können.«

Paltoquet hatte nichts erfunden. Er hatte Françoise de Foix nachspioniert und sie mit dem zweiten Stallmeister ertappt. Der tief gekränkte König verwies seine Geliebte des Hofes. Zudem befahl er ihr, den gesamten Schmuck, den er ihr geschenkt hatte, zurückzugeben. Als die Kutsche den Schlosshof verließ, lief Paltoquet dem Gefährt hinterher und warf mit Steinchen.

Louise de Savoie schenkte Paltoquet drei Paar Schuhe edelster Ausführung.

»Paltoquet«, hörte ich sie beim Diner zu Duprat sagen, »hat das erreicht, was mir und Euch nicht gelungen ist. Er hat Françoise von ihrem Thron als erste Maîtresse des Königs gestürzt. Er hat meinen Sohn zur Vernunft gebracht. Der Narr hat Großes geleistet, denn die Passionen meines Sohnes zu dämpfen ist schwerer, als eine Schlacht zu gewinnen.«

10

Ich wachte sorgenvoll an der Wiege meines kleinen Charles. Er war zwei Monate alt und ein schwächliches Kindchen. Die Amme meinte, er hätte keinen Appetit und tränke nicht genug. Sie fürchtete um ihre Stellung, jedoch es war nicht ihre Schuld, dass der Junge nichts zu sich nahm. Ich küsste den Kleinen, deckte ihn zu und verließ das Zimmer.

Auf dem Gang kam Perette auf mich zugelaufen.

»Meine Königin, der Narr, er hat …«, sie rang nach Luft, »er hat die Comtesse Châteaubriant mit dem Stallmeister ertappt und es dem König zugetragen. Euer Gemahl ertrug die Schmach nicht und hat die Comtesse vom Hof gejagt.«

»Ich kann's nicht glauben. Es ist sicher nur Hofgeschwätz, dummes Gerede.«

»Aber nein, sie ist fort, das ist so sicher wie das Amen in der Kirche!«

Mir wurde schwindelig. Ich setzte mich auf den Stuhl neben der Säule.

»Du sagst, Paltoquet hat sie ertappt? Wie ist es ihm gelungen?«

»Paltoquet bestach die Damen, die die Treppen putzten, mit einigen Talern und verteilte Schwerter. Nachdem der Stallmeister Antoine Verdot nach dem Mittagessen in das Gemach der Comtesse geschlichen war, ließ er die Frauen mit den Schwertern auf der Treppe rasseln. Verdot glaubte an ein Attentat. Er sprang aus dem Bett und erschien, nackt wie er war, mit dem Degen in der Hand vor der Tür. Die Damen ließen die Schwerter fallen und liefen kreischend davon. Paltoquet soll gekeckert haben wie hundert Elstern.«

Wir lachten. Perette beruhigte sich als Erste.

»Der Narr ist Euch mehr als zugetan, meine Königin.«

Ich erinnerte mich an die Stunden, die ich mit Paltoquet verbrachte. Er ist der Einzige, der mich versteht und in meine Seele blicken kann.

»Perette, höre, wenn ich sterbe, soll Paltoquet meine Tagebücher erhalten. Du findest sie in meiner Truhe, in der blauen Samtschatulle. Der Schlüssel zur Truhe steckt hinter der dritten Wandtafel, vom rechten Bettpfosten aus gesehen.«

»Welche Gedanken verdüstern Euer Gemüt? Warum denkt Ihr an den Tod?«

»Weil ich nicht wissen kann, wie viele Schwangerschaften und Geburten ich noch überlebe. Und nun versprich mir, Perette, dass du die Aufzeichnungen Paltoquet zukommen lässt! Und niemand soll etwas davon erfahren.«

»Aber, meine Kö…«

»Versprich es mir, schwöre bei allen Heiligen!«

»Ich schwöre.«

11

François erschien auf Blois. Ich empfing ihn freundlich, würdevoll und ohne Groll. Er ließ sich schwerfällig auf den Lehnstuhl mit dem blauen Baldachin nieder. Sein sonst jugendlich frisches Antlitz erschien grau und zerfurcht, die lebendigen Augen erloschen. Wir ummantelten uns mit Schweigen. Er drehte die ganze Zeit am mittleren Knopf seines Mantels, stumm, die geröteten Augen zum Fenster hin gerichtet. Schließlich wagte er, mich anzublicken, gequält, bestürzt, gefangen in unendlicher Traurigkeit. Jäh kniete er vor mir nieder, seinen Kopf in meinen Schoß pressend.

»Ich habe sie so sehr geliebt, Claude, ich liebe sie so sehr …« Er brach in Schluchzen aus. Sein Körper schüttelte sich vor Verzweiflung. Ich strich ihm über sein

Haupt. Nun war auch er ein Liebender im Leid, eine verlorene Seele. Er umfasste meine Hüfte, suchte Halt bei seiner Gemahlin, die all die Jahre für ihn da war, treu und in jeder Stunde, wenn er es gewünscht hätte.

Des Nachts liebkoste er mich sanft und einfühlsam. Er küsste mich sogar auf den Mund. Er fühlte sich warm und offen an, grenzenlos und hingebend. Wir tanzten auf den Wellen der Wonne.

Sechs Kinder habe ich geboren, bevor ich dieses Glück erleben durfte. Werde ich von nun an ein anderes Leben führen? Darf ich hoffen, dass alle Trauer, Einsamkeit und Düsterkeit sich auflösen wie Morgennebel und meine Seele erhellt wird von den langsam durchbrechenden Sonnenstrahlen?

Claude de France, du unverbesserliche Närrin!

12

Der Krieg überschattete das Leben bei Hofe. Er drückte auch die Stimmung und den Arbeitseifer der Bediensteten in meinen Küchen nieder. Kein Lied, keine fröhliche Stimme erschallte. Schweigsam und lustlos rührten meine Köche in den Töpfen. Nicht einmal die Küchenjungen waren zu Scherzen aufgelegt.

An einem verregneten Morgen erschien ein Kurier. Er war vom Großseneschall der Normandie entsandt worden und brachte die Nachricht, dass der Konnetabel Charles de Bourbon mit dem französischen Königshaus gebrochen hatte und in den Dienst des Kaisers übergegangen war.

Der König zweifelte die Botschaft an, aber der Großseneschall der Normandie war vom Bischof von Lisieux verständigt worden und dieser wieder hatte es von zwei normannischen Edelleuten erfahren, die ihm die Neuigkeit während der Beichte anvertrauten.

Im ganzen Königreich riefen Herolde Bourbon als Verräter aus. Zehntausend Goldtaler setzte der König als Belohnung für denjenigen aus, der den Verräter auslieferte. Bourbon ließ sich nicht ergreifen und blieb auf freiem Fuße.

Der König hatte es sich selbst zuzuschreiben, dass Charles de Bourbon zum Kaiser übergelaufen war. Jahrelang hatte der König seinen Konnetabel gedemütigt, da er seine Eifersucht nicht im Zaume halten konnte. Charles de Bourbon war ein schöner Mann und ein brillanter Heerführer, dessen Kampf- und Kriegskünste die des Königs überstiegen. Zudem gehörte ihm das ganze Zentrum Frankreichs, was ihm große Macht verlieh.

Der König verteufelte seinen Rivalen: »Er herrscht mitten in meinem Reich wie ein kleiner König. Man sollte ihm den Kopf von den Schultern nehmen. Der König bin ich. Ich allein!«

François Premier versuchte, sich mit ihm zu messen, wann immer es möglich war, selbst, wenn es um einen Zwergenwettstreit ging. Der König sammelte Zwerge. Er hielt sie in seiner Tiermenagerie. Zwerge waren bei allen Fürsten sehr in Mode. Sie wurden sogar gezüchtet, um den großen Bedarf zu decken. Man ließ Kinder in winzigen Kästen aufwachsen, um ihnen einen kleinen Wuchs zu geben. Einige hatten einen hohen Buckel und kleine Beine, andere einen dicken Bauch oder einen Wasserkopf. Die Fürsten und ihre Höflinge belustigten ihre Verformungen und es bereitete ihnen großes Vergnügen, Wettbewerbe auszutragen oder Zwerge miteinander zu verheiraten, um sie beim Beischlaf zu beobachten und auf Nachwuchs zu hoffen. Menschen, die keinen Lebenssinn haben, die keiner Arbeit nachgehen, kommen auf die schrecklichsten Ideen.

Für einen Wettbewerb, an dem auch Charles de Bourbon teilnahm, hatte sich der König einen neuen Zwerg namens »Grand Jean« gekauft. Er war der kleinste Zwerg, den er jemals gesehen hatte, und er zweifelte keinen Moment daran, den Wettbewerb zu gewinnen. Frohgemut gedachte der König, ihn nackt, nur verziert mit roten Bändern, aus einer Pastete entsteigen zu lassen.

Am Hof versammelten sich alle Zwerge Frankreichs. Jeder Fürst wünschte, an dem Wettstreit teilzunehmen. Als Charles de Bourbon seinen Zwerg hereinführte, ging ein Raunen durch den Saal. Es war ein winziger Junge von achtzehn Jahren, nicht größer als eine ausgewachsene Gans. Der König bemerkte sofort, dass Grand Jean über den Jungen hinausragte. Er versetzte Grand Jean einen kräftigen Stoß, mit dem er ihn zu Boden warf. Dem König entfuhr ein Lachen, mit dem man Knochen hätte spalten können.

Die Eifersucht des Königs war nicht zu bändigen.

Obwohl Bourbon in der Schlacht von Marignano erfolgreich gewesen war, hatte der König ihm die Statthalterschaft von Mailand entzogen. Im Jahr darauf strich er ihm die Pension von vierundsechzigtausend Livres! Als der König Bourbon die Erbschaft seiner verstorbenen Frau streitig machte, ging der Konnetabel in den Dienst Karls des Fünften über. Louise de Savoie trug großen Anteil daran, dass er Frankreich den Rücken kehrte. Sie hatte Charles de Bourbon, der ihr Geliebter war, kurz nach dem Tod seiner Gemahlin einen Heiratsantrag gemacht. Dem jungen Mann lag es fern, sich mit einer Vierzigjährigen, die ihm keine Kinder schenken würde, zu vermählen, und er lehnte ihren Antrag ab. In ihrer Wut und Enttäuschung über seine Ablehnung beauftragte Louise Kanzler Duprat, die Erbschaft Bourbons unter allen Umständen und mit allen Mitteln der französischen Krone einzuverleiben.

Louise und der König hatten den erfolgreichsten Feldherrn verjagt und sich damit den stärksten Feind geschaffen. Bourbon erhielt von Karl dem Fünften den Oberbefehl über die kaiserlichen Truppen in Italien. Vieles Gewaltige lebt, aber nichts ist gewaltiger als die Torheit des Menschen. Ihr seid das Salz der Erde, sagt Matthäus. Wo nun das Salz dumm wird, womit soll man es salzen?

13

Wieder musste ich meine Küchen verlassen und in den Krieg ziehen. Der König beschloss, sich nach Lyon zu begeben. Dort sollten sich neue Truppen sammeln, um nach Italien zu ziehen. Wir waren noch nicht lange in der Kriegshauptstadt eingetroffen, als den König die Botschaft erreichte, Charles de Bourbon habe sich mit seinen Truppen auf den Weg gemacht, in Frankreich einzufallen. Der König ließ im ganzen Land den Heerbann ausrufen. Alle Edelleute und Schwerbewaffneten hatten sich in Lyon und in der Dauphiné zu stellen. Wenig später befahl er, den kostbaren Reliquienschrein mit dem Haupt des heiligen Johannes des Täufers aus der Kapelle hervorzuholen und in einer Prozession mitzuführen. Noch niemals hatte das Volk diese Reliquie zu Gesicht bekommen. Mit dem Haupt des heiligen Johannes erbat der König, es möge Frieden und Regen vom Himmel fallen. In jenem Jahr herrschte große Dürre. Der Regen stellte sich ein, aber Frieden fiel nicht auf das Land herab. Das kaiserliche Heer überschritt die Grenze und machte die Provence dem Erdboden gleich. Die Feinde brandschatzten und verwüsteten das ganze Gebiet.

Im August fiel Aix in die Hände Charles de Bourbons. Nach diesem Erfolg hatte er sich aufgemacht, Marseille zu belagern. Ein Kriegskurier brachte die Nachricht, dass Bourbon in Marseille in Bedrängnis geraten war, die Belagerung der Stadt abgebrochen und den Rückzug angetreten hatte.

Jetzt, da Bourbon aus Frankreich vertrieben war, hatte der König nur noch das Ziel, so schnell wie möglich Mailand zurückzuerobern. Fast alle Berater suchten den König davon abzuhalten. Die Jahreszeit sei zu weit fortgeschritten, um Krieg zu führen. Klüger sei es, die vorhandenen Schäden im eigenen Land auszubessern und dadurch einen erneuten Einfall der kaiserlichen Truppen zu verhindern.

Der König hörte auf niemanden. Auch nicht auf Paltoquet.

»König der Franzosen, kann man Feuer im Bauche des Gewandes tragen, ohne die Kleider zu versengen? Ihr handelt stets wie das Ross und das Maultier, die keinen Verstand haben. Ihr bildet Euch etwas auf Eure Klugheit ein und glaubt, den rechten Weg zu gehen, aber es ist ein Weg des Todes. Ich schmecke Unglück auf meinem Gaumen.«

14

Marguerite, das Kind meiner einzigen Liebesnacht, ist geboren. Seit Monaten bin ich ermattet. Jeden Morgen habe ich Mühe aufzustehen. Jeden Tag kämpfe ich gegen meine Schwäche an. Ich habe nicht einmal die Kraft, meine Kinder zu empfangen. Ihre Lebendigkeit macht mich unendlich müde. Werde ich sterben?

Und wenn es so ist: Fürchte ich mich vor dem Tod? Der Körper ist zur Fäulnis bestimmt, die Seele ein Irrlicht, das Schicksal unberechenbar. Ist es nicht besser, die Nöte und Plagen des Lebens hinter sich zu lassen und in ewigen Schlaf zu versinken?

François ist in den Krieg gezogen. Tag für Tag bange ich um ihn. Ich werde ihn lieben bis zu meinem Tode. Ich vermag mich nicht von ihm zu befreien. Ich werde meinen Tod nicht bekämpfen, wenn er naht. Vielleicht bringt er Erlösung. Hast Du mir dieses unglückliche Leben beschert, Gottvater, um mir die Angst vor dem Sterben zu nehmen? Meine Kinder sind versorgt. Nichts hält mich auf, wenn es Dein Wille sein wird, mich zu Dir zu nehmen. Wenn es nur bald geschehen könnte, wäre es eine große Gnade für mich. Ich möchte weder weitere Kinder gebären noch Witwe werden, und François, falls er zurückkehrt, auch nicht mit seiner neuen Liebe, Anne Pisselou, und all den anderen Frauen teilen. Ich bin nicht mehr imstande, dieses Leben zu ertragen.

Gewiss, ich weiß, mein Gemahl ist ein Getriebener, eine verlorene Seele, die Zuflucht sucht in einem Meer von Frauenkörpern. Selbst seine große Liebe, Françoise, um die er so sehr weinte, musste viele andere Frauen neben sich erdulden. Er hat sogar, ich konnte nie darüber sprechen, weil es mich so erschütterte, ein keusches Bürgermädchen dazu gebracht, sich das Antlitz zu verätzen. Sie sah keine andere Möglichkeit, sich seiner Nachstellungen zu erwehren. Welche Grausamkeiten hat er noch auf dem Gewissen? Und wie mögen die vielen Frauen leben, die Kinder von ihm haben?

Und wie lebe ich? Meine Seele ist schwerer erkrankt als mein hinfälliger Körper.

»Oh, Kerze«, sprach die Motte. »Ich ertrage die Hitze deiner Flamme, ich wage, mich dem Tod zu stellen. Sobald ich dir nahe komme, setzt du mich in Flammen! Und doch, wie könnte ich je von dir lassen?«

Da sprach die Kerze: »Verdamme mich nicht, denn ich erleide dieselben Qualen. Sieh meine Flamme. Sie lässt mich brennen und dahinschmelzen. Sieh, wie sie mich ganz und gar verschlingt.«

Ich schließe mein Büchlein, lösche die Kerze und suche Frieden, nichts als Frieden.

15

Mit dreissigtausend Soldaten, einem bunt gewürfelten Haufen aus Franzosen, Schweizern, deutschen Landsknechten und Italienern, nebst Waffen, Zelten und meinen Küchenwagen machten wir uns auf den Weg nach Mailand. Wir befanden uns bereits in Italien, als der König vom Tod seiner Gemahlin erfuhr. Ich habe noch heute Mitleid mit Königin Claude. Sie war nur vierundzwanzig Jahre alt geworden. Geduldig gebar sie dem König ein Kind nach dem anderen. Sieben Kinder brachte sie in den neun Jahren ihrer Ehe zur Welt. Louise, Charlotte, François, Henri, Madeleine,

Charles und Marguerite. Die einen sagten, sie hätte sich von ihrer letzten Geburt nicht mehr erholt, die anderen, der König hätte sie mit Syphilis angesteckt. Sie litt an juckenden Hautflechten, bevor sie starb.

Als Paltoquet vom Tod der Königin erfuhr, wurde sein Gesicht aschfahl und seine Augen waren von einer Sekunde auf die andere von schwarzen Schatten umrändert. Er zitterte wie ein verängstigter Vogel, der aus dem Nest gefallen ist. Ich nahm ihn in die Arme, ich weiß nicht, wie lange wir uns umarmten. Minuten, Stunden? Wir standen fest umschlungen, als glaubten wir, uns vor der Welt schützen zu können.

Der König hatte seine Gemahlin nicht zu Grabe getragen. Er schritt im Eiltempo gen Mailand. Während die Kaiserlichen aus dem einen Stadttor entschwanden, trat der König durch das andere hinein. Noch waren die Kaiserlichen nicht besiegt. Sie hatten sich in Pavia, einer gut bewehrten Stadt, und in Lodi, einer Stadt, die erst in aller Eile zur Verteidigung hergerichtet worden war, verschanzt. Anstatt die leichter zu nehmende Stadt Lodi anzugreifen, entschied sich der König gegen alle Berater für eine Belagerung Pavias. Der Eigensinn ist die Energie der Dummen!

Der König marschierte auf Pavia zu, verschanzte sich vor der Stadt und richtete sich auf eine längere Belagerung ein. Jeden Tag kam es zu Scharmützeln und Gefechtsfeuern. Die Belagerten verteidigten sich mutig. Als die Lebensmittel in der Stadt knapp wurden und die Menschen begannen, Hunger zu leiden, kamen die kaiserlichen Heere Charles de Bourbons Pavia zur Hilfe. Sie gelangten bis auf Sichtweite an das französische

Feldlager heran. Der König fühlte sich überlegen. Sein Hochmut wärmte ihn genauso wie die Fettschicht eine gemästete Gans. Gänse aber werden geschlachtet.

Ausgerechnet am Geburtstag des Kaisers begann die Schlacht um Pavia. Die Kaiserlichen griffen im Schutz des Frühnebels an. Unermüdlich zerrissen die Geschütze des Königs die Körper der Feinde. Arme und Köpfe flogen durch die Luft. Noch nie hatte ich ein solch grausames Blutbad miterlebt.

Frankreich schien die Schlacht zu gewinnen. Schon hörte man die Rufe »Victoire! France! Victoire!«. Plötzlich verließ der König die Schanzen. Völlig unnötig führte er die Kavallerie in den Kampf. Er spielte Ritter wie in seiner Kinderzeit und stellte sich, ohne die Gefahr zu erkennen, genau zwischen den Feind und die eigenen Kanonen. Wieder fiel mir Paltoquets Spruch ein. Dulce est, desipere in loco. Man muss verstehen, zur rechten Zeit töricht zu sein. Der König hat das nie gelernt. Der König, der König, der König … Er schickte uns alle ins Verderben.

Die Truppen des Kaisers bäumten sich noch einmal auf. Da die Kanonen nicht mehr schießen konnten, ohne das Leben des Königs zu gefährden, gewannen die Feinde die Oberhand. Plötzlich war der König von spanischen Hakenbüchsenschützen umzingelt. Die Männer, die den König zu verteidigen suchten, verloren einer nach dem anderen ihr Leben. Der König hatte sie aus Dummheit und Übermut in den Tod geschickt. Ich dankte Gott im Himmel, dass Paltoquet überlebte und unversehrt blieb. Er rettete dem König das Leben, indem er ihn in einer Rübenmiete versteckte.

Die Spanier riefen: »Victoria! Victoria! España!« Sie

verfolgten die Verlierer und schnitten den Männern die Kehlen durch. Noch eine gute Stunde töteten die Spanier jeden, der noch aufrecht stand. Dann plünderten sie das französische Lager. Ich blieb nur durch eine glückliche Fügung am Leben. Ich war vor Angst ohnmächtig geworden. Nur weil man mich für tot hielt, fügte man mir keinen Schaden zu.

Der König wurde gefangengenommen und in das Kastell Pizzaghettone gebracht, das etwa zwölf Wegstunden östlich von Pavia liegt. Ihm war es erlaubt, einige seiner Gefolgsleute mitzunehmen. Er verzichtete weder auf seinen Leibkoch noch auf seinen Narren. Paltoquet und ich begleiteten den König in die Gefangenschaft. Es war eine schreckliche Zeit. Aber es sollte noch schlimmer kommen. Wenn das Schicksal sich für das Unglück entschieden hat, wendet sich das Blatt nur selten zum Guten. Seit dem Tod der Königin Claude schien unser aller Leben dem Abgrund entgegenzustürzen.

16

Wie soll ich die folgende Zeit beschreiben? Jeder Tag, jeder Monat wurde widerwärtiger als der vorhergehende.

Der Kaiser hatte dem König durch einen Gesandten

seine Friedensbedingungen unterbreitet. Karl der Fünfte verlangte nicht nur Oberitalien, sondern auch Flandern, Artois und vor allem das Herzogtum Burgund mit allen dazugehörigen Grafschaften, Städten und Territorien. Um den Frieden zu sichern, forderte er François Premier auf, Eleonore von Österreich, die Schwester des Kaisers, zu heiraten. Zudem verlangte Karl der Fünfte einen gemeinsamen Kreuzzug gegen die Türken. Die Franzosen sollten mit den Italienern, Österreichern, Spaniern und Flamen unter dem Kommando des Kaisers marschieren.

»Ich werde Burgund unter keinen Umständen herausgeben!«, schrie der König. »Eher werde ich zeit meines Lebens ein Gefangener bleiben!«

Der König schickte die kaiserlichen Forderungen an seine Mutter, die mit Karl dem Fünften verhandelte. Auch Louise lehnte ab, dem Kaiser Burgund zu überlassen. Schnell waren die Verhandlungen gescheitert, denn nichts konnte Karl den Fünften dazu bewegen, auf das Herzogtum Burgund zu verzichten.

Der König blieb in Gefangenschaft. Als man plante, ihn in ein Gefängnis in Neapel zu überführen, suchte Paltoquet, den König zur Flucht zu überreden:

»Majestät, ich habe herausgefunden, dass der Transport nur aus vierzehn Galeeren und achthundert Spaniern besteht. Ihr sollt über Genua nach Neapel gebracht werden. Lasst die französische Flotte kommen. Schreibt an Eure Mutter. Ich werde ihr den Brief überbringen. Ihr wisst, Eure Gefolgsleute dürfen sich zwischen Pizzaghettone und Lyon frei bewegen. Ich werde einen Weg finden, den Brief hinauszuschmuggeln.«

Der König schrieb an seine Mutter und Paltoquet machte sich auf den Weg. Nachdem Louise den Brief gelesen hatte, befahl sie sofort, die königliche Flotte zu schicken. Doch als Paltoquet zurückgekehrt war und die französischen Schiffe in den ersten Junitagen vor Genua bereitlagen, hatte der König seine Meinung bereits geändert. Anstatt sich befreien zu lassen, hatte er beschlossen, mit dem Kaiser persönlich von Mann zu Mann zu verhandeln.

Paltoquet schrie ihn an: »Welches Tier ist so dumm, seinen Strick zu zerreißen und in die Gefangenschaft zurückzukehren?«

Nichts konnte den König umstimmen. Die französische Flotte schloss sich den spanischen Bewachern an und segelte nach Spanien, um den König zu einer persönlichen Audienz beim Kaiser zu begleiten. Aber der Kaiser empfing den König nicht, sondern ließ ihn in das finsterste aller Gefängnisse nach Madrid bringen. Wir wurden im Turm des Alkazars eingekerkert. Vierhundert Soldaten bewachten den Turm, der so hoch war, dass man die Wachen von oben nur als schwarze Pünktchen erkennen konnte.

Fast ein Jahr blieben wir im Turm des Alkazars eingesperrt. Der König lebte in einem kleinen Raum, der sich für einen König, selbst wenn es sich um eine Gefangenenzelle handelte, als unwürdig erwies. Er enthielt nur ein Bett, einen Tisch, ein paar Stühle und eine Truhe. An den Wänden hingen weder Wandteppiche noch Vorhänge und das einzige Fenster, durch das nur wenig Licht einfiel, war vergittert.

Ich musste mich schuldlos mit einer Küche begnügen, die einer Gruft glich. Die Decke war niedrig, ein Fenster nicht vorhanden. Mir stand nur eine Kochstelle zur Verfügung. Wie sollte ich mit nur einer Kochstelle für einen König kochen?

Ich verbrachte Stunden damit, die unzulänglichen Lebensmittel, die wir erhielten, in etwas Geschmackvolles zu verwandeln. Der König dankte es mir nicht. Immer häufiger schob er mein Essen beiseite. Je länger er in Gefangenschaft war, desto unerträglicher wurden seine Launen.

Auch Paltoquet war missmutig. Er lief in der Zelle umher wie ein gereizter Löwe im Käfig, ständig darüber nachgrübelnd, wie man aus dem Turm entfliehen könne. Er untersuchte das Türschloss, beobachtete genau, zu welchen Zeiten Wachwechsel war oder wann Nahrung und Feuerholz gebracht wurden. Eines Tages hatte er eine Flucht vorbereitet.

»Majestät, Ihr müsst fliehen. Der Kaiser wird Euch niemals freilassen, bevor Ihr nicht seine Forderungen akzeptiert. Ich habe den Mohren bestochen, der uns Feuerholz bringt. Reibt Euch morgen Abend Gesicht und Hände mit Ruß ein. Wenn der Mohr das Holz bringt, werdet Ihr anstatt seiner das Zimmer verlassen. Dann begebt Ihr Euch vor die Wälle, wo Pferde bereitstehen, die Euch schnell bis zur Grenze bringen.«

Der König hatte sich vorbereitet, aber der Plan scheiterte. Vielleicht hatte der Mohr alles verraten. Jedenfalls erschien er nie mehr, um Feuerholz zu bringen.

Der König erkrankte schwer. Er ertrug das Eingesperrtsein und die Schmach, Verlierer und Gefangener des Kaisers zu sein, nicht. Keine Frauen, keine Jagd, keine Feste, Turniere und Maskeraden, niemand, der »Vive le roi« rief und ihn bewunderte. François der Erste seines Namens, der große Cäsar der Franzosen, verkümmerte zu einem Häufchen Elend. Der Kaiser war bemüht, das Leben François Premiers zu erhalten, denn mit einem königlichen Kadaver ließen sich keine Forderungen erpressen. Er schickte seine besten Ärzte. Doch die Krankheit des Königs verschlimmerte sich und die Ärzte gaben alle Hoffnung auf, ihn zu retten.

Ich gebe zu, als der Tod des Königs sich ankündigte, beschlich mich ein Gefühl der Erleichterung. Alles würde ein Ende haben, das Leben in diesem elenden Kerker mit einer Küche, die mehr als zu wünschen übrig ließ, die Launen und Marotten des Königs, sein Hochmut und seine Verbohrtheit, die nur zu Unheil führten.

Der König fiel in eine tiefe Bewusstlosigkeit. Man ließ in seinem Zimmer einen Altar errichten und eine Messe lesen. Als der Bischof Kelch und Hostie hochhielt, erwachte François Premier und bat darum, das Sakrament zu empfangen. Als er den Kopf hob, um zu schlucken, brachen plötzlich Sturzbäche von Eiter aus seiner Nase. Ein Abszess, der sich im Kopf entwickelt hatte und die Ursache seines Leidens darstellte, war geplatzt. Der König war gerettet und kurze Zeit später genesen. Ich wünschte, er wäre damals gestorben!

Wir blieben gefangen, da der Kaiser weiterhin Burgund verlangte. Um ihren Sohn endlich aus der Haft zu befreien und ihn vor erneuter Erkrankung zu bewahren, entschloss sich Louise, Burgund an den Kaiser abzutreten. Sie ließ Duprat einen Vertrag ausarbeiten, in dem sie alle Forderungen des Kaisers akzeptierte.

Als Garantie für alle Vereinbarungen sowie die Zahlung des Lösegelds von zwölf Millionen Talern forderte Karl der Fünfte die beiden älteren Königssöhne als Geiseln. Louise willigte ein und bereitete alles vor, dem Kaiser François und Henri zu übergeben. Der Austausch sollte an den Ufern der Bidassoa stattfinden.

Am Tage der Übergabe waren die Ufer wie ausgestorben. Nur zwei Schiffe lagen sich gegenüber. Wir begaben uns auf das am spanischen Ufer festgemachte Boot, der Dauphin François und sein kleiner Bruder Henri auf das Boot am französischen Ufer. Die Schiffe trafen sich in der Mitte des Flusses. Als der König seinen Söhne begegnete, wusste er ihnen nur zu sagen, sich vor Krankheiten zu hüten, immer gehorsam zu sein und dass er sie bald wieder zurückholen lassen würde. Mit dieser Lüge auf den Lippen bekreuzigte er sich, erteilte seinen Kindern den väterlichen Segen und begab sich auf die französische Seite.

»Ich bin wieder frei!«, schrie er. »Ich bin wieder frei! Jetzt bin ich König. Ich bin wieder König!«

Gleich nach seiner Rückkehr erklärte der König im Rat alle Vereinbarungen und Versprechen, die der Kaiser ihm abverlangt hatte, für nichtig.

17

An meinen Freund, den Hofnarren Paltoquet

Mein treuer Freund!

Ich spüre, dass ich sterben werde. Die Medizin kann mir nicht helfen. Jeden Tag erwarte ich meinen Tod, der tröstlich ist, denn er nimmt mir die Schmerzen des Körpers und der Seele. Mein Herz, mein Freund, drängt mich, solange meine Kraft noch ausreicht, ein letztes Grußwort an dich zu richten. Paltoquet, hab' Dank für all die Stunden, die ich mit dir verbringen konnte. Du hast mir deine Zuneigung, dein Mitgefühl, dein Herz geschenkt. In deiner Nähe fühlte ich mich geliebt, geborgen und verstanden. Wem, wenn nicht dir, könnte ich meine Tagebücher anvertrauen? Sie liegen in der blauen Samtschatulle, die diesem Brief beigefügt ist. Sie mögen dir erklären, warum ich, obgleich du mir mein Schicksal stets vor Augen führtest, nicht anders handeln konnte. Ich will nicht klagen. Ich habe so gelebt, wie ich es vermochte.

Es ist Zeit, Abschied zu nehmen. Ich schenke dir als letzten Gruß ein Märchen. Ich habe es eigens für dich geschrieben.

»Zwei Stiefel saßen am rechten und am linken Fuß des Königs. Der linke war wunderschön anzusehen, mit glänzenden Schnallen und Edelsteinen besetzt. Der andere war stumpf und ausgetreten. Ob schön

oder hässlich, beide Stiefel saßen fest an des Königs Füßen und hatten ihm zu dienen. Er trat auf ihnen herum, wie es ihm beliebte, wilder als ein Ochse auf seinem Stroh. Den rechten benutzte er zum Treten und Stoßen, den linken, den schönen, nur zu seinem Vergnügen. Obwohl beide Stiefel ihm treue Dienste leisteten, ihn allzeit schützten und warm hielten, seine Wut wie auch seine Lust befriedigten, machte er sich nichts aus ihnen. Für ihn waren es zwei ganz gewöhnliche Stiefel.

Die Stiefel des Königs führten ein elendes, einsames Leben. Nur des Nachts, wenn der König schlief, konnten sie sich ein wenig von Mühsal und Plage erholen und ihre Blessuren pflegen. In einer Nacht, der König war in einen tiefen Schlaf gefallen und schnarchte, fiel der rechte Stiefel vor Erschöpfung um. Der linke Stiefel sorgte sich sehr, denn Stiefel pflegen wie Pferde aufrecht zu schlafen, wenn sie bei Kräften sind. So gut es ging, schmiegte er sich an seinen Wegbegleiter und streichelte seine ausgezehrte, rissige Haut. Von da an sehnten sich die Stiefel nach der Nacht und hofften, der Tag, an dem sie stets voneinander getrennt marschieren mussten, möge nicht so lange dauern. Eines Tages schleuderte der König seinen rechten Stiefel, der von der vielen Arbeit undicht geworden war, von sich und warf ihn in einen Graben. Er verlor auch die Lust an dem linken Stiefel, warf diesen in hohem Bogen auf ein Rübenfeld. Der rechte Stiefel moderte im Wasser vor sich hin. An dem linken pickten schwarze Raben. Sie pickten ihm die Edelsteine heraus, rissen ihm die Schnallen von der Haut, bis er vor Schmerz und Kummer zugrunde ging.

Der König indes ließ den Schuster kommen, ihm neue Stiefel anzupassen.«

Versprich mir, Paltoquet, schütze dich, gib auf dich acht!

Leb wohl, getreuer Freund, und gräme dich nicht bei der Nachricht von meinem Tode, denn dann bin ich erlöst. Ich werde immer in Begleitung von Engeln sein, aller Begierde, Furcht und düsterer Gedanken ledig, niemals Angst vor dem Tod haben und für immer in Sicherheit sein vor der Bitternis des Erdenlebens. Ich schließe mit dem Wort ›Glückseligkeit‹.

Reine Claude

18

Das Leben nach der Rückkehr aus der Gefangenschaft nahm vorerst seinen gewohnten Lauf. Ich kochte von morgens bis abends. Ich freute mich, in meiner Küche zu arbeiten und meine Köche und Küchenjungen um mich zu haben.

Wir waren vielleicht seit vierzehn Tagen aus Spanien zurück, als Perette le Lois mich in der Küche aufsuchte.

»Madame le Lois, wie schön, Euch wiederzusehen. Wie geht es Euch? Was führt Euch nach Amboise?«

»Ich hatte einen Botendienst zu machen. Ich dachte, ich schaue bei Euch vorbei, wie früher, als Königin Claude noch lebte.«

Perettes Augen füllten sich mit Tränen.

»Meister Bertrand, sie war so einsam, als sie starb. Niemand aus der Familie hat ihr beigestanden in der schwersten Stunde ihres Lebens. Sie waren in alle Winde verstreut. Sie starb qualvoll. Ihr könnt Euch nicht vorstellen, was sie ausgestanden hat. Ihr Körper war von juckenden Pusteln übersät. Die Ärzte banden ihr die Hände fest, damit sie sich nicht blutig kratzte. Ich versuchte, ihr zu helfen. Die Ärzte ließen mich gewähren, da sie wieder einmal versagten. Ich probierte alle Salben und Pulver, die mir bekannt waren. Als nichts half, schickte ich nach Heilerinnen, die mir vertrauenswürdig erschienen. Keine vermochte der Königin Linderung zu verschaffen. Nur der Tod konnte sie von ihrem Leid befreien.

Könnte ich sie doch zurückholen! Sie fehlt mir so sehr.« Perette schnäuzte sich. »Man balsamierte ihren Körper und verwahrte sie wegen des Krieges vorerst im Zinksarg in der Saint-Callais-Kirche auf Blois. Sie wird zusammen mit ihrer Tochter Louise nach Saint-Denis überführt werden. Gott allein weiß, wann das sein wird.

Sie hat es nicht verdient zu sterben, Meister Bertrand!«

»Fürwahr, Perette, sie war die ehrenwerteste und liebenswürdigste Königin, die jemals gelebt hat. Wenn sie nicht im Paradies ist, werden wenige dorthin gelangen.«

19

Krieg, Krieg, Krieg. Wie ein Gericht, das man durch Überwürzen unwiederbringlich verdorben hat, dem man aber, in dem Glauben, es schmackhaft zu machen, weitere Gewürze hinzufügt, entspann sich ein Krieg nach dem anderen und zerüttete das Land. Blut und Geld flossen in Strömen. Weder König noch Kaiser hatten die Stärke, den Krieg zu gewinnen. Obwohl beide den Frieden herbeisehnten, waren sie in ihrer Verbohrtheit nicht bereit zu verhandeln. Erst Louise de Savoie und die Tante Karls des Fünften, Margarete von den Niederlanden, beendeten das sinnlose Blutvergießen. Die beiden Frauen handelten in Cambrai einen Waffenstillstand aus. Der König verzichtete auf Italien und auf die Niederlande, der Kaiser trat das Herzogtum Burgund für immer an Frankreich ab und erklärte sich bereit, die beiden Söhne des Königs gegen ein hohes Lösegeld freizugeben. Um dem Friedensbund Dauer zu verleihen, musste der König versprechen, des Kaisers Schwester Eleonore zu heiraten.

Abermals flammte der Zorn des Königs auf:

»Mir bleibt keine Wahl. Ich bin gezwungen, Eleonore zu heiraten, aber niemals werde ich Genua, Asti und Mailand aufgeben. Ich werde den Frieden nutzen, neue Kräfte zu sammeln.«

Im Lande kehrte Frieden ein. Aber im Herzen des Königs brach der Krieg aus. Als die Hochzeit mit Eleonore von Österreich bevorstand, gebärdete er sich unberechenbarer und launischer als je zuvor. Er war schon lange nicht mehr der große Cäsar. Er hatte in Gefangenschaft gelebt und sich den Demütigungen seines verhassten Feindes aussetzen müssen. Mit der Heirat Eleonores war sein Stolz gebrochen. Er haderte mit seinem Schicksal.

»Sie hat den Körper einer Riesin, so groß und lang ist er. Und Zwergenbeine. Sie gleicht einer Missgeburt.«

Paltoquet erwiderte mit eisiger Stimme:

»Der König der Franzosen müsste sich nicht über eine ihm vom Feind aufgezwungene Braut echauffieren, wenn er auf seinen Narren gehört hätte und wenn er die schönste und gutherzigste aller Königinnen, seine liebenswerte Gemahlin Claude, nicht in den Tod getrieben hätte.«

»Verschwinde!« Der König warf Paltoquet das königliche Zepter an den Kopf. Die Windhunde, die zu Füßen des Königs lagen, sprangen auf und fletschten die Zähne.

20

Der König gab sich immer maßloser seinen Vergnügungen hin. Er preschte mit seiner Jagdmeute durch die Wälder, verlor sich in den Betten der Frauen oder trieb sich auf den Schlossbaustellen herum. Er ließ

Grundrisse und Holzmodelle von Schlössern und Türmen anfertigen. Die Bauarbeiten standen nicht mehr still, einerlei, ob es regnete oder der Frost einzog. Tausende von Tagelöhnern schafften Sand, Gips und Steine heran. Unzählige Lasttiere und Fuhrwerke trafen mit Baumaterial aus Italien ein. Um alles bezahlen zu können, plünderte François Premier die Kirchenschätze und ließ das Silberzeug seiner Untertanen einschmelzen. Die Staatskasse war schon lange leer.

Mit den Baustoffen trafen italienische Baumeister und Bildhauer ein. Sie hämmerten und meißelten bis zur Erschöpfung. Während des Winterfrostes entfachten die Arbeiter Feuer zum Auftauen der Steine. Selbst bei Nacht arbeiteten sie im Schein der Talgkerzen. Der König eilte von Baustelle zu Baustelle, diskutierte mit den Handwerkern und Künstlern und ordnete Veränderungen und Verbesserungen an. Er war in baulichen Fragen sehr bewandert. Als Architekt wäre er Frankreich vielleicht nützlicher gewesen.

Sein Übereifer brachte dem König keine Erleichterung. Er war mit allem, was er unternahm oder was ihm geboten wurde, unzufrieden. Nichts lenkte ihn von seiner Schmach ab. Seine Seele war in ihren Grundfesten erschüttert und verletzt. Er nörgelte und schimpfte über jede Kleinigkeit. Der Tisch sei nicht richtig gedeckt, die Pagen unaufmerksam, das Essen nur lauwarm, die Gänge schlecht komponiert, die Musik einschläfernd und der Poet unbegabt. Auch Paltoquet bekam seine Launen zu spüren.

»Narr, deine Scherze schmecken nach faulem Obst.«

Drei Tage vor den Hochzeitsfeierlichkeiten mit Eleonore schickte der König Paltoquet an die Tafel der unteren Dienerschaft, während neben dem König ein anderer Narr, der ein altes Kostüm von Paltoquet trug, Platz nahm. Als sein Rivale zur Laute griff und ein Lied vortrug, stürzte sich Paltoquet auf den Spielmann und schlug mit Fäusten und Fußtritten auf ihn ein, bis der Gaukler bewusstlos zu Boden fiel und dem Mann Blut aus Mund und Platzwunden strömte.

Das Gelächter des Königs erfüllte den Saal. Es klirrte Eis in seinem Lachen.

»Ein köstlicher Scherz!«, rief er mit schneidender Stimme. »Schafft den Spielmann fort! Versorgt seine Wunden! Und du, Paltoquet, setz dich wieder an deinen Platz!«

Paltoquet setzte sich. Eine eigentümliche Ruhe war über ihn gekommen. Diese Stille erschreckte mich mehr als sein Wutausbruch. Ich begann, mich vor der Zukunft zu fürchten.

21

Wir weilten in Paris, als Kanzler Duprat aus England zurückkehrte. Er war zu jener Zeit viel gereist, um neue Bündnispartner zu finden und die alten zu erhalten. Ich hoffte, sein Zorn gegen Paltoquet hätte sich mit der Zeit der Gefangenschaft des Königs und seiner Abwesenheit gemäßigt. Leider ergab sich keine Gelegenheit, dies zu erfahren.

Der Kanzler sollte zum Kardinal ernannt werden. Der König ließ zu Ehren Duprats ein großes Fest ausrichten, zu dem alle hohen geistlichen Würdenträger geladen waren.

»Bertrand«, sagte Paltoquet, »bringe einen fetten Satansbraten, verziert mit roten Pflaumenhütchen, auf den Tisch.«

»Hüte dich, weiterhin die Kirche oder Duprat zu verhöhnen. In diesen Zeiten haben auch Hofnarren keine Narrenfreiheit mehr. Der König ist launischer als je zuvor. Wenn du glaubst, er würde dich schützen, bist du ein wirklicher Narr.«

Plötzlich schrie Paltoquet mich an. Nie zuvor hatte er mich angeschrien.

»Ich weiß, dass ich ein Narr bin, und ich weiß auch, dass die ganze Welt närrisch ist und dass ich sie darum als Narr zum Narren halten kann.«

Ich konnte Paltoquet nicht zur Vernunft bringen. Während des Festes zu Ehren Duprats entzündete er ein Feuerwerk an Beleidigungen gegen die Kirche und Duprat. Mir wurde vor Sorge um ihn schwindelig.

»Die Seelenfänger, Oberhäupter aller Kirchengänger,
Sie liegen bei den Weibern vorn, bei Männern umgekehrt.
Sie fressen Fleisch und lassen ihre Schäflein fasten.
Sie darben nie, sie saufen nur und prassen;
Und ziehen, wenn es nicht langt, an den Glocken-

strängen;
Denn wer's lang hat, der lässt es auch lang hängen.

Hélas! Werte Gäste, die Geistlichen sind fromme Gesellen, die sich ihr Leben zu verschönern wissen.

Majestät, ich muss Euch diese Geschichte erzählen:

Es war einmal ein nachdenklicher Kardinal, der sich nach langem Wirken plötzlich erinnerte, der Nachfolger der Apostel zu sein. Er führte ein ausschweifendes Leben und war ein leidenschaftlicher Sammler. Im Laufe seines Lebens gab er riesige Summen aus, um schöne Gewänder, seltene Manuskripte und Edelsteine zu erwerben. Er besaß eine sagenhafte Sammlung von Kameen, unter ihnen befanden sich Exemplare aus Silber, Jaspis und Prasem. Wie alle Kardinäle hatte er große Schulden gemacht, die er nicht zurückzahlte. Eines Tages betrachtete er seine Kleidung und fragte sich: ›Was soll dieser Glanz der Gewänder? Ist das Reinheit der Lebensführung? Was soll die purpurne Innenseite? Zeigt sie nicht eigentlich die brennende Liebe zu Gott? Und was soll die Weite und Länge des Gewandes, das noch ein ganzes Maultier umhüllt und sogar ein Kamel bedecken könnte? Deutet es nicht ursprünglich auf die Liebe? Wozu brauche ich überhaupt Geld als Stellvertreter der armen Apostel?‹

Der Kardinal fand keine Antwort. Er verschenkte seine Schätze, verzichtete auf alle Ehrungen, Ablässe und Lustbarkeiten und setzte an deren Stelle Nachtwachen, Fasten, Tränen, Gebete, Predigten, Studien, Seufzer und tausend ähnliche Mühen.

Natürlich kann nicht jeder Kardinal, Bischof oder gar

Papst so handeln. Sonst würden alle Bediensteten, das ganze Gesindel, das den römischen Stuhl beschwert, am Hungertuche nagen. Das wäre eine äußerst unmenschliche Tat. Lassen wir unserem Kardinal, seiner Eminenz Duprat, seine Segnungen und Exkommunikationen. Es ist aufreibend, das Volk zu belehren. Die Heilige Schrift auszulegen, verlangt zu viel Studium, Beten ist zeitraubend, Dürftigkeit ist peinlich und Unterwerfung ist schimpflich. Lassen wir ihn lieber verdammen, verbannen und zum Tode verurteilen. Lassen wir ihn die teuflischen Schädlinge des Kirchenstaates ausmerzen. Denn er ist unwissend. Er weiß nicht, dass es keine verderblicheren Kirchenfeinde gibt als gottlose Päpste, die Christus in Verruf bringen, ihn mit Abgabeverordnungen binden, sein Wesen mit gewaltsamen Deutungen verfälschen und ihn durch ihren ruchlosen Lebenswandel umbringen.

Heiliger Kardinal Duprat, gebt mir ein Stück Eurer roten Kutte als Reliquie. Ich werde mir damit den Hintern abwischen und das Stück Stoff in die Latrine werfen. Dann rühre ich den Kot um und rufe: Weh, weh, zu Hilfe, mein König, ich suche die Reliquie des ehrbaren Kardinals Duprat. Ihr, mein König, werdet Euer Gesicht hinab zu den Kammerdeckeln beugen, ich werde noch einmal kräftig im Kot rühren, damit Euch der Gestank, der von unten aufsteigt, in die Nase zieht.

Mein König, Ihr müsst nach Rom gehen und dort mit dem Papst schimpfen, damit alle es sehen, sonst glauben sie nie, dass Ihr katholisch seid. Dann macht Ihr Euch ein schönes Klistier mit Weihwasser und flugs werdet

Ihr von allen anderen Sünden reingewaschen. Vor allem von der Sünde, einen solch erbärmlichen neuen Kardinal geschickt zu haben.

Schicke lieber mich! Der Papst weiß Narren und Spaßmacher mehr zu schätzen als Kardinäle und Mönche. Neulich Nacht standen zwei ganz zerlumpte, schmutzige Männer vor den Pforten seines Palastes. Sie suchten wegen eines furchtbaren Unwetters Schutz. Der Pförtner ließ sie ein, weil er sie für fahrende Spielleute hielt, und meldete sie ihm. Sogleich hatte der Papst sich mit dem Sakristan, dem Kellermeister und zwei jungen Mönchen auf den Weg gemacht, die Fremden willkommen zu heißen. Er versprach sich einen vergnüglichen Abend. Als die Fremden mit strengem Angesicht erklärten, sie seien keine Spielleute, sondern Franziskaner, wurden sie von ihm mit Fußtritten und Faustschlägen hinausgeworfen.

Majestät, der Papst glaubt so sehr an die heilige Jungfrau Maria, wie ich an die Seele eines Esels glaube! Er weiß nicht einmal, wie man betet und die Heilige Messe feiert. Und jetzt, mein König, muss ich mich zurückziehen. Ich will zum Heiligen gegen die Torheit beten. Möge er mich von meinem dummen Geschwätz befreien. Vielleicht gelingt es ihm gleichzeitig, etwas gegen meine Übelkeit auszurichten, die mich immer häufiger befällt.«

22

Ein beängstigendes Ereignis folgte auf das andere wie die Mahlzeiten, die sich in gleichmäßigem Rhythmus aneinanderreihten. Kurz nachdem Duprat Kardinal wurde, war die Marienstatue im Herzen von Paris, an der Ecke der Rue du Roi-de-Sicile und der Rue des Juifs, zerstört worden. Scharenweise strömten entsetzte Bürger zur verstümmelten Statue der »Mutter Gottes«. Auch wenn Luthers Schriften sich über das Land verbreitet hatten, Kirchenleute, Lehrer und brave Bürger die Heilige Schrift in kleinen Zirkeln diskutierten, wurden seine Ideen von der Mehrheit des Volkes verworfen.

Duprat nutzte das Ereignis für seine Pläne.

»Majestät, wir müssen Maßnahmen ergreifen. Alles geht seinem Umsturz entgegen – die Religion, die Gesetze, ja, selbst der Thron – alles infolge dieser lutherischen Verschwörung.«

Der König stiftete eine neue Statue aus Gold mit Silberpanzer, ließ sie in einer großen Prozession aufstellen und setzte tausend Écus d'or als Belohnung für denjenigen aus, der den Namen des Täters preisgäbe. Alles Weitere überließ er Duprat. Der Kanzler verdreifachte seinen Eifer, Reformer zu verurteilen.

Während die Scheiterhaufen loderten, wandte sich der König wieder vergnüglicheren Dingen zu. Ihn verlangte nach einem Maskenball. Paltoquet schlug vor, einen Ball mit Lüstlingen und Lotterweibern zu veranstalten. Höfische Manieren und höfische Kleidung sollten verboten sein. Er plante ein Charivari, wie ihn das Volk begeht. Eine Hofdame und ein Höfling sollten als Hochzeitspaar herhalten. Er wollte sie im Saal in ein großes Bett legen.

»Wie soll ich mich verkleiden?«, fragte der König.

»Ein König kann nur unerkannt an einem Charivari teilnehmen. Ihr werdet Euch mit Euren Ministern als Strohpuppen verkleiden. Alle Herren werden Kostüme aus Leinenstoff, auf die Strohhalme genäht sind, tragen. Dazu Gesichtsmasken mit einem kleinen Loch zum Atmen und kleinen Sehschlitzen für die Augen.«

Sogleich ließ der König den Maskenball ankündigen und die Kostüme fertigen. Die Hofschneider nähten Kutten aus alten Säcken und grobem Leinen. Auch ich wurde in die Vorbereitung des Spektakels einbezogen. Vor den Toren meiner Küche bildete sich ein Pulk von Höflingen, unter denen sich auch Paltoquet befand.

»Meister Bertrand«, riefen die Wächter, »die Damen und Herren wünschen Kochgeräte.«

Ich trat vor die Tür.

»Es gibt nichts. Kochgeräte sind kein Spielzeug!«

Paltoquet rasselte mit seiner Narrenschelle und sang:

»Gib uns eine große Pfanne,
Küchenhaken und 'ne Kanne,
Kupfertopf und Kellen,
die in den Ohren gellen.
Mit Mörsern woll'n wir klopfen
und uns den Wanst vollstopfen.«

Schließlich gab ich einige Geräte und etwas Geschirr heraus.

Am Abend des Maskenballs versammelte sich auf dem Schlosshof eine Schar wilder Männer und Frauen in den scheußlichsten Kostümen. Die Kutten waren mit allerlei Tand verziert. Ein Mann hatte Kuhglocken an sein Hinterteil gebunden, ein anderer das Sackleinen mit zotteligem Rosshaar oder Federn überzogen. An den Masken waren Hörner und Hahnenkämme befestigt. Schellenringe, die an Armen und Beinen oder als Gürtel getragen wurden, schepperten bei jeder Bewegung. Dazu klapperte und rasselte die Festgesellschaft mit meinen Küchengeräten und grölte Lieder in schrillen, hohen Tönen. Unter all dem Gekreische und Gequieke hörte ich ein dumpfes Trommeln. Ich erkannte Paltoquet, der mit einer Keule aus bemalter Leinwand auf einen Kupferkessel schlug. Er war als Satan verkleidet. Sein Kostüm war das gräulichste Teufelskostüm, das ich jemals gesehen hatte. Er trug eine Maske mit weit aufgerissenem Maul und gefletschten Zähnen. Sie hatte einen Mechanismus, mit dem er das Maul öffnen und schließen konnte. Über dem Mund ragte eine riesengroße, knorpelige Nase hervor, die wie ein Schnabel oder Schweinsrüssel aussah. An der Maskenhaut waren zusätzlich sehr lange Ohren, ein Hirschgeweih und ein roter Bart befestigt. Das Gewand, das Paltoquet umhüllte, war aus schwarzem, mit Fratzen bemaltem Leder gefertigt und mit einem Schwanz versehen.

Wom tom tom, wom tom tom, dröhnte es in meinen Ohren. Ein beklemmendes Gefühl stieg in mir auf, das sich durch Paltoquets wilden Gesang, der wie Zähneknirschen klang, verstärkte.

»Wir beginnen unser Spiel,
tollwütig sein ist unser Ziel.
Wir grunzen, kreischen voller Wonne,
so wie ein Mönch auf seiner Nonne.
Wir ziehen in die Halle ein,
wo unser Pärchen liegt allein.
Wir treffen uns zum Schabernack,
klopft heftig, Freunde, klack, klack, klack.
Zieht ein mit mächtigem Gegacker,
ihr wilden Leute, Hosenkacker.
Das Brautpaar fürchtet sich schon jetzt,
gleich wird sein Bettchen ganz zerfetzt.
Huzza! Genug der dummen Worte,
wir öffnen jetzt des Saales Pforte.
Dann machen wir viel Schreierei,
und saufen, hüpfen wild dabei.
Der eine hält den Arsch nach oben,
der andre wird den Teufel loben.«

Unter ohrenbetäubender Katzenmusik zog die Meute zum Festsaal. Die Strohpuppen stießen abscheuliche Laute aus. In wildem Galopp trieben sie die Gesellschaft mit ihren Besen voran, während die Hoftrompeter auf Wasserkannen bliesen.

Als sich die Saaltüren öffneten, tat sich im Innern eine dunkle Höhle auf. Die Wände des Saales waren mit alten Säcken und schwarzem Tuch behängt, der Boden mit Sand bestreut. Baumstämme und Strohballen dienten als Sitzgelegenheiten. Statt der Kerzenlüster hatte Paltoquet Kerzenstumpen in Eisenpfannen aufgestellt. An allen Säulen hingen Fackeln.

Die Meute erstürmte den Saal und tanzte um das Bett herum. Das Pärchen, ein Jüngling und eine Dame aus dem königlichen Freudenhaus, kreischte vor Vergnügen. Die Wilden stupsten die beiden mit Besen, Forken, Löffeln und Stöcken. Paltoquet schwenkte einen Krug, begoss die Liebenden mit Wein und kreischte, dass meine Ohren schmerzten:

»Mein Kräuterwein ist erste Wahl,
er stärkt den alten Schwanz noch mal
und macht die Scheide wieder schmal.«

Er versetzte die Feiernden in solche Erregung, dass alle Damen und Herren übereinanderherfielen wie die Tiere. In dem maßlosen Durcheinander beobachtete ich, wie eine Waldfrau mit verschrumpelter Hautmaske und Schlangenhaaren versuchte, die dickste Strohpuppe zu besteigen. Der Strohmann verlor das Gleichgewicht, fiel zu Boden und wälzte sich mit dem Weib von einer Seite zur anderen. Plötzlich hatte das Strohkostüm an einer Kerze Feuer gefangen. Panische Schreie durchdrangen den Raum. Alle traten zurück, um dem Feuer auszuweichen. Niemand konnte helfen, da alle Kostümierten mit Federn, Haaren und Stroh geschmückt waren und in Gefahr standen, sich selbst zu entzünden. Allein Paltoquet, der Teufel mit dem schützenden Ledergewand, eilte mit einem Eimer Wasser herbei, schüttete diesen über das Kostüm, bis es gelöscht war und nur noch ein Geruch von feuchtbrenzligem Stroh den Raum schwängerte. Kein Kostüm vermochte die Statur des Kanzlers zu verdecken. Durchnässt und von Qualm umgeben, versuchte Duprat, sich zu erheben. Er wälzte sich mehrmals am Boden, um auf die Knie zu kommen. Schließlich richteten seine Pagen ihn auf und führten ihn aus dem Saal. Duprat blickte sich nicht mehr um.

23

MEINE ERINNERUNGEN FÜHREN MICH IMMER TIEFER in die Geschehnisse hinein, vor denen ich mich jahrelang fernzuhalten suchte. Auch jetzt fühle ich den Drang, die Feder aus der Hand zu legen und das Unterfangen, die Schrecken und die Schlechtigkeiten, die sich mehr und mehr verdichteten, zum Leben zu erwecken, abzubrechen. Dennoch gibt es für mich kein Zurück. Ich muss mein Werk zu Ende führen.

Es vergingen vielleicht zwei Monate seit jenem Maskenball, als unser Land von einer verheerenden Hungersnot heimgesucht wurde. Die jahrelangen Kriegswirren und Missernten hatten ihre Spuren hinterlassen. Ratten und Mäuse, Hunde und Katzen waren längst geschlachtet und verschlungen. Wild zu jagen, war dem gemeinen Volk verboten, und von Unkraut, Laub und Schnecken konnten die armen Menschen nicht leben. Überall liefen bis auf die Knochen abgemagerte Elendsgestalten umher, die in Ställen, auf den Straßen oder auf Misthaufen starben.

Der Hungersnot folgte die Pest. Man glaubte, Gott hätte einen ansteckenden Wind geschickt, um uns Menschen für die moralische Verschmutzung unseres Lebens zu bestrafen. Aber wenn der stinkende Atem des Windes auch unschuldige Kinder und rechtschaffene Menschen trifft, wenn weder Gebete, Frömmigkeit noch Prozessionen gegen die Seuche helfen, wenn die Pest dazu führt, dass wir unmenschlicher handeln als je zuvor, was ist das für ein Gott, zu dem wir aufschauen und beten?

Die Pest brach zunächst in einzelnen Städten, Dörfern und Landstrichen aus. Der König berief eine Ratssitzung ein. Jeder hatte Vorschläge, um der Lage Herr zu werden und die Ausbreitung der Pest im Land einzudämmen. Stundenlang beriet man Maßnahme über Maßnahme.

»Wir müssen uns einen Überblick über das Ausmaß der Pest verschaffen, die Gesandtschaften anweisen, regelmäßig Bericht zu erstatten, und in geheimer Mission Boten in die betroffenen Regionen schicken. Die meisten Stadträte versuchen so lange wie möglich, das Ausbrechen der Pest in ihrer Stadt zu verheimlichen. Sie fürchten nachteilige Wirkung auf den Handel. Die Märkte zu schließen, den Handel zu unterbrechen, kann selbst diejenigen vernichten, die die Pest überleben.«

»Niemand will zu Hause mit einem Toten oder sterbenden Menschen eingesperrt sein. Viele Familien versuchen deshalb, Todesfälle oder Krankheiten zu verbergen und ihre Habe vor Verbrennung zu retten. Es hat sich auch herumgesprochen, dass einige Bürger, die unter Quarantäne stehen, verhungern. Die Menschen lügen, damit die Kranken nicht entdeckt werden. Wir müssen die Pestkranken ausfindig machen, registrieren, isolieren und ihre Häuser mit einem weißen Tuch oder Kreuz kennzeichnen. Häuser, in denen ein Todesfall vorkommt, sollten drei bis vier Wochen gesperrt und vor der Öffnung ausgeräuchert und mit Essigwasser ausgewaschen werden. Man muss dafür sorgen, alle Kleidungsstücke zu verbrennen. Sie tragen giftige, mit Pestilenz verdorbene Luft in sich. Zudem ist es erforderlich, die Leichen tief genug zu bestatten. Da die Verwesung verseuchte Gase produzieren kann, die aus dem Boden aufsteigen, ist es zusätzlich unerlässlich, die Toten außerhalb der Städte zu beerdigen, sie mit Kalk zu bestreuen und dadurch ihre Auflösung zu beschleunigen.«

»Es ist größte Eile geboten, endlich die Pflasterung und Reinigung der Straßen von Paris voranzutreiben, um die Stadt vor der Pest zu verschonen. Wir sollten den Stadtbewohnern nicht nur Geldstrafen, sondern auch körperliche Züchtigung androhen und ihnen befehlen, Anstandsorte und Senkgruben in ihren Häusern bauen zu lassen. Der Kot sammelt sich überall. Und die Fassaden der Pariser Häuser sind vom Urin zersetzt. Auch im Schloss herrschen schreckliche Zustände. Die Zuwege, die Innenhöfe, die Nebengebäude und die Korridore sind voller Urin und Fäkalien. Die schlechten Gerüche machen selbst vor den Türen des Ministerflügels nicht Halt.«

Der König unterschrieb einen ganzen Stapel Edikte,

alte, die er erneuerte, neue, die sogar den Bau von Siechenspitälern vorsahen. Aber sie wurden nie errichtet.

Die Pest wütete weiter. Sie ließ die Herzen der Menschen zu Stein werden. Ein Bürger scheute den anderen, fast kein Nachbar sorgte für den anderen. Selbst Anverwandte mieden einander. Frauen verließen ihre Männer, Männer ihre Frauen und Eltern ihre Kinder, ohne ihnen Pflege zuteil werden zu lassen. Wer es sich leisten konnte, flüchtete möglichst weit weg in gesündere Regionen. Viele Beamte, Geistliche und Ärzte flohen. Die Ärzte, die blieben, behandelten die Kranken nicht, weil sie fürchteten, sich anzustecken. Einige von ihnen konnten nur durch hohe Geldsummen dazu bewegt werden, sich der Kranken anzunehmen. Sie verschrieben Aderlässe, Theriak, schwere Brechmittel, starke Abführmittel, legten Wickel von Terpentin oder getrocknete Kröten auf die Pestbeulen.

Wer sich weder Arzt noch Theriak leisten konnte, verbrannte Kräutermischungen in Räucherpfannen, trug kleine Kugeln mit Duftstoffen am Körper und betete zu den Heiligen Sébastien und Rochus.

In diesen finsteren Zeiten lag die Königinmutter Louise krank darnieder. Sie litt hohes Fieber und sprach im Wahn Unverständliches daher. Einige ihrer Leibärzte behaupteten, es sei die Pest, andere bestritten dies. Aber niemand von ihnen berührte die Patientin. Als ihre Lymphknoten an Hals, Achseln und an den Leisten stark anschwollen, diese sich dunkel verfärbt hatten, wuchs die Furcht vor der todbringenden Krankheit.

Eilig beschloss der Geheime Rat, die Königinmutter nach Romorantin zu bringen. Louise starb auf dem Weg dorthin, in einem kleinen Dorf, dessen Namen ich vergessen habe. Sie schien nicht an der Pest erkrankt gewesen zu sein. Jedenfalls gab es keine weiteren Krankheitsfälle am Hofe.

Als der König vom Tod seiner Mutter erfuhr, fiel er vor Gram und Trauer in Ohnmacht. Ich indes weinte ihr keine Träne nach. Mich beunruhigte nur eines: Paltoquet hatte seine Beschützerin verloren. Wer würde von nun an Duprat in seine Schranken weisen? Er hatte sein Ziel, Kardinal zu werden, erreicht. Was könnte ihn noch davon abhalten, gegen Paltoquet vorzugehen? Doch plötzlich trat meine Sorge um Paltoquet in den Hintergrund. Mein ganzes Denken richtete sich, ohne dass ich es hätte verhindern können, auf meine Küchen. Auch dort breitete sich eine Seuche aus: Die italienische Pestilenzia.

24

Die Vermählung von Henri, dem zweitgeborenen Sohn des Königs, mit Katharina von Medici, der Nichte des Papstes Clemens des Siebenten, stand bevor. Papst und König hofften, durch die Ehe die immer größer werdende Macht des Kaisers einzuschränken. Der König versprach sich auch die Anrechte auf italienische Ländereien.

Katharina von Medici war ein junges Mädchen von vierzehn Jahren, ebenso alt wie ihr Bräutigam Henri. Mir gefiel die muntere Art der Italienerin, jedoch missbilligte ich ihre Köche, die sie mitgebracht hatte, wie auch die Gabeln, von denen sie einige Säcke mitführte. Die Italiener benutzten beim Essen von Fleisch neuerdings eine Gabel. Die junge Medici schien entschlossen, die Franzosen zu neuen Tischsitten zu bekehren.

Der König war seiner Schwiegertochter sehr zugetan. Später machte seine Bewunderung auch vor ihren Beinen, die bei der Jagd aus ihren geschlitzten Röcken lugten, nicht Halt. Sie ritt breitbeinig wie ein Mann. Das hatte noch keine Dame am Hofe gewagt.

François Premier stellte sie unter seinen Schutz.

»Wer Katharina schlecht behandelt, schädigt nicht nur die Interessen meines Hofes, sondern auch die Interessen Frankreichs. Was dieses reizende Mädchen allerdings mit meinem langweiligen Sohn anfangen soll, das weiß nur Gott im Himmel.«

Ich hielt es für selbstverständlich, dass die Verantwortung für das Hochzeitsmahl in meinen Händen lag, und hatte bereits mit den Planungen begonnen, als der König befahl, das Festmahl allein von Katharinas Köchen zubereiten zu lassen.

»Ich möchte die Geheimnisse der italienischen Kochkunst kennenlernen, Maître Bertrand. Stellt den italienischen Köchen alles zur Verfügung, was sie benötigen. Maestro Titano wird die Oberaufsicht führen.«

Ein Heer von Küchenmeistern drang in meine Küchen ein. Sie stolzierten in meinem Reich umher, rümpften die Nase, befanden, ich hätte die Gerätschaften unvorteilhaft angeordnet, räumten Kellen, Töpfe, Messer um, prüften die Fleischkessel und Backöfen. Der König hatte zwar angeordnet, den Maestros meine Küchensäle samt Helfern zur Verfügung zu stellen, aber er hatte nicht befohlen, dass sie mir meine ganze Küche durcheinanderbringen sollten!

Ich lief in meinen Küchen umher wie ein streunender Hund. Noch nie in meinem Leben hatte ich mich so einsam und nutzlos gefühlt. Die Cuocos hatten sich überall ausgebreitet. Die einen verarbeiteten Gemüse, das ich nicht kannte. Sie nannten es »Artischocken, Broccoli und Tartufoli«. Sie verwendeten weiße Bohnen und winzige kleine Zuckererbsen. In der Fleischküche schmorte ein Milchkalb. Sie kochten ein Gericht, das »Scaloppini« hieß. Statt schnittfester Saucen bereiteten sie flüssige Bratenfonds. Alle Saucen wurden mit Früchten verfeinert. In der Geflügelküche schmorten gefüllte Perlhühner und Enten in Orangensauce. Das ganze Küchengewölbe war von feinen, mild-süßlichen Aromen durchzogen. Ich hielt den Atem an. Ich wollte diese Düfte nicht mehr riechen, denn sie waren so angenehm, dass mir das Herz schmerzte.

Zwei Köche waren beschäftigt, einen Tempel zu errichten. Er ruhte auf einem mehrfarbigen Gelatine-Sockel. Seine Säulen waren aus Würstchen und seine Kapitelle aus Parmesanecken gebildet. Im Innern befand sich ein Notenpult mit Blättern darauf, die aus Pasta gefertigt waren. Der eine Koch malte die Buchstaben und Noten mit Streupfeffer auf, der andere ordnete gebratene Drosseln wie Chorsänger an.

Auch in der Backstube ging es hoch her. Die Italiener buken florentinisches Brot aus feinem weißen Mehl, fertigten feine Zuckerbäckereien und Pasteten aus Früchten und Honig. Ein Koch rührte ein Dessert, das sich »Zabaglione« nannte. Andere Süßspeisen füllte er mit Quark und Weichkäse.

Maestro Titano beaufsichtigte die Arbeiten. Er kam auf mich zu, lächelte überheblich und klopfte mir auf die Schulter.

»Das Mahl, Maestro Bertrand, ist bei uns eine elegante Zeremonie mit feinen Manieren, nicht eine Orgie fetttriefender, übermäßig gewürzter Speisen, über und über mit dicken Saucen besudelt, die man hier in Frankreich ungeordnet aufträgt und unappetitlich hinunterschlingt. Auf eine leichte Vorspeise folgen Fleisch, Pasteten, Geflügel, Käse und erlesene Süßigkeiten. Alle Geschmacksrichtungen sind fein aufeinander abgestimmt. Wir kennen nicht nur das Braten und Kochen, sondern auch das Schmoren und Pochieren. Durch feines Würzen unterstreichen wir den Eigengeschmack von Fleisch und Gemüse. Viele unserer Gerichte sind alla Lombarda, Toscana oder Bolognese, aber wir haben auch die ausländischen Küchen studiert. Eine besondere Spezialität sind unsere ›credenza‹, kalte Gerichte von Pastete und Würstchen bis zu Schellfisch, und andere Antipasti, die wir mit verschiedenen Süßspeisen kombinieren.

Während ihr Franzosen es nicht lassen könnt, mit aufgekrempelten Ärmeln bis zu den Ellbogen in Suppen und Puddings unterzutauchen und eure Finger, wenn überhaupt, am Brot zu reinigen, benutzen wir Gabeln und Servietten. Wir werden Frankreich von den Resten der Barbarei befreien! E basta, mehr gibt es nicht zu sagen!«

E basta, e basta. Er sollte sich nicht zu früh freuen, dieser Titano. Zwar schätzte der König italienische Pasta, aber er bevorzugte Deftiges. Er liebte mein in kräftigen Würzkräutern gesottenes Fleisch, meinen Rehrücken mit Kruste oder den Räucherbraten vom Schwein. Und erst die Kapaunschenkel!

Maestro Titano begann, mir die Unterschiede des Appetits zu erklären. Er sprach von jenem, den man vor Tisch empfindet, und einem anderen, der zwischen dem zweiten und dritten Gericht noch vorhanden ist. Er beschrieb die Verschiedenheit der Salate, je nach Jahreszeit, welche gewärmt und welche kalt serviert, wie sie garniert und geschmückt werden sollten, damit sie das Auge erfreuten. Daraufhin legte er die Folge der einzelnen Gänge für das Festessen dar, in einer Sprache, wie sie im Allgemeinen für den Regierungsbericht eines Kaiserreiches üblich ist.

Ich ließ Titano stehen und verließ die Küche. Mir war die Kehle wie zugeschnürt. Die Fantasien, die in mir aufkeimten, erschreckten mich. Am liebsten hätte ich ihn mit einer scharfen Würzmarinade eingepinselt, auf den Spieß gezogen und sehr langsam gegart. Aber ich gehörte nicht zu den Menschen, die sich rächten. Noch nicht.

Am Hochzeitstag glitzerte die Braut in einer Brokatrobe, mit Perlen, Gemmen und Hermelin besetzt.

Auf dem Kopf trug sie das Geschenk des Königs, eine goldene Herzoginnenkrone.

Nachdem der Papst das Paar getraut hatte, zog die Hochzeitsgesellschaft von der Kapelle des Palais in den Festsaal. Papst und König tauschten die Geschenke. Der König schenkte dem Papst einen aus Gold und Seide gewebten Wandteppich, auf dem das Abendmahl dargestellt war. Der Papst hatte für den König ein zwei Ellen langes Horn von einem Einhorn mitgebracht. Es thronte auf einem Sockel aus Gold und sollte die Eigenschaft haben zu schwitzen, wenn vergiftete Speisen in der Nähe waren. Ich belächelte dieses Geschenk, das die Einfältigkeit der Herrschenden widerspiegelte.

Das Silbergeschirr funkelte im Schein unzähliger Kerzen. Für jede Person war eine große silberne Platte gedeckt. Darüber lagen eine vierfach gefaltete Serviette sowie Brot, Messer, Löffel und die Gabel. Statt der Pokale hatten die Italiener zierliche Gläser venezianischer Art gedeckt.

Ich fühlte mich erbärmlich. Ich war bereits tagelang ohne Arbeit und dazu verurteilt, mir das Treiben fremder Köche in meinem Reich anzusehen. Jetzt schritt ich, zur Untätigkeit verdammt, im Festsaal umher. Jede Fanfare, die den nächsten Gang ankündigte, stach mir wie ein Dolch ins Herz.

Als Vorspeisen trug Titano Salat und Melone sowie Täubchen auf. Es folgten Ragout mit Geflügelklößen, mit feiner Sauce bestrichene Artischockenböden, Kalbsnieren auf geröstetem Brot, Torteletti mit Schweinefleischfüllung, Meerfisch im Saft und vieles weitere feine Zeug. Ich mag nicht daran denken.

Ich beobachtete den König, der mit Vergnügen speiste, obgleich ihm wie allen anderen Herrschaften die Hälfte der Speisen auf dem Weg vom Teller zum Mund von der Gabel herunterfiel und die dünnen Saucen braune Spritzer auf Goldbrokat- und Samtjäckchen hinterließen.

Der König kostete von allen Gerichten. Bei jedem Gang verdrehte er die Augen und stieß verzückte Seufzer aus. Freudig nickte er Maestro Titano zu. Am Ende des Festessens rief der König:

»Alle Gerichte waren erlesen, leicht verdaulich und bekömmlich. Nie zuvor habe ich so vorzüglich gespeist!«

Gut gelaunt machte er sich ins Schlafgemach des Brautpaares auf, um sich vom Vollzug der Ehe zu überzeugen. Der Papst folgte ihm, während die Hochzeitsgesellschaft derweil eine Orgie mit Kurtisanen feierte.

Spät in der Nacht erglühte der Himmel. Feuerräder, rasende Schwärmer, berstende Lustkugeln, Raketen, aus denen plötzlich vielfarbige Bouquets hervorbrachen, gleißende Schnurfeuer und Kaskaden wirbelten am nächtlichen Firmament. Ich verdeckte meine Augen mit den Händen. Traurige Herzen können den Anblick von Helligkeit und Lichterglanz nicht ertragen.

Mich befiel große Übelkeit. Über fünfzehn Jahre hatte ich für den König gekocht, ihm selbst unter den schwierigsten Umständen jeden seiner Wünsche erfüllt. Ich hatte Fischbankette ausgerichtet, obwohl nicht genug Fisch vorhanden war, oder mitten im Winter frische Früchte aufgetrieben, weil den König danach gelüstete. Womit hatte ich mein bisheriges Leben verbracht? Mit einem Satz vernichtete der König mein Lebenswerk. Eine bittere Erkenntnis verdüsterte meine Seele. Ich hatte meine Arbeits- und Lebenskraft vergeudet. Fünfzehn Jahre lang hatte ich einen egoistischen, zügellosen, kaltherzigen, unberechenbaren und undankbaren König bekocht. Weder die Pracht seines Hofes noch der Prunk seiner Bauwerke oder seine viel gelobte Ritterlichkeit konnten darüber hinwegtäuschen. Mancher hielt den König für intelligent und beredt. Wer wie ich tagtäglich mit dem König lebte, konnte es besser beurteilen. Alles, was am König gut oder nobel schien, verkümmerte zu Hochstapelei und erbärmlicher Lüge.

Vier Tage lang quälte ich mich mit Magenschmerzen. Wut und Kummer schienen mich von innen her aufzufressen. Mich befiel hohes Fieber und ein entsetzliches Frösteln. Ich legte mich ins Bett und glaubte, ich müsse sterben. Vielleicht wünschte ich auch zu sterben. Mein Leben hatte seinen Sinn verloren.

Der König schickte seine Ärzte. Doch nach acht Tagen hatte sich mein Zustand so sehr verschlechtert, dass sie mich aufgaben. Paltoquet holte ein Kräuterweib aus dem Dorf, die in dem Ruf stand, schon manchen Todgeweihten geheilt zu haben. Als die Frau erschien, war ich fast ohne Bewusstsein. Schnell rieb sie mir Puls und Herz mit einem Öl ein und drückte mir die kleinen Zehen und die kleinen Finger fest zusammen, worauf ich wieder zu mir kam. Der Raum füllte sich mit Wohlgerüchen. Sie salbte mich ein und setzte mir mehr als zwanzig Blutegel auf das Gesäß. Täglich brachte sie neue Heilmittel, bis mein Zustand sich besserte und ich nach Kapaun verlangte. Ich aß, bis ich mich erbrechen musste und einen behaarten und einen Viertelelle langen Wurm ausspie. Es war ein ganz abscheulicher Wurm, grün, schwarz und rot gefleckt.

»Sorge dich wohl um Meister Bertrand«, sagte die alte Frau zu Paltoquet, »er wird jetzt schnell gesund werden.«

25

Ein König entlässt keinen Koch, dem er vertraut. Ich blieb Oberküchenmeister. Nach meiner Genesung wünschte der König, ich solle mich ganz der italienischen Küche widmen. Missmutig studierte ich die Kochbücher der Italiener. Die vielen und, wie ich heute zugeben muss, durchaus interessanten Ausführungen der Italiener hatten damals keinen Platz in meinem Kopf, denn er war bis an die Schädeldecke mit Groll gefüllt.

Das erste Mal in meinem Leben erfuhr ich am eigenen Leibe, welche Auswirkungen dieser Gemütszustand haben kann, welche Macht Hader und Unmut besitzen, einen Menschen zu einem Verhalten zu treiben, das er zuvor für unmöglich gehalten hätte.

Kurz vor dem Namenstag François Premiers verschwand des Königs Meerkatze Minou, die er sehr liebte. Ihn entzückten das schwarze Gesicht mit den weißen Backenbärtchen und das hellgrau schimmernde Fell. Besonders amüsierten ihn der rote Penis und der rote After.

Ich verabscheute das Tier. Überall sprang es umher und sein Kot fiel von der Empore herunter. Der Affe hüpfte von einer Schulter auf die andere oder krallte sich am Rücken fest und kreischte. Er schien den Schrecken der Damen und Herren zu genießen. Er stahl den Höflingen Schmuck, Schleifen und Hüte, lief zum König und zeigte ihm unter lautem Gekreische stolz seine Beute. Bei einem Souper hatte er sogar meinen Amtsstab entwendet.

Immer standen für Minou die köstlichsten Leckereien bereit. Des Königs größter Spaß bestand darin, Kleider für den Affen anfertigen zu lassen. Er spielte mit ihm wie mit einem Püppchen.

Der König war außer sich vor Sorge, als Minou verloren gegangen war. Er ließ das ganze Schloss absuchen und setzte eine hohe Belohnung für den Finder aus. Doch die Meerkatze blieb unauffindbar.

Ich würde mich jetzt gern vor der Wahrheit verbergen, da aber all mein Schreiben und Nachdenken vergebens wären, wenn ich mich nicht der Wahrheit stellte, werde ich nichts verheimlichen.

An seinem Namenstag bereitete ich dem König einen besonderen Leckerbissen zu. Ich kreierte ein italienisches Herzgericht, nur für ihn persönlich. Der König aß das Herzchen bis auf den letzten Rest. Die Speise schmeckte ihm vorzüglich.

Jetzt waren König und Äffchen wieder vereint.

Ich hatte den Affen des Königs zubereitet. Aber niemals, bei meiner Ehre, wäre ich zu diesem Zeitpunkt trotz allen Grolls auf den Gedanken gekommen, den König zu vergiften. Vielmehr war ich tief erschüttert, wohin mich meine Enttäuschung getrieben hatte. Ich fühlte mich, als hätte mich eine fremde Kraft gezogen, etwas zu tun, was ich nie für möglich gehalten hätte. Heute kann ich sagen: Meine Welt begann, aus den Fugen zu geraten.

26

Der König wurde immer launischer. Nichts schien ihm mehr zu gelingen. Zudem kränkelte er seit seiner Gefangenschaft. Er litt an Hautausschlägen und Entzündungen der Organe. Um sich abzulenken, ließ er immer häufiger seine Löwen in der Arena gegen Bären oder Stiere kämpfen. Nach einem dieser Kämpfe, die gereizten Löwen warteten gerade auf die nächsten Gegner, ließ der König seinen Handschuh in den Zwinger fallen.

»Hol ihn heraus, Narr!« Er übergab Paltoquet den königlichen Degen. Paltoquet legte ihm das Schwert zu Füßen.

»Beweist selbst Euren Mut. Jede Dame am Hofe wäre beglückt, den König der Franzosen mit Löwen kämpfen zu sehen.«

»Mein Königreich braucht mich. Auf dich kann es zur Not verzichten. Ich will sofort meinen Handschuh!«

Ein Raunen ging durch die Menge, als Paltoquet den Degen ergriff und sich dem Käfig näherte. Das Gebrüll der Löwen versiegte. Nur noch ein leises Knurren entfuhr ihren Kehlen. Unruhig schlichen sie auf und ab, die Schwänze von einer Seite zur anderen schlagend.

Paltoquet betrat den Zwinger. Er bewegte sich immer am Gitter entlang, seine Degenspitze gegen die Löwen gerichtet, die zu fauchen und zu brüllen begannen, sich aber abseits hielten. Er tastete sich bis zum Handschuh vor, schob ihn mit seinem rechten Fuß zu sich heran. Langsam ging er in die Hocke, um den Handschuh aufzuheben. Keine Sekunde ließ er die Löwen aus den Augen. Ein Löwe fauchte, hob seine Pranke, senkte sie wieder. Mit erhobenem Degen schlich Paltoquet sich am Gitter zum Ausgang zurück, stieg zur Empore hinauf und schleuderte den Handschuh vor die königlichen Füße.

»Werte Damen und Herren, der König der Niederlagen lässt die Löwen kämpfen! Er sollte jede Woche einen Narren oder noch besser, einen Lutheraner in den Zwinger stecken. Im Namen des Vaters, des Sohnes und des Heiligen Geistes, lasst die Löwen Narren und Lutheraner verspeisen, denn diese majestätischen Tiere sind es wert, gebührend ernährt zu werden. An Euch, mein König, hätten sie sich den Magen verdorben. Löwen missfällt im Allgemeinen das Fleisch alternder Lüstlinge, törichter Feldherren und allerchristlichster, katholischer Könige. Ihr Fleisch ist dégoutant. Es schmeckt so ähnlich wie das der Aasgeier.

Haltet Euch also weiterhin fern von den Löwenzwingern. Dennoch, eines ist gewiss. Auch Ihr werdet eines Tages sterben, wenn auch nicht im Löwenzwinger oder auf dem Scheiterhaufen. Auch Ihr werdet sterben und niemand wird Euch vermissen. Das ist so sicher wie das Amen in der Kirche, ob nun katholisch oder protestantisch. Und wenn Ihr zu Grabe getragen werdet, werden die Ausrufer die Glocken schwingen und an jeder Wegkreuzung rufen: ›Bittet Gott für die Seele des starrsinnigen, eitlen und allertäppischsten Hosenkackers, durch Gottes Gnade allermachtgierigster König von Frankreich, der Erste seines Namens, ein launischer Fürst und Vater des beschränkten Geistes. Lasst uns um ihn weinen, denn er war ein Tor. Mit seinem Verstand war es wie mit einem Wagenrad. Sein Denken war wie eine Nabe, die sich um sich selber dreht.‹«

27

In der folgenden Nacht huschten Gestalten durch das ganze Land und schlugen in allen Städten Plakate an. Auch im königlichen Schloss zu Amboise gelang es jemandem, ein Plakat direkt an der Tür des königlichen Schlafgemachs zu befestigen.

Der König las.

»Wahrhafte Artikel über den abscheulich großen und unerträglichen Missbrauch der päpstlichen Messe, direkt erfunden gegen das heilige Abendmahl unseres Herrn, einzigen Mittlers und Retters Jesu Christi.

Der Papst und sein ganzes Geschmeiß von Kardinälen, Bischöfen und Priestern, Mönchen und anderem Ungeziefer von Messehersagern und alle, die ihnen zuschauen, sind nichts anderes als Lügner und Betrüger. Die Messe ist angefüllt mit Glockenbimmeln, Geschrei und Singerei, Lichtleintragen und Weihrauchschwenken, Verkleidungen und vieler Art solcher Hexereien ...«

Einen Moment lang war der König sprachlos. Dann geriet er in maßlosen Zorn.

»Man ergreife ohne Unterschied alle, die des Luthertums verdächtig sind. Ich werde alle ausrotten. Ein Komplott hat sich zusammengeschmiedet, in das selbst Mitglieder des Hofstaates verwickelt sind. Ich werde jeden Lutheraner ergreifen, so wahr ich François der Erste, König von Frankreich, bin. Diese verdammenswerte Sekte darf in meinem Königreich keine Wurzeln schlagen. Verjagt die Häretiker, rottet sie aus!«

Der König überließ es Duprat, die Schuldigen zu suchen.

»Sorgt Euch nicht, Majestät«, sagte Duprat. »Ich werde nicht allein die Schuldigen treffen, sondern auch weithin sichtbar abschrecken, damit Verbrechen gegen Eure Majestät, gegen die Sicherheit des Staates und gegen die Religion im Keime erstickt werden.«

Der Kanzlerkardinal stellte Listen aller Verdächtigen zusammen und legte sie mit allen Namen dem König zur Unterschrift vor. Der König zögerte nicht, sie zu unterzeichnen.

Duprat eilte in die Kanzlei und ließ den Geheimen Staatsschreiber verschiedene Urkunden verfassen. Gewöhnliche Briefschaften versiegelte er mit gelbem Wachs. Diesmal ließ er das grüne Wachs erwärmen, das für Haftbefehle bestimmt war.

Ich versuchte, Paltoquet zu warnen.

»Fliehe, Paltoquet, geh ins Ausland. Der König wird dich nicht mehr schützen. Und Duprat wird dich beschuldigen, das Plakat an die Tür des königlichen Gemachs geheftet zu haben, und dich der Ketzerei anklagen. Du hast Zugang zum Gemach des Königs. Du führst scharfe Zunge gegen die Geistlichen. Und gegen den Gottesdienst. Erinnere dich gut. Du sagtest, der ganze Pomp des Gottesdienstes wirke darauf hin, den Verstand zu verwirren und die Einbildung zu blenden und zu fesseln. Man könnte wirklich meinen, du hättest die Flugschrift verfasst.«

Paltoquet lächelte.

»Mit der Inquisition scherzt man nicht«, sagte er.

Kriminalrichter Morin erhielt den Befehl, jeden Lutheraner in Paris zu verhaften. Als Erster wurde ein Schuhmacher namens Berthelot festgenommen. Er hatte die Anhänger des neuen Glaubens zu ihren geheimen Versammlungen gerufen. Morin drohte ihm mit dem Tod auf dem Scheiterhaufen, wenn er sich weigerte, den päpstlichen Boten in die Wohnung eines jeden Protestanten, so nannte man die Lutheraner inzwischen, zu führen. Die Furcht vor den Flammen siegte. Berthelot schonte niemanden. Von Soldaten, Priestern, Weihrauchträgern und Mönchen umgeben, zog der Schuster mit Morin durch die Straßen. Waren sie vor dem Hause eines Lutheraners angelangt, gab der Schuhmacher ein Handzeichen. Die Familien wurden herausgezerrt und in Ketten gelegt. Auch vor der Universität machte Morin nicht Halt. Der König hatte sich einmal gerühmt, die Gelehrsamkeit wiederbelebt zu haben. Es hatte ihm Freude gemacht, gelehrte Männer an seinem Hof zu versammeln. Jetzt ließ er sie verbrennen und in ganz Frankreich das Drucken verbieten.

Die Priester schürten die Wut des Volkes. Sie behaupteten, die Reformer hätten die Absicht, den Louvre zu verwüsten, die Kirchen anzuzünden, die Gläubigen während der Messe zu massakrieren und den König zu ermorden. Die Kirchenmänner brachten nicht den geringsten Beweis für ihre Anschuldigungen.

Der Pariser Pöbel geriet in Panik. »Das ist ein Deutscher«, schrien sie, »sein Tod wird uns Ablass bringen!«, und töteten einen flämischen Händler.

In allen Vierteln der Stadt errichteten die Büttel Scheiterhaufen. Tagelang loderten die Feuer. Ein besonderer Befehl war ergangen, das Feuer zu schwächen, um die Qualen der Opfer zu verlängern.

Auch Paltoquet war verhaftet worden. Jede andere Person hätte unbemerkt zu den Gemächern des Königs vordringen können. Mehrfach waren dem König Kleidungsstücke abhanden gekommen. Aus seiner Kapelle hatte man Leuchter entwendet. Einmal waren sogar drei Unbekannte bewaffnet in sein Gemach eingedrungen. Aber was spielte das schon für eine Rolle? Duprats Stunde der Rache war gekommen. Warum hatte ich nicht gehandelt? Ich werde mir das nie verzeihen. Ich hatte alles vorausgesehen. Paltoquet war ein Mensch, den man vor sich selbst schützen musste. Warum habe ich nichts unternommen? Warum? Warum? Weil ich, seit die Erde rund ist, der feigste Mann auf diesem Erdball bin.

Ich erhielt eine letzte Nachricht von Paltoquet. Philippe, sein Page, überbrachte mir eine blaue Samtschatulle. Ich zog mich in mein Zimmer zurück, stellte das Kästchen auf den Tisch und öffnete es. Zuoberst lag eine Schelle von Paltoquets Narrenkostüm, darunter zwei Briefe, von denen der eine an Paltoquet, der andere an mich adressiert war. Ich erkannte seine Schrift auf dem Couvert, das für mich bestimmt war. Die Bücher, die zuunterst lagen, beließ ich vorerst in der Schachtel.

Ungeduldig öffnete ich den Brief von Paltoquet. Er enthielt folgende Geschichte.

Ein König hatte einen Narren namens Toutou. Er war ein sehr lustiges Kerlchen. Als es mit ihm zu Ende ging, erkundigte sich der König nach seinem Befinden. Man sagte ihm: ›Es geht ihm schlecht. Er wird sterben, denn er will nichts zu sich nehmen.‹ Der König, der gerade soupierte, antwortete: ›Hier, nehmt die Suppe und sagt ihm, er soll mir zuliebe essen, sonst werde ich ihn nicht mehr gern haben.‹ Der König schickte den Kammerherrn, dem Narren dieses auszurichten. Der Tod hatte Toutou bereits in den Klauen, als der Narr antwortete: ›Wer hat ihm denn gesagt, dass ich nichts nehmen will?‹

Es war Sommer. Ein Fliegenschwarm umsummte den Narren. Toutou hob vorsichtig die Hand. Mit einem

Schlag erlegte er zwei Fliegen. ›Richtet dem König aus: Ich habe ihm zuliebe etwas genommen. Nun gehe ich ins Königreich der Fliegen ein.‹

Damit drehte er sich auf die Seite und starb.

Ich spürte, wie mein Herz gefror. Dann krampfte sich mein Magen zusammen. Es fühlte sich an, als hätte mir jemand mit der Faust in die Magengrube gestoßen. Ich ließ mich auf den Stuhl fallen. Tränen stürzten aus meinen Augen.

Zitternd öffnete ich den zweiten Brief. Es war ein Abschiedsbrief der Königin an Paltoquet. Ich weinte und weinte über die Ungerechtigkeit und Grausamkeit des Lebens.

Vorsichtig entnahm ich der Schachtel eines der Tagebücher. Ich strich mit der Hand über den Stoff des Einbandes, der mit blauen Blumenornamenten verziert war. Ich löste das goldene Bändchen. Jäh hielt ich inne. Ich vermochte die Zeilen nicht zu lesen, nicht in jenem Moment. Meine grenzenlose Traurigkeit und Verzweiflung ließ mich vor den Aufzeichnungen der Königin zurückschrecken.

Ich meldete mich krank. Zwei Tage blieb ich in meinem Zimmer eingeschlossen, zwei Tage, in denen ich die Tagebücher von der ersten bis zur letzten Seite las. Ich weinte abertausend Tränen. Mehr vermochte ich nicht auszurichten.

28

Der traurigste Tag meines Lebens brach an. Es war ein kalter, nebliger Wintermorgen. Die Menschen säumten dichtgedrängt die Straßenränder und fröstelten. Die Feuchtigkeit kroch unter ihre Gewänder, zog von den Füßen aufwärts in den Körper. Aber sie waren gezwungen, in der Kälte auszuharren. Der König hatte eine Sühneprozession angeordnet. Von den Kanzeln aller Kirchen hatten die Geistlichen alle Pariser aufgerufen, sich um sechs Uhr früh auf den Straßen einzufinden.

Die Häuser waren mit Trauerfloren behangen. Hier und da erhoben sich Altäre. Vor jedem Haus brannten Fackeln, deren Lichtschein im Nebel gefangen blieb. Die Menschen warteten. Schweigend hauchten und atmeten sie in die Kälte hinein. Als ein fahler Fackelschein die Spitze der Prozession ankündigte, ging ein dumpfes Raunen durch die Menge. Zuerst erschienen die Bürger von Paris. Sie gingen paarweise, mit Wachsfackeln in der Hand. Dahinter schritten die Gemeindepfarrer aller Kirchspiele mit Bannern und Kreuzen. Ihnen folgten die Mönche der Bettelorden: Franziskaner, Jakobiner, Augustiner und Karmeliter in ihren Kutten. Neugierig reckten die Menschen die Köpfe. Die Reliquienschreine erschienen. Der Schädel des heiligen Martin von Tours, der Schädel des heiligen Philippe, das Bild des pfeildurchbohrten heiligen Sébastien. Barfüßig trugen Bürger der Stadt Reliquien der Schutzheiligen von Paris, die der heiligen Geneviève und des heiligen Marcel. Die höchsten Reliquien aus der Saint-Chapelle lagen in den Händen von vier Kardinälen. Ein Span vom echten Kreuz Jesu, die Dornenkrone, das Eisen der Lanze, die Jesu Seite durchbohrte.

Duprat ritt, umhüllt von seinem Kardinalsgewand, an der Spitze der Geistlichkeit. Ihm folgten die Kirchenfürsten in ihren juwelenbehangenen Purpur- und Scharlachgewändern. Die Hostie trug du Bellay, der Bischof von Paris. Die Söhne des Königs hielten den samtroten Baldachin schützend über sie.

Der König erschien. Er trug weder Krone noch königliche Gewänder. In einfacher Robe aus schwarzem Samt, mit entblößtem Haupt und gesenktem Blick erschien er seinem Volk als Büßender. Vor jedem Altar beugte er sich demütig, nicht wegen seiner eigenen Laster und Vergehen, die seine Seele verunreinigten, sondern um der Todsünde seiner Untertanen willen, die sich erfrecht hatten, die Messe zu verteufeln.

»Sire«, schrie jemand aus der Menge, »lasst Gerechtigkeit walten!«

Dem König folgten die Höflinge, die Mitglieder des Parlaments und der Magistrat von Paris. Vierhundert königliche Bogenschützen beschlossen den Zug.

Mehrere Stunden lang zog die Prozession durch die Stadt, bis sie vor Notre-Dame Halt machte.

»So wahr ich euer König bin«, sprach der König zum Volk, »wüsste ich eines meiner eigenen Glieder von dieser grässlichen Fäulnis des Ketzertums befleckt und angesteckt, ich ließe es mir von euch abhauen. Noch mehr! Sähe ich eines meiner Kinder damit verpestet, ich würde es nicht schonen. Ich würde es selbst ausliefern und Gott zum Opfer bringen, wie ich einige meiner Diener zum Tode verurteilt habe, die zu Verrätern des wahren Glaubens geworden sind.«

Auf der Place de Grève waren Gerüste und Scheiterhaufen errichtet. Sechs Ketzer sollten hier am Abend den Tod finden.

Ich zitterte am ganzen Körper. Mit der rechten Hand hielt ich die Fackel, mit der linken umfasste ich die kleine Schelle von Paltoquets Narrenkappe. »Gott im Himmel«, betete ich, »er soll nicht so lange leiden.«

Paltoquet wurde in einem Stützkarren auf die Place de Grève gefahren. Nur ein Leinenhemd bekleidete ihn. Sein Kopf hing auf der Brust. In seinem Körper war alle Kraft erloschen. Er schien bereits in eine andere Welt übergegangen.

Die Scharfrichter banden Paltoquet ans Gerüst.

Meine Erinnerungen sind zu lebendig, als dass ich die Kraft fände, sie wiederzugeben. Ich sträube mich, das, was mein Herz gebrochen hat, noch einmal zu durchleben. Ich breche ab. Nein, nein, ich schreibe weiter. Ich muss mich meiner Vergangenheit stellen.

Der Kriminalrichter verkündete das Urteil.

»Dieser hier soll an den Brustwarzen, Armen, Oberschenkeln und Waden mit glühenden Zangen gezwickt werden, und auf die gezwickten Stellen soll geschmolzenes Blei, siedendes Öl, brennendes Pechharz und mit Schwefel geschmolzenes Wachs gegossen werden. Dann binden wir ihn und lassen ihn von den Pferden auseinanderziehen. Der zerstückelte Leichnam wird zwei Tage lang dem Vergnügen des Volkes überlassen. Die

Überbleibsel seines Körpers werden dem Feuer zugeführt.«

Paltoquet hob das Haupt. Dann senkte er es wieder.

Der Scharfrichter nahm eine etwa anderthalb Fuß lange Zange aus Stahl zur Hand und begann seine Arbeit.

Danach machten sich Männer, Frauen und Kinder daran, den gevierteilten Leichnam zu zerfetzen. Sie schnitten ihm die Nase ab, rissen ihm die Augen aus, zertrümmerten Zähne und Kiefer und hackten ihm das Glied ab. Die Menschen glaubten, ihr Geldbeutel würde niemals leer, wenn sie darin ein Fingerglied oder ein anderes Knöchelchen eines armen Sünders aufbewahrten. Oder sie vor Ungeziefer geschützt würden. Das Hirn eines Gerichteten galt als Medizin gegen Tollwut, seine Haut gegen die Gicht. Einige versuchten, frisches Blut aufzufangen, denn schon ein paar Tropfen, glaubten sie, könnten die gefährlichsten Krankheiten kurieren.

Der König schenkte dem Geschehen keine Beachtung mehr. Er befahl, Paris zu verlassen. Er gedachte, den Frühling an der Loire zu verbringen.

29

Alles, was ich über Paltoquets Hinrichtung berichtet habe, erfuhr ich vom alten Papin, dem Barbier, denn ich war ohnmächtig geworden. Ich erwachte erst in meinem Schlafgemach, die Schelle von Paltoquet in der verkrampften Faust. Eine Woche lang übergab ich mich, bis nur noch grüne Galle aus mir spie.

Ich hatte versagt. Ich hatte meinen Freund nicht in Sicherheit gebracht. Ich hatte ihn nicht einmal in den Tod begleitet. Nicht einmal in seiner schwersten Stunde hatte ich Paltoquet beigestanden.

Ich fiel in tiefe Verzweiflung und beschloss, der Welt, in der ich lebte, den Rücken zu kehren. Ich überlegte, als Schiffskoch bei Kapitän Cartier anzuheuern. Er war bereits im letzten Jahr das erste Mal aufgebrochen, um die Nordwestpassage nach China zu entdecken. Dann siegte der Hass, der von meiner ganzen Seele Besitz nahm. Ein teuflischer Gedanke durchfuhr mich. Ich blieb. Ich musste bleiben.

Ich begann, die verschiedensten Gifte zu mischen, und ordnete sie den unterschiedlichsten Speisen zu. Ich bedachte auch alle Gewohnheiten und Vorlieben von Kanzler und König. Ihre Arzneien, die sie einnahmen, ihre Lieblingsspeisen, ihre Krankheiten und wie diese sich nach außen hin zeigten. Auch den Vorkoster beobachtete ich genau. Ich bemerkte schnell, dass er sehr einfältige und regelmäßige Gewohnheiten hatte, zu probieren. Es würde leicht sein, ihn zu täuschen und am Leben zu lassen.

Ich schlief schlecht und wenig. Bald lief ich mit dunklen Ringen um die Augen umher. Meine Gedanken kreisten immer wieder um die Frage, wann und wie ich die Gifte anwenden könnte. Es war wie ein Lied, eine Melodie, die man ständig summt und die einem nicht mehr aus dem Kopf geht. Schließlich erprobte ich die Gifte an einigen Tieren. Auch der Lieblingshund des Königs und sein Reiher, der ihm stets folgte, waren unter den Opfern. Meine Gifte schlugen bestens an.

Antoine Duprat hatte sich inzwischen um die Wahl zum Papst beworben. Plötzlich war Eile geboten. Mir war weder daran gelegen, dass Duprat den Hof verließ, noch dass er zum Papst gewählt würde. Ich verbrachte zwei schlaflose Nächte. Ein Tier zu töten, war das eine, aber den Schritt zu machen, einen Menschen zu vergiften, versetzte mich trotz allen Hasses und aller Vorbereitungen, die ich sorgfältigst getroffen hatte, in Angst und Schrecken. Meine ganze Zuversicht versiegte. Auf einmal war ich mir nicht mehr sicher, alles genau bedacht zu haben. Ich wälzte mich schlaflos im Bett. Wenn alles scheiterte und man mich verurteilte? Kalter Schweiß trat mir auf die Stirn. Ich kroch tief unter meine Bettdecke. Aber gab es noch ein Zurück? Antoine Duprat durfte nicht am Leben bleiben. Paltoquet würde es mir nie verzeihen. Einmal in meinem Leben würde ich über meinen Schatten springen und all meine Feigheit überwinden, um für meinen Freund Gerechtigkeit walten zu lassen. Diese Gedanken fraßen sich in mich hinein und ließen mir keine Ruhe mehr.

Als der Morgen dämmerte, war mein Entschluss gefasst. Antoine Duprat würde sterben.

Ich fand Mittel und Wege, ihm seine Dosen zu verabreichen. Der Kanzler aß hemmungslos alle Gerichte, die man ihm vorsetzte, und er litt schon seit jeher an Magenverstimmungen. Ich hatte ein Gift gewählt, das sich im Darm bemerkbar machte. Duprats Verdauung geriet aus den Fugen. Mehrere Wochen plagten ihn unerklärliche Koliken. Zunächst hatte er Darmverstopfung. Die ratlosen Ärzte setzten ein Klistier nach dem anderen. Sie spritzten Salz mit kaltem Wasser, laues Öl, Haferschleim und Kamillentee, auch Lein- oder Rüböl. Doch wenn sie endlich den befreienden Stuhlgang bewirkt hatten, erkrankte Duprat an übermäßigem Durchfall. Einmal schaffte er es nicht einmal, den Speisesaal zu verlassen. Eingehüllt in die Ausdünstungen seiner Exkremente, rannte er hinaus. Wenig später starb er. Alle nahmen an, seine Gefräßigkeit hätte ihn in den Tod getrieben.

Erst als Duprat tot war, wurde ich mir meiner Tat bewusst. Ich war wie benommen und fieberte. Meine Gedanken begannen sich zu verwirren, verzerrte Bilder nahmen von mir Besitz: Zerfetzte Körperteile Paltoquets, Isabelle im Gemach des Königs, Königin Claude schreiend im Kindbett, Maestro Titano in meiner Küche, Schlachtfelder, mit Leichen übersät, und überall brennende Scheiterhaufen, die Duprat eigenhändig entzündete. Die Bilder verschwammen, überlappten und vermischten sich vor dem Hintergrund der lodernden Flammen der Scheiterhaufen. Ich glaubte, wahnsinnig zu werden. Plötzlich war es in mir totenstill. Ein furchtbarer Gedanke stieg in mir auf: Er ist zu schnell gestorben. Duprat hat nicht genug gelitten. Der König wird nicht so leicht davonkommen.

Erst jetzt wurde mir deutlich, wie sehr ich hasste. Nichts auf der Welt würde mich davon abbringen, den König zu quälen, so lange es möglich war. Gleichzeitig ahnte ich, dass dieser Gedanke mich zugrunde richten würde. Es gab kein Zurück. Ich hasste zu sehr, um das Böse in mir zu bekämpfen. Hass ist Gift für den Verstand!

Ich hatte gerade alle Vorbereitungen abgeschlossen, als mich die Kunde vom plötzlichen Tod des Thronfolgers François erreichte. Er war in Toulon vergiftet worden. Ich erwähnte bereits, dass ich Katharina de Medici in Verdacht hatte.

Der König trauerte um seinen Sohn. Zudem missfiel es ihm, seinen Zweitgeborenen, Henri, als König von Frankreich anerkennen zu müssen, da er Henri nicht sehr zugetan war und ihn für unfähig hielt.

In der folgenden Zeit hatte der König nur noch den einen Gedanken, den Kaiser zu bekämpfen und Mailand zurückzugewinnen. Um sein Ziel zu erreichen, hätte er sich selbst mit dem Teufel verbündet. Während im Lande eine Ketzerverbrennung nach der anderen folgte, machte der König den Türken den Hof und schloss Bündnisse mit den lutherischen deutschen Fürsten.

Ich dosierte die Gifte nach Lust und Laune. Ich spielte mit dem König, labte mich an der Macht, die ich über ihn hatte. Der warme Dunst der Speisen erinnerte mich nicht mehr an Genuss und Lebensfreude, sondern nur noch an mein Ziel, den König so lange wie möglich leiden zu lassen. Ich war es Paltoquet schuldig.

Der König wurde immer kränklicher. Mehr und mehr begann ich, vor mir selbst zurückzuschrecken, denn ich genoss es, den König leiden zu sehen. Ich erfand immer neue Raffinessen, wie und wo ich das Gift untermischen und verabreichen könnte. Ich kochte ausschließlich italienisch. Auch die Kapaunschenkel bereitete ich nach italienischer Art – à la Lombarda – zu. Je mehr Abscheu ich gegen mich selbst empfand, desto diabolischer wurde mein Treiben. Der König litt inzwischen an Aftergeschwüren und offenen Wunden.

Von immer stärker werdenden Qualen geschwächt, ließ François Premier weiterhin Kriege führen. Er verwüstete sein eigenes Land, um Karl, der in Frankreich einfiel, aufzuhalten. Der König ließ seine Soldaten in die Dörfer ziehen und alles zerstören. Sie setzten die Kornspeicher in Brand und führten das Vieh fort. Sie zerschlugen die Mühlsteine und verseuchten das Wasser, verwüsteten die Gemüsegärten und verbrannten die Wälder, um die Truppen Karls auszuhungern.

Weder Kaiser noch König hatten die Kraft zum Sieg. Wieder ein Krieg. Wieder ein Waffenstillstand. Wieder ein Krieg. Ich hatte aufgehört zu zählen.

Während eines Waffenstillstandes erbat der Kaiser, Frankreich durchqueren zu dürfen, um einen Aufstand in Flandern niederzuwerfen. Gent hatte sich gegen Karls Schwester Maria, die in den Niederlanden regierte, aufgelehnt. Der Kaiser selbst trug die Schuld daran, da er den flandrischen Städten ungeheure Geldsummen abverlangt hatte, um den letzten Krieg zu finanzieren.

Die Route durch Frankreich erschien dem Kaiser am kürzesten und vor allem am ungefährlichsten. Im Westen und auf See musste er Heinrich den Achten fürchten, und in Deutschland ängstigten ihn die Lutheraner.

Der König stimmte der Durchreise zu. Obgleich das Gift schon an ihm nagte und ihn sehr schwächte, ließ er verkünden, er sei bei bester Gesundheit. Der Gedanke, seinem verhassten Rivalen zu imponieren, ihm die Größe Frankreichs vor Augen zu führen, ließ den König aufleben. Der Kaiserliche Rat forderte für den Aufenthalt Karls in Frankreich unzählige Garantien und Sicherheiten, die ihm ausnahmslos gewährt wurden.

Als Karl der Fünfte französischen Boden betrat, wurde er vom König in Empfang genommen. Auf den Gesichtern der Herrscher zeigte sich eine Freundlichkeit, die so echt war wie Diamanten aus Glas. Hinter ihren lächelnden Mienen verbargen sich zwei hungrige Wölfe, die es auf das gleiche Lamm abgesehen hatten.

Der König gedachte, den Kaiser auf der Durchreise zu begleiten. Das stellte meinen ganzen Plan auf den Kopf. Aber ich fand Lösungen und packte meine Küchenwagen.

Wir zogen durch die Städte und logierten in den Schlössern. Amboise, Blois, Orléans, Fontainebleau, Paris … Junge Mädchen, als griechische Göttinnen verkleidet, streuten Blumen, Springbrunnen sprudelten Weinfontänen, Triumphzüge und Mysterienspiele folgten. Der König badete in Pomp und Größenwahn. Und er badete in meinem Gift.

Ich hatte ein Festmahl nach dem anderen auszurichten. Alles verlief nach Plan, bis der Kaiser darauf bestand, nur von der Platte des Königs zu essen. Er war durch zwei Ereignisse verunsichert worden. Als Karl der Fünfte auf Amboise die Rampe hinaufgeritten war, hatte die seidene Tapete Feuer gefangen und er wäre beinahe im Rauch erstickt. In Paris blieb der neue Kanzler Poyet mit seiner Robe an einem Holzscheit hängen. Als er versuchte, sich loszureißen, sprang dem Kaiser ein Holzscheit an den Kopf. Niemand sprach von einem Attentat, doch das ohnehin eingeschränkte Vertrauen war verloren.

Ich reduzierte die Giftmenge. Dennoch erkrankte der Kaiser. Das mag daran gelegen haben, dass er die zweifache Menge der Gifte zu sich nahm. Er aß mindestens doppelt so viel wie der König. Er schluckte alles, auch die großen Fleischbrocken, hinunter, ohne zu kauen. Der Kaiser konnte gar nicht kauen. Sein Kinn sprang sehr stark hervor. Aus diesem Grund passten seine Kiefer nicht aufeinander und sein Mund stand ständig offen. Auch fehlten ihm viele Zähne.

Der Teufel in mir ließ nicht zu, mit dem Gift auszusetzen. Meine krankhafte Besessenheit hinderte mich. Ich hatte alles genau berechnet. Ein gutes Rezept durfte nicht verpfuscht werden.

Zu meinem Glück beschloss der kranke Kaiser abzureisen und mein Vorhaben verlief wieder in geordneten Bahnen.

Der Waffenstillstand währte nicht mehr lange. Schon im Jahr darauf hinterging der Kaiser den König, worauf der König ihm erneut den Krieg erklärte. Abermals unterlag François Premier und verlor Luxemburg.

Der König war nur noch ein Schatten seiner selbst. Die offenen Wunden verursachten ihm höllische Schmerzen. Ich versuchte, diesen Zustand so lange wie möglich zu dehnen und dosierte immer kleinere Mengen Gift.

Die meisten Kaiser und Könige oder Päpste sind ermordet oder vergiftet worden, um einen neuen Herrscher auf den Thron zu bringen. Ich gedachte niemanden auf den Thron zu heben. Ich wünschte, den König sterben zu sehen, so langsam wie möglich. Weiter gingen meine Gedanken nicht. Oder täusche ich mich?

Die Reformierten wurden im Lande immer gnadenloser verfolgt. Der König hatte ein neues Edikt erlassen, um, wie er sagte »die schlimmen Irrtümer in seinem Reiche auszurotten«. Er war in die Hände des Kardinals Tournon geraten. Die Hände Tournons waren blutrot wie sein Kardinalshut. Die Hölle ist immer auf Erden. Und die Teufel weilen unter uns Menschen, nirgendwo sonst.

Die Scheiterhaufen loderten unentwegt. Die Schreckensberichte nahmen kein Ende. Ich beschloss, mein Vorhaben zu beschleunigen, bevor noch mehr Unheil geschah.

Der König siechte nur mehr leidend dahin. Er ging noch zur Jagd, konnte aber nicht mehr zu Pferde sitzen und ließ sich in einer Sänfte tragen. Jeden Abend stellte sich jetzt das Fieber ein, unter dem er zuvor nur zeitweise gelitten hatte, und seine wunden Körperteile eiterten stark. Die Ärzte sahen darin ein gutes Zeichen. Je mehr Eiter sich bilde, desto mehr reinige der König sich von schlechten Stimmungen. Sie prophezeiten ihm ein langes Leben. Sie gedachten nur, ihre Köpfe zu retten. Der König war verloren. Wie ich berechnet hatte, traten wenig später eine Starre und ein Zittern ein. Der König flüsterte noch, er sterbe ruhigen Gewissens. Dann starb er, im unerträglichen Gestank dessen, was von seinem Leben übrig geblieben war. Ein fauliger Körperklumpen.

30

Ich war bei der Krönung François Premiers zugegen und nahm auch an seiner Beisetzung teil. Die Tradition verlangte zwei Bestattungen, eine des Körpers und eine des Herzens und der inneren Organe. Bereits am Todestag des Königs wurde ein Abdruck seines Gesichtes genommen und sein Körper ausgemessen, um eine Totenmaske und eine Holzstatue des liegenden Königs anzufertigen.

Am nächsten Tag öffneten die Ärzte seinen Körper, um Herz und Organe zu entnehmen. Ich hatte keine Angst. Ich empfand Genugtuung. Der König hatte lange gelitten. Nun wurde er zerstückelt. Mehr hatte ich für Paltoquet nicht tun können. Sie fanden ein Geschwür im Magen, geschädigte Nieren, verfaulte Eingeweide, die Kehle voller Geschwüre und eine angegriffene Lunge.

Die Speiseröhre eiterte blutig, die rechte Lunge war zerfallen. Sie konnte nicht herausgelöst werden, ohne sie zu zerreißen. Wässriger Eiter floss. Eiter überall. Auch im Hoden und in seinem Glied. Einer der Ärzte vermutete Schwindsucht, wegen der zersetzten Lunge, ein anderer Syphilis oder eine Erkrankung der Harnwege. Eine Fistel am Harnleiter hätte dem König unaufhörlich Schmerzen verursacht und den ganzen Körper infiziert. Nun, ich habe es anfangs erwähnt: Die Ursache seines Leidens blieb ungeklärt.

Herz und Organe wurden in getrennten Gefäßen verwahrt, der Körper des Königs mit Werg ausgestopft, einbalsamiert und von den Kammerherren in den Sarg gelegt. Das Herz und die Organe fanden in der Priorei von Haute Bruyère ihre letzte Ruhe. Fünf Tage später, am Tag nach Ostern, wurde der königliche Leichnam nach Saint-Claude, in das Haus des Bischofs von Paris überführt. Der Bischof hatte zwei Prunksäle herrichten lassen, den einen für den Sarg, den anderen für das Abbild des Königs, die Totenmaske und die Holzstatue.

Der Bischof ließ die Statue in das Paradebett legen, das man im Prunksaal aufgestellt hatte. Ich fühlte mich beklommen, als ich vor dem Bett stand. Der König schien nur zu schlafen. Sein Kopf ruhte auf zwei goldenen Kissen. Auf seinem Haupt trug er einen roten Hut, darüber die Krone. An die Füße hatte man ihm Halbschuhe aus Goldgewebe mit scharlachroten Sohlen aus Atlasseide gezogen. Ich starrte auf die Schuhe, dachte an Paltoquet und schluckte die Tränen, die in mir aufstiegen, hinunter.

Als wäre der König nicht gestorben, deckten wir jeden Tag zum Diner und Souper die Tafel. In der Mitte des Tisches stand eine kleine Miniatur, die der König sehr schätzte. Sie zeigt ihn beim Diner. Der König thront in der Mitte. Auf der linken Seite sitzt seine Meerkatze, zu seiner Rechten Kanzler Duprat, und vor des Königs Füßen sein Windhund. Ich starrte auf die Figuren mit dem Gedanken, dass ich sie alle vergiftet hatte.

Diener rückten den Sessel des Königs an den Tisch. Alle Herren, die ihm für gewöhnlich Gesellschaft leisteten, fanden sich ein. Der Kardinal sprach seinen Segen, die Pagen reichten dem Sessel des Königs Wasserbecken und Handtuch. Dann folgten die Speisen. Ich war angewiesen, alle Lieblingsgerichte des Königs aufzutragen. Zu jeder Mahlzeit stellte ich die Speisen auf den Tischplatz vor seinen Sessel. Elf Tage lang bewirtete ich ihn, elf Tage! Endlich wurde der Prunksaal mit schwarzem Tuch ausgeschlagen und das Paradebett mit der Holzstatue abgebaut.

Ein langer Trauerzug begleitete den königlichen Leichnam in die Kirche von Notre-Dame. Gegen elf Uhr war die Zeremonie beendet.

»Der König ist tot! Der König ist tot! Der König ist tot!«, rief der Herold. »Es lebe Henri der Zweite seines Namens! Es lebe Henri der Zweite seines Namens! Es lebe Henri der Zweite seines Namens!«

31

Ich bin am Ende meiner Geschichte. Ich habe alles, was mir widerfahren ist an Gutem und Bösem, noch einmal durchlebt und verstehe nun, dass schmerzliche Erkenntnisse sich nicht von selbst einstellen. Wenn sie mich als ungebetene Gäste überfielen, verstand ich sie nicht und ließ sie ins Dunkel meiner Seele zurückwandern. Erst nach den vielen Jahren, in denen meine unerträgliche Schlechtigkeit an mir nagte, erst jetzt, im hohen Alter, vermochte ich auf die Erlebnisse meines Daseins zurückzublicken, meine Versäumnisse und Fehler, die es begleiteten, zu erkennen und mich ihnen zu stellen.

Von Hass verblendet, habe ich mein Leben vertan. Ich habe alles verloren, was mir lieb und teuer war. Ich habe einzig bewirkt, als kaltblütiges Ungeheuer weiterleben zu müssen. Worin unterscheide ich mich von jenen, die die Menschheit quälen und die Menschlichkeit vernichten?

Was hätte Paltoquet zu meinen Morden gesagt?

»Willkommen im Kreis der Narren, Meister! Du hast dein Leben vergeudet. Das ist alles, was du erreicht hast. Glaubst du, du hättest etwas bewirkt? Hast du mich wieder lebendig gemacht? Hast du die Lutheraner gerettet? Glaubst du allen Ernstes, es würde sich etwas verändern? Die Welt wird immer zum Himmel stinken! Ein König folgt dem nächsten wie ein Krieg dem anderen. Und die Religion, Meister, scheint allein dazu zu dienen, sich gegenseitig zu bekämpfen und Blut zu vergießen, das Blut der Moslems, das Blut der Juden, das Blut der Katholiken, der Protestanten und aller anderen Glaubensgemeinschaften. Betet und tötet, höre ich die Eiferer rufen! Wie oft hast du dem König Torheit vorgeworfen! Du selbst bist der Tor. Vielleicht geschieht es sogar in der Zukunft, dass man unser Jahrhundert rühmt und uns beneidet. Wer weiß es? Nichts wissen wir.«

Mir bleibt nur eine Hoffnung, auch wenn sie mich einmal mehr zum Toren macht. Vielleicht erhält mein Leben einen Sinn, wenn die Menschen, die meine Zeilen lesen, aus meinen Fehlern und den Vergehen unseres Jahrhunderts lernen. In dieser Hoffnung lege ich meine Feder nieder, schließe mit mir und meinem Leben Frieden und warte geduldig auf das Ende meiner Tage.

Erstes Nachwort

Die Figuren des Oberküchenmeisters und des Narren sind fiktiv. Auch die Tagebücher der Königin Claude beruhen auf Fiktion.

Der König, Königin Claude, Königinmutter Louise de Savoie, Kanzler Duprat sowie die meisten anderen im Roman erwähnten Personen haben gelebt und gewirkt.

Die Übergänge von historischen Ereignissen zu fiktiven Szenen sind fließend.

Es sei erwähnt, dass die Vergiftung von Kanzler und König fiktiv ist. Sie bot sich auf der Basis der ungeklärten Todesursachen von Kanzler Antoine Duprat und König François dem Ersten als Romanhandlung an.

Zahlreiche im Roman erwähnte Details sind wahrheitsgetreu wiedergegeben. Der Bratspieß war eine nicht funktionierende Erfindung Leonardo da Vincis, das Wildschwein hat tatsächlich die Barrieren durchbrochen und ist vom König niedergestochen worden, der venezianische Spiegel hat auf dem Betpult der Königin gestanden, das Liebesgedicht wurde von François dem Ersten verfasst … Einige der Narrenscherze sind ebenfalls historisch verbürgt.

Auch die Fäkalsprache und die Scherze, die mit Kot und Leichen in Verbindung stehen, entspringen nicht der Fantasie der Autorin, sondern zählen zu den üblichen Späßen des 16. Jahrhunderts. Fäkalsprache war hoffähig, Rabelais einer der Autoren, der sie in die Literatur hat einfließen lassen.

Viele andere Zeitgenossen des Jahrhunderts sind in den Roman eingearbeitet. Zum Beispiel Leonardo da Vinci mit Ausführungen über das Sezieren von Leichen (auch die Küchenrätsel stammen von ihm), das Gedankengut Martin Luthers und Baldassare Castiglione mit Auszügen aus dem ›Hofmann‹, einem für die Zeit bahnbrechenden Buch, das neue Verhaltensregeln bei Hofe einführte.

In den Narrenscherzen finden sich unter anderem Ideen aus Erasmus von Rotterdams ›Lob der Torheit‹ wieder. Auch ältere Werke, ein Gedicht aus der ›Carmina Burana‹ und Gedichtzeilen von François Villon sind, teils verändert, eingearbeitet. Das Märchen ›Der Blumennarr‹ basiert auf einer alten chinesischen Erzählung. Das Erfinden von Geschichten und Umdichten bereits bekannter Texte gehörte zum Handwerk der Hofnarren.

Zur Schilderung von Vergiftungserscheinungen und eines Giftmörders wurden drei Dissertationen über das Thema hinzugezogen.

Zweites Nachwort

(DER SCHRIFTSTELLER) MACHT ZUSÄTZE, *ändert ab, streicht, ergänzt, erneuert, prägt um, erklärt und ist nach neunjährigem Brüten mit seinem eigenen Werk nicht zufrieden. Seinen trügerischen Lohn sucht er in der Anerkennung, die er aber nur bei wenigen findet und die ihn teuer genug zu stehen kommt. Nachtwachen, Schlaflosigkeit – wo doch der Schlaf von allem das Angenehmste ist –, Schweiß und Qualen gilt es auf sich zu nehmen. Dazu kommt die Zerrüttung der Gesundheit, die äußere Verkümmerung, Triefäugigkeit oder gar Blindheit, Armut, Neid, Verzicht auf Vergnügen, vorzeitiges Altern, früher Tod und was dergleichen mehr »Köstlichkeiten« sind. Für solche Übel glaubt der Weise sich entschädigt, wenn er bei dem einen oder andern Depp in Gnaden aufgenommen wird. Wie viel besser hat es der Schriftsteller meines Zeichens in seinem Wahn. Ohne große Vorarbeit schreibt er, was ihm gerade einfällt und unter die Feder kommt. Seine Hirngespinste setzt er gleich in Buchstaben um und hat nur wenig Scheu vor dem Druck. Er weiß, dass der gröbste Unfug von den meisten, das heißt von allen Dummen und Ungebildeten anerkannt wird. Was macht es schon aus, dass drei gebildete Männer, die es doch noch gelesen haben, verächtlich die Achsel zucken? Was wiegt schon die Stimme der paar Klugen gegen einen solchen Haufen?*

(Erasmus von Rotterdam, Lob der Torheit)

Zeittafel

1494	Geburt François' d'Angoulême, später François I., König von Frankreich
1498	Regentschaft Louis' XII. aus dem Hause Orléans als König von Frankreich (bis 1515)
1499	Geburt Claude de France, Tochter Louis XII.
1514	Heirat François' d'Angoulême mit Claude de France
1515	Tod Louis XII. François' d'Angoulême besteigt als François I. den französischen Thron Schlacht von Marignano Geburt des ersten Kindes Louise
1516	Konkordat von Bologna Geburt des zweiten Kindes Charlotte
1517	Thesenanschlag Martin Luthers zu Wittenberg
1518	Geburt des dritten Kindes, des Dauphins François Tod des ersten Kindes Louise

1519 Kaiser Maximilian stirbt
Kaiserwahl, Karl V. wird Kaiser
Geburt des vierten Kindes Henri

1520 Lager des goldenen Tuches
Treffen zwischen Henry VIII. und François I.
Geburt des fünften Kindes Madeleine
Luther veröffentlicht seine reformatorischen Hauptschriften
Päpstliche Bannbulle gegen Luther
Luther verbrennt die Bannbulle

1521 Wormser Edikt
Luthers Ächtung und Flucht auf die Wartburg
Tod Papst Leos X.

1521 Erster Krieg zwischen François I. und Karl V. (bis 1526)

1522 Wahl Hadrians VI. zum Papst
Geburt des sechsten Kindes Charles

1523 Flucht des Konnetabels Charles de Bourbon
Tod Papst Hadrians VI.
Wahl des neuen Papstes Clemens VII.
Geburt des siebenten Kindes Marguerite

1524 Tod der Königin Claude de France

1525 Niederlage François' I. bei Pavia

Gefangennahme und Überstellung nach Madrid
Bauernkriege in Deutschland

1526 Rückkehr François' I. nach Frankreich im Austausch gegen seine Söhne

1527 Zweiter Krieg zwischen François I. und Karl V. (bis 1529)

1529 Damenfrieden von Cambrai

1530 Heirat François' I. mit Eleonore, der Schwester Karls V.
Confessio Augustana, Karl V. vorgetragen

1531 Tod Louise' de Savoie, Mutter François' I.

1534 Dritter Krieg zwischen François I. und Karl V. (bis 1536)

1533 Heirat zwischen Henri, dem zweiten Sohn François' I., und Katharina de Medici

1534 Herausgabe der Bibel in deutscher Übersetzung

1535 Sühneprozession in Paris

1536 Tod des Dauphins François

1542 Vierter Krieg zwischen François I. und Karl V. (bis 1544)

1547 Tod François' I.
Henri II. wird König von Frankreich

1555 Karl V. dankt schrittweise ab (bis 1556). Sein Sohn Philipp II. wird Universalerbe, sein Bruder Ferdinand I. zum Kaiser gekrönt. Tod Karls V. im Jahre 1558

Franz I., König von Frankreich (1494–1547)

Vater:
Graf Charles d'Angoulême (1458–1495)
Mutter:
Louise von Savoyen (1476–1531)
Gattinnen:
Claude (1499–1524), ältere Tochter von
Ludwig XII. († 1515), König von Frankreich, und
Anne de Bretagne († 1514)
Eleonore von Portugal (1498–1558), ältere
Schwester Kaiser Karls V. († 1558)
Legitime Kinder:
Louise (1515–1523)
Charlotte (1516–1524)
François (1517–1536)
Henry II., der zukünftige König, (1519–1559)
Madeleine (1520–1537)
Charles (1522–1545)
Marguerite (1523–1574)

Claude von Frankreich (1499–1524)

Vater:
Louis XII. († 1515), König von Frankreich

Mutter:
Anne de Bretagne († 1514)
Gatte:
François I. (1494–1547), König von Frankreich von 1515–1547; Heirat am 13.5.1514
Kinder:
Siehe François I.

Kaiser Karl V. (1500–1558)

Vater:
Philipp der Schöne (1478–1506), Herzog von Burgund
Mutter:
Johanna die Wahnsinnige, Joanna I. von Kastilien (1479–1555)
Gattin:
Isabella von Portugal (1503–1539), Tochter von Manuel I. († 1521), König von Portugal, und Maria († 1517), einer Schwester von Johanna I.
Legitime Kinder:
Philipp II. (1527–1598)
Maria (1528–1603)
Ferdinand (1529–1530)
Johanna (1535–1573)
Isabella, geboren zwischen 1536–1538, gleich nach der Geburt gestorben
Juan, geboren im Jahre 1539, gleich nach der Geburt gestorben

Heinrich VIII. von England (1491–1547)

Vater:
Heinrich VII. (1457–1509), König von England
Mutter:
Elizabeth von York (1466–1503)
Gattinnen:
Katharina von Aragón (1485–1536), jüngste Tochter von Isabella der Katholischen († 1504), Königin von Kastilien-León, und Ferdinand II. († 1516), König von Aragón
Anne Boleyn (1507–1536)
Jane Seymour (1509–1537)
Anna von Kleve (1515–1557)
Katharina Howard (1521–1542)
Catherine/Katherine Parr (1514–1548)
Legitime Kinder:
Maria Tudor (1516–1558) aus seiner ersten Ehe mit Katharina von Aragón († 1536)
Elisabeth I. (1533–1603) aus seiner zweiten Ehe mit Anne Boleyn († 1536)
Eduard VI. (1537–1553) aus seiner dritten Ehe mit Jane Seymour († 1537)

GLOSSAR

AESCULAP: Auch Asklepios, griechischer Gott der Heilkunst.

AGRIPPA V. NETTESHEIM: (1484–1535) Heinrich Cornelius, Agrippa von Nettesheim. Deutscher Theologe, Jurist, Arzt und Philosoph, setzte sich mit Magie, Kabbala, Astrologie, Natur- und Religionsphilosophie auseinander.

ALKAZAR: Festung.

ALMOSENIER: Amtsträger, der mit der Verteilung von Almosen und mit der Verwaltung der Spenden beauftragt war.

AMAZONE: Kriegerin der griechischen Mythologie.

AUGUSTINER: Mönchsorden.

AUGUSTINUS: (354–430) Theologe und Philosoph der Spätantike.

AVARE: Geizhals.

BAYARD: (um 1476–1524) Pierre du Terrail, Chevalier de Bayard, erfolgreicher, mutiger Ritter, den man den »Ritter ohne Furcht und Tadel« nannte.

Blanc manger: Mandelsulz.

Boleyn, Anne: (1501/1507–1536) Zweite Frau Heinrichs VIII. von England. Sie wurde wegen angeblichen Ehebruchs und Hochverrats enthauptet.

Borgia: Eine aus Spanien stammende, reiche und mächtige Adelsfamilie.

Bourbon, Charles de: (1490–1527) Herzog von Bourbon-Montpensier, Konnetabel Franz I. Bourbon lief 1521 zu Kaiser Karl V. über.

Candido: Schneeweiß.

Carmentas: Altrömische Göttin der Geburt.

Cartier, Jaques: Kapitän und Entdecker im Auftrag Franz I. von Frankreich.

Chancelier: Kanzler.

Charivari: Katzenmusik mit Lärminstrumenten, Volksfest.

Clemens II.: Giulio de Medici (1478–1534) Papst von 1523–1534.

Colonna, Prospero: (1452–1523) Päpstlicher Feldherr, wurde 1515 von den Franzosen gefangen genommen und kam durch Lösegeld wieder frei.

Damasus II.: Gebürtiger Bayer, Papst vom 17. Juli 1048 bis 9. August 1048.

Diana: Römische Göttin des Mondes und der Fruchtbarkeit.

Dites donc: Sag an.

Écu d'or: Eine der wichtigsten europäischen Goldmünzen vom 14.–17. Jahrhundert.

Ekklesiaster: Frühe Christen, von griechisch ekklesia, kirchlich.

Eleonore von Österreich: (1498–1559) Schwester Karls V.

Foix, Françoise de: (zw. 1490/95–1537) Auch Comtesse de Laval-Châteaubriant, Mätresse Franz I. von Frankreich.

Franziskaner: Mönchsorden.

Fruiterie: Obstküche.

Galeanus: (130–201) Griechischer Leibarzt des Kaisers Marc Aurel.

Gemme: Geschnittener Edelstein.

Hadrian VI.: (1459–1523) 1522 zum Papst gewählt, Nachfolger Leos X.

Häretiker: Getaufter, aber vom offiziellen Glauben Abweichender.

Hakenbüchse: Auch Arkebuse, Vorderlader.

Heerbann: Recht des Königs zur Aufbietung des Heeres oder Aufgebot des Heeres.

Heraklit: (um 520 v. Chr.–460 v. Chr.) Griechischer Philosoph.

Hippokrates: (460 v. Chr.–370 v. Chr.) Griechischer Arzt, gilt als Begründer der Medizin als Wissenschaft.

Homer: Griechischer Dichter. Lebte im 8. Jahrhundert vor Christi. Verfasser der Illias und der Odyssee.

Horaz: (65 v. Chr.–8 v. Chr.) Römischer Dichter.

Ibi religio: Gottlos.

Ils arrivent: Sie kommen.

Inkarnatsamt: Fleischfarbener Samt.

Isis: Göttin der ägyptischen Mythologie, Göttin der Liebe, Sonnengöttin.

Jakobiner: Mönchsorden.

Jaspis: Edelstein.

Jeanne d'Arc: (1412–1431) Auch »Jungfrau von Orléans« genannt. Im Hundertjährigen Krieg führte sie die Franzosen gegen die Engländer. Sie wurde von den Burgundern verraten, den Engländern verkauft und auf Befehl des englischen Königs verbrannt. Heute ist sie eine französische Nationalheldin.

Kamee: Gravur auf einem Schmuckstein.

Kapaun: Masthahn.

Karl VIII.: (1470–1498) König von Frankreich seit 1483 bis zu seinem Tod. Mitglied der Familie Valois. Eröffnete mit seinem Einfall in Italien die zahlreichen italienisch-französischen Kriege.

Karl der Kühne: (1433–1477) Herzog von Burgund und Luxemburg.

Karmeliter: Mönchsorden.

Kirke: Circe. Zauberin der griechischen Mythologie.

Konnetabel: Befehlshaber der Reiterei.

Krammetvogel: Wacholderdrossel.

Kreuzzüge: Kriege der christlichen Völker gegen die muslimischen Staaten mit religiösen und wirtschaftlichen Zielen.

Leo X.: Giovanni de' Medici (1475–1521) Seit 1513 bis zu seinem Tod Papst.

Livre: Eine französische Einheit der Silberwährung.

Mailand: 1492 erhob Ludwig XII. erstmals Ansprüche auf das Herzogtum. 1515 wurde es nach der Schlacht von Marignano Frankreich zugesprochen.Nach dem Sieg Karls V. fiel Mailand 1525 an das Haus Habsburg.

Majolika: Italienische Keramik.

Margarete von den Niederlanden: (1480–1530) Margarete von Österreich Tochter Kaiser Maximilians I., seit 1507 Statthalterin der habsburgischen Niederlande.

Maria Tudor: (1496–1533) Jüngste Tochter Heinrichs VII. von England Schwester Heinrichs VIII. Sie heiratete im Oktober 1514 Ludwig XII. von Frankreich, der drei Monate nach der Hochzeit starb.

Marignano: Heute: Melegnano, italienische Lombardei.

Maximilian I. von Habsburg: (1459–1519) seit 1486 deutscher König, seit 1508 Kaiser des Heiligen Römischen Reiches.

Medici: Eine der einflussreichsten Adelsfamilien in Florenz.

Medici, Katharina: (1519–1589), ab 1547 Königin von Frankreich.

Minerva: Jungfräuliche, römische Göttin der Weisheit.

Novarro, Pedro: (1460–1528), spanischer Militärkommandant.

Petite tonne: Kleines Fass.

Petrucci, Alfonso: (1490–1517) seit 1511 Kardinal, 1517 zum Tode verurteilt wegen eines Komplotts gegen Leo X.

Pius III.: (1439–1503). Vom 22. September bis 18. Oktober 1503 Papst.

Podagra: Gicht.

Prälat: Würdenträger der christlichen Kirche mit Leitungsbefugnissen, zum Beispiel Bischof, Abt.

Prasem: Edelstein.

Prokurator: Verwalter.

Rochus: Heiliger Schutzpatron der Pestkranken.

Romorantin: Stadt. Liegt heute im Département Loir-et-Cher in der Region Centre.

Salisches Recht: Die Lex Salica wurde 507–511 unter Chlodwig I. verfasst. Erstmals wurden mündlich überlieferte Rechtsgepflogenheiten schriftlich niedergelegt. In Anlehnung an Erbrechtsbestimmungen der Lex Salica wurde später in vielen europäischen Königshäusern die Thronfolge so festgelegt, dass Frauen die Krone nicht erben konnten, auch nicht, wenn es keine männlichen Nachkommen gab.

Schiner, Matthäus: (um 1465–1522) Kardinal unter Papst Leo X.

Schlacht v. Ravenna: 11. April 1512. Schlacht zwischen den Habsburgern und Frankreich während der Italienkriege. Sieg Frankreichs.

Seneschall: Oberhaupt des königlichen Haushalts.

Sforza: Einflussreiche italienische Adelsfamilie.

Skrofulose: Im 16. Jahrhundert Begriff für diverse Hals- und Gesichtskrankheiten, heute: Halsdrüsengeschwulst. In Frankreich und England galt bis in die Frühe Neuzeit hinein der Glaube, der gesalbte König könne durch Handauflegen Skrofeln heilen.

TE DEUM LAUDAMUS: Gott, wir loben dich.

VIVAT REX IN AETERNUM: Lang lebe der König.

VIVE MON PETIT FILS: Lang lebe mein kleiner Sohn.

VRAIMENT: Fürwahr, wirklich.

WORMSER EDIKT: 1521. Erlass Kaiser Karls V., in dem die Reichsacht über Martin Luther verhängt wurde.

ZELTER: Im Mittelalter leichtes Reitpferd oder Maultier (heute: Gangpferd).

ZWINGER: Doppelte Wehrmaueranlage einer Burg, die mit einer der Ringmauer vorgelagerten weiteren Mauer (Zwingermauer) besseren Schutz vor Feinden bietet.

Einige Literaturangaben

BILLINGTON, Sandra: A social history of the fool, Brighton, Sussex; Harvester Pr. (u. a.) 1986.

BUISSON, Albert: Le chancelier Antoine Duprat, Paris, Hachette 1935.

EIKERMANN, Erika: Heilkundige Frauen und Giftmischerinnen: eine pharmaziehistorische Studie aus forensisch-toxologischer Sicht ..., Dissertation, Universität Bonn 2004.

ERFMANN, Irmgard: Zur Psychologie des Giftmordes, Dissertation, Nürnberg 1958.

GUERDAN, René: Franz I.: König der Renaissance, Frankfurt a. M., Societäts-Verlag 1978.

KNECHT, Robert J.: Un prince de la Renaissance, François Ier et son royaume, Paris, Fayard 1998.

KÖNNEKER, Barbara: Wesen und Wandlung der Narrenidee im Zeitalter des Humanismus, Wiesbaden, Steiner Verlag 1966.

LEVER, Maurice: Zepter und Schellenkappe. Zur Geschichte der Hofnarren, Frankfurt a. M., Fischer 1992.

MOHR, Hartmut: Erscheinungsformen des Giftmordes, Dissertation, München, Schön 1973.

PESCHKE, Hans-Peter von/Feldmann Werner: Kochbuch der Renaissance, Düsseldorf, Patmos 2001.

Redon, Odile/Sabban, Françoise/Sivano, Serventi: Die Kochkunst des Mittelalters, Ihre Geschichte und 150 Rezepte des 14. und 15. Jahrhunderts, wiederentdeckt für Genießer von heute, Frankfurt a. M., Eichborn 1993.

Sabban, Françoise/Sivano, Serventi: La Gastronomie à la Renaissance, 100 recettes de France et d'Italie, Paris, Stock 1997.

Terrasse, Charles: François Ier : Le roi et le règne, 1: 1494–1525, 2: 1526-1538, Paris, Grasset 1945 und 1948.

Treffer, Gerd: Franz I. von Frankreich. (1494-1547). Herrscher und Mäzen, Regensburg, Pustet 1998.

Weitere historische Romane finden Sie auf den folgenden Seiten oder im Internet: www.gmeiner-verlag.de

Dagmar Fohl
Das Mädchen und sein Henker
978-3-8392-1003-1

»Sehr realistisch.« *Westdeutsche Zeitung*

Hamburg im 18. Jahrhundert: Jan Anton Kock, Sohn des Scharfrichters Anton Kock, muss nach dem plötzlichen Tod seines Vaters dessen Amt übernehmen und schon im Alter von 16 seine erste Hinrichtung vollziehen. Viele Jahre erfüllt er seine Arbeit pflichtbewusst, obwohl er dem Scharfrichterberuf zwiespältig gegenübersteht.

Doch als er sich in das Lachen eines Mädchens verliebt, gerät seine Welt ins Wanken. Denn die junge Hanna Kranz, Dienstmädchen einer reichen Familie, ist des Kindsmordes angeklagt und bis zu ihrer Hinrichtung bleiben nur noch wenige Tage. Eine qualvolle Zeit für Jan Kock, aber auch für Dr. Friedrich König. Der Anwalt ist als Defensor der Hanna Kranz berufen. Als aufgeklärter Geist und Gegner der Todesstrafe versucht er ihr Leben um jeden Preis zu retten …

GMEINER

Wir machen's spannend